Catherine Ryan Hyde
Morgen wartet die Sonne

AF178927

TINTE
&
FEDER

Das Buch

Sommer 1969: Wenn seine Mom ihm einen Hund erlaubt hätte, wäre der 14-jährige Lucas nicht verzweifelt in den Wald geflüchtet. Er wäre nicht den zwei riesigen Hunden begegnet. Er hätte nicht Freundschaft mit ihnen geschlossen. Aber dann hätte er Zoe Dinsmore nicht kennengelernt, die zurückgezogen in der einsamen Holzhütte wohnt. Und das Leben der Menschen, die ihm wichtig sind, wäre ganz anders verlaufen …

Die Einsiedlerin Zoe, die alles verloren hat, erträgt die Schuldgefühle nicht mehr. Doch Lucas will sie nicht gehen lassen. Er spürt, dass sie einander brauchen und helfen können. Stück für Stück zurück ins Leben.

Die Autorin

Die mehrfach ausgezeichnete amerikanische Autorin Catherine Ryan Hyde hat bislang knapp dreißig Bücher veröffentlicht. Auf Deutsch von ihr erschienen sind neben weiteren Titeln »Tage der Hoffnung«, »Als ich dich fand« und »Ich bleibe hier«. Ihr bekanntester Roman »Das Wunder der Unschuld« wurde in mehr als 23 Sprachen übersetzt und unter dem Titel »Das Glücksprinzip« mit Kevin Spacey und Helen Hunt verfilmt.

Neben dem Schreiben ist Catherine Ryan Hyde auch als Referentin tätig und stand bereits dreimal zusammen mit Bill Clinton als Rednerin auf dem Podium.

Catherine Ryan Hyde unternimmt gerne Wanderungen und Reisen und ist eine große Hobbyfotografin.

Catherine Ryan Hyde

MORGEN WARTET DIE SONNE

ROMAN

AUS DEM AMERIKANISCHEN
VON MARION PLATH

Die amerikanische Ausgabe erschien 2019 unter dem Titel »Stay« bei
Lake Union Publishing, Seattle.

Deutsche Erstveröffentlichung bei
Tinte & Feder, Amazon Media EU S.à r.l.
38, avenue John F. Kennedy, L-1855 Luxembourg
Februar 2021
Copyright © der Originalausgabe 2019
By Catherine Ryan Hyde
All rights reserved.
Copyright © der deutschsprachigen Ausgabe 2021
By Marion Plath

Die Übersetzung dieses Buches wurde durch Amazon Crossing ermöglicht.

Umschlaggestaltung: zero-media.net, München
Umschlagmotiv: © R_Tee / Shutterstock;
© Darren William Hall / Shutterstock;
© Shanling / Shutterstock
Lektorat und Korrektorat: VLG Verlag & Agentur, Haar bei München,
www.vlg.de
Gedruckt durch:
Amazon Distribution GmbH, Amazonstraße 1, 04347 Leipzig /
Canon Deutschland Business Services GmbH, Ferdinand-Jühlke-Str. 7,
99095 Erfurt /
CPI books GmbH, Birkstraße 10, 25917 Leck

ISBN 978-2-49670-540-9

www.tinte-feder.de

SOMMER 1969

Kapitel 1

Der Wendepunkt

Geht es nur mir so, oder erlebt jeder einmal in seinem Leben so einen Tag wie den, über den ich gleich erzählen werde? Ich rede von diesen Tagen, die wie ein Wendepunkt sind – zwischen deinem Leben zuvor und deinem brandneuen Leben danach.

Das Gefühl dieses Wendepunkts lässt sich etwa so beschreiben: Als Kind tobte ich immer gern auf dem Spielplatz herum, so wie Jungen es nun mal tun. Ich rannte auf die Wippe zu und stieg auf den Sitz, der auf dem Boden auflag. Dann balancierte ich Richtung Mitte – dort, wo der Balken sicher befestigt ist. Irgendwann traf ich auf die Stelle, an der mein Gewicht das Ding zum Kippen brachte. Du weißt, dass es gleich so weit ist, du spürst es kommen, also verlangsamst du deinen Schritt. Einen kurzen, prickelnden Augenblick lang hast du ein bisschen Schiss, aber das lässt sich bewältigen. Und ehe du dichs versiehst, wirst du wieder sicher zurück auf den Boden befördert, nur eben auf der anderen Seite.

Dieser Tag war so ähnlich.

Es war der Sommer des Jahres 1969. Ich war vierzehn.

* * *

Der Tag begann mit einem Brief meines Bruders Roy. Nur aus diesem Grund war ich immer der Erste am Briefkasten. Sobald ich diesen Luftpost-Briefumschlag mit der Feldpostadresse sah – seinen Namen darüber gekritzelt: PFC Leroy Painter –, spürte ich ein freies Gefühl in meiner Brust, zur Abwechslung einmal eine Leichtigkeit. So war es immer.

Ich nahm den Brief mit ins Haus.

Meine Eltern waren wieder am Streiten.

Ehrlich gesagt … ich weiß gar nicht, warum ich »wieder« sage. »Noch« würde es besser treffen. Aber natürlich stritten sie sich nicht buchstäblich rund um die Uhr. Mein Vater ging unter der Woche arbeiten und seien wir ehrlich, jeder muss mal schlafen. Aber jetzt war es Samstagmorgen. Sie waren zu Hause, sie waren wach, also stritten sie sich.

Ich ging mit dem Brief nach oben in mein Zimmer, um ihn in Ruhe zu lesen.

Der Brief begann so, wie Roy seine Briefe an mich immer begann: »Hey Kumpel.« Er hatte mich mein ganzes Leben lang Luke genannt, seit meiner Geburt. Aber letzten Sommer hatte ich beschlossen, dass ich Lucas war. Ich wollte Lucas genannt werden, ohne Ausnahme, und ich bestand darauf. Es sollte der Welt wohl signalisieren, dass ich erwachsen war und so behandelt werden wollte. Ich glaube, Roy fiel die Veränderung schwer. Er hatte nichts dagegen, mich bei meinem gewünschten Namen zu nennen – diese Art von Bruder war er nicht. Es ging ihm nur noch nicht leicht von der Zunge.

Also war es »Kumpel«.

Dann versuchte ich, den Rest des Briefes zu lesen.

Ich hatte schon zuvor Briefe mit Zensurmarkierungen von ihm bekommen – oder wie immer man das nennt. Heute würde ich sie als Schwärzungen bezeichnen, aber diesen Begriff kannte ich damals noch nicht. Ein- oder zweimal waren seine Briefe mit dicken schwarzen Streifen über der einen oder anderen Zeile angekommen, als hätte jemand einen Marker genommen und ein paar der kostbaren Worte meines Bruders an mich ausgelöscht. Von wegen »hätte«. Genau das war passiert.

Dieser Brief hob die ganze Zensursache auf eine völlig neue Ebene.

Ich konnte den Sinn nicht erfassen. Ich verstand nicht, was er mir mitteilen wollte, weil ein zu großer Teil des Textes geschwärzt war. Gelöscht.

Sein Brief begann damit, dass er sich über die Fliegen und Moskitos beklagte, die ihn insbesondere dann störten, wenn er essen wollte. Und dann schlug er diese sehr ernsthafte Richtung ein.

»Ich weiß, dass das ziemlich erschütternd ist«, stand dort, »und es tut mir leid, wenn es zu viel für dich ist.« Schwärzung. »Wir fuhren nach …« Schwärzung. »Es waren unsere Jungs. Amerikaner. Und ihre Körper waren …«, lange Schwärzung, »… in den Bäumen, mit dem Kopf nach unten …«

Von da an war fast alles eine einzige Schwärze.

Genau bis zur letzten Zeile: »So ein Bild geht dir nicht mehr aus dem Kopf.«

Mein Magen prickelte nervös, als ich überlegte, was sich hinter diesen schwarzen Streifen verstecken könnte. Ich versuchte, mir die Geschichte zusammenzusetzen, aber es fehlte einfach zu viel. Die Armee hatte mir nicht genügend Teile des Puzzles übrig gelassen.

Unterdessen stritten sich meine Eltern immer noch, was allmählich an meinen Nerven zerrte. Ein plötzliches Krachen ließ mich aufschrecken. Jemand hatte einen zerbrechlichen Gegenstand geworfen, vielleicht einen Teller oder eine Vase. Wahrscheinlich meine Mutter. Mein Vater hatte es nicht nötig, mit Gegenständen um sich zu werfen. Er hatte den Gewichtsvorteil. Er war der Stärkere.

Ich starrte den Brief so angestrengt an, als läge das Problem nur darin, dass ich nicht genau genug hingesehen hätte. Aber es war nicht genug übrig geblieben, um die einzelnen Teile zusammenzusetzen.

Plötzlich musste ich wie aus dem Nichts an Weasel denken, unseren verstorbenen Familienhund. Er hatte ein Krebsgeschwür am Hinterbein gehabt, das der Tierarzt auch mit zwei Operationen nicht vollständig hatte entfernen können. Der Arzt war zu dem Schluss gekommen, dass eine dritte Operation nicht möglich sei, da nicht genug zum Zusammennähen übrig geblieben wäre. Erstaunlicherweise hatte Weasels Geschichte einen glücklichen Ausgang. Sein Körper besiegte den Krebs – wir hatten keine Ahnung, wie. Seine Gesundheit machte eine Kehrtwende und er überwältigte den schrecklichen Tumor mit seinem Immunsystem. Er überlebte und starb erst im hohen Alter einen friedlichen Tod.

Ich war mir nicht sicher, ob die Geschichte meines Bruders einen glücklichen Ausgang haben würde. Nicht mit all diesen Geschossen, die um ihn herumschwirrten. Zwei Monate zuvor hatte er geschrieben, eine Kugel sei so nah an seinem Ohr vorbeigezischt, dass der Luftzug ein Kitzeln verursacht hatte, das er einfach nicht wegbekam.

Plötzlich ließ ich den Brief fallen, als der Streitlärm die Grenze meiner Belastbarkeit überschritt. Er war schon die ganze Zeit da gewesen. Ich hatte ihn weggeschoben, aber er hatte sich wieder in mein Bewusstsein zurückgedrängt. Wieder und wieder. Doch in diesem Augenblick drehte ich durch. Ich verlor meine Beherrschung, meine Geduld. Allen Sinn und Verstand. Ich entschied, dass es an dem Lärm lag, dass ich nicht verstand, was Roy mir mitteilen wollte.

Natürlich lag es nicht an dem Lärm. Aber der Lärm war so unglaublich irritierend. Er war auch der Soundtrack meines jungen Lebens.

Ich stampfte aus meinem Zimmer und vom Treppenabsatz aus brüllte ich, so laut ich konnte, hinunter: »Hey!«

Stille.

Meine Mutter erschien und starrte zu mir hoch.

»Was ist?«, fragte sie verärgert. »Dein Vater und ich versuchen, etwas zu klären.«

Ha!, dachte ich. Am liebsten hätte ich gesagt: *Ihr klärt nie etwas. Wenn man durch Brüllen etwas klären könnte, würdet ihr zwei euch mittlerweile perfekt verstehen.*

»Ich kann nicht …«, begann ich. Doch der Gedanke kam irgendwo auf seinem Weg zum Stillstand, wohin der Weg auch immer führte. »Ich versuche, zu …«.

Da verließ mich meine Wut plötzlich, einfach so. Ich fühlte mich ernüchtert. Ich begriff, dass alle Stille der Welt nicht helfen würde, um zu verstehen, was Roy mir so dringend mitteilen wollte.

»Was ist?«, bellte sie, des Wartens überdrüssig.

»Nichts«, antwortete ich. »Ich gehe zu Connor.«

* * *

Connors Mutter öffnete die Tür.

Mrs Barnes war eine völlig farblose Frau. Meine Mutter trug leuchtend rote Röcke oder neongelbe Blusen, als wollte sie sich – und vielleicht auch ihre Mitmenschen – wachrütteln, um sich bewusst zu machen, dass sie am Leben war. Connors Mom dagegen schien das genaue Gegenteil zu beabsichtigen. Ihre Kleidung war irgendwie graubraun, ähnlich wie ihr Teint, der sich auch nicht sehr von der Farbe ihrer Haare unterschied, die sie zu einem langen, breiten Zopf gebunden trug. Sie erinnerte mich an die alten Bilder von meiner Urgroßmutter, die aufgenommen worden waren, als Fotos noch eine Sepiatönung hatten. Allerdings finde ich, dass Sepia ein kräftigerer Farbton war.

Mrs Barnes lächelte nie. Ich meine damit nicht, dass sie niemals in ihrem Leben gelächelt hat, denn wie sollte ich das wissen? Aber mich lächelte sie nie an. Sie blickte auch nie auf oder begegnete meinem Blick. Sie schien mit der Fußmatte zu sprechen, als sie mich begrüßte.

»Lucas.«

Ich fragte mich wirklich, wie sie das ohne Hinsehen wissen konnte.

Sie sagte meinen Namen, als sei mein Besuch eine gute Sache. Doch falls sie sich freute, mich zu sehen, konnte man das an ihrem Gesicht nicht ablesen.

»Komm rein«, sagte sie. »Ich sage Connor, dass du hier bist.«

Ich folgte ihr durch den Flur zur Treppe.

Zu meiner rechten Seite stand ein langer Tisch, dekoriert mit Schalen voller Tannenzapfen und grünen Ästen. Für den Bruchteil einer Sekunde streckte ich die Hand aus, um meine Finger darüber gleiten zu lassen, wie zu Hause.

Dann wurde mir wieder bewusst, dass es hier keinen Staub gab.

Bei mir zu Hause lag immer eine Staubschicht auf den Möbeln und ich war wie besessen davon, überall meine Spuren zu hinterlassen. Einerseits diente es mir als Beweis, dass ich dort gewesen war, andererseits war es vielleicht auch eine Nachricht an meine Mutter, dass es nicht geschadet hätte, ab und zu mal einen Putzlappen oder Staubwedel in die Hand zu nehmen. Das Haus der Familie Barnes dagegen war unerbittlich sauber.

Plötzlich formte sich vor meinem geistigen Auge ein Bild. Auf all diesen Oberflächen lagen Häufchen, aber es war kein Staub. Es war etwas Unsichtbares. Und damit verglichen sah

Staub gut aus. Es war … Ich konnte es damals nicht genau festlegen, und ich bin mir nicht sicher, ob ich heute das richtige Wort wähle. Furcht? Verzweiflung?

Ich sah mich selbst, wie ich ein Werkzeug nahm, eines dieser Spachtelmesser, und damit die Oberfläche dieser hässlichen Häufchen glattstrich. Oder ich schob sie an einer Stelle zu dickeren Häufchen zusammen und an einer anderen zu dünneren. Obwohl es nur ein seltsames, imaginäres Bild in meinem Kopf war, glaube ich heute, dass es eine Art Warnsignal dafür war, wie stark sich diese negative Energie anfühlte.

Schaudernd schob ich das Bild von mir.

Als wir am Wohnzimmer vorbeikamen, sah ich Connors Vater. Er saß in einem Ohrensessel und hatte den Kopf zurückgelehnt. Über seine Augen hatte er ein gefaltetes Handtuch gelegt, darauf war ein runder Eisbeutel. Alle Vorhänge waren zugezogen. Selbst das Licht in diesem Haus, oder was davon übrig war, schien völlig farblos zu sein.

»Weiß er, dass du kommst?« Mrs Barnes' Frage holte mich ruckartig in die Gegenwart zurück.

»Ähm, nein. Ich habe mich spontan entschlossen.«

Der Satz schien unvollständig zu sein, doch es kam nicht mehr.

»Connor?«, rief sie auf der Treppe, ihre Stimme hoch und schrill.

Connor öffnete seine Zimmertür und streckte den Kopf heraus. Ich spürte eine riesige Erleichterung. Fast so, als befände ich mich in feindlichem Gebiet und Connor sei der Erste, den ich traf, der dieselbe Uniform trug wie ich. Seine Miene hellte sich auf, als er mich sah. Ich wusste nicht, warum, aber er muss auch erleichtert gewesen sein. Oder vielleicht wusste ich, warum, aber mir fehlten damals die richtigen Worte dafür.

* * *

Wir saßen auf Stühlen vor seinem Zimmerfenster, von dem aus wir den Vorgarten und die Straße überblickten. Wir hatten die Füße auf die Fensterbank gelegt, aber erst, nachdem wir uns die Turnschuhe ausgezogen hatten. Mrs Barnes hätte einen Anfall bekommen, wenn wir Schuhabdrücke auf der Fensterbank hinterlassen hätten.

Ich beobachtete Connor dabei, wie er den Brief von Roy las. Beziehungsweise wie er auf den Brief starrte, denn viel zu lesen gab es ja nicht.

Während er das Blatt Papier hielt, strich er sich mit der freien Hand über den Kopf. Sein Haar war so kurz geschnitten, dass es senkrecht abstand. Es schien ihm zu gefallen, die stumpfen Spitzen seiner Haare zu berühren.

Wir trugen beide Jeans und graue, lange Socken, doch seine Beine waren viel kürzer und gedrungener als meine, wodurch ich mich langgliedrig und etwas linkisch fühlte. Ich hatte damals gerade begonnen, meinen eigenen Körper zu bewundern – nicht auf irgendeine absonderliche Art, ich fand nur Gefallen an den Muskeln in meinen Schenkeln und Oberarmen und daran, dass ich meine Rippen sehen konnte, die allerdings mit einer Muskelschicht überzogen waren.

Ich blickte auf unsere Beine, weil ich nicht auf den Brief starren oder Connor dabei beobachten wollte, wie er auf den Brief starrte.

»Hm«, sagte er.

»Wie, ›hm‹?«

»Anscheinend wollte er dir schreiben, dass er etwas Schlimmes gesehen hat.«

»Ja, aber was?«

»Keine Ahnung.«

»Also werde ich es nie erfahren?«

»Ich weiß nicht, Lucas. Vielleicht. Vielleicht wird er es dir persönlich erzählen.«

Es war eine seltsame Wortwahl und ich hätte ihn fast darauf angesprochen. Als ob ich gerade in Hanoi oder Da Nang gewesen wäre und an der nächsten Straßenecke auf Roy hätte treffen können. Das hatte er natürlich nicht gemeint. Er meinte wahrscheinlich, wenn Roy nach Hause käme. Aber selbst das schickte meine Gedanken in viele ungute Richtungen, denn ich machte mir allmählich Sorgen, dass Roy vielleicht nie mehr nach Hause kommen würde. Nicht alle Brüder kamen zurück. Aber das hätte ich auf keinen Fall laut ausgesprochen.

Wir schwiegen einen langen Augenblick, und die Stille verblüffte mich. Nicht unsere Stille, die Stille im Haus. Daran war ich nicht gewöhnt.

»Es ist so leise«, flüsterte ich, um die Stille nicht zu stören.

»Ich weiß«, erwiderte Connor. »Ich hasse es.«

»Wie kannst du das hassen? Es ist herrlich. Du weißt doch, wie es bei mir ist. Das hier ist so viel besser als das Gebrüll meiner Eltern.«

»Wenigstens sind sie bereit, die Dinge zwischen sich laut auszusprechen.«

»Ja, aber muss es denn *so* laut sein?«

Sobald ich die Worte ausgesprochen hatte, bereute ich sie auch schon. Es war nicht lustig. Über meine Eltern und ihre Streitereien konnte ich manchmal fast lachen, aber die Distanz zwischen Connors Eltern war das Schlimmste in seinem Leben. Ich sah mehr und mehr, wie es ihm zu schaffen machte, wusste aber nicht, wie ich ihm helfen konnte.

Ich lenkte unser Gespräch in eine völlig andere Richtung.

»Hast du den ganzen Tag nur hier gesessen?«

»So ziemlich«, antwortete er. Er klang bedrückt, wie jemand, der eine schwere Last auf seinen Schultern trug.

»Was machst du, wenn du hier sitzt? Nachdenken?«

»Nicht wirklich«, sagte er.

»Du sitzt nur da?«

»So ziemlich.«

Es klang nicht gut. Es klang nach etwas, wovon ich ihn hätte erlösen sollen. Wenn ich ein guter Freund war, und das hoffte ich doch.

»Lass uns rausgehen«, schlug ich vor.

»Wohin?«

»Ich weiß nicht. Irgendwohin. Lass uns was unternehmen.«

Eine Stille trat ein. Während ich wartete, wusste ich schon, wie seine Antwort lauten würde.

»Nee. Ich sollte hierbleiben.«

Connor wollte seine Eltern nicht länger allein lassen als absolut nötig. Wir hatten noch nie offen darüber gesprochen und ich bezweifle, dass es einen realen, erklärbaren Grund dafür gab. Ich glaube nicht, dass er befürchtete, in seiner Abwesenheit könne etwas Bestimmtes passieren. Es war eher ein Gefühl. Es herrschte eine so unglückliche Atmosphäre in diesem Haus, dass das Hinsehen schmerzte, aber er wagte auch nicht, wegzusehen. Als müsste er hierbleiben, damit seine Sorgen alles zusammenhielten. Ich hätte es damals vielleicht nicht in Worte fassen können, zumindest nicht in diese Worte. Aber ich spürte es.

»Du kannst aber gern gehen«, fügte er hinzu. »Ich kann es verstehen.«

Also ging ich. Ich ließ ihn allein und erlöste mich selbst. Ich fühle mich heute noch schuldig, aber ich ging.

* * *

Wenn Connors Zuhause kein Zufluchtsort war – und das war es meistens nicht –, ging ich allein in den Wald hinter unserem Haus, oder besser gesagt in den Wald hinter allen Häusern hier, denn ganz Ashby ist von unbebautem Waldgebiet umgeben. Der Wald ist dicht und hügelig, der Boden uneben. Es war keine Stelle, an der jemand ein Haus bauen wollte.

Na ja … mit einer bemerkenswerten Ausnahme. Doch die hatte ich noch nicht getroffen.

Ein Pfad oder Weg war so gut wie nicht vorhanden, wahrscheinlich, weil außer mir niemand dort herumlaufen wollte. Jedoch hatten die vielen Rehe, die es hier gab, kleine Pfade zum Fluss und zurück getrampelt. Wo immer sie auch lebten, sie brauchten Wasser zum Trinken. Also folgte ich ihrem Weg.

Die Bäume formten ein Dach über meinem Kopf, sodass das Sonnenlicht gesprenkelt durch die Lücken im Laub drang. Das gefiel mir. Ich hatte eine Schwäche für die hellen Lichtflecken, die sich an windigen Tagen bewegten. Wenn es wirklich windig war, hörte ich das Knarren der Bäume, manchmal brach ein Baum mit dem knackenden Geräusch einer Schrotflinte, bevor er zu Boden stürzte. An ruhigen Tagen lief ich so leise wie möglich, um mich an die Rehe heranzuschleichen. Nicht, weil ich vorgehabt hätte, ihnen etwas zu tun, ich wollte nur in ihrer Nähe sein. Wenn sie mich hörten, stürmten sie durch das Gebüsch davon, und es klang, als würden sie auf Pogostäben fliehen.

Es war ruhig an diesem Tag, der ein Wendepunkt war. Kein Wind. Kaum ein Vogel. Die Blätter an den Bäumen bewegten sich nicht.

Das einzige Geräusch war das Knirschen abgefallener Tannennadeln und kleiner Äste unter meinen Schritten. Also blieb ich stehen und lauschte der Stille.

Es war wie zu Hause bei Connor, nur dass diese Stille niemandem schaden konnte.

Bis zu diesem Augenblick hatte ich gar nicht bemerkt, wie weit ich gegangen war. Es wurde mir erst schmerzhaft bewusst, als ich stehen blieb.

* * *

An diesem Tag verlief ich mich zum ersten Mal.

Ich musste an meine Mutter denken, die mich immer wieder davor gewarnt hatte, in diesen Wald zu gehen. Mit ihren Warnungen hatte sie schon begonnen, als ich noch im Kindergarten gewesen war.

»Du wirst dich verlaufen«, sagte sie immer. »Und vielleicht nie gefunden werden.«

Damals war mir das ziemlich absurd vorgekommen.

Schließlich traf ich auf die gepflasterte Straße, die zum Fluss führte, von wo aus ich mich besser orientieren konnte.

Zunächst blieb ich stehen und beobachtete den rauschenden, breiten Fluss. Das Wasser war trüb und schlammig und es herrschte eine starke Strömung. Es war weder schön anzusehen noch einladend. Die Ufer an den Seiten waren immer glitschig. Hin und wieder, wenn ein starker Regen nicht nachließ, war der Fluss über die Ufer getreten und hatte den Ort überschwemmt. In letzter Zeit – mindestens seit vierzehn Jahren – war dies nicht geschehen, also hatte ich es nicht selbst miterlebt. Doch ich wusste davon und konnte untrüglich spüren, dass sich der Fluss im günstigsten Fall nicht um die Menschen scherte und im schlechtesten Fall gegen uns stellte. So ist das wohl mit der Natur.

Ich wandte mich wieder zum Wald um und fühlte mich jetzt sicherer, den Weg nach Hause zu finden. Da es früher Nachmittag war und ich einen riesigen Hunger hatte, nahm ich eine Abkürzung, obwohl dies zu noch mehr Schwierigkeiten führen konnte.

Hätte ich diese Abkürzung nicht genommen, wären die folgenden Ereignisse niemals passiert.

Im übertragenen Sinn überquerte ich die Metallstange, die den mittleren Teil der Wippe hielt. Die Stelle, die alles umkippte, lag direkt vor mir, und ich war kurz davor, mein Gewicht darauf zu stellen. Nur wusste ich das zu diesem Zeitpunkt noch nicht.

Ich blickte auf und sah die Blockhütte.

Der Anblick jagte mir einen Schrecken ein, denn ich hatte wie selbstverständlich angenommen, dass hier draußen niemand lebte. Ich stand einen Augenblick lang nur da und starrte. Dann trat ich etwas näher heran. Leise, um nicht ein Reh aufzuschrecken.

Es war eine richtige Holzhütte, aus grob zurechtgesägten Stämmen errichtet. Für den Bau waren keine großen Hilfswerkzeuge verwendet worden – das war offensichtlich. Die Hütte war zwar ungestrichen, aber das Resultat guter Arbeit. Alles passte genau zusammen. Das Dach sah mit seinen blauen Dachplatten aus Metall stabil und robust aus. Ein einfaches Schornsteinrohr ragte heraus, wahrscheinlich für einen Holzofen in der Hütte.

Ich ging um die Blockhütte herum, damit ich einen besseren Blick auf die Vorderseite erhaschen konnte.

Neben der Hütte stand ein Pritschenwagen. Es kam mir seltsam vor, denn so etwas wie eine Straße gab es hier nicht. Doch ich konnte die Reifenspuren erkennen, die sich in den Waldboden eingedrückt hatten und wohl als notdürftige Zufahrtsstraße dienten.

An der Vorderseite der Hütte befand sich eine aus Holzbrettern gefertigte Veranda, handgemacht und ordentlich verarbeitet. Stufen waren nicht notwendig, denn es war nur ein Schritt bis auf die Veranda und ein weiterer Schritt bis zur Türschwelle.

Neben der Veranda stand ein weiteres kleines Gebäude, aus dem ich nicht recht schlau wurde. Es war weiß getüncht und zu klein für einen normalen Schuppen. Man hätte nicht aufrecht darin stehen können.

Ich schlich leise um das Gebäude herum und betrachtete den Eingang. Und in diesem Augenblick erkannte ich, was es war. Die Erkenntnis fuhr eiskalt in meinen Bauch. Der Eingang war nur ein offener Türbogen.

Es war kein kleiner Schuppen. Es war eine riesige Hundehütte.

Ich zitterte leicht, und ich weiß noch, dass ich dachte: *Nie im Leben will ich den Hund treffen, der in diesem Ding wohnt.*

Ich wandte mich zum Gehen um und achtete in meiner Eile nicht mehr darauf, leise zu sein. Ein Ast knackte unter meinen Füßen.

Gerade, als ich dachte: *Bitte lass den Hund in der Blockhütte sein*, sah ich ihn. Und dann, eine Sekunde später, nicht nur *ihn*, sondern *sie*. Zwei Hunde kamen aus der Hütte geschossen. Ihre Größe ließ mir das Blut in den Adern gefrieren, so entsetzt war ich von dem Anblick und gleichzeitig beeindruckt. Wie eine dicke, geschmeidige Flüssigkeit schienen sie aus der Hütte zu fließen, gleich dem Strom dieses schlammigen Flusses.

Sie waren riesig. Einer wog bestimmt fünfzig Kilo. Ihr kurzes, glattes Fell hatte eine silberne Farbe. Oder vielleicht war es eher ein Geschützmetallgrau. Sie standen hoch aufgerichtet, als seien die dicken Ballen ihrer Pfoten dazu da, sie größer erscheinen zu lassen – wie Einlagen, die Männer aus diesem Grund in ihre Schuhe legen. Die beiden sahen identisch aus, nur war der eine etwa fünf Zentimeter größer als der andere. Hätte ich keine Todesangst gehabt, hätte ich wahrscheinlich ihre Schönheit bewundert.

Auf halbem Weg zwischen der Hundehütte und mir blieben sie stehen.

Sie senkten ihre Köpfe fast gleichzeitig. Eine synchronisierte Bedrohung. Ich konnte die Umrisse ihrer Schulterblätter sehen. Ihre Augen hatten eine gespenstisch hellblaue Farbe.

Einen Augenblick lang – und ich hätte nicht sagen können, wie lange dieser Augenblick dauerte –, standen wir nur wie angewachsen da und starrten einander an.

Blitzartig zuckte eine Erinnerung in mir auf.

Als ich noch sehr klein war, vielleicht fünf Jahre alt, sahen mein Vater und ich bei einem Spaziergang in der Dämmerung zwei Nachbarshunde, die sich kampfbereit umkreisten. Sie starrten sich in die Augen und unterbrachen diese festen Blicke kein einziges Mal. Mein Vater erklärte mir, dass der erste Hund, der wegsah, von dem anderen angegriffen würde. Wegblicken war ein Zeichen der Unterwerfung. Außerdem gab es dem Feind einen Angriffspunkt.

Eine weitere Ewigkeit, die vielleicht nur eine Sekunde dauerte, hielt ich ihrem furchterregenden Blick stand.

Dann drehte ich mich um und rannte, als hinge mein Leben davon ab. Wahrscheinlich war das auch der Fall. Ich wusste, dass es falsch war, aber ich konnte nicht anders. Es war eine reine Instinkthandlung.

Jetzt lag in meinem Magen die abscheuliche Erkenntnis, dass ich nicht schneller laufen konnte als die Hunde. Sie würden mich einholen, und dann … Ich wollte es mir lieber nicht vorstellen. Aber natürlich wusste ich, was Hunde normalerweise mit ihrer Beute machten.

Ich spurtete los.

Ich konnte sie direkt hinter mir hören. Nicht einmal einen ganzen Schritt von mir entfernt. Einmal sah ich aus dem Augenwinkel einen ihrer Köpfe, als ein Hund mit mir gleichzog. Ich verstand nicht, warum er diese Gelegenheit nicht nutzte, um nach mir zu schnappen. Ich verstand in diesem Augenblick gar nichts. Die Panik hatte einen Schalter in meinem Gehirn umgelegt.

Ich rannte einfach weiter.

Meine einzige Hoffnung war, dass es sie zufriedenstellen könnte, wenn ich mich weit genug von ihrem Grundstück entfernt hatte. Vielleicht würden sie dann nach Hause zurückkehren.

Doch ich hörte immer noch ihre Pfoten auf dem Unterholz, dicht an meinen Fersen, egal wie lange und wie schnell ich rannte. Ich spürte ein brennendes Gefühl in meinem Brustkorb und ein Stechen in der Seite, wagte es aber nicht, stehen zu bleiben.

Ich weiß nicht, wie lange ich so rannte. Mindestens einen Kilometer, vielleicht sogar mehr. Die Zeit spielte meinem klaren Denken einen Streich.

Dann kam die Sache zu einem plötzlichen Ende.

Mit der Spitze meines Turnschuhs blieb ich an einer Baumwurzel hängen.

Ich flog vornüber, während ich verzweifelt versuchte, mein Gleichgewicht wiederzuerlangen. Doch meine Schuhspitze steckte noch unter der Wurzel, also gab es kein Zurück. Ich fiel mit dem Bauch auf ein Bett aus Blättern und Tannennadeln und schürfte mir die Handflächen auf, als ich mich beim Fallen abstützte.

Es war vorbei. Die Furcht schien mich von meinem Körper zu lösen. Ich fühlte mich von mir selbst abgeschnitten. Ich dachte wirklich, dies könnte mein Ende sein. Ich hob mir schützend die Arme vors Gesicht und rechnete mit dem Schlimmsten.

Ich wartete.

Und wartete.

Schließlich wagte ich einen Blick unter meinen Armen hervor. Ich musste erfahren, was los war.

Ich konnte nur einen der Hunde deutlich sehen. Seine lange Zunge hing tropfend aus dem geöffneten Maul. Sie wippte, als er keuchte. Es sah fast so aus, als lächelte er.

Ich setzte mich auf und sah beide Hunde an, einen nach dem anderen. Beide erwiderten meinen Blick mit einem leichten Schwanzwedeln.

»Was zum Teufel …?«, fragte ich laut.

Ich ließ mich zurücksinken und blickte durch die Bäume in den perfekten, wolkenlosen blauen Himmel. Ich würde nicht sterben!

Dann setzte ich mich auf und sah wieder die Hunde an.

Der größere machte eine Bewegung, die ich nur als Einladung interpretieren konnte. Er sprang zweimal in die Höhe, dann blieb er stehen und blickte mich über die Schulter an, mit diesem Grinsen und der heraushängenden Zunge.

Die Nachricht war eindeutig:

Ich renne mehr, wenn du willst.

Als ich so auf dem Boden saß, brauchte ich ein paar Minuten, um mich nicht mehr unglaublich dumm zu fühlen. Ich musste mich erst von der Annahme lösen, dass es sich um gefährliche Hunde handelte und mich an die neue Realität anpassen, dass die Hunde völlig harmlos waren – dass ihre Größe sie nicht automatisch zu Tötungsmaschinen machte.

Ich stand auf und rannte wieder los, zurück zu ihrem Zuhause. Aber dieses Mal war es anders. Es war belebend.

Ich teilte mir meine Kräfte ein, aber ich war immer noch schnell. Ehrlich gesagt erstaunte es mich, wie schnell ich war. Ich hatte gar nicht gewusst, dass ich so rennen konnte. Und jetzt konnte ich mir plötzlich nicht mehr erklären, wie mir dieses Talent bisher entgangen war, warum es so lange in mir ungenutzt brachgelegen hatte. Mir war auch nicht klar gewesen, dass das Rennen mir so gut helfen würde, meinen inneren Tumult zu lösen.

Immer wieder setzte ich zum Sprint an, ging dann zu einem langsameren Joggen über, bevor ich wieder lospurtete. Ich bewegte meine Füße, als würde ich über ein riesiges Schachbrett rennen, immer drei oder vier Schritte strategisch vorausplanend. Einer der Hunde rannte hinter mir, der andere vor mir, wo ich ihn sehen konnte. Hin und wieder drehte er den Kopf und warf mir über die Schulter einen Blick zu, seine hellblauen Augen glänzten. Er hatte so viel Spaß, dass er nachsehen und sich vergewissern musste, dass es mir genauso ging.

Und wie viel Spaß ich hatte!

Zum ersten Mal, seit ich mich erinnern konnte, fühlte ich mich wirklich frei. All der Mist, der mich jeden Tag meines Lebens niedergedrückt hatte, schien hinter mir zu liegen. Ich ließ ihn auf der Erde hinter mir zurück. Ich war meinen Sorgen davongeeilt. Ich fühlte mich so leicht, als würde ich fliegen, obwohl meine Füße den Boden berührten.

Als die Blockhütte wieder in Sicht kam, musste ich mich zum Anhalten zwingen. Ich stützte meine Hände auf den Knien ab und keuchte. Ich fühlte mich wie innerlich gereinigt, leer und sauber.

Widerwillig gingen die Hunde nach Hause.

Genau wie ich.

Es klingt vielleicht banal, aber in diesem Moment wurde mir klar, dass sich etwas in meinem Leben entscheidend verändert hatte. Obwohl das auch nicht ganz stimmt. Es war eher so, dass ich eine Veränderung *spürte*. Ich wusste noch nicht, dass ich den ersten Dominostein in einer Reihe von Ereignissen gelegt hatte, die meine Welt, wie ich sie kannte, tatsächlich verändern würden.

* * *

An diesem Abend schrieb ich Roy eine Antwort auf seinen Brief, bevor ich zu Bett ging.

Ich erzählte ihm die Wahrheit. Ich schrieb, dass die Zensoren der Armee in seinem Brief so rigoros vorgegangen waren, dass ich immer noch keine Ahnung hatte, was er gesehen hatte. Und dass wahrscheinlich dasselbe passieren würde, wenn er noch einmal versuchte, es mir zu schreiben. Aber wenn er nach Hause käme, würden wir irgendwo hingehen, wo wir alleine wären, und dann könnte er es mir persönlich erzählen.

Als ich »Wenn du nach Hause kommst« schrieb, war mir klar, dass ich nach jedem Strohhalm griff. Ja, Roy würde vielleicht zurückkommen. Aber vielleicht auch nicht. Ich erklärte etwas als Tatsache, obwohl ich tief in meinem Inneren wusste, dass es alles andere war als das.

Ich überlegte, ob er beim Lesen denselben Gedanken haben würde.

Wahrscheinlich. Wenn jemand die Situation gut genug überblicken konnte, um das Ausmaß der Gefahr zu verstehen, in der er sich befand, dann war es Roy.

KAPITEL 2

EIN WEITERER TAG GROSSER VERÄNDERUNGEN

Etwa zwei Wochen später kam es zu weiteren Veränderungen.

Es war der vorletzte Schultag und ich stand kurz davor, für den Sommer mein Leben zurückzubekommen. Und der letzte Schultag war ohnehin nur ein halber Tag, also war ich schon fast frei.

Wie an jedem Wochentag, seit ich den Hunden begegnet war, stand ich eine Stunde früher auf, um noch vor der Schule mit ihnen rennen zu können.

Ich hatte eine Routine, die ich an diesem Morgen genauestens einhielt. Ich startete in meiner Straße mit einem leichten Joggingtempo, dann folgte ich der unauffälligen Spur der Rehe in den Wald hinein. Der Pfad führte mich aus einer anderen Richtung zu der Blockhütte, die schließlich hinter einem Hügel auftauchte. Wenn ich die Rückseite der Hütte sah, sprintete ich los.

Ich joggte auf der Straße langsam, um mir meine Energie für den Endspurt aufzusparen. Aber ich konnte sie bereits spüren – diese kitzelnde, herrliche Erwartung, die sich einstellt, wenn Kopf und Magen wissen, dass einem etwas Gutes bevorsteht. Eine Sache, die sogar die schlechteste Stimmung umkehren kann.

Als ich endlich den Hügel vor mir sah, konnte ich mich kaum noch beherrschen. Das Gefühl wühlte meinen Magen auf, als hätte ich Schüttelfrost. Ich erklomm den Hügel und rannte hinunter, so schnell an der Blockhütte vorbei, wie mich meine Beine tragen konnten. Natürlich kamen die Hunde wieder aus ihrer Hütte geschossen.

Niemals bellten sie. Trotz ihrer Aufgeregtheit gaben sie kein Winseln von sich, obwohl sie offensichtlich begeistert über meine Ankunft waren. Sie blieben immer stumm. Vollkommen leise.

Das liebte ich an ihnen.

Wir rannten.

Wir rannten in einem großen Bogen, damit wir nicht an den Waldrand gelangten und der Zivilisation ausweichen konnten. Unser Weg führte uns wieder in die Nähe der Blockhütte, doch der Pfad war zu dicht bewachsen, um die Hütte im Vorbeirennen aufblitzen zu sehen.

Wir rannten den ganzen Weg bis über die River Road und hielten am Flussufer inne. Ich hockte mich keuchend hin und zog ein Sandwich aus meiner Tasche. Ich hatte bereits gefrühstückt, aber das Rennen machte mich immer hungrig und ein Sandwich war das Einzige, was ich mir selbst zubereiten und in einer Plastiktüte mitnehmen konnte.

Zu Hause bemerkte niemand, dass Essen fehlte oder dass ich morgens früher aufstand. Niemand fragte, warum ich das Haus über eine Stunde zu früh für die Schule verließ. Ich war zu Hause wie ein Geist. Hätte ich nicht ab und zu die Kriegsführung der beiden unterbrochen, hätte ich genauso gut nicht existieren können.

Die Hunde drängten sich an mich heran und schlugen mit ihren wedelnden Schwänzen gegen meine Beine. Ich gab jedem ein Stück vom Sandwich und beobachtete das Treiben des schlammigen Wassers.

Dann wurde ich nervös.

Sie waren nicht meine Hunde. Ich hatte keine Ahnung, wem die Hunde gehörten. Ich hätte diese Hunde nicht bei mir haben sollen, so weit weg von ihrem Zuhause. Was, wenn einer der Hunde zu nah an den Fluss gelangte und das schlammige, glitschige Ufer hinunterrutschte? Was, wenn sie auf die Straße liefen? Es gab hier nicht viel Verkehr, aber die Autos, die vorbeikamen, fuhren fast immer viel zu schnell über die gerade Straße, denn hier war es menschenleer.

»Kommt schon«, sagte ich zu ihnen. Die Ohren der Hunde stellten sich auf, sie horchten. »Lasst uns zurückgehen.«

Am Straßenrand blickte ich nach links und rechts. Von meinem Standort aus hatte man einen schier unendlich weiten Blick in beide Richtungen. Niemand kam, also nahm ich die Gelegenheit wahr. Ich wollte ein kleines Experiment durchführen.

Etwa hundertfünfzig Meter rannte ich mit den Hunden auf dem unbefestigten Randstreifen neben der Straße entlang. Ich wollte sehen, wie viel schneller ich sein konnte, wenn ich nicht im Zickzack um die Bäume herumlaufen musste. Doch das Experiment wurde ein Reinfall. Wer weiß, vielleicht rannte ich wirklich schneller, aber es machte keinen Spaß. Es war überhaupt nichts Besonderes, nur ermüdend für die Füße.

Ich vermisste die ständigen Ausweichmanöver. Die Baumstämme, die ich aus dem Augenwinkel verschwommen an mir vorbeiziehen sah. Genauer gesagt wurde beim Rennen auf dem Randstreifen mein Geist so losgelöst, dass ich anfing zu denken, auch wenn ich nach all diesen Jahren nicht mehr sagen kann, was genau. Mir war nicht bewusst gewesen, dass ich diese absolute Konzentration benötigte, die sich bei der improvisierten Suche nach dem Weg einstellt. Für einen anderen Gedanken war dann in meinem Kopf kein Platz mehr.

»Kommt schon«, sagte ich zu den Hunden. »Lasst uns umkehren.«

Sicher wussten sie nicht, was ich meinte. Aber dann blieb ich stehen und drehte mich um, und das verstanden sie.

Genau in diesem Augenblick fiel mir etwas auf.

Ich joggte gerade am Friedhof vorbei, den ich auf dem Hinweg gar nicht bemerkt hatte. Was nun meine Aufmerksamkeit erregte, sodass ich stehen blieb, war ein Strauß hellgelber Blumen. Ich wusste nicht, welche Blumen es waren. Von solchen Dingen habe ich auch heute noch keine Ahnung. Aber es waren gelbe, langstielige Blumen.

Genau genommen war daran eigentlich gar nichts so seltsam. Doch aus zwei Gründen trat ich nun näher.

Erstens war schon seit langer Zeit niemand im Ort gestorben. Vielleicht seit sechs oder sieben Jahren nicht mehr, mit Ausnahme des alten Mr Walker, der nach Michigan überführt worden war, damit er bei seiner Familie beerdigt werden konnte. Natürlich kann man nach sechs oder sieben Jahren noch um einen Familienangehörigen trauern, an ihn denken und sein Grab besuchen. Aber da war noch etwas Seltsames. Die gleichen Blumen waren auf zwei verschiedene Gräber gelegt worden. Und die Gräber lagen weit voneinander entfernt, also konnte es sich nicht um dieselbe Familie handeln.

Ich trat durch das Tor und die Hunde folgten mir schwanzwedelnd zum ersten Grab.

Auf dem Grabstein stand: »Wanda Jean Paulston, 10. November 1945 – 18. Dezember 1952«.

Nur sieben Jahre alt. Das musste jedem in der Familie das Herz gebrochen haben. Ich wunderte mich, dass ich nicht davon gehört hatte. Aber Eltern erzählen ihren Kindern nicht gern solche Dinge. Außerdem war es schon vor meiner Geburt passiert.

Ich ging zum zweiten Grab. Darauf stand: »Frederick Peter Smith, 11. April 1946 – 18. Dezember 1952«.

Ich blieb still stehen, während ich die Information verarbeitete. Beide waren jung gestorben. Am selben Tag. Jemand trauerte um sie beide.

Es kam mir vor wie ein Rätsel, zu dessen Auflösung mir die Hinweise fehlten, aber es war kein drängendes Rätsel. Die beiden hatten also einen gemeinsamen Freund gehabt, na und?

Außerdem hatte ich es eilig, die Hunde zu ihrem Haus zurückzubringen.

»Kommt«, sagte ich zu ihnen. »Wir gehen.«

Sie warfen mir beide diesen Blick zu, der besagte, dass es dafür auch Zeit sei.

Wir rannten zu der Stelle zurück, wo wir aus dem Wald gekommen waren, und ich brachte sie nach Hause. In jeder Sekunde dieser wunderbaren Minuten war ich frei von allen Gedanken.

* * *

Ich öffnete gerade meinen Spind im Schulflur, als Connor von hinten an mich herantrat.

»Du willst am Auswahltraining für das Leichtathletikteam teilnehmen, stimmt's?«

Ich drehte mich um und warf ihm einen wahrscheinlich verwirrt wirkenden Blick zu. »Morgen ist doch der letzte Schultag.«

»Stimmt. Deshalb denke ich, du solltest nicht länger warten.«

Er wollte nur hilfreich sein. Das ist mir heute klar, und vielleicht war es das schon damals. Doch was er sagte, ergab einfach keinen Sinn.

»Aber … was soll das nützen? Ich mach's einfach im Herbst.«

Allerdings hatte ich das nicht vor. Ich wusste bereits, dass ich es nicht wollte. Ich wollte im Wald rennen, nicht auf einer geraden Strecke. Ich wollte mit den Hunden rennen und nicht mit gleichaltrigen Jungen, von denen ich die meisten nicht sehr mochte und denen ich auch nicht vertraute.

»Oh«, sagte Connor. Er klang enttäuscht. »Trainer Haskell wird dich vielleicht fragen, ob du vor dem Herbst am Auswahltraining teilnehmen willst.«

»Warum sollte er das tun? Woher weiß er überhaupt, dass ich Interesse am Laufen habe?«

»Du hast mir erzählt, wie gern du rennst«, sagte er. »Ich habe mit dem Trainer gesprochen. Ich dachte, du hättest nichts dagegen.«

»Das habe ich auch nicht«, sagte ich. Doch es war eine Lüge. Ich log, um seine Gefühle nicht zu verletzen. Mir schwante schon, dass ich am Ende am Auswahltraining für das Team teilnehmen würde, nur um seine Gefühle nicht zu verletzen.

Ich öffnete den Mund, um etwas hinzuzufügen, doch in diesem Augenblick ging Libby Weller an uns vorbei. Sie trug einen weiten Rock, der um ihre Knie schwang, und einen kurzärmeligen Pullover. Sie sah mich und blieb stehen.

»Lucas«, sagte sie. »Hast du etwas von deinem Bruder gehört?«

Wie immer wurde ich in Libbys Nähe nervös. »Ähm … nein.« Sie nickte kurz und ging davon. Dann sah ich auf und begegnete Connors fragendem Blick.

»Hätte ich ihr erzählt, dass ich von ihm gehört habe«, erklärte ich, »dann hätte sie mich als Nächstes gefragt, wie es ihm geht. Auf das Ganze hatte ich jetzt einfach keine Lust.«

Er nickte verständnisvoll. Ich nahm mein Mathebuch aus dem Spind und schloss die Tür. Schweigend gingen wir durch den Flur.

Schließlich sagte Connor: »Ich glaube wirklich, sie mag dich.«

Das hatte er schon öfter gesagt. Aber ich hatte es ihm nie abgenommen, und ich glaubte es auch jetzt nicht. Die Sache war die: Libby war ein sehr hübsches Mädchen. Ein paar Nummern zu hübsch für mich. Und hätte ich Connor geglaubt, wäre es ein weiter Weg nach unten gewesen, falls er doch nicht recht hatte. Also ging ich davon aus, dass er falschlag.

»Das glaube ich nicht«, sagte ich, wie immer. Dann fügte ich etwas hinzu, das ich bisher noch nicht erwähnt hatte: »Ich glaube, es ist nur wegen ihrem Bruder.«

Libbys Bruder Darren war ein paar Wochen zuvor aus dem Krieg zurückgekehrt, er hatte seinen rechten Unterschenkel verloren. Bemerkte Connor wirklich nicht, dass Libby immer nach Roy fragte und niemals danach, wie es mir ging? Es war nicht schwer, eins und eins zusammenzuzählen.

Ich öffnete wieder den Mund, kam aber nicht dazu, noch etwas zu sagen. Als ich aufblickte, sah ich Trainer Haskell, der uns breitbeinig den Weg verstellte. Er maß etwa zwei Meter und seine Schultern waren so massiv wie ein Berg. In Jogginghose und T-Shirt stand er im Flur, die Arme über der Pfeife um seinen Hals gekreuzt. Er versuchte, meinem Blick zu begegnen, aber ich wich ihm aus.

Erfolglos unternahm ich einen Versuch, mich an ihm vorbeizuschlängeln.

»Painter«, bellte er.

Ich blieb stehen.

»Ja, Sir?«

»Morgen um elf. Du nimmst am Auswahltraining für das Leichtathletikteam teil.«

»Wäre es nicht besser, wenn ich es im Herbst mache?«

»Ich muss wissen, auf wen ich nächstes Semester bauen kann. Also, sei bitte da und lass mich nicht hängen.«

Connor warf mir einen schuldbewussten Blick zu und schlich sich davon.

* * *

Am nächsten Morgen wurde ich schon lange vor dem Klingeln meines Weckers wach.

Ich hatte die normale Weckzeit eingestellt. Das heißt, die alte normale Weckzeit – gerade früh genug, um zur Schule zu kommen. Denn wie ich schon sagte, hatten wir nur einen halben Schultag. Ich würde anschließend mit den Hunden rennen gehen können, als eine Art Feier.

Und dennoch war ich hellwach. Es war nicht nur früher als meine normale Weckzeit, sondern sogar früher als ich normalerweise zum Rennen aufstand.

Manchmal denke ich darüber nach, wie seltsam es im Rückblick ist. Eine Sache ereignet sich, die so bedeutend ist, dass sie ein Leben retten kann, und man weiß nicht, warum sie sich ereignet hat. Und zu dem Zeitpunkt hatte man keine Ahnung, wie bedeutend diese Sache war. Aber rückblickend fragt man sich, warum Dinge so laufen, wie sie laufen.

Ich wälzte mich noch ein paar Minuten lang schlaflos hin und her, bevor ich aufgab.

Ich schlüpfte schnell in Jogginghose und T-Shirt und ging nach unten. Meine Eltern schliefen noch. In der Küche war es dunkel und still, und ich füllte mir Müsli in eine Schale, ohne das Licht einzuschalten. Während ich schnell mein Frühstück aß, wurde es draußen allmählich hell.

Ich stellte die Schüssel in die Spüle und glitt zur Tür hinaus, dann joggte ich zu der Stelle, von wo ich immer einen Pfad in den Wald fand. Sofort spürte ich den Schlafmangel in meinen Knochen. Es fühlte sich an wie ein Loch in meinem Inneren, doch ich lief weiter.

Es war gerade hell genug, um sicher über die abgebrochenen Äste zu gelangen, die unter den Bäumen lagen.

Als ich über den Hügel kam und die Blockhütte sah, waren die Hunde bereits draußen. Es war ungewöhnlich, dass sie nicht in ihrer Hütte waren. Stattdessen standen sie auf der Veranda. Ich spürte sofort ihre Unruhe, als ich sie sah.

Der größere Hund, der Rüde, schritt buchstäblich die Veranda ab. Mit weit ausholenden Bewegungen legte er den Weg über die ganze Veranda zurück, dann drehte er sich um und wiederholte die Schritte in die andere Richtung. Der kleinere Hund, eine Hündin, wie ich jetzt wusste, kratzte an der Tür. Und das war ein richtiges Kratzen. Nicht so, wie ein Hund kratzt, um mitzuteilen, dass er raus muss. Nicht nur eine kleine Abwärtsbewegung mit der Pfote. Sie kratzte, als wollte sie sich durch das feste Eichenholz graben. Und als ich näher kam, konnte ich sehen, dass sie einen ziemlichen Schaden angerichtet hatte.

Beide sahen auf, als ich den Hügel hinunterrannte, doch anstatt zu mir zu kommen, blickten sie wieder weg und fuhren mit ihrer Beschäftigung fort. In diesem Moment setzte ein flaues Gefühl in meinem Magen ein. Hier stimmte etwas ganz und gar nicht.

Normalerweise hielt ich mich so weit wie möglich von der Blockhütte entfernt, aus Respekt vor der Person, die dort wohnte, wer auch immer das war. An diesem Morgen betrat ich zum ersten Mal die Veranda. Ich musste dem Rüden ausweichen, um nicht umgeworfen zu werden, denn er blieb weder stehen noch verlangsamte er sein Tempo für mich.

Ich atmete tief durch, nahm all meinen Mut zusammen und klopfte fest an die Tür.

Nichts. Keine Antwort.

»Hallo?«, rief ich. »Ist alles in Ordnung bei Ihnen?«

Stille.

Ich hörte das aufgeregte Zwitschern der Vögel in den Bäumen. Sie hatten nicht die geringste Ahnung von den Problemen, die sich unter ihnen abspielten. Die Sonne ging auf und sie reagierten auf diesen willkommenen, täglichen Vorgang. Ihr fröhlicher, charmanter Gesang war von dem besessenen Kratzgeräusch durchsetzt – und irgendwie ruiniert.

Ich klopfte wieder an die Tür, dieses Mal fester.

»Hallo? Jemand zu Hause?«

Nichts.

An der Vorderseite der Blockhütte war kein Fenster, also ging ich an die Seite. Tannennadeln knirschten unter meinen Sohlen, als ich an das Fenster trat. Ich atmete noch einmal tief durch und blickte hinein.

Eine Frau lag mit geschlossenen Augen im Bett, als würde sie friedlich schlafen, eine Patchworkdecke bis unter die Achseln hochgezogen. Sie war schon älter, nicht uralt wie meine Urgroßmutter, aber alt im Vergleich zu mir. Vielleicht Mitte fünfzig. Ihr langes graues Haar fiel ihr glatt um das Gesicht und über die Schultern. Es hätte ein durchaus friedlicher Anblick sein können, wäre da nicht die Reaktion der Hunde gewesen. Ohne die Hunde hätte ich wohl angenommen, dass sie sehr tief schlief.

Ich klopfte an das Fenster und machte mich darauf gefasst, dass sie die Augen öffnen und schreien würde, wenn sie mich durch das Fenster starren sah.

Doch sie öffnete nicht die Augen.

Ich klopfte fester.

»Ma'am?«, brüllte ich. »Ist alles in Ordnung mit Ihnen da drinnen?«

Keine Reaktion.

In diesem Moment schoss mir ein panisches Gefühl in den Bauch. Denn ich hatte wirklich laut geklopft. Ich hatte laut gebrüllt. Niemand konnte einen so tiefen Schlaf haben. Mit einem Schaudern kam mir der Gedanke, dass ich möglicherweise eine Leiche angebrüllt hatte.

»Ma'am!«, schrie ich mit einer Lautstärke, die von meiner Furcht noch verstärkt wurde. »Ma'am, ist alles in Ordnung mit Ihnen?«

Dann hörte ich mit dem Brüllen auf. Ich lehnte mich an den Fenstersims und atmete zweimal tief durch.

Mit ihr war nicht alles in Ordnung.

Ich rannte los.

»Ich hole Hilfe!«, rief ich den beiden unruhigen Hunden auf der Veranda zu, doch sie schenkten mir keine Beachtung.

* * *

Meine Eltern schliefen noch, als ich durch die Küchentür stürzte.

Ich rannte direkt zum Telefon. Meine Mutter hatte einen Zettel mit Notfallnummern aus dem Telefonbuch an den Kühlschrank geklebt.

Mit zitternden Fingern wählte ich die Nummer der Polizeiwache.

»Taylor County Sheriff«, meldete sich eine weibliche Stimme.

»Ich möchte eine …« Ich kam kurz ins Stocken. Was genau musste ich melden? Zwei ruhelose Hunde und eine Frau, die nicht aufwachte? »… eine Person melden, die vielleicht in Schwierigkeiten ist.«

Am anderen Ende der Leitung entstand eine längere Stille und ich stellte mir vor, wie diese Frau wegen meiner Dummheit die Augen verdrehte. Doch es stellte sich heraus, dass sie mich nur mit einer anderen Nummer verband. Nach einem Klicken in der Leitung hörte ich eine gelangweilt klingende, männliche Stimme.

»Deputy Warren«, sagte die Stimme. »Mit wem spreche ich?«

»Lucas Painter. Aus der Deerskill Lane.«

»Und über welche Schwierigkeiten reden wir hier, mein Junge?«

»Ich weiß nicht«, antwortete ich. »Diese Frau lebt ganz allein weit draußen. Sie liegt im Bett, als würde sie schlafen, aber nichts kann sie aufwecken. Nichts.«

»Vielleicht hat sie nur einen sehr tiefen Schlaf«, sagte Warren, anscheinend immer noch gelangweilt.

»Ich habe wie verrückt an ihr Fenster geklopft. Niemand könnte bei dem Lärm schlafen, den ich gemacht habe. Und ihre Hunde sind ganz aufgebracht. Einer von ihnen versucht, sich durch die Haustür zu kratzen, um hineinzukommen.«

Stille am anderen Ende der Leitung, dann hörte ich ihn seufzen. Vielleicht hatten wir gerade die Grenze übertreten, bei der ihm klar wurde, dass er aufstehen und etwas tun musste.

»Okay, gib mir ihre Adresse. Ich fahre hin und sehe nach, wie es ihr geht.«

»Ich habe keine Adresse.«

»Das hilft in unserer Situation nicht, mein Junge.«

»Tut mir leid, ich glaube nicht, dass sie eine Adresse hat. Sie lebt draußen mitten im Wald. Dort gibt es keine Straßen, wie kann es da eine Adresse geben?«

»Mitten im Wald, sagst du?«

»Ja, Sir.«

»In einer Blockhütte? Mit einem Blechdach?«

»Ja, Sir.«

»In Ordnung. Die Hütte kenne ich. Zoe Dinsmore lebt dort. Das kann nur sie sein. Es wäre mir neu, dass wir mehr als eine Frau haben, die ganz allein mitten in diesem Wald lebt. Okay, mein Junge. Ich fahre hin und sehe nach, was mit ihr los ist.«

Dann legte er auf.

Als ich aufblickte, sah ich meine Mutter, die am Türrahmen lehnte und mich schläfrig beobachtete.

»Ist alles in Ordnung?«, fragte sie, aber es klang nicht so, als wollte sie irgendwelche Details hören.

»Ja. Ich bin gerade auf dem Weg zur Schule.«

»In einer Jogginghose?« Erstaunt blickte sie an mir herunter.

»Oh. Nein. Ich wollte mich noch umziehen.«

Ich rannte nach oben in mein Zimmer.

* * *

Als ich für mein Auswahltraining um elf Uhr auf die Laufbahn kam, waren schon zwei andere Jungs da. Elftklässler, glaube ich. Also jedenfalls älter als ich. Ich kannte sie nur vom Sehen. Warum sollten sie auch etwas mit einem Neuntklässler wie mir zu tun haben wollen?

Wir nahmen unsere Plätze ein, ich zwischen den beiden, was sich ein wenig bedrohlich anfühlte. Es gab sogar Startblöcke, für mich etwas völlig Neues. Obwohl sie nicht kompliziert aussahen, kann man nicht automatisch wissen, wie man seinen Körper gegen so ein Ding abstützen soll. Im Nachhinein ist mir klar, dass ich hätte fragen sollen, aber zu dem Zeitpunkt war mir das zu peinlich.

Der Junge links neben mir starrte konzentriert auf die Laufbahn vor sich. Sehr intensiv und angespannt. Der andere beobachtete, wie ich mich mit den Blöcken und meiner Startposition abmühte, und kicherte höhnisch.

Der Trainer fackelte nicht lange, trat hinter uns und versetzte dem Kicherer mit der flachen Hand einen Klaps auf den Kopf.

»Au!«, klagte der Junge und rieb sich die Stelle.

»Hör auf, so zu tun, als wärst du etwas Besseres und zeig ihm, wie man die Blöcke benutzt.«

Also erhielt ich eine kurze Einführung, während der Trainer hinter uns stehen blieb, um sicherzustellen, dass es keinen Ärger mehr gab. Die ganze Zeit über sah ich seinen langen Schatten über uns. Wie schon den ganzen Morgen wanderten meine Gedanken immer wieder zu der Frau in der Blockhütte ab, aber ich zwang mich, das Bild wenigstens für die Dauer des Rennens von mir zu schieben, um keine Fehler zu machen.

Wir begaben uns in Position, waren praktisch startbereit, aber dann kam der Trainer zu mir und korrigierte meine Haltung.

Er trat zurück, erhob die Startpistole und feuerte.

Die Jungen zu meiner rechten und linken Seite schossen los.

Ich stolperte.

Ich war mindestens sechs Meter hinter ihnen, aber ich wusste, dass ich innerlich die nötige Kraft aufbringen konnte. Es war nur eine Sache des Wollens. Ich musste es so sehr wollen, dass ich es einfach schaffen würde, ob ich dazu in der Lage wäre oder nicht. Es klingt seltsam, aber so fühlte ich mich. Und an diesem Tag wollte ich es. Nicht, weil ich gern auf der Laufbahn rannte, und auch nicht, weil ich einen Platz im Team ergattern wollte. Ich wollte es, weil die Jungen immer noch kichern würden, wenn sie mich im Rennen schlugen, falls sie mich schlugen, auch wenn sie es nur insgeheim tun würden, damit der Trainer es nicht mitbekam. Niemand konnte ihnen das insgeheime Kichern nehmen.

In der Kurve holte ich so weit auf, dass ich nur noch eine Armeslänge von meinem Ziel entfernt war.

Auf dem letzten Streckenabschnitt konnte ich den Abstand kaum einholen und rannte, bis mir fast alle Luft wegblieb.

Ich sah die Ziellinie näher kommen, und mein Brustkorb hatte noch Ressourcen, also legte ich noch einen drauf. Ich überholte den Konzentrierer, der langsamer geworden war, zog mit einem oder zwei Zentimeter Vorsprung an dem Kicherer vorbei und erreichte als Erster die Ziellinie.

Ich lief aus und blieb schließlich stehen. Keuchend stützte ich meine Hände auf den Knien ab.

»Okay, Painter«, sagte Trainer Haskell. Er hatte das Innenfeld überquert und stand neben uns an der Ziellinie, den Blick auf seine Stoppuhr gerichtet. »Du bist im Team.«

Ich erhob mich und sah ihn direkt an. »Ich will gar nicht ins Team«, sagte ich. Es überraschte mich selbst, dass ich es laut aussprach. In diesem Alter fügte ich mich Autoritäten normalerweise. Doch Connor war nicht hier, sodass ich seine Gefühle nicht verletzen konnte. Ich glaube, mir war einfach noch nicht der Gedanke gekommen, dass mein Auswahltraining alles andere als ein völliger Flop sein könnte.

»Jammerschade«, sagte er. »Denn du bist bereits drin.«

Ich schüttelte den Kopf und sagte nichts mehr. Es hatte keinen Zweck. Wenigstens hatte ich den ganzen Sommer lang Zeit, mir einen Ausweg aus dieser Sache zu überlegen.

»Wie lange trainierst du schon?«, fragte mich der Trainer.

»Trainieren? Ich würde nicht sagen, dass ich richtig trainiere. Ich gehe einfach raus und renne.«

Jetzt grinsten mich beide Jungen höhnisch an. Sie standen schwer atmend hinter dem Trainer und lachten leise, als hätte ich etwas unglaublich Dummes gesagt.

»Wie zum Teufel denkst du, trainiert ein Läufer«, bellte mich der Trainer an, »außer indem er rausgeht und rennt?«

»Oh«, erwiderte ich. »Okay. Dann seit etwa zwei Wochen.«

Allen dreien blieb der Mund offen stehen. Die beiden Jungen schüttelten den Kopf, wandten sich ab und schlurften zum Umkleideraum. Der Konzentrierer warf mir über die Schulter einen bösen Blick zu.

Der Trainer und ich blieben einen Augenblick länger stehen.

»Haben die beiden es nicht ins Team geschafft?«, fragte ich, um zu verstehen, warum sie so allergisch auf mich reagierten.

»Die beiden sind schon seit über einem Jahr in meinem Team«, erwiderte er. »Du hast gerade meine zwei besten Läufer geschlagen. Nach zwei Wochen Training.«

»Oh«, murmelte ich.

Meine Hoffnung, mich aus dieser Verpflichtung herauswinden zu können, löste sich in diesem Augenblick in Luft auf.

* * *

Sobald ich aus der Schule zurück war, rannte ich wieder zur Blockhütte. In meinem Magen rumorte es wegen des Erlebnisses auf der Laufbahn und wegen des Schlafmangels, aber vor allem, weil dieser Morgen so schrecklich gewesen war. Und diese Ungewissheit, während ich in der Schule war. Nicht zu wissen, *wie* furchtbar die ganze Sache wirklich sein könnte.

Die Hunde lagen apathisch auf der Veranda. Als sie mich sahen, klopften sie mit den Schwänzen auf den Bretterboden, machten sich aber nicht die Mühe, aufzustehen.

Die Haustür war angelehnt. Durch einen Spalt von etwa fünf Zentimetern konnte ich das ungemachte Bett am anderen Ende des Zimmers sehen.

Ich klopfte an die Tür, um sicherzustellen, dass niemand da war.

Nichts.

»Hallo?«

Nichts.

Ich sah zu den Hunden, die meinen Blick erwiderten. In ihren Augen konnte ich lesen, dass mein Morgen im Vergleich zu ihrem ein Zuckerschlecken gewesen war.

Ich fragte mich, ob sie schon etwas gefressen hatten.

Ein paar Minuten lang lief ich über das Grundstück und machte eine Bestandsaufnahme. Es gab einen altmodischen Brunnen mit einer Handpumpe. Bei einem winzigen Gebäude stellte ich mit einem Schaudern fest, dass es sich um ein Klohäuschen handelte. Ich öffnete vorsichtig die Tür eines Schuppens in der Hoffnung, dort Hundefutter zu finden, aber er enthielt nur Werkzeug und Geräte. An einem Haken an der Hundehütte war ein Wassereimer aus Aluminium befestigt, der weniger als zur Hälfte gefüllt war. Vor der Hütte standen zwei leere Futternäpfe.

Ich trug den Eimer an den Brunnen, hängte ihn mit dem Griff an die Zapfpistole und kurbelte, bis der Eimer sich mit Wasser füllte. Es war nicht einfach und ich geriet schnell außer Atem. Ich kam zu dem Schluss, dass diese Frau mittleren Alters Arme wie ein Wrestler und die Ausdauer eines Packesels haben musste.

Ich stellte den gefüllten Eimer wieder sicher an seinen Platz und beschloss, mich in der Blockhütte auf die Suche nach Hundefutter zu machen.

Nur um auf Nummer sicher zu gehen, klopfte ich wieder an die Tür, bevor ich sie ein Stück aufdrückte und in die Hütte spähte. Es war ein sehr karges Zuhause. Mitten im Raum stand ein Holzofen, der die Hütte heizte. Ein uralter Herd und ein frei stehendes Porzellanbecken. Kaum eine Arbeitsfläche. Einer dieser Minikühlschränke, wie es sie in Wohnwagen und Atombunkern gab.

Ein raumhoher Schrank sah wie eine Vorratskammer aus, also öffnete ich die Tür. Ich fand Dosensuppen, Reis, Spaghetti, Würstchen und Bohnen. Und einen Zwanzig-Kilo-Sack mit trockenem Hundefutter.

In dem Sack lag ein Topf, um das Futter herauszuschöpfen, also nahm ich an, dass jeder Hund etwa einen Topf voll zu fressen bekam. Ich füllte den Topf, brachte ihn raus und leerte den Inhalt in einen Futternapf. Dann wiederholte ich das Ganze.

Die Hunde schenkten weder dem Futter noch mir große Beachtung, so sehr waren sie von ihrer Trauer gefangen. Der Kummer stand ihnen ins Gesicht geschrieben.

Als ich ging, versuchte ich, die Tür hinter mir zu schließen, doch das Schloss war kaputt und ein Teil des Türrahmens abgerissen. Ich schauderte, denn ich begriff, dass die Männer des Sheriffs die Tür aufgebrochen hatten, um die Frau dort rauszuholen.

Ich entdeckte ein Geschirrtuch, das über dem Griff der Ofentür hing. Ich faltete es zusammen und verwendete es als Keil, um die Tür halbwegs zu schließen.

Ich sah zu den Hunden und ihren vollen Futternäpfen und mir wurde klar, dass ich vor Sonnenuntergang zurückkommen musste, um nachzusehen, ob sie ihr Futter gefressen hatten. Falls nicht, musste ich das Futter über Nacht in die Hütte stellen, weil es sonst Waschbären und wer weiß welche anderen Wildtiere anlocken konnte – und ein Kampf der Hunde mit Waschbären war das Letzte, was ich brauchte. Waschbären konnten boshafte kleine Räuber sein.

Die Hunde sahen mich mit Blicken an, die sagten: »Kannst du verstehen, wie schlimm das ist? Hast du je in deinem Leben einen so schrecklichen Tag erlebt?«

»Ich komme zurück«, sagte ich zu ihnen. »Ihr müsst nicht hungern.«

Sie wandten den Blick ab, legten das Kinn auf die Pfoten und ich konnte das Gefühl nicht abschütteln, dass sie von mir enttäuscht waren. Weil ich ganz offensichtlich nicht begriff, dass Futter nicht das Problem war.

Ich ging nach Hause. Dieses Mal rannte ich nicht.

* * *

Als ich zu Hause ankam, war meine Mutter nicht da. Sie hatte mir eine Nachricht auf dem Tisch hinterlassen: »Bin zum Supermarkt. Nimm dir Plätzchen.«

Der Zettel mit der Nachricht lag auf einem kleinen, mit Plastikfolie abgedeckten Teller mit sechs Schokoplätzchen. Ich stopfte mir ein ganzes Plätzchen in den Mund und wählte wieder die Nummer der Polizeiwache, während ich kaute.

»Taylor County Sheriff«, meldete sich die gleiche hohe Stimme wie am Morgen.

»Hallo. Hier ist Lucas Painter. Könnte ich bitte noch einmal mit Deputy Warren sprechen?«

»Einen Moment bitte«, zwitscherte sie.

Ganz plötzlich und unvermittelt war Warren am Apparat.

»Was kann ich für dich tun, mein Junge?«

»Ich habe mich nur gefragt, wie es ihr geht. Ist alles in Ordnung mit ihr?«

»Nicht wirklich«, erwiderte er. »Nein.«

»Was ist ihr zugestoßen?«

»Überdosis. Verschriebene Medikamente.«

»Sie meinen ... also absichtlich?«

»Mein Junge, ich habe keine Ahnung«, sagte er mit einer Stimme, die so scharf klang, dass sie diese Art von Fragen sofort unterbinden konnte. »Aber eines kann ich dir sagen: Es war ein Glück, dass du es gemeldet hast. Sie war nicht mehr bei Bewusstsein, und hättest du sie nicht entdeckt, glaube ich nicht, dass sie eine gute Chance gehabt hätte. Du hast ihr wahrscheinlich das Leben gerettet. Oder … na ja, ich meine, falls sie überlebt, ist es jedenfalls dir zu verdanken. Aber sag mir, wie kam es, dass du so weit da draußen warst?«

»Oh«, erwiderte ich. »Ich war wegen den Hunden dort. Ich mag die beiden Hunde.«

»Deine Eltern lassen dich keinen Hund haben?«

»Nein, Sir.«

»Na, wenn du sie so sehr magst, geh mal vorbei und sieh nach, ob sie genügend Wasser und Futter haben.«

»Das habe ich schon getan.«

Eine lange Stille am Ende der Leitung, bevor ich die offensichtliche Frage stellte – obwohl ich bereits wusste, dass er keine Antwort darauf haben würde.

»Wird sie wieder gesund werden?«

»Mein Sohn, ich habe ja vielleicht viele Fähigkeiten, aber ein Arzt bin ich nicht. Für solche Informationen musst du das Krankenhaus anrufen.«

»Ich habe schon wieder ihren Namen vergessen.«

»Zoe Dinsmore, das ist sie.«

Es war ein seltsamer Satz, und er sprach ihn seltsam aus. Als sei es irgendwie besonders erwähnenswert, Zoe Dinsmore zu sein, aber es klang nicht, als sei das etwas Gutes. Es lag darin eine unterschwellige Botschaft versteckt, aber wie sollte ich an sie herankommen? Es schien keinen Zugang zu geben.

Ich dankte ihm und legte auf. Dann suchte ich die Telefonnummer des Krankenhauses heraus, rief dort an und erreichte überhaupt nichts. Sie wollten mir keine Einzelheiten zu ihrem Zustand mitteilen, da ich kein Familienangehöriger war.

Ich fragte mich, ob Zoe Dinsmore überhaupt Familienangehörige hatte.

Ich rannte kurz vor Sonnenuntergang zurück, schloss das unberührte Hundefutter im Schuppen ein, und musste dann zu meinem Leben zurückkehren, ohne zu wissen, wie es ihr ging.

In dieser Nacht ging ich schlafen, ohne das zu wissen.

Ich hatte gedacht, es müsse eine wunderbare Sache sein, jemandem das Leben gerettet zu haben. Etwas, auf das man stolz sein konnte. Etwas, was selbst die meisten Erwachsenen noch nicht getan hatten.

Doch ich wusste nicht, ob ich tatsächlich ein Leben gerettet hatte. Denn dazu musste die Person, die man retten wollte, erst einmal überleben.

Kapitel 3

Familie

Vor Sonnenuntergang war ich wieder draußen an der Blockhütte und stellte den Hunden ihr Trockenfutter hin, obwohl ich wusste, dass sie es nicht fressen würden.

Sie lagen auf der Veranda, die Köpfe auf dem Boden, aber mit geöffneten Augen, als bliebe ihnen nichts anderes übrig, als all dieses Leid zu spüren. Ihnen blieb wohl wirklich nichts anderes übrig. Sie waren schließlich Hunde.

Mir als Mensch stand eine Reihe von Möglichkeiten zur Verfügung, um ungewollte Emotionen zu vermeiden. Und dennoch schienen diese Möglichkeiten jetzt zu versagen.

Ich legte mich schließlich zu den Hunden auf die Veranda und teilte ihr Gefühl der Verzweiflung. Was würde mit ihnen geschehen, falls die Frau nicht mehr zurückkam?

Ich hätte sie ohne zu zögern zu mir nach Hause genommen, wenn meine Eltern es erlaubt hätten. Vielleicht konnten die Hunde weiterhin hier in ihrer Hütte leben und ich konnte herkommen, um sie zu füttern, mich um sie kümmern und mit ihnen rennen. Doch ich wurde den Gedanken nicht los, dass ich eines Tages feststellen würde, dass jemand sie weggebracht hatte. Das Tierheim, oder jemand aus der Familie der Frau. Und dann fragte ich mich wieder, ob sie überhaupt eine Familie hatte.

Ich sah auf und blickte der Hündin in die Augen. Sie neigte leicht den Kopf, ohne das Kinn vom Boden zu heben, ihr Signal, dass sie nicht verstand, was ich wollte.

Ich stand auf, sprang von der Veranda und rannte, nur vier oder fünf lange Schritte. Dann blieb ich stehen und sah sie über die Schulter an. Ihr Blick begegnete meinem, dann wandte sie ihn langsam ab.

Ich kehrte wieder zurück, setzte mich auf den Absatz der Veranda, und streichelte ihre seidigen Ohren.

»War wohl einen Versuch wert«, sagte ich.

Ich tätschelte dem Rüden den Kopf und er seufzte.

Wie gern hätte ich sie aufgemuntert und ihnen erzählt, dass ihr Frauchen nach Hause kommen würde, dass sie sich keine Sorgen machen mussten. Aber ich konnte sie einfach nicht anlügen. Also hatte ich nichts zu sagen.

* * *

Meine Mutter war in der Küche, als ich zu Hause ankam. Sie spülte, wahrscheinlich das Geschirr vom Frühstück, das sie sicher für meinen Vater gemacht hatte, bevor er zur Arbeit gegangen war. Es überraschte mich, dass wir noch Geschirr hatten, das diese ganze Zeit mit meinen Eltern überstanden hatte. Das war der schwarze Humor, mit dem ich mich bei Laune hielt.

»Wo warst du?«, fragte sie mich, klang aber nicht wirklich interessiert. Sie trug eine ausgewaschene, geblümte Schürze. Aus ihrem hochgesteckten Haar hatten sich einige Strähnen gelöst, die ihr nun auf die Schulter fielen.

»Ich gehe morgens joggen.«

»Seit wann?«

»Seit etwa zwei Wochen.«

»Warum habe ich das noch nicht bemerkt?«

Gute Frage, dachte ich. *Warum hast du das nicht bemerkt?*

»Vielleicht, weil ich danach gleich zur Schule gehe.«

»Oh. Okay. Hast du schon gefrühstückt?«

»Ich könnte was essen«, sagte ich, um ihr nicht erzählen zu müssen, dass ich bereits eine Tonne Müsli verdrückt hatte, aber immer noch hungrig war.

»Setz dich«, sagte sie. »Ich mach dir ein paar Eier.«

* * *

Sie schob gerade die Rühreier in einer zu großen, gusseisernen Bratpfanne hin und her, als das Telefon klingelte. Sie stellte die Gasflamme niedriger und eilte zum Telefon.

»Nein, er ist in der Arbeit«, hörte ich sie sagen. Dann fixierte sie mich mit einem seltsamen, beunruhigenden Blick, den ich nur als vernichtend bezeichnen kann. »Oh, *Lucas*!«, sagte sie. »Ja, *Lucas* ist hier.« Sie legte die Hand über die Sprechmuschel. »Warum bekommst du einen Anruf vom Sheriff? Was hast du ausgefressen?«

»Gar nichts.«

»Warum ruft dann ein Hilfssheriff hier an? Dein Vater bekommt einen Anfall, wenn du uns irgendwelche Schwierigkeiten ins Haus bringst.«

Natürlich, dachte ich. *Gott bewahre, dass dieses Haus Schwierigkeiten erleben sollte. Wir sind alle so glücklich und zufrieden, ihr zwei tragt euren persönlichen Kleinkrieg aus und Roy ist in Übersee, wo ihm Gewehrkugeln um den Kopf fliegen. Es wäre doch eine Schande, wenn jemand dieses Glück verderben sollte.*

»Ich habe nur etwas gemeldet, das ist alles«, sagte ich. Meine Gedanken behielt ich für mich.

»Etwa ein Verbrechen?«

»Nein. Kein Verbrechen. Ich habe nur gemeldet, dass jemand Hilfe brauchte.«

Ich machte mir allmählich Gedanken um den armen Hilfssheriff, der in der Leitung wartete, also griff ich nach dem Telefon. Stirnrunzelnd sah sie mich an, gab mir aber den Hörer und eilte zum Herd zurück. Ich fragte mich, ob meine Rühreier wohl sehr verbrannt waren. Sie würde trotzdem von mir erwarten, dass ich sie aß.

»Hallo«, meldete ich mich.

»Guten Morgen, mein Junge«, sagte Deputy Warren. »Ich hoffe, ich habe dich nicht geweckt.«

»Nein, Sir. Ich bin schon seit zwei Stunden wach. Ich habe schon meinen Morgenlauf gemacht.«

Mein Magen zog sich zusammen, denn plötzlich kam mir der Gedanke – seltsamerweise erst jetzt –, dass er vielleicht anrief, um mir zu sagen, dass die Frau gestorben war.

»Ich wollte dir nur mitteilen, dass sie überlebt hat«, sagte er und ich atmete erleichtert aus. »Also, wir wissen es nicht mit absoluter Sicherheit, aber die ersten vierundzwanzig Stunden sind kritisch. Dass sie diese Zeit hinter sich gebracht hat, ist ein gutes Zeichen. Eine Krankenschwester hat mir erzählt, dass gestern jemand angerufen und sich nach ihr erkundigt hat, aber sie konnten keine Informationen rausgeben, weil der Anrufer nicht zur Familie gehörte. Ich nehme an, das warst du.«

»Aber Sie gehören doch auch nicht zu ihrer Familie«, wandte ich ein und fühlte mich noch im selben Moment wie ein Dummkopf.

»Aber ich arbeite im Gesetzesvollzug.«

»Ja. Natürlich. Also … hat sie denn überhaupt eine Familie?«

Ich hörte ein lautes Seufzen am anderen Ende der Leitung.

»Ja. Mehr oder weniger. Sie hat einen Ex-Mann, falls das zählt.

Wahrscheinlich nicht. Und zwei erwachsene Töchter, die beide geheiratet haben und weggezogen sind. Ich komme einfach nicht mehr auf ihre neuen Nachnamen, aber ich werde nachforschen.«

»Ich glaube, sie würden das gern erfahren«, sagte ich und fühlte mich schon wieder wie ein Idiot.

»Das glaube ich auch, mein Junge. Ich tue, was ich kann.«

»Danke für den Anruf.«

Nachdem ich aufgelegt hatte, setzte ich mich wieder an den Tisch und meine Mutter stellte einen Teller mit Rührei und Toast vor mich. Ich stocherte mit der Gabel in dem Essen herum. Das Rührei war zwar nicht direkt verbrannt, aber schrecklich trocken.

»Haben wir Ketchup da?«

Sie seufzte theatralisch und rauschte hinüber zum Kühlschrank. Ich wartete darauf, dass sie mich über meine Unterhaltung mit dem Hilfssheriff ausfragen und ein gewisses Interesse an meinem Leben zeigen würde, aber sie schien in Gedanken versunken zu sein.

»Ich habe einer Frau das Leben gerettet«, sagte ich.

Sie stellte die Ketchupflasche vor meinen Teller.

»Das ist schön, mein Liebling.« Sie sagte es wie jemand, der versucht, die Zeitung zu lesen, während man mit ihm redet. »Ich bin sehr stolz auf dich.«

Ich dachte plötzlich, wie gut es sich wohl angefühlt hätte, wenn sie wirklich stolz auf mich gewesen wäre. Und vielleicht war sie das ja. Rückblickend lässt sich schwer sagen, was jemand anderes spürt. Aber dieser Augenblick war nicht sehr überzeugend.

* * *

Es muss etwa zwei Tage später gewesen sein, als ich an der Blockhütte auf eine Familienangehörige der Frau stieß, und zwar wortwörtlich.

Ich hatte den Wassereimer vom Haken an der Hundehütte genommen und trug ihn auf dem Weg zur Pumpe vorn an der Blockhütte vorbei. Plötzlich kam jemand um die Ecke und wir stießen beinahe zusammen. Gleichzeitig schrien wir erschrocken auf.

»Oh!«, sagte ich. »Entschuldigung.«

Dann blieben wir kurz stehen, um Worte verlegen.

Die Frau war Anfang, Mitte zwanzig, mit kurzem, lockigem Haar und von kleiner, gedrungener Gestalt. Ihr Stirnrunzeln schien sich dauerhaft in ihr Gesicht eingegraben zu haben. Sie hielt eine schmale Holzleiste, die zu dem beschädigten Türrahmen zu gehören schien. Irgendwie musste sie es geschafft haben, sie vom Rahmen abzureißen.

»Ich habe gerade Wasser für die Hunde geholt«, sagte ich.

»Okay.«

Ich erwartete, dass sie mich fragte, wer ich sei, doch sie schien nicht besonders neugierig zu sein.

»Ich bin Lucas Painter«, stellte ich mich vor. »Ich …«

Doch sie fiel mir ins Wort. »Ich weiß, wer du bist.«

»Wirklich?«

Ich hätte sie gern gefragt, woher, doch es war mir zu unangenehm.

»Du bist dieser Junge, der herkommt, um die Hunde zu besuchen und mit ihnen zu laufen.«

»Woher wissen Sie das?«

»Meine Mutter hat es mir erzählt.«

»Woher wusste sie das? Ich dachte nicht einmal, dass mich jemand gesehen hat.«

»Oh, sie hat dich gesehen.«

Dann stockte unsere Unterhaltung wieder. Ich spürte die Verlegenheit über das, was sie gerade gesagt hatte, bis in die Knochen.

Ich blickte auf die Holzleiste in ihrer Hand. »Reparieren Sie die Tür?«, fragte ich.

Der Eimer wurde allmählich schwer. Die Hunde hatten nicht viel getrunken.

»Ich versuche es. Sie kommt morgen oder übermorgen nach Hause, und dann braucht sie eine Tür, die sich schließen lässt. Also habe ich das Schloss abgemacht. Ich dachte, ich könnte es vielleicht zum Eisenwarengeschäft mitnehmen und ein neues kaufen. Aber ich muss auch das hier ersetzen.« Sie hielt die Holzleiste hoch. »Aber ich habe nichts zum Abmessen dabei. Und außerdem keine Ahnung von diesen Sachen. Ich kenne mich mit Haushaltsreparaturen überhaupt nicht aus.«

Ich trat unbehaglich von einem Fuß auf den anderen.

»Vielleicht kann ich Ihnen helfen«, schlug ich vor.

»Kennst du dich mit Reparaturen aus?«

»Eigentlich nicht. Aber ich weiß, wo das Eisenwarengeschäft ist.«

Sie sah mich an, als versuchte sie, herauszufinden, ob ich irgendwie beschränkt sei. »Ich auch. Ich bin hier in der Gegend aufgewachsen.«

»Oh. Entschuldigung.«

Ich war mir nicht sicher, warum ich mich entschuldigte, aber es schien damals eine Art Standardreaktion von mir zu sein.

»Aber das nützt alles nichts, wenn ich kein Metermaß habe«, sagte sie. »Ich finde hier einfach keins.«

»Gibt es hier ein Stück Seil oder Schnur?«

»Ich weiß nicht. Aber sie strickt, also hat sie Garn.«

»Das wird funktionieren«, sagte ich. »Holen Sie ein Stück.«

Sie ging zur Blockhütte zurück und ich stellte den Eimer ab, um ihr zu folgen. Es war eine Erleichterung, hinter ihr zu

53

gehen und diesem intensiven, kritischen Blick zu entgehen. Ich hatte nicht bemerkt, wie unbehaglich ich mich gefühlt hatte, bis die Situation vorbei war.

Ich wartete auf der Veranda.

Die Hunde strichen mir um die Beine und wedelten leicht mit den Schwänzen. Ihre Stimmung hatte sich wohl gebessert, nachdem sie die Tochter ihres Frauchens gesehen hatten. Ich bemerkte, dass ich nicht einmal den Namen dieser Frau kannte. Sie hatte sich nicht die Mühe gemacht, sich mir vorzustellen.

Ich beugte mich vor und tätschelte den Hunden den Kopf, als sie mich im Vorbeigehen streiften.

Die Frau kam mit einem Wollstrang aus der Blockhütte. Ich nahm ihn, verknotete das freie Ende, streckte mich und hielt den Knoten an die obere Ecke des Türrahmens.

»Hier, halten Sie das«, sagte ich mit einer Kopfbewegung zu dem Knoten hin.

Sie machte keine Bewegung und schnaubte nur bitter. Ich bemerkte, dass sie nicht so hoch greifen konnte. Sie war eine kleine Frau. Also hielt ich den Knoten stattdessen an die untere Ecke.

Sie legte die Holzleiste auf den Boden, kniete sich hin und hielt das verknotete Ende fest. Ich zog das Garn bis an den oberen Rand des Türrahmens und markierte die Stelle mit meiner Daumenkuppe.

Sie brachte mir eine Schere und ich schnitt das Garn an dieser Stelle ab.

Ich nahm die abgebrochene Holzleiste und sagte: »Okay. Ich bringe das zum Holzlager, und Sie gehen mit dem Schloss zum Eisenwarengeschäft, dann treffen wir uns wieder hier und reparieren das.«

Sie nickte nur, ohne sich bei mir zu bedanken. Ich wusste nicht, was ich davon halten sollte. Aber mehr als ein Nicken war offenbar nicht drin.

* * *

Wieder zurück in der Blockhütte, hielt ich die Holzleiste fest, während sie Nägel einschlug. Ich ahnte bereits, dass es wahrscheinlich furchtbar aussehen würde, war aber zu feige, die Verantwortung dafür zu übernehmen, dass wir mit unserem schlechten handwerklichen Geschick die Tür vermurksten.

Wir traten einen Schritt zurück, um unser Werk zu betrachten. Ich runzelte die Stirn. Sie auch. Aber andererseits schien sie permanent die Stirn zu runzeln, also war es schwer zu sagen, ob die Tür der Grund war.

»Es sieht bestimmt besser aus, wenn es erst einmal gestrichen ist«, sagte ich.

Der restliche Türrahmen hatte eine grauweiße Farbe.

»Ich bezweifle, dass es jemals richtig gut aussehen wird«, wandte sie ein.

»Aber man kann jetzt die Tür schließen.«

»Das wissen wir nicht. Wir haben es noch nicht ausprobiert.«

Ich trat so vorsichtig an die Tür, als sei sie eine Spinne oder Schlange.

Durch die Türöffnung konnte ich die Hunde auf der Veranda sehen. Sie klopften mit den Schwänzen auf den Boden, als sie meinem Blick begegneten.

Ich zog die Tür zu und probierte das neue Schloss aus. Es war ein Bolzenschloss, das sich von innen mit einer einfachen Drehung des Türknaufs öffnen ließ und von außen mit einem Schlüssel. Ich griff an den Türknauf, aber er ließ sich nicht weit drehen. Wir hatten das neue Schloss nicht ganz richtig positioniert. Der Stift ging nicht vollständig in das Schloss, aber immerhin weit genug, um die Tür zu schließen.

Ich drehte mich um und entdeckte die Frau neben mir. Sie hatte mir über die Schulter geblickt – na ja, wegen ihrer Größe eher um die Schulter herum.

»Das reicht aus«, sagte sie. »Sie wird sicher selbst daran herumbasteln, wenn es ihr besser geht. So viel ist sicher. Sie wird es perfekt hinbekommen. So ist sie – alles muss perfekt sein. Egal, was wir heute machen, sie wird daran herumbasteln. Die Tür schließt wieder, das reicht fürs Erste.«

Sie sammelte das Werkzeug ein und brachte es zum Schuppen.

Ich trat auf die Veranda und setzte mich zu den Hunden. Der Rüde legte seinen Kopf auf mein Bein.

Ich hätte eigentlich nach Hause gehen sollen, aber ich wollte noch so viel herausfinden. Aber konnte ich mich dazu durchringen, ihr all meine Fragen zu stellen?

Die Frau ging an mir vorbei zurück in die Hütte.

Ich blickte den Hund an. »Ich sollte jetzt gehen«, sagte ich.

Er schien mich zu verstehen. Er legte die Ohren an, seine Augen bekamen einen traurigen Ausdruck. Oder … einen noch traurigeren Ausdruck, sollte ich wohl sagen.

Nur Sekunden später kam die Frau, deren Namen ich noch immer nicht kannte, wieder heraus und setzte sich neben mich.

»Zum Glück weiß ich, wo meine Mutter den Tequila aufbewahrt«, sagte sie und stellte eine Flasche und zwei kleine Gläser auf den Boden.

Ich schwieg und zögerte, das auszusprechen, was mir auf der Zunge lag. Vielleicht würde sie von selbst darauf kommen.

Nur eine Sekunde später rief sie: »Oh! Was rede ich denn da? Du bist ja noch ein Kind. Wie alt bist du? Fünfzehn, sechzehn?«

»Vierzehn«, antwortete ich.

Sie füllte ein Glas mit einer, wie mir schien, großen Menge Tequila. In das andere Glas gab sie einen Spritzer. Das war wohl meins. Etwa zwei Teelöffel.

»Trink nur«, sagte sie. »Das bisschen wird dich schon nicht umbringen.«

Ich starrte auf das Glas, während ich immer noch dem Hund den Kopf tätschelte.

»Hast du schon mal Alkohol getrunken?«, fragte sie mich.

»Nur ein kleines Bier auf einer Party.«

»Das hier ist was ganz anderes. Dieses Zeug reißt dir das Hirn aus der Schädeldecke.«

Ich beobachtete, wie sie den Tequila hinunterkippte, als handelte es sich um ein kleines Schnapsglas, dann knallte sie das leere Glas auf den Verandaboden.

Ich dachte mir, dass es eigentlich eine gute Sache war, mein Hirn unter der Schädeldecke zu haben, intakt und so. Doch sie blickte mich erwartungsvoll an, also nippte ich vorsichtig an dem Getränk. Es fühlte sich an wie flüssiges Feuer.

»So macht man das nicht«, sagte sie. »Du musst alles in einem Zug runterkippen.«

Ich tat, was sie sagte – wahrscheinlich, weil ich immer tat, was Erwachsene von mir verlangten. Noch hatte ich nicht gelernt, dass ich das Recht hatte, Nein zu sagen. Jedenfalls noch nicht ganz. Ich wusste zwar, dass ich Nein sagen konnte, aber das war mir so furchtbar unangenehm, dass ich es meistens nicht machte.

Ich bekam einen Hustenanfall und meine Augen füllten sich mit Tränen. Ich konnte gar nicht mehr mit dem Blinzeln und Husten aufhören.

Sie schenkte sich noch ein Glas ein. Ich fand es seltsam, dass wir nicht über ihre Mutter redeten.

Ich saß schweigend daneben, als sie ihren zweiten Tequila kippte – ich blickte einfach in den Wald und beobachtete, wie eine leichte Brise das gefleckte Sonnenlicht auf dem Boden bewegte. In diesem Augenblick fühlte sich alles fast wieder normal an.

Meine nächste Erinnerung ist, dass sie mich mit beiden Händen fest an meinem T-Shirt packte. Plötzlich. Fast gewaltsam. Panik ergriff mich, aber ich versuchte nicht, mich ihr zu entziehen, jedenfalls nicht körperlich. Mein Kampf-oder-Flucht-Reflex war irgendwo in der Mitte stecken geblieben.

»Du musst etwas für mich tun«, sagte sie eindringlich, in ihrer Stimme lag Verzweiflung. »Versprich es mir. Versprich mir, dass du es tust!«

Der Alkohol war ihr offenbar schnell zu Kopf gestiegen. Auch ich spürte die Wirkung ein wenig. Meine Arme und Beine kribbelten leicht, mein Magen war heiß. Aber vielleicht war das zu einem Teil auch Angst.

»Ich weiß doch noch nicht mal, um was es geht«, wandte ich ein.

Unter den gegebenen Umständen war das mutig. Selbst unter diesem Druck wollte ich nichts versprechen, solange ich nicht wusste, um was es sich handelte. Schon damals habe ich Versprechen ernst genommen. Und nach all den Jahren umso mehr. Das Prinzip schien stärker zu sein als meine Neigung, den Erwachsenen zu gehorchen.

»Sag ihr, dass du nicht die Hunde nehmen wirst.«

»Die Hunde nehmen? Ich hatte überhaupt nicht vor, die Hunde zu nehmen. Dachte sie, ich wollte ihre Hunde stehlen?«

»Nein«, erwiderte sie. »Nein, nein, nein.« Sie lallte ein wenig. »Du verstehst nicht, was ich sage. Du verstehst es überhaupt nicht. Sag ihr, dass du die Hunde nicht nehmen wirst, falls ihr etwas zustößt. Und dass du dich auch nicht um sie kümmern wirst.«

»Ähm …«, murmelte ich. Und da ich mich extrem unbehaglich fühlte, fügte ich hinzu: »Könnten Sie mich bitte loslassen?«

»Oh. Tut mir leid.«

Sie öffnete ihre Fäuste und ließ mein T-Shirt los, dann strich sie über den zerknitterten Stoff, als könnte sie damit die Falten glätten.

Nach einer gefühlten Ewigkeit konnte ich endlich wieder durchatmen.

»Ich könnte die Hunde nicht nehmen, selbst wenn ich es wollte. Meine Eltern würden es mir nicht erlauben.«

»Gut! Sag ihr das. Versprich mir, dass du ihr das sagst.«

»Warum?«

»Wenn du deinen Kopf benutzt, verstehst du, warum.«

Ich starrte einen Augenblick lang in den Wald, aber mir kam keine Idee. Vielleicht lag es daran, dass ich immer noch ziemlich unter Schock stand.

»Tut mir leid«, sagte ich. »Ich habe keine Ahnung.«

»Die Hunde brauchen sie. Sie haben außer ihr niemanden, der sich um sie kümmern würde. Ich meine, wenn du es nicht tust. Das ist ihr einziger Grund, zu bleiben. Verstehst du?«

»Ja«, antwortete ich. »Ich verstehe.«

»Du klingst nicht so, als würdest du es verstehen.«

Damit hatte sie wahrscheinlich recht. Mein Kopf war voller Einzelheiten, die ich nicht verstand. Ich fragte mich, ob die Frau, ihre Mutter, diesen Planeten mit Absicht fast verlassen hätte. Und falls ja, warum hatten die Hunde sie nicht davon abgehalten? Und ich überlegte, warum es für sie nicht noch mehr Gründe als die Hunde gab.

»Es ist einfach so ein Jammer«, sagte ich.

»Auf jeden Fall. Wie fast alles.«

Obwohl sie schon stark lallte, goss sie sich noch ein drittes Glas bis zum Rand ein. Dann füllte sie noch ein wenig in mein Glas, aber ich tat, als würde ich es nicht bemerken.

»Moment!«, rief sie, und aus dem Augenwinkel bemerkte ich, dass sie mich von der Seite ansah. »Was ist ein Jammer?«

»Dass die Hunde ihr einziger Grund sind.«

Statt einer Antwort seufzte sie nur laut.

Wir schwiegen einen Augenblick. Ich hätte gern einen Fluchtversuch unternommen, um nach Hause zu gehen, stattdessen blieb ich wie angewurzelt sitzen.

»Ich verstehe nicht, warum sie in diesem verdammten Nest geblieben ist«, sagte sie schließlich. Wehmütig, als hätte sie eine bedauerliche Situation vor Augen, die mir verborgen blieb. »Niemand kann es verstehen. Alle hielten es für das Beste, weit wegzuziehen. Na ja, … alle außer ihr. Sie hätte irgendwo neu anfangen können, wo sie keiner kannte. Ich weiß nicht, was sie hier gehalten hat. Statt wegzugehen, wollte sie lieber *so* leben.«

Sie machte eine weit ausholende Geste zur Blockhütte hin.

»Was gibt es denn an unserer Stadt auszusetzen?«, fragte ich etwas beleidigt, denn schließlich lebte ich hier.

»Die beschissenen Leute, die gibt es auszusetzen. Sie machen es unmöglich, zu vergessen. Sie sagen immer genau das Falsche. Sie stellen ihr unverschämte, dumme, aufdringliche Fragen, ohne sich zu überlegen, wie sie sich dabei fühlen muss. Sie sind daran schuld, dass alles immer wieder von Neuem auf sie einstürzt. Sie hat das alles schon tausendmal gehört. Die Leute flüstern hinter ihrem Rücken, und das bis heute.«

Eine Stille trat ein und ich wartete. Für den Fall, dass da noch mehr kam. Es kam nichts mehr.

»Ich habe da wohl etwas verpasst«, sagte ich.

Sie blickte mich wieder von der Seite an. Ich konnte es spüren, wagte aber nicht, sie anzusehen.

»Oh«, sagte sie langsam. »Du weißt es nicht.«

»Was weiß ich nicht?«

»Stimmt. Natürlich weißt du es nicht. Du bist schließlich erst vierzehn. Du warst zu dem Zeitpunkt noch nicht einmal geboren. Na ja, das ist gut. Du kannst sie besuchen, wenn sie wieder zu Hause ist. Du wirst die einzige Person in ihrem Leben sein, die nicht weiß, wer sie ist. Das wird ihr gefallen.«

Das hieß wohl, dass sie es mir nicht erzählen würde.

»Ich gehe jetzt mal besser«, sagte ich.

Ich schob den Hund von meinem Bein und stand auf. Ich sah sie kurz an. Die betrunkene Tochter.

»Sie haben nicht vor, zum Krankenhaus zurückzufahren, oder?«, fragte ich.

Keine Antwort.

Ich sah mich nach einem Auto um – was unsinnig war, denn ein Auto hätte ich längst bemerkt. Ich sah nur den Pritschenwagen, der immer dort stand, seit ich die Blockhütte entdeckt hatte.

»Sind Sie überhaupt mit dem Auto hier?«, fragte ich schließlich, denn sie hatte mir noch nicht geantwortet.

»Ja«, nuschelte sie. »Mein Mietwagen steht an der River Road. Aber mach dir keine Sorgen, ich lege mich in die Hütte und schlafe mich aus, bevor ich fahre.«

Und mit diesen Worten verschwand sie nach drinnen.

Diesmal rannte ich nicht, denn ich war von dem bisschen Alkohol etwas wacklig auf den Beinen. Aber ich schaffte es irgendwie nach Hause. Offen gestanden hatte ich immer noch nicht gänzlich verarbeitet, was gerade passiert war.

KAPITEL 4

DIE FRAU

Als ich am nächsten Morgen bei der Blockhütte eintraf, bemerkte ich sofort, dass alles anders war.

Die Hunde lagen nicht mehr trübselig auf der Veranda. Als sie hörten, wie ich den Hügel hinunterjoggte, kamen sie in dieser fließenden Bewegung aus ihrer Hütte geschossen. Genau wie früher.

Ich legte einen Schritt zu und sie rannten mit mir mit.

Irgendwo im Hinterkopf begriff ich, dass die Frau wieder zu Hause sein musste. Aber ich schob den Gedanken beiseite, weil ich dies hier so vermisst hatte. Ich brauchte es so dringend. Die Hunde hatten es, glaube ich, auch vermisst. Sie rannten mit offenen Mäulern und heraushängenden Zungen und es sah aus, als hätten sie ein breites Grinsen im Gesicht.

Dann dachte ich daran, was die Tochter gesagt hatte: Ihre Mutter hatte mich mit den Hunden gesehen. Ob sie mich an diesem Morgen auch gesehen hatte? Eher nicht, dachte ich, denn sie war höchstwahrscheinlich noch bettlägerig. Doch der Gedanke ließ mich nicht mehr los. Und es war wie gesagt nicht möglich, durch diesen Wald zu laufen und richtig über etwas nachzudenken. Das war schließlich der Sinn der ganzen Sache.

Ich fiel in ein langsameres Joggingtempo und blieb schließlich stehen.

Als die Hunde das bemerkten, kamen sie zurück und sprangen im Kreis um mich herum, als wollten sie mich zum Weiterlaufen auffordern.

»Wir gehen besser wieder zurück«, sagte ich.

Sie waren offensichtlich enttäuscht, folgten mir aber trotzdem.

* * *

Ihre wedelnden Schwänze schlugen mir von hinten an die Beine, als ich an die Tür klopfte.

»Mrs Dinsmore?«, rief ich.

Ich bewegte mein Gesicht an die Türkante, als würde das die Chance erhöhen, durch das schwere Eichenholz gehört zu werden. Dann legte ich mehr Kraft in meine Stimme, was wahrscheinlich effektiver war.

»Sie müssen nicht aufstehen, Mrs Dinsmore. Stehen Sie nicht für mich auf, okay? Ich weiß, dass es Ihnen wahrscheinlich noch nicht gut geht. Ich bin's nur, Lucas Painter. Sie wissen schon, der Junge, der immer Ihre Hunde besucht. Ich wollte Ihnen nur sagen, dass ich sie gefüttert habe, während Sie weg waren. Sie haben eigentlich nichts gefressen, aber sie hätten Futter gehabt. Und Wasser. Sie haben ein bisschen getrunken. Und vor Sonnenuntergang bin ich zurückgekommen und habe das Futter im Schuppen eingeschlossen, damit es keine Waschbären oder Kojoten oder so anlocken konnte. Damit die Hunde keine Probleme mit den wilden Tieren bekamen. Jedenfalls … ich wollte nur sagen, dass ich froh bin, dass Sie …«

Weiter kam ich nicht.

Die Tür wurde geöffnet.

Vor mir stand die Frau, deren Leben ich gerettet hatte. Zoe Dinsmore. Sie war nicht groß, aber kräftig gebaut – ein wenig übergewichtig, nicht dick, aber breitschultrig und robust. Auf ihrem faltigen Gesicht lag ein unwirscher Ausdruck. Vielleicht wegen mir, oder vielleicht hatte sie diesen Gesichtsausdruck schon immer gehabt. Im Vergleich zu ihr wirkte ihre Tochter wie eine fröhliche Elfe.

Ich trat einen Schritt zurück.

Sie stand einfach in der Tür und musterte mich. Von Kopf bis Fuß, wie es schien. Sie trug ein blau kariertes Nachthemd mit Rüschen am hohen Halsausschnitt. Was ganz und gar nicht zu ihr passte, denn sie machte nicht den Eindruck einer Frau, die auf so etwas wie Rüschen Wert legte.

Nachdem sie mich ein paar Sekunden lang schweigend angestarrt hatte, nickte sie zweimal. Aber keineswegs anerkennend. Eher so, als hätte sie sich damit abgefunden, mich so anzunehmen, wie ich war, auch wenn sie mich enttäuschend fand.

Oder vielleicht las ich auch nur zu viel hinein. Vielleicht war es auch das Leben im Allgemeinen, das hinter ihren Erwartungen zurückblieb, und ich bekam ihre Missbilligung nur ab, weil ich zufällig gerade in ihrem Blickfeld stand.

Als sie den Mund öffnete und sprach, hörte ich zum ersten Mal ihre Stimme. Sie war rau und tief, als hätte sie Probleme mit dem Hals. Vielleicht war es die Stimme einer Frau, die jahrelang viel getrunken hatte. Ich hatte ja keine Ahnung.

»Würdest du die Hunde nehmen, falls mir etwas zustößt?«

Die Worte hallten in meinem Kopf wider und ich erinnerte mich an das Versprechen, das ich ihrer Tochter gegeben hatte. Wie hätte ich das vergessen können?

»Das kann ich nicht«, antwortete ich. »Selbst, wenn ich wollte. Meine Eltern erlauben mir nicht mal einen kleinen Hund.«

»Vielleicht könntest du hierherkommen und dich um sie kümmern.«

»Nein«, erwiderte ich und war selbst von der Entschlossenheit in meiner Stimme überrascht. »Nein, das wäre nicht gut für sie. Es würde sie umbringen, ganz allein hier draußen zu leben. Sie hätten die Hunde sehen sollen, als Sie im Krankenhaus waren, es hätte Ihnen das Herz gebrochen. Den Hunden ging es dreckig. Sie wollten nichts fressen, hoben kaum die Köpfe. Das können Sie ihnen nicht antun. Die Hunde brauchen Sie.«

Ich verstummte und wagte einen Blick in ihr Gesicht, um zu sehen, wie meine unverblümten Worte ankamen.

Ihr Schweigen erschien mir wie eine Ewigkeit.

Dann schleuderte sie mir eine einfache Feststellung ins Gesicht.

»Du bist nicht so hilfsbereit, wie ich gehofft hatte.«

Sie machte die Tür etwas weiter auf und winkte die Hunde hinein.

Als die Tür vor meiner Nase zuschwang, trat ich vor und hielt sie mit der Hand auf. Das sah mir eigentlich gar nicht ähnlich, aber die Frau hatte so tief gegraben, dass sie auf das bisschen Wut gestoßen war, das ich in mir hatte.

»Moment!«, sagte ich. »Wie können Sie so etwas zu mir sagen? Ich habe Ihnen das Leben gerettet.«

Durch die halb geöffnete Tür beugte sie sich vor, bis ihr Gesicht nur noch wenige Zentimeter von meinem entfernt war. Ich konnte den Tequila in ihrem Atem riechen.

»Ich wollte. Nicht. Gerettet werden.« Ihre tiefe Stimme klang merkwürdig ruhig, als die winzigen Wortgruppen eigene, gewichtige Sätze bildeten.

Dann schlug sie die Tür zu und schob den schlecht justierten Bolzen ins Schloss.

Dies war meine erste Begegnung mit der berüchtigten Zoe Dinsmore. Es war auch der Tag, an dem meine Neugier überhandnahm und ich nicht aufhören konnte, mich zu fragen, wie sie zu ihrem Ruf gekommen war.

* * *

Ich wandte den besten Trick an, den ich kannte, genau genommen den einzigen, den ich kannte, um Connor aus dem Haus zu locken: Ich lud ihn auf ein Eis ein.

»The Place« war der Name unseres Eiscafés auf der Main Street. Es war etwa sieben Querstraßen von seinem Haus entfernt und sie hatten dort eine Spezialität, der er nicht widerstehen konnte. Eine Zuckerwaffel mit diesem spiralförmig gewundenen Vanilleeis, das in geschmolzene Schokolade getunkt wurde, die sich sofort zu einer festen Schokohülle verhärtete. Man musste es sofort essen, bevor es anfing zu schmelzen, also konnte er nicht zu Hause bleiben und es sich von mir bringen lassen.

Als wir aus dem Haus traten, bemerkte ich, wie er beim Anblick der Sonne die Augen zusammenkniff. Vielleicht übertrieb ich ein wenig, aber in diesem Moment erinnerte er mich an einen Vampir. Ich fragte mich, wann er zum letzten Mal draußen gewesen war. Vor vier Tagen hatten die Ferien begonnen.

Auf unserem Weg zum Eiscafé erzählte ich ihm von meinen Erlebnissen der letzten vierundzwanzig Stunden. Die ganze Geschichte mit der Mutter und ihrer Tochter.

Er sagte nicht viel. Nur einmal gab er ein leises kehliges Geräusch von sich und sagte dann: »Das ist seltsam.«

Wir bogen in die Main Street ein, und als ich das Eiscafé am Ende der Straße sah, war ich überrascht, wie schnell wir dort angelangt waren. Ich hatte die Geschichte wahrscheinlich detailreicher erzählt, als es mir bewusst gewesen war.

»Also …«, sagte ich, »… du weißt auch nicht, was passiert ist, oder?«

»Wie heißt die Frau noch mal?«

»Zoe Dinsmore.«

»Nein. Wüsste nicht, dass mir der Name was sagt.«

Ehrlich, so drückte Connor sich aus. Mit vierzehn. Das erklärt wohl, warum wir außer uns keine richtigen Freunde hatten.

»Aber laut der Tochter wird ihre Mutter bis heute auf das Thema angesprochen. Jeder scheint davon zu wissen, was auch immer es ist. Und wenn es alle wissen … warum dann nicht wir?«

Er antwortete ohne Zögern, als hätte ihm die Antwort schon voll ausgeformt auf der Zunge gelegen und nur darauf gewartet, endlich herauszukommen.

»Wir sind noch Kinder. Leute wollen Kindern ständig Informationen vorenthalten. Sie denken, wir sollten rein bleiben oder so was, bis wir erwachsen sind, und nichts sollte uns aus dem Gleichgewicht bringen. Also reden sie über die schlechten Dinge nur hinter vorgehaltener Hand, um uns ja nicht zu beunruhigen. Was völlig sinnlos ist, weil sie zur gleichen Zeit ständig Dinge tun, die uns wirklich mitnehmen.«

»Wow«, sagte ich. Ich war überrascht, wie viel er wusste und wie gut er es in Worte fassen konnte. »Das ist so … wahr.«

Wir betraten das Eiscafé.

»Was nimmst du?«, fragte er mich. Er schien froh zu sein, das Thema wechseln zu können. Er blickte zur Menütafel hinter der Theke und ich fragte mich, warum, denn er bestellte immer dasselbe. »Was *ich* will, weißt du ja.«

»Ich nehme das Schokoeis mit Schokoladensoße.«

»Das ist eine Menge Schokolade«, bemerkte er.

»So wie du es sagst, klingt das gar nicht nach einer guten Sache.«

Als wir unser Eis in der Hand hielten und ich gezahlt hatte, tat er etwas Enttäuschendes.

Er ging Richtung Tür.

»Ich dachte, wir würden uns setzen und das Eis hier essen«, sagte ich.

Er schüttelte den Kopf, den Blick auf den schwarz-weiß karierten Linoleumboden gesenkt. Genau wie es seine Mutter getan hätte.

»Ich sollte zurückgehen.«

Also fand ich mich damit ab, das Eis auf dem Heimweg zu essen. Ich musste schnell mit meinen Fragen herausrücken, da wir nur sieben Querstraßen entfernt waren.

»Wie kann man das also herausfinden?«, fragte ich ihn, als wir das Eiscafé verließen.

»Ich weiß nicht genau.« Er biss in sein Eis, als würde ihm das beim Denken helfen, dann fügte er hinzu: »Du könntest deine Eltern fragen.«

»Nee.«

»Warum nicht?«

»Ich war drei, als wir hierhergezogen sind, weißt du noch? Und das ist passiert, bevor ich geboren wurde.«

»Sie könnten trotzdem davon gehört haben.«

»Vielleicht. Aber da ist noch eine Sache. Meine Mutter soll nicht wissen, dass ich im Wald war. Sie würde total durchdrehen.«

»Was hat sie denn gegen den Wald?«

»Sie hat Angst, ich könnte mich verlaufen.«

»Oh. Ist das schon mal passiert?«

»Einmal. Nur kurz. Aber dann kam ich in der River Road raus und wusste wieder, wo ich war.«

Wir gingen eine halbe Straße lang schweigend weiter. Während ich mein Schokoeis aß, wunderte ich mich, wie jemand freiwillig Vanilleeis nehmen konnte, wenn es doch Schokolade gab. Connor schien sonst leider keine Idee zu haben. Ich war mir nicht sicher, wie ich die Sache angehen sollte. Ich brauchte Hilfe und Connor war so ziemlich die einzige Option, die ich hatte.

»Ich könnte meine Mutter fragen«, schlug er vor. »Sie wohnt schon ihr ganzes Leben lang hier.«

»Ja. Das wäre gut. Würdest du das machen?«

»Ja, sicher. Warum nicht? Und falls sie es nicht weiß, na ja … an deiner Stelle würde ich mal mit Mrs Flint reden.«

»Wie könnte die mir helfen?«

»Sie ist eine Auskunftsbibliothekarin.«

»Na ja, ich weiß, aber …«

»Die wissen alles.«

»Was immer auch passiert ist, es ist nichts, worüber jemand ein Buch geschrieben hat oder so. Und selbst wenn es ein Buch darüber gäbe, dann wüsste ich den Titel nicht oder wer es geschrieben hat.«

»Sie weiß über mehr Bescheid als nur Bücher. Sie archivieren Zeitungen. Und wenn die Zeitungen zu alt sind und es zu viele werden, speichern sie sie auf einem Mikrofilm. Wenn also hier in der Gegend etwas passiert ist, was in der Zeitung stand, könnte sie es wahrscheinlich für dich herausfinden.«

»Oh. Das ist eine echt gute Idee. Danke.«

»Aber lass mich zuerst meine Mutter fragen. Falls sie es weiß, kannst du dir den Weg zur Bibliothek sparen.«

* * *

In dem langen, dunklen Flur seines Elternhauses überreichte er mir seine Eiswaffel.

»Pass auf, dass nichts auf den Teppich tropft«, mahnte er mich.

Ein persischer Läufer erstreckte sich fast über die gesamte Länge des Flurs. Er war in Connors Familie mütterlicherseits weitervererbt worden und hatte vielleicht mehr gekostet als alle Gegenstände bei mir zu Hause zusammen. Auf ihn aufzupassen, machte mich nervös.

»Sag mir noch mal den Namen der Frau«, bat er.

»Zoe Dinsmore.«

»Okay. Gut.«

Er ging Richtung Küche.

Die Küche war mit ihren großen Fenstern, durch die die Sonne hereinschien, der einzige etwas hellere Raum im Haus der Barnes. Als Connor seine Mutter begrüßte, sah ich ihre Schatten, die sich bis in den Flur erstreckten, eingehüllt in weißes Sonnenlicht.

Connors Eis tropfte bereits. Es schien mir nicht richtig, daran zu lecken, also ließ ich das schmelzende Eis auf meine Hand tropfen und leckte es dann von meiner Hand, bevor es auf den Boden tropfen konnte.

»Hey, Mom«, hörte ich ihn sagen. Es klang irgendwie zaghaft. »Weißt du vielleicht, was vor langer Zeit mit einer Frau namens Zoe Dinsmore passiert sein könnte?«

Stille. Ich bewegte mich ein paar Schritte vor, für den Fall, dass sie zu leise sprach.

»Du sagst ja gar nichts«, bemerkte Connor nach einer Weile. »Warum sagst du nichts? Hätte ich das nicht fragen sollen?«

»Oh, mein Liebling«, sagte sie und verstummte. Dem Klang ihrer Stimme nach zu urteilen schien die Frage sie irgendwie aus der Fassung zu bringen. Oder sehr zu bedrücken. Ich war mir nicht sicher, was von beidem, aber es war offensichtlich, dass sie versuchte, der Frage auszuweichen. »Ich wünschte, du würdest nicht solche Fragen stellen. Du weißt doch, dass ich

70

nicht gern über traurige Dinge spreche. Das Leben ist auch so schon schwer genug. Diese armen Familien sind wahrscheinlich nie darüber weggekommen. Dieser ganze Ort ist nie darüber weggekommen. Aber das ist Jahre vor deiner Geburt passiert, warum musst du dich also damit belasten und kannst nicht einfach unbeschwert sein?«

Falls Connor ihr eine Antwort gab, konnte ich sie nicht hören. Aber während ich wartete – und das schmelzende Eis ableckte – fiel mir auf, wie lächerlich diese Frage war. Natürlich konnte Connor nicht unbeschwert sein. Seit ich ihn kannte, war er keinen Tag lang unbeschwert gewesen. Und ich kannte ihn, seit wir drei waren.

Als ich aufblickte, kam er gerade aus der Küche auf mich zu.

Ich hielt ihm sein Eis hin.

»Du hast es nicht abgeleckt, oder?«, fragte er.

»Nein. Das wäre ja eklig.«

»Okay. Danke. Du wirst wahrscheinlich zur Bibliothek gehen müssen.«

»Trotzdem danke für den Versuch«, sagte ich.

* * *

Mrs Flint war eine interessante Persönlichkeit. Sie hatte viele Bücher gelesen und alte Filme gesehen und schien jedes erdenkliche Klischee über kleinstädtische Bibliothekarinnen verinnerlicht zu haben.

Ihr aschblondes Haar hatte sie zu einem festen Dutt nach hinten gekämmt. Dazu trug sie eine übergroße Lesebrille aus Schildpatt und üblicherweise ein graues oder braunes Kostüm mit einer weißen, durchgeknöpften Bluse. Kurzum, sie sah aus wie die fiktionale Figur einer Bibliothekarin, wie sie seit jeher in Filmen oder Fernsehserien dargestellt wurde.

Ich trat an ihren Schreibtisch und sie sprach im Flüsterton mit mir, wie es in Bibliotheken üblich ist.

»Lucas«, sagte sie. »Dich sieht man hier nicht sehr oft. Kann ich dir helfen?«

»Ich brauche eine Information«, flüsterte ich zurück.

Plötzlich bemerkte ich, wie unangenehm es mir war, Fragen zu diesem Ereignis zu stellen, auch wenn ich nicht wusste, was überhaupt geschehen war.

»Dafür bin ich zuständig, ja.«

»Ich brauche eine Information über etwas, was vor meiner Geburt hier im Ort passiert ist.«

»Okay. Hast du das Datum?«

»Ähm. Nein, ich weiß nur, dass es vor meiner Geburt war.«

»Um im Mikrofilm der Lokalzeitung nachsehen zu können, brauchen wir ein Datum.«

»Ich kenne den Namen der Person, der es passiert ist. Oder … ich weiß nicht. Wegen der es passiert ist. Oder so.«

Sie gab einen entmutigenden Laut von sich und schüttelte den Kopf.

»Wir können nicht jede Zeitung und jeden Artikel nach einem Namen durchsuchen. Aber … wenn es dir wichtig ist, kannst du selbst die Zeitungen durchforsten, solange du willst. Wie ist der Name? Vielleicht weiß ich ja schon etwas über die Sache.«

»Zoe Dinsmore«, antwortete ich.

Die folgende Stille war sehr beeindruckend. Sie schien durch den Raum zu sausen und von den Wänden abzuprallen. Ich sah, wie Mrs Flints Teint noch etwas blasser wurde und sie ihre Lippen so fest zusammenpresste, dass sie nur noch ein Strich waren.

»Achtzehnter Dezember Neunzehnhundertzweiundfünfzig«, flüsterte sie.

»Sie wissen das Datum?«, fragte ich, wahrscheinlich zu laut.

»Dieses Datum lässt sich nur schwer vergessen. Es war genau eine Woche vor Weihnachten. Der letzte Schultag vor den Winterferien.«

Ich wollte sie bitten, mir mehr zu erzählen, doch sie stand von ihrem Platz auf.

»Ich bin gleich wieder da«, sagte sie und ging davon.

Ich wartete.

Und wartete.

Und wartete.

Mein Herz klopfte laut, auch wenn ich keine Ahnung hatte, warum. Ich meine, diese ganze Sache hatte schließlich nichts mit mir zu tun. Oder? Im Jahr 1952 war ich noch nicht einmal geboren, und trotzdem konnte ich das Gefühl nicht abschütteln, dass ich jetzt bis zum Hals in dieser Sache steckte, was auch immer es war. Ob es mir gefiel oder nicht.

Irgendwann kehrte Mrs Flint zurück und winkte mich ins Hinterzimmer.

Ich trat ein und setzte mich auf den Stuhl vor dem Mikrofilmgerät. Es war eine große, weiße Kiste, die jeweils eine Seite der Zeitung auf einen vertikalen Bildschirm vor mir projizierte. Mit einer Kurbel links und rechts konnte ich den Mikrofilm Seite für Seite verschieben.

Die Überschrift des Artikels fiel mir sofort ins Auge, zusammen mit dem Foto. Es war das Titelblatt der Morgenzeitung *Taylor County Gazette*. 19. Dezember 1952. Der Tag nach dem Vorfall.

Auf dem schwarz-weißen, großen Foto war ein Schulbus zu sehen, der zum Teil im Fluss lag. Umgestürzt. Bei dem Anblick wurde mir mulmig zumute.

Ich musste an die unzensierten Worte aus dem Brief meines Bruders Roy denken: »… in den Bäumen, mit dem Kopf nach unten …«

In riesigen, fetten Buchstaben die Schlagzeile:

Tragischer Schulbus-Unfall – zwei Kinder tot

»Das sollte alles sein, was du brauchst«, sagte Mrs Flint, den Blick abgewandt. Von den Nachrichten und von ihr, meinte sie wohl. »Du kommst sicher allein zurecht.«

Sie ging und schloss die Tür hinter sich. Ich blieb in dem dunklen Zimmer zurück, das nur vom Schein des Bildschirms vor mir erhellt wurde. Sie ließ mich zurück, damit ich erfahren konnte, was ich unbedingt hatte wissen wollen.

Es wäre untertrieben, wenn ich behauptete, dass ich es nicht mehr so unbedingt wissen wollte.

Ich las den Text, denn was blieb mir anderes übrig?

Gestern ereignete sich in dem kleinen Ort Ashby eine Tragödie, als ein Bus des Unified School District von der River Road abkam, die Böschung hinunterstürzte, sich überschlug und im Fluss liegen blieb. Die Fahrerin, Mrs Zoe Dinsmore, erlitt nur leichte Verletzungen. Sie konnte die meisten der Kinder in Sicherheit bringen, indem sie immer wieder in den Fluss tauchte und je zwei Kinder auf einmal ans Ufer zog. Zwei Kinder überlebten den Unfall nicht. Es handelt sich um Wanda Jean Paulston, 7, und Frederick Peter »Freddie« Smith, 6, beide aus Ashby.

Ein Kind, dessen Name nicht bekannt ist, befindet sich im Krankenhaus, sein Zustand ist stabil. Sieben weitere Kinder erlitten leichte bis mittelschwere Verletzungen.

Mrs Dinsmore fuhr seit gut zwanzig Jahren den Schulbus in Taylor County. »Sie ist sehr beliebt«, so die Oberschulrätin Charlene Billings. »Ob Schüler oder Eltern, alle freuten sich darauf, morgens Mrs Dinsmore zu sehen. Und sie hatte nie einen Eintrag im Verkehrsregister. Nicht einmal einen Strafzettel für falsches Parken.«

Mrs Dinsmore wurde in der Wache von Taylor County mehrere Stunden verhört und einem Alkoholtest sowie weiteren Tests unterzogen. Laut Deputy Leo Brooks hatte Mrs Dinsmore keinen Alkohol im Blut und es wurde auch keine andere Beeinträchtigung ihrer Fahrtüchtigkeit gefunden.

Mrs Dinsmore gab an, dass ihre beiden kleinen Töchter Katie, 4, und Delia, 5, die Grippe hatten, weshalb sie den größten Teil der Nacht wach gewesen sei, um sich um ihre Kinder zu kümmern. Vermutlich sei sie für wenige Sekunden hinter dem Steuer eingenickt und die Schreie der Kinder hätten sie geweckt. Aber zu diesem Zeitpunkt rollte der Bus bereits über die Böschung, sodass sie ihn nicht mehr unter Kontrolle bringen konnte.

Die *Gazette* hat versucht, Mrs Dinsmore für eine Stellungnahme zu erreichen, wurde aber darüber informiert, dass sich die Busfahrerin zurückgezogen habe und keine weiteren Auskünfte gebe.

Das Unglück wurde offiziell als Unfall eingestuft, es wird keine Strafanzeige erstattet.

Datum und Uhrzeit der Bestattungen von Wanda Jean Paulston und Freddie Smith werden in der *Gazette* bekannt gegeben, sobald die Informationen vorliegen.

Ich las den Artikel ein zweites Mal vollständig durch. Warum, wusste ich nicht.

Dann schaltete ich das Gerät aus. In dem fensterlosen Zimmer wurde es vollkommen dunkel. Die Dunkelheit um mich herum spiegelte wider, wie es in meinem Inneren aussah.

In diesem Moment schien die ganze Welt dunkel zu sein.

KAPITEL 5

SCHADE

Als ich am nächsten Morgen die Hunde zur Blockhütte zurückbrachte, überlegte ich eine Weile hin und her, ob ich an die Tür klopfen sollte.

Ich war mit ihnen mindestens drei Kilometer die River Road entlanggelaufen und mir ziemlich sicher, dass Zoe Dinsmores Tochter inzwischen wieder nach Hause gefahren sein musste, denn ich hatte nirgends einen Mietwagen gesehen.

Ich machte mir Gedanken über die Frau. Ob sie alles hatte, was sie brauchte? Fühlte sie sich gut genug, um ihre Besorgungen zu machen? Solche Dinge eben.

Ich trat auf die Veranda und ging mutig auf die Tür zu. In diesem Augenblick war ich der Inbegriff von Entschlossenheit. Ich war richtig stolz auf meine Courage.

Doch nicht für lange.

Ich hob die Hand, um anzuklopfen, dann verlor ich die Nerven und wandte mich ab. In zwei langen Sätzen war ich am Rand der Veranda, dann blieb ich stehen und machte wieder kehrt. Ich ging zur Tür, hob wieder die Hand und drehte erneut um.

Ich nahm einen weiteren Anlauf, entschlossen, die Sache durchzuziehen. Doch so weit kam ich nicht.

Eine Stimme hinter mir ließ mich vor Schreck zusammenfahren.

»Entscheide dich endlich. Willst du nun an meine Tür klopfen oder nicht?«

Es war unverkennbar Zoe Dinsmore, niemand klang so wie sie.

Ich drehte mich um und sah, dass sie gerade aus dem Klohäuschen kam, was mich verlegen machte. Sie trug einen alten, grün karierten Männerpyjama und hatte ihr graues Haar zu einem Zopf geflochten.

»Ja«, erwiderte ich, bemüht, meine Stimme fest klingen zu lassen, obwohl ich mich unbehaglich fühlte. »Ja, ich wollte anklopfen. Nur um … Sie verstehen schon …«

Als ich stockte, kam sie auf mich zu und blickte mir direkt ins Gesicht. Es machte mich nervös und ich verlor den Faden.

»Nein, ich verstehe es nicht«, sagte sie mit ihrer unverkennbar tiefen Stimme. »Ich verstehe nicht einmal, was in mir selbst vorgeht, mein Junge. Ich würde wirklich nicht behaupten wollen, dass ich verstehe, was in anderen vorgeht.«

Ihr Blick in mein Gesicht wurde noch intensiver, als wollte sie dort etwas wiederfinden, was sie vorher entdeckt hatte. Ich wich ihrem Blick so angestrengt aus, dass ich meine Nackenmuskeln überstrapazierte. Als könnte ich vor ihr weglaufen, ohne meine Füße zu bewegen.

»Oh«, murmelte sie. Sie war enttäuscht. Ich hörte es deutlich heraus. »Du weißt es jetzt. Meine Tochter meinte, du wüsstest es nicht. Aber du hast es herausgefunden. Jammerschade.«

»Warum sagen Sie das?«

»Weil es stimmt.«

»Aber ich meine … Wie können Sie das wissen?« Noch während die Worte aus meinem Mund kamen, wurde mir klar, dass ich es gerade selbst zugab. Ich wandte das Gesicht ab und verrenkte mir fast den Hals, Hitze stieg in meine Wangen.

»Glaubst du, ich könnte nach siebzehn Jahren immer noch nicht erkennen, wenn es jemand weiß? Ich wünschte, es wäre nicht so, mein Junge, aber ich kenne diesen Ausdruck zur Genüge. Ich erkenne ihn sogar mit geschlossenen Augen. Nun, falls du hierhergekommen bist, um mich auszufragen oder deine Meinung dazu zu äußern, dann hast du Pech gehabt. Ich habe das alles hinter mir und gehe es für niemanden noch mal durch. Für dich mag es etwas Neues sein, aber für mich ist es alles andere als das. Ich bin nicht hier, um dir zu helfen, etwas zu verstehen.«

Erst als ich mir sicher war, dass sie geendet hatte, wandte ich mich ihr wieder zu und sah ihr fast direkt ins Gesicht, als ich mich mit der Wahrheit verteidigte.

»Deshalb bin ich nicht hierhergekommen. Ganz und gar nicht. Ich wollte an Ihre Tür klopfen, weil Ihre Tochter wahrscheinlich wieder abgefahren ist und ich Sie fragen wollte, wie es Ihnen geht und ob Sie etwas brauchen.«

Ich wartete ab, aber sie erwiderte nichts. Ich wagte nicht, sie direkt anzusehen, um herauszufinden, was sie dachte.

»Ist sie denn weggefahren?«, fügte ich hinzu.

»Ja. Sie ist wieder weg. Ich gebe ihr keine Schuld. Sie hat einen kleinen Sohn, der erst eineinhalb ist. Da kann sie nicht auch noch *mein* Babysitter sein. Also okay, Entschuldigungen sind nicht meine Stärke. Aber jedenfalls tut es mir leid, dass ich nicht gedacht habe, dass du nur helfen wolltest. Ich hoffe, du verzeihst es mir.«

»Ja, Ma'am.« Ich spürte, wie all die Anspannung aus meinem Körper wich, und war erstaunt, wie groß die Erleichterung war. Als könnte ich davonschweben, so leicht fühlte ich mich. »Also … brauchen Sie etwas?«

Ich wagte einen schnellen Blick in ihr Gesicht. Zum Glück sah sie gerade hinüber zu ihrer Blockhütte, als würde ihr das beim Denken helfen.

»Nach meiner Rückkehr aus dem Krankenhaus war die Milch sauer«, sagte sie. »Es war aber auch nicht mehr viel. Würde ich mich besser fühlen, könnte ich selbst welche holen.«

»Ich kann Ihnen Milch besorgen.«

Sie sah mich direkt an und für den Bruchteil einer Sekunde erwiderte ich ihren Blick. Und in dieser Sekunde etablierten wir etwas zwischen uns. Eine Mauer wurde niedergerissen. Wir waren keine zwei wilden Tiere mehr, die beim Anblick des anderen erschraken und flohen oder versuchten, den anderen aus Selbstschutz zu bekämpfen. Wir hatten eine erste Verbindung auf der Grundlage von Vertrauen geknüpft.

»Danke«, sagte sie. »Ich gehe kurz rein und hole dir einen Dollar.«

* * *

Als ich mit der Milch und dem Wechselgeld zurückkam, nahm sie beides entgegen. Sie bedankte sich knapp und verschwand mit der Milch in der Hütte, wahrscheinlich um sie in den Kühlschrank zu stellen.

Ich wartete mit den Hunden auf der Veranda, wusste aber eigentlich nicht, warum. Wollte sie überhaupt, dass ich wartete? Ich hatte sie gefragt, was sie brauchte, sie hatte es mir gesagt und ich hatte es besorgt. Damit sollte die Angelegenheit eigentlich erledigt sein.

Sollte.

Ich setzte mich auf den Absatz der Veranda und fragte mich, weshalb ich das Gefühl hatte, nicht gehen zu können. Es war wie eine generelle Furcht, dass dieser Frau etwas zustoßen könnte, sobald ich ging. Und dann würde mich dieser Gedanke für den Rest meines Lebens verfolgen. *Was, wenn ich mich an diesem Tag anders verhalten hätte? Was, wenn ich sie nicht allein gelassen hätte?*

Zum ersten Mal konnte ich Connor wirklich verstehen.

Es war vielleicht auch ein Blick in die Gedanken, die diese Frau in den letzten siebzehn Jahren gehabt haben mochte. *Was, wenn ich mich an diesem Tag krankgemeldet hätte? Wenn ich noch eine Tasse Kaffee mehr getrunken hätte? Was, wenn ich eine Pause eingelegt hätte, selbst wenn die Kinder dadurch zu spät zur Schule gekommen wären?*

Ich hörte ihre Schritte hinter mir auf dem Bretterboden der Veranda und warf einen Blick über meine Schulter. Die Hunde sprangen auf und begrüßten sie schwanzwedelnd.

»Wie ich sehe, bist du immer noch hier«, hörte ich ihre tiefe, raue Bassstimme.

»Ja, Ma'am.«

Sie seufzte tief. Als wollte sie verärgert klingen, was sie aber nicht war.

Sie setzte sich neben mich und die Hunde machten es sich um uns herum bequem. Einer legte sich zwischen uns und der andere an ihre Seite. Ein paar Minuten lang starrten wir wortlos in den Wald.

Sie hatte sich umgezogen, während ich für sie einkaufen war, und trug jetzt eine Jeanslatzhose, ein rot kariertes Baumwollhemd und schwere, knöchelhohe Arbeitsstiefel.

»Ich vergesse jedes Mal, Sie nach ihren Namen zu fragen«, sagte ich nach einer Weile.

Unbewusst spürte ich, dass meine Bemerkung sie innerlich aufgeschreckt hatte.

»Welche Namen?«

»Die Namen der Hunde. Ich weiß immer noch nicht, wie sie heißen.«

Ihre Unruhe schien sich zu legen. Hatte sie vielleicht gedacht, ich würde mich nach Wanda Jane und Freddie erkundigen?

»Der Rüde heißt Rembrandt und das Mädchen Vermeer.«

»Rembrandt wie der Maler?«

»Beide sind Namen von Malern.«

»Oh«, sagte ich. »Wie ich.«

»Du malst?«

»Nein«, entgegnete ich. »Das meinte ich nicht. Ich heiße mit Nachnamen ›Maler‹. Lucas Painter, so heiße ich.«

Als sie schwieg, warf ich ihr einen Blick zu. Sie schien von diesem kleinen Zufall nicht sonderlich beeindruckt zu sein. Ich glaube, ihr wäre es lieber gewesen, wenn ich ein Künstler gewesen wäre. Aber ich war nun mal kein Maler und bin es auch heute nicht. Da kann man nichts machen.

»Also«, sagte sie, »ich weiß, warum du noch hier bist.«

»Wirklich?«

»Ja. Du fürchtest, ich könnte eine Dummheit begehen, wenn du mich alleine lässt.«

»Ähm …«, begann ich und sprach nicht weiter. Vermutlich eine weise Entscheidung.

»Ich kann dir das nicht für den Rest meines Lebens versprechen, mein Junge. Aber wenn du heute nach Hause gehst, bin ich morgen immer noch hier, wenn du zum Laufen kommst.«

»Wie kann ich mir sicher sein?«

»Weil ich … trotz all meiner Fehler – und wenn du herumfragst, wirst du hören, dass sie zahlreich sind – niemandem ins Gesicht lüge. Und außerdem habe ich bereits alle Tabletten geschluckt, die im Haus waren.«

Mein Blick wanderte sofort zu ihrem alten blauen Pritschenwagen.

Sie musste es bemerkt haben, denn sie sagte: »Glaubst du, dass mir irgendein Arzt in der Gegend Tabletten verschreiben oder eine Apotheke mir welche geben würde? Nach dem, was gerade passiert ist?«

Ich war mir nicht sicher, also schwieg ich.

»Sieh mal, mein Junge«, sagte sie. »Du kannst es mir glauben oder nicht, das liegt ganz bei dir. Aber es gibt noch einen besseren Grund, warum du nicht für den Rest deines Lebens hier auf meiner Veranda sitzen kannst. Du kannst andere Leute nicht kontrollieren. Du kannst nicht die Verantwortung für einen anderen übernehmen. Nicht, wenn es sich um einen erwachsenen Menschen handelt. Früher oder später musst du nach Hause gehen, und das weißt du auch.«

Ich seufzte und stand auf.

Ich sah sie und die Hunde an, aber sie wich meinem Blick aus, und da begriff ich, dass sie sich schämte. Sie hatte nicht gewollt, dass jemand über das, was sie gerade getan hatte, Bescheid wusste. Sie hatte überhaupt nicht vorgehabt, jemanden so nahe an sich heranzulassen.

»Na gut«, sagte ich. »Auf Wiedersehen, Vermeer. Auf Wiedersehen, Rembrandt. Auf Wiedersehen, Mrs Dinsmore.«

Sie hob die Hand zu einem kleinen Abschiedsgruß, aber ohne mich anzusehen.

»Ich habe noch eine Frage«, fügte ich hinzu. »Ihre Tochter sagte, Sie hätten mich jeden Morgen mit den Hunden gesehen. Schon die ganze Zeit.«

»Ja«, antwortete sie leise.

»Warum haben Sie mich nicht aufgehalten? Warum haben Sie nicht gesagt: ›Hey, Junge, das sind meine Hunde – lass sie in Ruhe!‹ Das hätten die meisten Leute getan.«

»Es ist gut, wenn jemand mit ihnen läuft. Junge Hunde brauchen viel Bewegung.«

»Aber Sie haben mir getraut, dass ich sie zurückbringe?«

»Ich habe den Hunden getraut, dass sie zurückkommen. Sie wissen, wo ihr Zuhause ist.«

»Ah«, sagte ich. »Ich verstehe. Na ja, … dann auf Wiedersehen.«

Mir fiel kein Vorwand mehr ein, um den Abschied noch länger hinauszuzögern, also wandte ich mich zum Gehen. Ich kam etwa zehn Schritte weit, bis mir ein Gedanke durch den Kopf schoss. Ein seltsam verstörender Gedanke.

Ich blieb stehen und drehte mich um. Zoe Dinsmore und die Hunde hatten sich noch nicht bewegt.

»Noch etwas«, sagte ich und ging wieder zurück.

»Was denn noch?«

»Sie haben mich aus dem Fenster gesehen, mit den Hunden. Zwei Wochen lang.«

»Und?«

»Und Sie sind zu dem Schluss gekommen, dass ich die Hunde mag.«

»Ja. Und?«

»Sie dachten, dass ich mich um die Hunde kümmern würde, wenn Sie es nicht mehr könnten.«

Dieses Mal gab sie keine Antwort.

»Ich dachte, ich hätte Ihr Leben gerettet. In Wirklichkeit bin ich der Grund dafür, dass Sie überhaupt versucht haben, es sich zu nehmen. Wäre ich einfach weggeblieben, wäre das alles nicht passiert.«

Eine schmerzhaft lange Stille trat ein, als ich dort stand, während sie mit den Hunden auf der Veranda saß.

»Hör zu, mein Junge«, sagte sie schließlich. »Du bist nicht der Nabel des Universums, das ist eine Tatsache. Du regierst nicht die Welt. Ich treffe meine eigenen Entscheidungen. Du kannst nicht beeinflussen, ob ich hierbleibe oder gehe. Du hast weniger Macht, als du denkst. Ich will nicht herzlos sein, ganz im Gegenteil. Du wirst ein viel glücklicheres Leben führen, wenn du verstehst, was in deiner Verantwortung liegt und was nicht. Und jetzt geh nach Hause, genieß den Sommer und mach dir um mich keine Sorgen mehr.«

»Ja, Ma'am.«

Ich ging nach Hause.

Doch ich hörte nicht auf, mir um Zoe Dinsmore Sorgen zu machen.

* * *

»Ich glaube, ich habe mal davon gehört«, sagte Connor. »Jetzt, wo du es erzählst.«

Er warf mir den Basketball zu.

Wir spielten in der breiten Einfahrt vor der Doppelgarage seines Hauses Basketball. Sein Vater hatte vor Jahren über den Garagentüren einen Korb angebracht. Connor hatte keinerlei Interesse daran gehabt, den Korb zu nutzen, und ich musste ihn praktisch aus dem Haus ziehen.

»Warum hast du mir nichts davon gesagt?«, fragte ich und begann zu dribbeln.

Er versuchte, mir den Weg zum Korb zu versperren, doch ich hängte ihn mit einer schnellen Drehbewegung ab, wie immer. Für seine eher geringe Größe war er überraschend schwerfällig.

Ich sprang hoch und versenkte den Ball mit beiden Händen im Korb.

Es war bereits mein dritter Korb, während Connor noch keinen einzigen erzielt hatte.

Was wahrscheinlich der Grund dafür war, dass er nie mit mir Körbe werfen wollte. Wie seltsam, dass ich diesen Gedanken noch nicht früher gehabt hatte.

»Time-out«, rief er und formte mit den Händen ein T, um eine Spielpause zu signalisieren.

Ich dribbelte auf der Stelle, während er sich auf den Knien abstützte und keuchte.

»Also, warum hast du es mir nicht gesagt?«, fragte ich wieder.

»Ich habe es nicht gewusst«, erwiderte er.

»Du hast doch gerade gesagt, du hättest schon davon gehört.«

»Jetzt, nachdem du mir die Einzelheiten erzählt hast, kommt mir die Geschichte bekannt vor. Aber den Namen ›Zoe Dinsmore‹ habe ich noch nie gehört, wie sollte ich also wissen, dass es mit deiner Sache zu tun hat?«

»Es ist nicht *meine Sache*«, wandte ich ein und dribbelte näher an ihn heran.

Jedenfalls wollte ich es nicht meine Sache sein lassen. Und ich wehrte mich gegen das starke – und wachsende – Gefühl, dass es meine Sache war.

»Aber es ist doch die Sache, über die du etwas herausfinden wolltest.«

»Genau«, sagte ich. »Das stimmt. Was hast du also gehört?«

Er lehnte sich an das Garagentor und blinzelte hinauf in die grelle Nachmittagssonne, dann senkte er den Blick auf seine Füße, in den Schatten.

»Ich erinnere mich, wie meine Mutter vor ein paar Jahren mit einer Frau über zwei Kinder gesprochen hat, die umgekommen waren. Die Frau sagte nicht, was genau passiert war, aber anscheinend waren sie auf dem Weg zur Schule gewesen. Sie sagte nur: ›Sicher, Pauline, wir wollen alle, dass unsere Kinder sicher sind. Aber was ist mit diesen zwei armen, kleinen Seelen, die an diesem Tag nicht in der Schule angekommen sind?‹ Das hat sie natürlich nicht wortwörtlich so gesagt. Es ist schon lange her. Aber du kannst dir ein Bild machen.«

»Ja«, antwortete ich und schwieg einen Augenblick. »Also los«, sagte ich schließlich. »Lass uns das Spiel zu Ende bringen.«

»Ich gebe auf, du hast gewonnen«, sagte er.

Er überquerte die Einfahrt und setzte sich unter eine große Eiche, mit dem Rücken an den Stamm gelehnt. Genau an dieser Stelle hatten wir ein Vogelnest gefunden, als wir sechs oder sieben gewesen waren. Und drei winzige blaue Eier, die aus dem heruntergefallenen Nest auf den Boden gerollt waren. Eine flüchtige Erinnerung, die mir jetzt plötzlich wieder in den Sinn kam.

Ich legte den Ball ab und setzte mich zu ihm unter den Baum.

Ich hätte daran denken sollen, dass er schneller müde werden würde als ich. Ich war in der letzten Zeit regelmäßig im Wald laufen gewesen, während er in seinem Zimmer gesessen und gegrübelt hatte.

»Glaubst du, das war der Grund, weshalb sie sich umbringen wollte?«, fragte er plötzlich.

So eine unverblümte Bemerkung. Viel direkter als alles, was ich bisher über diese Sache gesagt oder gedacht hatte. Es war, als hinge ein Messer in der Luft zwischen uns, wie eine Warnung, dass ich vorsichtig sein sollte, damit ich mich nicht schnitt.

»Ich weiß nicht«, erwiderte ich. »Ich habe keine Ahnung, warum jemand so etwas machen würde. Die Sache mit dem Bus ist siebzehn Jahre her. Das wäre eine sehr verspätete Reaktion, meinst du nicht?«

»Ich glaube nicht, dass man über so was hinwegkommen kann.«

»Vielleicht nicht. Aber trotzdem.«

»Vielleicht hatte sie es einfach satt, dass es nie wegging.«

»Ich weiß nicht«, sagte ich wieder. Und dann dachte ich zum ersten Mal richtig darüber nach. Wie konnte man zu so einer Entscheidung kommen? Es verblüffte mich, dass ich es mir überhaupt nicht vorstellen konnte. »Ich kann mir nicht einmal … ich meine, wie kann man überhaupt so was tun? Stell dir vor, du liegst im Bett. Du bist am Leben. Du hast diese Handvoll Tabletten, und plötzlich triffst du die Entscheidung, dass du nicht mehr am Leben sein willst. Das geht mir einfach nicht in den Kopf.«

»Du weißt nicht, ob die Entscheidung so schnell gefallen ist«, wandte Connor ein.

»Es ist egal, wie schnell. Es ging um *ihr Leben*. Ich meine, das *Leben*. Es ist alles, was du hast. Alles. Ohne das Leben ist man … na ja, man ist nicht mehr da. Man ist buchstäblich nichts. Man ist nicht mal … ich kann so was einfach nicht verstehen.«

»Na ja …«, begann er. Ich merkte, dass er einen Einwand hatte, aber ich konnte nicht begreifen, wo er ihn hernahm. »Jeder denkt mal darüber nach.«

»Na ja, aber …« In diesem Augenblick traf es mich wie der Blitz, wenn auch verspätet. »Moment, was?« Ich wandte den Kopf, um ihn anzusehen. Wahrscheinlich zum ersten Mal an diesem Tag. Ich sah Connor normalerweise nicht allzu direkt an, weil es ihn nervös zu machen schien. Ich hatte mich daran gewöhnt, immer knapp an ihm vorbeizuschauen. »Du denkst darüber nach?«

»Nein«, sagte er.

»Das hast du aber gerade gesagt.«

»Nein. Ich habe gesagt, dass jeder mal darüber nachdenkt.«

»Aber *ich* nicht. Und du zählst dazu, wenn du ›jeder‹ sagst.«

»Ich gehe rein«, sagte er.

Er stand auf und ich folgte ihm ins Haus.

Wir gingen durch die Hintertür in den Vorraum, wo wir unsere Schuhe auf einer rauen Matte abkratzten, bevor wir den düsteren Flur mit dem persischen Läufer betraten. Ich folgte ihm an der Küche vorbei die Treppe hinauf in sein Zimmer.

»Aber …«, begann ich.

Er drehte sich um und hielt warnend einen Finger an die Lippen.

Ich folgte ihm in sein Zimmer und schloss die Tür hinter uns.

»Also mal ernsthaft, Connor. Willst du mir damit etwas sagen?«

»Nein, nichts. Ich habe nur geredet. Kannst du das Thema endlich fallenlassen?«

»Wie kann ich das fallenlassen? Du bist mein bester Freund, und du hast gerade gesagt, du würdest darüber nachdenken.«

»Aber nicht ernsthaft. Nicht … mir kommen nur manchmal seltsame Gedanken. Denkst du denn nie über solche Sachen nach?«

»Ich habe schon seltsame Gedanken«, antwortete ich. »Aber doch nicht solche.«

Daraufhin wusste keiner von uns beiden, was er sagen sollte.

Ich merkte, dass er genug von meinem Besuch hatte und allein sein wollte. Doch ich war noch lange nicht bereit, zu gehen.

Er ließ sich rücklings auf sein Bett plumpsen und ich blieb verlegen und unbeholfen stehen. Ich erinnerte mich daran, was Zoe Dinsmore gesagt hatte. Dass ich nicht der Nabel der Welt sei und weniger Kontrolle hätte, als ich glaubte.

»Also …«, begann ich vorsichtig, um die Stimmung zu testen. »Nur eine Frage. Und danach gehe ich heim und nerve dich nicht länger, versprochen.«

»Ja«, sagte er. »Das wäre gut.«

Noch nie hatte er mir so deutlich zu verstehen gegeben, dass er mich nicht um sich haben wollte. Ich spürte die Hitze in meinen Wangen, redete aber einfach weiter.

»Ist alles in Ordnung mit dir?«

Er setzte sich auf und sah mich direkt an. Was, gelinde gesagt, ein seltenes Ereignis war. Dann senkte er seinen Blick auf die Bettdecke.

»Wie soll ich das wissen, Lucas? Ich habe keine Ahnung, ob andere Leute es in Ordnung finden würden, wie es mir geht. Ich bin einfach so, wie ich schon immer war.«

Es war eine so verblüffend ehrliche Antwort, so direkt und aufrichtig, dass mir gar nichts anderes übrig blieb, als ihm zu danken und nach Hause zu gehen, auch wenn die Antwort mich nicht beruhigte.

Jetzt hatte ich zwei Menschen, um die ich mir Sorgen machen musste. Und das war noch nicht alles. Über Zoe Dinsmore konnte ich mit Connor reden. Aber mit wem würde ich meine Sorgen um Connor teilen können?

Auf dem Weg nach Hause ging mir diese Frage nicht mehr aus dem Kopf, eine Antwort fand ich nicht.

Kapitel 6

Frage für einen Freund

Am nächsten Morgen, als ich bei der Blockhütte ankam, hängte Zoe Dinsmore gerade draußen Wäsche auf. Die Hunde wollten nicht mit mir laufen, das taten sie nur, wenn ihr Frauchen nicht bei ihnen war. So leichtfertig verschenkten sie die Gelegenheit nicht, in ihrer Nähe zu sein.

Sie warf mir über die Schulter einen Blick zu.

»Oh«, sagte sie. »Du schon wieder.«

Die Worte waren wirklich schlimmer, als sie klangen.

»Ja«, erwiderte ich. »Ich bin's.«

»Na, dann mach dich mal nützlich. Nimm das andere Ende von diesem Bettlaken.« Die feuchte Wäsche lag in einem Korb zu ihren Füßen. Ich fragte mich, ob sie überhaupt eine Waschmaschine besaß. Wahrscheinlich nicht, denn ich war überall auf ihrem Grundstück gewesen und hatte keine gesehen. Wie schwer es sein musste, ein Bettlaken mit der Hand zu waschen!

Sie nahm das Laken aus dem Korb und faltete es auseinander. Ich nahm die Zipfel am Ende und trat zurück, bis das Bettlaken ziemlich gespannt war.

»Gut durchschütteln«, wies sie mich an und zusammen bewegten wir das Laken.

Die Hunde rannten schwanzwedelnd um uns herum und streiften unter dem Bettlaken hindurch, was für die frische Wäsche vermutlich nicht ideal war. Sie schienen ganz aus dem Häuschen zu sein, weil wir beide zur gleichen Zeit mit ihnen hier draußen waren. Fast so, als hätten sie eine Art Hunde-Jackpot gewonnen.

»Leg etwa zehn Zentimeter von dieser Ecke über die Leine«, wies sie mich an und reichte mir eine Wäscheklammer. »Dann fällt das Laken nicht wieder runter.«

Wir hängten es auf und prüfend trat ich einen Schritt zurück. Als es hielt, wusste ich nicht, was ich als Nächstes tun konnte, also sah ich ihr einfach zu, wie sie ihre Socken auf-hängte. Als ihre Unterwäsche an der Reihe war, wandte ich schamhaft den Blick ab.

»Was würden Sie tun, wenn sie einen Freund hätten, der ...«, begann ich. Ich machte eine Pause, um mich zu vergewissern, dass sie mir auch zuhörte. »... von dem sie das Gefühl hätten, dass er ...« Doch das Weitersprechen fiel mir schwer.

»Dass er was?«, fragte sie ungeduldig. »Sprich einfach aus, was du denkst.«

»Gehen will«, sagte ich.

»Wohin?«

»Also ... sterben. Aber nicht unbeabsichtigt oder so etwas.«

Sie hielt in ihrer Bewegung inne und warf mir einen Blick zu, der so stechend war, dass ich es direkt spüren konnte.

»Wenn du ›für einen Freund‹ fragen willst, solltest du deine Frage nicht an den betreffenden Freund stellen.«

»Ich meine nicht Sie«, sagte ich.

Sie hängte das letzte Kleidungsstück auf, ihre Latzhose.

»Oh«, sagte sie. »Ein Freund also.«

»Genau.«

»Verstanden.« Sie stieß einen langen, tiefen Seufzer aus, als bereitete sie sich auf ein Marathonrennen vor, das sie eigentlich lieber nicht beginnen wollte. »Okay. Leg los und erzähl mir, was an deinem Leben so furchtbar ist.«

Wir gingen zusammen zur Blockhütte, die Hunde rannten begeistert um uns herum.

»An *meinem* Leben?«

»Ja.«

»Oh. Okay.«

Ich verstand nicht ganz, was sie meinte, aber ich traute mich nicht, ihr zu widersprechen. Ich setzte mich auf den Absatz der Veranda. Vermeer nutzte es aus, dass wir nun auf gleicher Höhe waren, und schlabberte mit ihrer langen Zunge direkt über mein Gesicht. Es war das erste Mal, dass einer der Hunde mich ableckte, und ich fühlte mich unglaublich geschmeichelt.

Mrs Dinsmore setzte sich neben mich und nahm eine Art Schnitzarbeit auf, an der sie offenbar gerade arbeitete. Ein gebogenes Messer und einen dicken Holzstock, der bereits eine Form angenommen hatte, die ich aber noch nicht identifizieren konnte.

»Na ja«, begann ich, »meine Eltern kämpfen wie zwei Wildkatzen miteinander. Und ich meine damit nicht, dass sie sich nur streiten. Nein, sie schreien. Sie werfen mit Sachen. Mein Vater will mich immer auf seine Seite ziehen, um meiner Mutter eins auszuwischen. Einmal hat er mit der Faust direkt durch die Gipswand im Wohnzimmer geschlagen.«

»Besser so, als wenn es deine Mutter getroffen hätte.«

»Ja, das stimmt schon«, sagte ich. »Aber da ist auch noch mein Bruder. Er wurde eingezogen und ich glaube, es ist dort wirklich schwierig für ihn.«

»Für wen wäre es das nicht?«, fragte sie, dann wartete sie ab, wohl um zu sehen, ob ich noch mehr zu sagen hatte.

Und ich hatte noch mehr zu sagen.

»Die Sache ist … ich … liebe meinen Bruder einfach.« Ich sprach es aus wie eine Offenbarung. Als wäre mir das zuvor noch nie in den Sinn gekommen.

»Warum klingst du so überrascht?«, fragte sie. »Er ist schließlich dein Bruder.«

»Aber solange er hier war, habe ich nie wirklich darüber nachgedacht. Jetzt denke ich, dass ich es ihm hätte sagen sollen.«

»Du hast doch eine Adresse, an die du ihm schreiben kannst, oder?«

»Ja, natürlich.«

»Also schreib es ihm.«

Ich schwieg und ließ die Antwort auf mich wirken.

»Hör zu, mein Junge. Ich will nicht abtun, was dich bedrückt, aber … diese Probleme gehen vorüber. Dein Bruder wird wieder nach Hause kommen. Deine Eltern werden vielleicht nicht aufhören, sich zu streiten, aber du wirst älter werden und zu Hause ausziehen, dann musst du die Streitereien nicht mehr hören.«

»Und was, wenn er nicht zurückkommt?«

Sie hielt ihr Messer still in der Luft. Keine hellen Holzkringel fielen mehr zu Boden.

»Nun, dann sieht die Sache ganz anders aus, mein Junge. Aber die Chancen stehen gut, dass er zurückkommt. Also musst du hierbleiben, um es herauszufinden, oder? Du sprichst von einer endgültigen Lösung für Probleme, die vorübergehen.«

Ich starrte sie einen Moment lang nur an und sie starrte zurück. Ich verstand nicht, was sie meinte. Und dann, eine oder zwei Sekunden später, ging mir ein Licht auf.

»Es geht nicht um mich«, sagte ich. »Sie dachten, ich würde von mir sprechen?«

»Oh. Es geht tatsächlich um einen Freund?«

»Habe ich das nicht gesagt?«

»Ja. Aber ich habe dir nicht geglaubt.« Sie schnitzte weiter, dann fragte sie: »Worum geht es bei deinem Freund?«

»Ich weiß nicht«, antwortete ich. »Na ja, irgendwie schon. Aber ich weiß nicht, ob es eine große Sache ist, wie …« Aber dann wollte ich es nicht sagen. Ich wollte mich nicht auf ihre Situation beziehen. *Ihre* große Sache. »Er war nur schon immer irgendwie traurig. Seine Eltern sprechen kein Wort miteinander und es ist immer dunkel in seinem Haus, die Atmosphäre ist wirklich drückend, und das macht ihm zu schaffen. Glaube ich zumindest. Vielleicht hat er noch andere Probleme, aber darüber weiß ich nichts.«

»Und warum glaubst du, dass er darüber nachdenkt?«

»Weil er es gesagt hat.«

»Oh. Das ist dann wohl ziemlich eindeutig.«

Einen Augenblick lang betrachtete ich die Form, die sich allmählich herausschälte, als wieder Holzkringel zu Boden fielen. Es sah nach einem Affen aus. Ich konnte seinen langen, gebogenen Schwanz an der Innenseite des Holzstocks erkennen.

»Ist das denn möglich?«, fragte ich und überlegte, wie ich mich klarer ausdrücken könnte. Ich war mir nicht sicher, wie ich die richtigen Worte finden sollte. »Also … selbst wenn nichts Riesiges passiert ist?«

»Alles ist möglich. Sicher, Leute können auch einfach nur depressiv sein. Vielleicht hatten seine Eltern eine schwere Kindheit und sie haben noch nicht mit ihrer eigenen Heilung begonnen. Und dann … ja, sicher. Er kann auch eine schwere Kindheit haben. Ich weiß es nicht, weil ich ihn nicht kenne. Aber es sind nicht immer nur die großen Ereignisse, die uns zustoßen. Jedenfalls nicht in dem Maße, wie wir annehmen. Es könnte auch einfach an seiner Hirnchemie liegen, oder vielleicht haben sich viele kleine Probleme angesammelt und zu einem großen addiert.«

Ich schwieg einen Moment, dann fragte ich: »Was kann ich tun?«

Sie sah mich an, als sei ich vollkommen verrückt. Als hätte ich ihr gerade erzählt, ich könne fliegende Elefanten sehen.

»Was ist?«, fragte ich abwehrend.

»Nun, erstens … offenbar hast du mir gestern nicht zugehört. Ich habe es dir doch erklärt. Du kannst es nicht beeinflussen, ob jemand hierbleibt oder geht.«

»Sie haben gesagt, dass ich das bei Ihnen nicht beeinflussen kann.«

Sie seufzte. »Das kannst du bei niemandem. Und noch eine Sache. Du suchst nach Rat, wie du einen Freund am Leben halten kannst. Also gehst du zu einer Frau, die vor ein paar Tagen versucht hat, sich ihres zu nehmen, und es vielleicht morgen wieder versuchen wird. Klingt das für dich vernünftig?«

Ich stand auf.

Meine Wangen brannten heiß, als ich sie anstarrte. Sie warf mir vor, unvernünftig zu sein. Und erzählte mir im gleichen Atemzug, dass sie vielleicht am nächsten Tag einen Selbstmordversuch unternehmen würde.

»Okay«, sagte ich. »Ich habe verstanden. Ich gehe jetzt.«

Doch ich kam nicht weit.

»Warte.«

Ich drehte mich um.

»Sei ihm einfach ein guter Freund. Vielleicht funktioniert es, vielleicht auch nicht. Aber es ist die einzige Chance, die du hast.«

Ich bedankte mich nicht bei ihr. Ich sagte nichts, weil ich mir nicht sicher war, ob ich überhaupt noch einmal mit ihr sprechen wollte. Mit ihr befand man sich ständig auf gefährlichem Terrain. Selbst in ihrer Abwesenheit, wie bei der Begegnung mit ihrer Tochter. Wenn Zoe Dinsmore im Spiel war, wurde es explosiv.

Ich nickte nur.

Dann lief ich nach Hause.

* * *

Ich schaffte es, Connor in den Park zu bekommen, doch es stellte sich als Fehler heraus. Das wusste ich, als wir ankamen und ich die zwei Jungen sah, die ich beim Auswahltraining geschlagen hatte. Sie befanden sich zwar auf der anderen Seite des Parks, aber der Park war so klein, dass sie näher waren, als mir lieb war. Die beiden spielten Fußball mit zwei anderen, die ich nur vom Sehen kannte.

Und sie wussten, dass ich da war. So viel war leider klar.

Ich hatte meinen Baseballschläger und zwei Softbälle dabei, für den Fall, dass Connor einen Ball über die Grenzen des Parks hinausschoss und wir ihn nie wiederfanden. Connor war nicht gerade ein Supersportler, aber manchmal stellte er sich als ein überraschend guter Schläger heraus. Er holte weit aus und verfehlte viele Bälle, doch wenn er den Ball erst einmal traf … Mannomann! Sein Schlag war der Wahnsinn. Jedes Mal ein Homerun.

Ich hatte gedacht, es würde ihm guttun, zur Abwechslung mal etwas zu machen, worin er gut war. Erst später kam mir der Gedanke, dass seine festen Schläge etwas mit seinem aufgestauten Ärger zu tun haben könnten.

Die beiden Jungs, die mich höhnisch angrinsten, hatte ich natürlich auch nicht einkalkuliert.

»Komm«, sagte ich zu Connor. Ich ignorierte die Jungs und gab ihm den Schläger. »Fang du an. Ich werfe dir die Bälle zu.«

Ich schritt die Strecke ab, die in etwa der Entfernung von der Homebase zur Abwurfstelle entsprach.

Als ich mich zu Connor umdrehte, stand ich den zwei Jungs Auge in Auge gegenüber. Sie hatten ihr Spiel verlassen und waren mir über das Gras gefolgt.

»Hey, Speedy Gonzales«, sagte der eine, der über mein Problem mit den Startblöcken gekichert hatte.

»Was ist?«, fragte ich und fühlte mich schon unwohl. Ich hatte eine ungute Vorahnung, in welche Richtung das Ganze gehen würde.

»Siehst du diesen Typen?«

»Welchen Typen?«

Er deutete zu einem der Jungs ihres Viermannteams. Er war auch näher gekommen und stand vielleicht etwa zehn Schritte von mir entfernt. Der vierte Junge schien verschwunden zu sein, jedenfalls konnte ich ihn nicht sehen.

Der betreffende Junge hob die Hand und winkte mir zu. Aber nicht auf eine freundliche Art, eher so, als würde er sagen: »Ja, ich.«

»Was soll mit ihm sein?«, fragte ich und spürte einen Kloß im Hals.

»Er heißt Arnie.«

»Das ist schön«, sagte ich und versuchte, unbefangen zu klingen. Ich glaube nicht, dass es funktionierte.

»Er hatte einen Platz im Leichtathletikteam. Aber jetzt nicht mehr. Rate mal, warum?«

Ich wusste, warum. Es war ziemlich offensichtlich. Der Trainer hatte mir einen Platz gegeben und den langsamsten Jungen dafür rausgeworfen. Es war nicht meine Schuld, dass Arnie sein langsamster Läufer gewesen war. Ich fühlte mich nicht schuldig und glaubte nicht, dass ich etwas Unrechtes getan hatte. Aber das war nur innerlich. Nach außen hin würde ich etwas Besseres vorbringen müssen als »Na und?« oder »Nicht mein Problem«.

»Hör zu«, sagte ich. »Ich will nicht mal in diesem Team sein. Das Auswahltraining war nicht meine Idee, der Trainer hat mich praktisch gezwungen. Ich habe nicht vor, den Platz im Herbst zu nehmen. Ich komme da schon irgendwie raus.«

Während ich redete, trat er näher an mich heran. Bedrohlich, als wollte er mich einschüchtern, bis ich zurückging.

98

Über seine Schulter hinweg sah ich Connor, der wild gestikulierte. Ich verstand sofort, was er mir mitteilen wollte — vielleicht war seine Zeichensprache sehr gut, oder es lag daran, dass ich ihn schon so lange kannte, jedenfalls konnte ich die Nachricht klar ablesen. Jemand war hinter mir.

Ich vermutete, dass jemand hinter mir auf dem Boden kauerte, und ich rückwärts über den Jungen am Boden fallen würde, wenn der Kicherer mich zurückdrängte.

Also trat ich keinen Schritt zurück.

Ich blieb felsenfest stehen, während er mir immer näher rückte, bis seine Nasenspitze fast meine berührte. Jeder Muskel meines Körpers war so angespannt wie ein Bogen, doch ich spürte keine Panik. Denn ich rechnete nicht damit, dass er mich wirklich verletzen würde. Mich zum Stolpern, zum Hinfallen bringen und über mich lachen, das ja. Aber hier fuhren Autos vorbei. Viele Autos. Viele Fahrer, die hier in diesem kleinen Ort lebten. Niemand würde ernsthaft verletzt werden.

»Das meinst auch nur du«, sagte er.

Er schien allmählich die Geduld zu verlieren, weil ich mich weigerte, an diesem Spiel teilzunehmen.

Er trat einen Schritt zurück und stieß mit beiden Händen fest gegen meinen Brustkorb. Ich wurde nach hinten geschleudert. Und tatsächlich kauerte sein idiotischer Freund dort. Ich fiel, bis ich rücklings auf dem Gras lag und in den Himmel blickte.

Als ich mich wieder aufgerappelt hatte, sah ich Connor über die Wiese fliegen. Und er flog wortwörtlich.

Er stieß mit seinem vollen Gewicht gegen den Kicherer und brachte ihn zu Boden, wobei ihm das Überraschungsmoment sicherlich zum Vorteil gereichte. Connor fiel auf ihn, dann erhob er sich auf die Knie und holte aus. Der Kicherer war so überrascht, dass er nur seinen Kopf mit den Händen schützen konnte.

Schließlich zog einer der anderen Connor von ihm weg.

Aber Connor war noch nicht fertig. Nicht einmal annähernd.

Er drehte sich um und verpasste dem Jungen Schläge gegen den Kopf. Rechts und links, mit beiden Fäusten. Wieder und wieder.

Also, ich nehme diese Jungs sicherlich nicht in Schutz. Das waren Idioten. Aber sie hatten nur gewollt, dass ich auf den Hintern fiel, damit sie über mich lachen und dann weggehen konnten. Niemand – außer Connor – hatte vorgehabt, die Sache bis zu dieser Stufe eskalieren zu lassen. Aber wir wollen den Tatsachen ins Auge sehen. Man kann nicht ewig auf jemanden eindreschen, ohne dass er irgendwann zurückschlägt.

Der Junge schlug zurück.

Seine Faust traf Connors Kiefer so hart, dass ich es aus zehn Schritten Entfernung hörte. Connor flog nach hinten und landete auf dem Gras, sich ans Kinn fassend.

Die vier Jungs lachten ihn aus.

Dann wandten sie sich ab und gingen lachend weg. Und damit hätte dieses Desaster ein Ende haben sollen.

Doch das war nicht der Fall.

Connor rollte sich herum, sprang auf und griff sich meinen Schläger. Damit rannte er den Jungen hinterher.

In Momenten wie diesen zahlt es sich aus, sehr schnell rennen zu können.

Ich bekam ihn um die Taille zu fassen, wirbelte ihn herum und brachte ihn wieder zu Boden, beziehungsweise uns beide.

Gleichzeitig blickte ich mich nach Hilfe um, aber typischerweise kam in diesem Augenblick niemand vorbei.

Ich rang mit ihm um den Schläger, den ich ihm schließlich entreißen konnte.

Als ich wieder aufblickte, standen die Jungs vor uns und blickten auf uns herunter. Sie waren zurückgegangen, um zu gaffen. Und eine letzte spitze Bemerkung loszuwerden.

»Dein Freund ist ein Freak«, sagte der Kicherer. »Was zum Teufel ist mit dem los? Du solltest den Freak an einer Leine halten.«

Dann drehten sie sich um und gingen fort.

* * *

»Ist es geschwollen?«, fragte er auf dem Heimweg. Er drehte mir das Kinn zu, damit ich es besser sehen konnte, und lehnte sich vor, als wäre ich kurzsichtig. Er fragte mich das jetzt zum dritten Mal. »Sieht man schon die Prellung?«

»Es ist ein wenig geschwollen«, antwortete ich.

Die ersten beiden Male hatte ich es verneint, doch jetzt begann sein Kiefer zu schwellen und alles positive Denken konnte mich nicht überzeugen, dass ich es mir nur einbildete. Und ich wollte ihn nicht anlügen.

»Ich weiß nur nicht, was ich meiner Mutter erzählen soll«, sagte er.

»Vielleicht bemerkt sie es ja gar nicht. Es ist ziemlich dunkel bei dir zu Hause.«

»Sie bemerkt immer alles.«

Wir gingen eine Weile schweigend weiter. Ich sah, wie sich sein Unterkiefer bewegte, als er mit den Backenzähnen knirschte. Vielleicht prüfte er, ob es wehtat. Oder er knirschte aus Stress mit den Zähnen.

»Was mich betrifft, ist es mir eigentlich egal«, sagte er. »Aber meine Mutter sorgt sich um mich. Sie kann es nicht ertragen, wenn sie das Gefühl hat, ich sei nicht sicher.«

»Kann ich dir irgendwie beistehen, wenn du es ihr erzählst?«

»Nein!«, sagte er entschieden. Er brüllte geradezu. »Nein, geh nur nach Hause. Es ist besser, wenn ich allein mit ihr rede.«

»Erzähl ihr, dass es ein Unfall war. Wir haben Fußball gespielt und du bist gestolpert und auf einem Stein gelandet.«

»Das ist gut!« Der Ausdruck in seinen Augen, der etwa so wild war wie der eines plötzlich befreiten Dschungeltiers, wurde ein klein wenig weicher. »Sie wird mich Millionen Mal ermahnen, vorsichtiger zu sein, aber es wird ihr nicht das Herz brechen, wie wenn sie denkt, mich hätte jemand geschlagen. Ja. Danke. Das ist gut.«

Wir waren fast bei ihm zu Hause angelangt, als er mitten auf dem Gehweg plötzlich stehen blieb. Ich merkte, dass er nicht wollte, dass ich mit ihm weiterging. Ich weiß nicht, woran ich es merkte, aber ich war mir sicher. Wenn man mit jemandem sehr gut befreundet ist, merkt man manche Dinge einfach, ohne dass sie ausgesprochen werden müssen.

Ich öffnete den Mund, um ihn zu fragen, warum er derart auf diese Typen losgegangen war, schloss ihn aber sofort wieder.

Erstens hatte er es für mich getan. Ich wollte nicht undankbar klingen. Und außerdem – auch wenn ich es zu diesem Zeitpunkt nicht schlüssig formulieren konnte – war die Antwort ganz offensichtlich. Ein Auslöser hatte den Korken einer großen, mit Wut gefüllten Flasche, knallen lassen – und in der Flasche war mehr Wut, als in dieser Situation angebracht gewesen war.

»Viel Glück!«, sagte ich.

Er blickte mich so ungewöhnlich lange an, dass es mir etwas unheimlich wurde.

»Bitte dräng mich nicht mehr dazu, rauszugehen«, sagte er. Es war die aufrichtigste Bitte, die ich bisher in meinem jungen Leben gehört hatte.

»In Ordnung. Versprochen.«

Er ging nach Hause, um sich der Situation zu stellen, und ich ging nach Hause zu den Streitereien.

* * *

In der Tat stritten sich meine Eltern wirklich gerade wieder, als ich ankam, also verzog ich mich in mein Zimmer und schloss die Tür von innen ab. Ich schrieb einen Brief an Roy, obwohl ich seit meinem letzten Brief noch nichts von ihm gehört hatte.

> Lieber Roy,
> ich möchte dir etwas sagen, das man normalerweise nicht zu seinem großen Bruder sagt. Und ich glaube, wenn wir beide zu Hause wären, würdest du mich wahrscheinlich auslachen oder mich an meinem T-Shirt am Garderobenhaken aufhängen oder so was. Aber du bist nicht zu Hause. Das ist das Problem.
> Ich liebe dich.
> Tut mir leid. Ich musste es einfach sagen, weil ich daran gedacht habe, aber nicht weiß, ob ich es jemals gesagt habe. Zu dir, meine ich.
> Sei vorsichtig und komm bitte wieder nach Hause.
> Dein Bruder Lucas

KAPITEL 7

AM LEBEN

Am nächsten Morgen konnte ich Mrs Dinsmore nirgends ent-
decken, als ich bei der Blockhütte ankam. Und die Hunde
waren verschwunden. Der Schreck fuhr mir in die Glieder.

Ich fragte mich, ob sie die Hunde weggebracht hatte und …
ich weiß nicht. Vielleicht waren sie am Teich. Oder sie hatte sich
etwas angetan und dann hatte eine ihrer Töchter … Nun, es lässt
sich nur schwer rekonstruieren, was mir durch den Kopf ging.
Eine Menge Gedanken, die in alle möglichen Richtungen flogen,
einer schrecklicher als der andere.

Ich geriet in Panik.

Ich rannte durch den Wald und rief nach den Hunden.
Aber ich hatte keine Ahnung, in welche Richtung ich mich
wenden sollte, also rannte ich mehr oder weniger im Kreis
herum, während ich völlig ausflippte. Ich glaube nicht, dass es
jemals ein besseres Beispiel für einen Menschen gegeben hat,
der ein kopfloses Huhn nachahmt.

Nach ein oder zwei Minuten dieses Wahnsinns tauchte
Vermeer plötzlich wie aus dem Nichts auf und sah mich mit zur

Seite geneigtem Kopf seltsam an, als wollte sie sagen: »Warum in aller Welt bist du so aufgebracht?«

Dann wandte sie sich wieder dem Wald zu, blieb aber stehen, um nachzusehen, ob ich ihr folgte. Mein Herz klopfte mir immer noch bis zum Hals, während ich hinter ihr herging.

Sie führte mich zu Rembrandt und Mrs Dinsmore, die auf einem Hügel in einem Klappstuhl saß und von dort über Hunderte von Bäumen hinweg auf einen Abschnitt des Flusses blickte. Sie hatte eine Staffelei vor sich stehen und malte ein Landschaftsbild.

Sie war eine gute Malerin.

Ich setzte mich in ihrer Nähe auf den Boden und versuchte immer noch, mein Herzklopfen und meinen Atem zu beruhigen. Sie spürte meine Anwesenheit, das merkte ich, doch sie sah nicht zu mir, sondern malte einfach weiter.

Die Art und Weise, wie sie das Licht auf der Leinwand abbildete, gefiel mir.

Die Sonne war gerade hinter einem Meer aus Blättern aufgetaucht und stand in Wirklichkeit höher als in ihrer Abbildung. Sie hatte sicher schon seit einer ganzen Weile hier gemalt. Die Sonnenstrahlen dehnten sich sternförmig aus und waren heller an den Stellen, wo sie durch Lücken zwischen den Blättern schienen. Es war nicht völlig realitätsgetreu, nicht wie ein Foto. Es war … irgendwie mehr als das. Ein wenig mehr als die wirkliche Sonne. Ein klein wenig stilisiert. Doch sie hatte sie auf jeden Fall erfasst.

»Ich mag es, wie Sie das Licht einfangen«, sagte ich.

Zuerst gab sie nur ein Knurren von sich, dann sagte sie: »Danke. Warum hast du eben so gebrüllt?«

»Oh. Ich wusste nicht, dass Sie hier sind. Oder wo die Hunde waren.«

»Was hast du denn gedacht?«

»Darüber möchte ich lieber nicht sprechen.«

Ich sah ihr einen Moment schweigend beim Malen zu. Rembrandt hatte seinen großen Kopf auf meinen Schoß gelegt.

»Ich habe meinem Bruder geschrieben«, begann ich zu erzählen. »Und ihm alles gesagt, was ich sagen musste.«

»Gut.«

»Also, er hat den Brief noch nicht gelesen, ich habe ihn erst heute Morgen abgeschickt. Es dauert ewig, bis die Post dort ankommt.«

»So arbeitet die Regierung«, sagte sie.

»Was meinen Sie damit?«

»Ich meine, dass die Regierung nie sehr gut arbeitet.«

»Oh.«

Wieder trat eine lange Stille ein und ich beobachtete, wie sie an einem Blatt arbeitete. Wie das Licht dieses Blatt berührte – ein einzelnes Blatt von Hunderten. Die Stelle auf der Leinwand, wo der Fluss sein sollte, war noch unberührt weiß. Ich fragte mich, ob sie diese Stelle lieber nicht malen wollte. Und ich fragte mich, ob sie es lieber gesehen hätte, wenn ich gegangen wäre, damit sie in Ruhe malen konnte.

»Und ich habe versucht, meinem Freund ein guter Freund zu sein«, sagte ich. »Aber ich habe es nicht sehr gut hinbekommen.«

»Aber wenigstens hast du's versucht«, sagte sie.

Ich war mir nicht sicher, ob sie mit ihren Gedanken wirklich bei mir war. Es war schwer zu sagen.

»Das Problem war, dass ich ihn dazu bringen wollte, etwas zu tun, was für mich das Richtige wäre. Aber ich glaube nicht, dass es für ihn richtig war. Ich wollte ihm auf meine Weise helfen, aber er ist nicht ich.«

Sie ließ die Hand mit dem Pinsel sinken und sah mich an. Zum ersten Mal an diesem Morgen blickte sie mir eindringlich ins Gesicht.

»Was ist?«, fragte ich. »Habe ich etwas Falsches gesagt?«

»Nein. Überhaupt nicht. Du hast gerade etwas sehr Kluges gesagt. Etwas, mit dem du den meisten Erwachsenen, die ich kenne, um einiges voraus bist.«

»Oh.« Es traf mich unvorbereitet, denn ich hatte wirklich kein Kompliment von ihr erwartet. »Warum mache ich das?«

»Warum machst du was?«

»Warum übernehme ich für alles die Verantwortung und versuche, die Probleme anderer Leute zu lösen?«

»Wie kommst du darauf, dass ausgerechnet ich das wissen könnte?«

»Keine Ahnung. Sie scheinen solche Sachen einfach zu wissen.«

Sie seufzte und rieb sich mit dem Handrücken an der Nase, um sich nicht mit Farbe zu beschmieren. »Manchmal, wenn ein Kind niemanden hat, der die Dinge in seinem Leben regelt, entscheidet sich das Kind, eigenständig zu handeln und alles selbst in die Hand zu nehmen. Sonst würde die Welt des Kindes außer Kontrolle geraten. Kommt dir das bekannt vor?«

Ich wollte nicht zugeben, dass mir das sehr bekannt vorkam, also sagte ich nur: »Ich könnte gehen, damit Sie in Ruhe weitermalen können, wenn Sie das möchten.«

Sie seufzte und begann, ihre Farben in eine Stofftüte zu packen.

»Nein, ist okay. Ich bin ohnehin für heute fertig. Ich habe heute schon früh angefangen. Genug ist genug.«

Ich half ihr beim Einpacken und nahm den Klappstuhl. Sie hängte sich ihre Stofftasche über die Schulter und trug vorsichtig die Leinwand. Zusammen gingen wir zurück.

»Was machen Sie mit dem Gemälde, wenn Sie damit fertig sind?«, fragte ich.

»Keine Ahnung«, erwiderte sie.

»Ich habe in der Blockhütte gar keine Bilder an den Wänden gesehen.«

»Ich hänge sie ja auch nicht auf.«

»Verkaufen Sie die Bilder?«

»Eigentlich nicht. Meine Töchter haben ein paar. Die anderen sind im Schuppen.«

Als wir die Blockhütte fast erreicht hatten, fiel mir ein, dass ich ihr etwas sagen musste. Etwas Wichtiges. Ich hatte nicht viel Zeit. Bei Mrs Dinsmore konnte man nicht einfach davon ausgehen, dass man am nächsten Tag noch die Gelegenheit bekommen würde.

»Ich finde, Sie sollten bleiben«, sagte ich.

Sie blieb stehen und warf mir einen befremdeten Blick zu, ohne den Kopf zu wenden.

»*Wo* sollte ich bleiben?«

»Sie wissen schon. Nicht … gehen.«

»Oh. Diese Art von ›bleiben‹.«

»Ja.«

Wir gingen weiter bis zur Blockhütte.

Sie trat auf die Veranda und drehte sich zu mir um. Ich blickte auf den Boden, während ich den Hunden über die Köpfe streichelte.

»Und warum denkst du das?«

»Weil Sie mir helfen.«

»Ich kann wirklich nicht nur für jemand anderen bleiben«, sagte sie.

»Nein, das meinte ich nicht.«

»Na ja, was meintest du dann?«

»Ich meinte … Sie haben Fähigkeiten … ich glaube … ich weiß nicht, wie ich es ausdrücken soll. Ich glaube, Leute könnten von Ihnen lernen. Deshalb wäre es ein schlimmer Gedanke, wieder … ohne Sie zu sein.«

»Mit dieser Meinung könntest du in der Minderheit sein«, sagte sie. »Aber ich werde sie in Betracht ziehen.«

Mein altes Ich hätte sich zurückgezogen, ihre Aussage nicht infrage gestellt. Aber ich musste lernen, stärker zu werden. Mein Umgang mit Zoe Dinsmore zwang mich, zu einem neuen Lucas zu werden. Irgendwie *mehr* zu sein, wie die Sonne in ihrem Gemälde.

»Was genau meinen Sie damit?«, fragte ich, während ich immer noch die Hunde streichelte.

»Ich meine damit, dass ich deiner Meinung das Gewicht gebe, welches sie verdient.«

»Mit anderen Worten, Sie glauben, dass sie nichts verdient.«

»Nein, das habe ich nicht gesagt. *Meine* Meinung im Hinblick auf das, was ich tun sollte, ist mir wichtiger als *deine* Meinung dazu. Aber das bedeutet nicht, dass deine Meinung mir völlig egal ist. Also, ich gehe jetzt rein. Du solltest mit den Hunden laufen gehen. Du hast viele Tage verpasst und ich glaube, es würde euch allen drei guttun.«

Und damit war sie verschwunden.

Ich lief mit den Hunden, vielleicht zehn Kilometer oder noch mehr.

Es tat uns allen drei gut.

* * *

Ich joggte gerade die Main Street entlang, was für mich wie ein Abkühlen war, als eine weibliche Stimme meinen Namen rief.

Ich blieb stehen und drehte mich um.

Zuerst konnte ich niemanden sehen.

Eine Sekunde später trat Libby Weller aus der Tür des Eiscafés und winkte mir zu.

Ich winkte zurück und wollte weiterlaufen, doch sie gab mir ein Zeichen, zu ihr zu kommen.

Weil ich diese direkte Anweisung nicht einfach ignorieren konnte, ging ich zu ihr, obwohl ich mich wirklich nicht danach fühlte, über Roy zu sprechen.

»Hi«, sagte ich.

Sie trug Hotpants und es fiel mir schwer, nicht auf ihre langen, gebräunten Beine zu starren. Ihr hellbraunes Haar war zu einem Pferdeschwanz gebunden. Sie war so groß wie ich, vielleicht sogar einen Zentimeter größer. Und ich war bereits ziemlich groß. Sie war ein Jahr älter als ich, daher fühlte es sich immer komisch an, mit ihr zu sprechen.

»Hi«, erwiderte sie.

Etwas schüchtern, dachte ich. Und ich konnte mir nicht vorstellen, weshalb sie einen Grund hatte, schüchtern zu sein.

»Ich wollte mir grade ein Soda holen. Willst du mitkommen?«

»Oh. Ich kann leider nicht. Ich trainiere.«

Was hätte ich nicht alles für ein kaltes Soda gegeben! Mein Training war nur ein Vorwand. Wenn überhaupt, hätten mir ein paar Gramm mehr sogar ganz gutgetan. Das Problem war allerdings, dass ich kein Geld dabeihatte. Überhaupt nichts. Und man konnte ein Mädchen nicht bitten, einem ein Soda zu spendieren. Das wäre total peinlich gewesen.

»Komm wenigstens mit und setz dich zu mir.«

»Okay«, willigte ich ein.

Aber eigentlich wäre ich am liebsten nur nach Hause gegangen.

* * *

»Wie geht's Darren?«, fragte ich und beobachtete, wie sich ihre Wangen nach innen zogen, während sie versuchte, das dickflüssige Eis-Soda mit einem Strohhalm zu trinken.

Sie nahm ihre Lippen vom Strohhalm und runzelte die Stirn. Ich hätte vielleicht nicht fragen sollen.

»Nicht so gut«, antwortete sie. »Ich glaube, er ist deprimiert. Niemand spricht vor mir darüber, aber es ist so offensichtlich. Und er wird allmählich immer frustrierter. Er soll eine Prothese bekommen, also einen künstlichen Fuß. Aber jetzt hat sich sein Beinstumpf entzündet und es wäre für ihn viel zu schmerzhaft, eine Prothese zu tragen. Er würde lieber sterben als den Stumpf mit Gewicht zu belasten, also wird es noch mindestens zwei Monate dauern. Und er hasst die Krücken, denn wenn er sie benutzt, zieht es in seinem Brustkorb, wo ihn die Granatsplitter getroffen haben. Also bleibt er die meiste Zeit einfach im Bett.«

»Oh«, sagte ich und wünschte, ich hätte das Thema nicht angesprochen. »Das ist schlimm.«

»Ich hoffe nur, dass Roy in einem Stück zurückkommt. Also unversehrt.«

»Ich hoffe nur, dass er überhaupt zurückkommt«, sagte ich.

Sie warf mir einen seltsamen Blick zu, wahrscheinlich weil ich meine Erwartungen sehr niedrig ansetzte, also fügte ich hinzu: »Ja, natürlich. Unverletzt wäre das Beste.«

Eine gute Minute lang herrschte eine unangenehme Stille zwischen uns.

»Hat er jemanden, mit dem er reden kann?«, fragte ich.

»Na ja. Mich.«

»Ja. Stimmt. Natürlich. Aber was ich meinte …«

»Jemanden, der sich mit Kriegsheimkehrern auskennt.«

»Genau.«

»Er hat einen Berater beim Ministerium für Veteranenangelegenheiten. Aber der Typ ist von der Regierung, also weiß ich nicht, wie gut er ist.«

Ich dachte an Zoe Dinsmore. Sie hatte über die Regierung gesagt, dass sie nie sehr gut arbeitete.

Libby unterbrach meine Gedanken. Mit ihrer Frage unterbrach sie eigentlich alles, mein ganzes Leben bis zu diesem Augenblick.

»Wie kommt es eigentlich, dass du mich nie einlädst?«

Wirklich. Das sagte sie.

»Dich einladen?«

»Ja.«

»Wohin zum Beispiel?«

»Du weißt schon … ausgehen. Zum Beispiel.«

Ich kam mir wie ein Vollidiot vor. Connor hatte die ganze Zeit über recht gehabt. Und ich war zu dumm gewesen, um es zu erkennen. Selbst direkt, bevor sie es sagte, hatte ich es noch nicht bemerkt, obwohl wir schon seit ein paar Minuten hier waren und sie meinen Bruder kaum erwähnt hatte, nicht einmal, als ich über ihren sprach. Mein erster Gedanke war Connor. Ich wollte ihm erzählen, dass er recht gehabt hatte. Es ist immer ein gutes Gefühl, bestätigt zu bekommen, dass man recht hatte. Gleich darauf dachte ich jedoch, dass ich Connor nichts erzählen sollte, denn es war schlimm genug, dass er zu Hause festsaß und sich verzweifelt, wütend und deprimiert fühlen musste. Ihm zu erzählen, dass ich nicht nur rausging, sondern auch eine Verabredung mit einem hübschen Mädchen plante, hätte nur Salz in die Wunden gestreut.

»Na ja …«, begann ich. »Ich wusste einfach nicht, dass du mit mir ausgehen willst.«

»Ich rede mit dir bei jeder Gelegenheit, die sich bietet.«

»Ich dachte, das sei nur, weil mein Bruder eingezogen wurde, so wie deiner.«

»Ich wusste nicht, über was ich sonst reden sollte«, sagte sie.

Und damit fielen wir tief in diese peinliche Stille, die entsteht, wenn man nicht weiß, worüber man reden soll.

»Ich könnte dich einladen«, sagte ich. Ich hätte alles getan, um die Stille zu unterbrechen. »Vielleicht könnten wir einen Film ansehen.«

»Das wäre schön. Heute Abend?«

»Ich dachte eher an Samstag.«

Ich bekam mein Taschengeld immer freitags. Was ich aber nicht zugegeben hätte, denn es ließ mich zu jung und mittellos klingen und außerdem vollkommen lächerlich.

»Okay«, sagte sie.

»Was willst du dir ansehen?«

»Mir egal. Such du was aus.«

»Okay«, sagte ich. Doch es war ganz und gar nicht okay. Es war eine riesige Bürde und ich fühlte mich dieser Sache überhaupt nicht gewachsen. Was, wenn ich einen Film wählte, den sie hasste? »Ich muss jetzt meine letzte Strecke laufen. Aber ich rufe dich an.«

»Das hoffe ich.«

Unwillkürlich musste ich lächeln.

Dann stand ich auf und verließ das Eiscafé. Ich verfiel in einen Trab, noch bevor die Tür sich hinter mir geschlossen hatte. Als ich am Fenster vorbeikam, winkte sie mir zu und ich winkte zurück. Ich spürte, wie mein Gesicht peinlich rot wurde. Zum Glück zeigte sich die Röte nicht sofort, und da ich nur zwei Sekunden brauchte, um an ihr vorbeizurennen, sah sie es wahrscheinlich nicht.

So schnell ändert sich also alles, dachte ich unterwegs. *Erst denke ich noch, es sei ein Tag wie jeder andere, und plötzlich geht mir auf, dass ich vielleicht schon bald zum ersten Mal in meinem Leben eine Freundin haben werde.*

Und ich hatte es überhaupt nicht kommen sehen. Aber vielleicht ist das immer so.

* * *

Als ich am nächsten Morgen vor der Blockhütte die Hunde traf, war Mrs Dinsmore nirgends zu sehen. Zunächst dachte ich mir nichts weiter und nahm an, dass sie in der Blockhütte sei. Ich war startbereit für meinen Lauf.

Doch dann kam es mir komisch vor, und ich wollte mir beim Laufen nicht die ganze Zeit Sorgen machen müssen. Es war schon schwer genug, nicht ständig an Libby Weller zu denken. Wenn noch ein weiterer Gedanke dazukam, würde ich wahrscheinlich gegen einen Baum rennen oder so.

Ich trat auf die Veranda und klopfte an die Tür.

»Mrs Dinsmore?«, rief ich.

»Ich lebe noch, Lucas«, rief sie zurück.

»Das freut mich zu hören, Ma'am.«

»Das wolltest du doch wissen, oder?«

»So ungefähr, Ma'am. Ja.«

»Dann geh jetzt laufen.«

Ich stellte Blickkontakt zu den Hunden her, sprang von der Veranda und los ging's.

Wir waren noch nicht weiter als vielleicht hundert Meter gekommen, als ein leichter Regen einsetzte. Das war sehr ungewöhnlich für Juni. Zuerst verlangsamte ich mein Tempo, weil ich damit rechnete, dass wir vielleicht umkehren müssten. Aber dann dachte ich: *Was solls?* Es war überhaupt nicht kalt – eher ziemlich warm. Und falls wir nass wurden … was machte das schon?

Ich rannte schneller und die Hunde hielten mit mir Schritt, dann wurde der Regen stärker und die Tropfen größer. Wir mussten alle drei blinzeln und die Augen zusammenkneifen, aber wir blieben nicht stehen.

Wir rannten den ganzen Weg bis zum Friedhof, denn ich hatte viel an ihn gedacht und mir vorgenommen, ihn wieder zu besuchen. Ich wollte wieder vor diesen zwei Gräbern stehen, jetzt da ich wusste, wer diese Kinder waren und wie unsere Leben sich kreuzten. Ich war neugierig, was ich fühlen würde.

Die alten gelben Blumen waren entfernt worden, bevor sie überhaupt hatten verwelken können. An ihrer Stelle lagen jetzt zwei ähnliche Blumen, aber mit lilafarbenen Blüten. Sie schienen aus demselben Garten oder Geschäft wie die letzten Blumen zu stammen, nur die Farbe war eine andere. Sie sahen frisch aus.

Ich las wieder die Namen der Kinder auf den Grabsteinen, aber ich kann nicht wirklich sagen, was ich fühlte. Ich hatte die Kinder nicht gekannt, also wusste ich nicht, was ich fühlen sollte. Aber mir taten die Leute leid, die sie gekannt hatten. Irgendwie bedauerte ich es, dass die Sache vor meiner Zeit passiert war. So schmerzhaft es gewesen sein musste, ich hatte das Gefühl, mir sei etwas Wichtiges entgangen.

Wir verkürzten unseren Lauf, indem wir vom Friedhof aus direkt zurückliefen. Obwohl ich bis auf die Haut durchnässt war, beeilte ich mich nur, weil die Blätter und Tannennadeln unter meinen Füßen allmählich zu glitschig wurden. Während ich rannte, ließ ich die tragischen Ereignisse der Vergangenheit hinter mir, und sie wurden durch die Vorfreude auf mein erstes Date ersetzt. Ich fühlte mich etwas schuldig deswegen, aber an dem Gefühl ließ sich nichts ändern.

Um nicht auszurutschen, lief ich in langsamem Joggingtempo weiter, mit den Hunden zu beiden Seiten. Als wir den halben Weg zur Blockhütte zurückgelegt hatten, hörte der Regen auf und die Sonne kam heraus. Ganz plötzlich. Der Himmel war blau, außer im Osten, wohin sich die Wolken verzogen hatten.

Mrs Dinsmore stand draußen vor ihrer Blockhütte auf einer kurzen Trittleiter und putzte von außen ein Fenster – das Seitenfenster, durch das ich sie zum ersten Mal gesehen hatte, als ich dachte, sie sei vielleicht nicht mehr am Leben. Und zu dem Zeitpunkt hatte ich damit auch gar nicht so falsch gelegen.

Sie drehte sich zu mir um, als sie mich entdeckte.

»Ich kann schmutzige Fenster nicht ausstehen«, rief sie mir zu. »Vor allem Fenster mit Wasserflecken. Wozu lebt man mitten in der Natur, wenn man durchs Fenster keinen ungetrübten Blick darauf werfen kann?«

Ich sagte nichts und trat näher heran. Einen Augenblick lang sah ich ihr bei der Arbeit zu.

Dann sagte ich: »Darf ich Sie um einen Rat fragen?«

»Warum nicht.«

»Wenn Sie jemanden ins Kino einladen, aber diese Person die Wahl des Films Ihnen überlässt, wie entscheiden Sie sich dann? Ich meine, wie weiß man, welchen Film man wählen soll, damit man nicht am Ende einen Film sieht, den diese Person hasst?«

Sie hatte das Fensterputzen gerade beendet und stopfte das Putztuch in die Tasche ihrer Latzhose. Als sie die Trittleiter herunterstieg, sah sie mich direkt an.

»Ach *deshalb* hast du dieses alberne Grinsen im Gesicht«, sagte sie. »Du hast ein Date!«

Ich hatte gar nicht bemerkt, dass ich grinste, doch als sie es sagte, bemerkte ich es auch. Und außerdem glaube ich, dass meine Wangen manchmal vor Nervosität zuckten. Ich überlegte, ob meine Mutter mich deshalb am Vorabend so angestarrt hatte. Wir hatten zu zweit zu Abend gegessen, da mein Vater Spätschicht hatte, und meine Mutter mochte ihn nicht einmal mehr genug, um mit dem Abendessen auf ihn zu warten.

»Ja, ich habe ein Date«, sagte ich. »Und ich dachte, Sie könnten mir vielleicht mit der Filmwahl helfen. Weil ich nun mal kein Mädchen bin, aber Sie. Oder jedenfalls waren Sie es mal. Oder … Zumindest sind sie weiblich, das wollte ich sagen.« Ich spürte, wie ich über meine Worte stolperte und rot wurde. »Da bin ich wohl ganz schön ins Fettnäpfchen getreten, was?«

»Deine guten Absichten entschuldigen dich diesmal. Hast du in der Zeitung nachgesehen oder das Kino angerufen, um zu sehen, was in Blaine läuft?«

Das nächste Kino war in Blaine, mit drei Leinwänden. Ashby war zu klein für ein eigenes Kino, selbst für eine Leinwand.

»Das habe ich, ja.«

»Was steht zur Auswahl?«

»Es läuft ein Western mit John Wayne. Und ein Gruselfilm, von dem ich den Namen vergessen habe, aber er soll richtig blutig sein. Und dann noch dieser Film über einen kleinen VW Käfer, der sprechen kann. Oder nein, fliegen oder so etwas. Ich habe einen Trailer gesehen, aber ich kann mich nicht mehr genau an die Details erinnern.«

»Interessant«, sagte sie. Sie faltete die Trittleiter zusammen und klemmte sie sich unter den Arm. »Eine interessante Auswahl.«

»Warum interessant?«

Ich folgte ihr zum Schuppen, wo sie die Leiter abstellte, denn nur so schien ich meinen Rat zu bekommen.

»Weil jede Wahl eine Menge über dich aussagt. Sagen wir mal, du wählst den Western. Es ist nicht ausgeschlossen, dass das Mädchen keine Western mag. Manche Mädchen mögen diese Filme aber durchaus. Wahrscheinlich hat sie weniger Interesse daran als du. Und selbst wenn sie Western mag, könnte die Wahl des Jungen-Films ihr mitteilen: ›Na ja, du hast mir die Wahl gelassen, also habe ich einfach das ausgewählt, was *ich* sehen will.‹ Das könnte etwas egoistisch rüberkommen. Viele Jungen würden für eine Verabredung den Horrorfilm wählen. Obwohl das Risiko besteht, Mädchen mit so einem Film derart zu verstören, dass sie einen schrecklichen Abend haben. Weißt du, warum Jungs diesen Film trotzdem wählen würden?«

117

Ich blieb vor dem Schuppen stehen und wartete auf sie.

»Nein, ich glaube nicht.«

»Weil sie hoffen, dass das Mädchen sich an sie kuscheln wird, wenn sie sich fürchtet. Aber eins musst du in Bezug auf uns Mädchen wissen: Wir sind nicht von gestern. Wir wissen, dass Jungs das mit Absicht machen, das können wir uns denken. Mit diesem Film läufst du also Gefahr, dass sie denkt, du seist nur auf eine Sache aus.«

»Das bin ich nicht«, wandte ich ein. Ich war leicht verärgert darüber, dass meine Motive selbst in einem lockeren Gespräch infrage gestellt wurden.

»Das dachte ich auch nicht«, sagte sie. »Aber du willst ja nicht, dass sie einen falschen Eindruck bekommt.«

»Also der Käfer-Film.«

»Klingt nach einer sicheren Wahl. Das ist doch eine Komödie, oder?«

»Ja.«

»Na, das ist gut. Eine Komödie. Damit vermittelst du ihr, dass du für eine nette Verabredung sorgst. Dass du vor allem willst, dass sie Spaß hat.«

Wir gingen zurück zur Blockhütte.

Mit jedem Schritt spürte ich, wie der Stress von mir abfiel. Es war so leicht. Ich würde einfach mit ihr in den Film über den Käfer gehen. Unfassbar, dass ich mich die halbe Nacht im Bett hin- und hergewälzt hatte, die Lösung war so einfach.

»Danke«, sagte ich. »Das ist ein guter Rat.«

»Wieder als Mädchen bezeichnet zu werden, war es die Sache wert«, sagte sie. »Es ist schon eine Weile her.«

KAPITEL 8

DER SCHLÜSSEL

Pünktlich um sechs klopfte ich an Libbys Tür. »Pünktlich« heißt, dass ich davor schon zehn Minuten lang um den Block gelaufen war und immer wieder wie besessen auf meine Armbanduhr gestarrt hatte. Schließlich stand ich auf der Fußmatte vor ihrer Tür und beobachtete, wie der große Zeiger tickend einen vollständigen Kreis drehte, bis er auf die volle Stunde zeigte. Im Rückblick war es ausgesprochen albern.

Ich trug eine saubere Kakihose, die ich selbst gebügelt hatte, und ein kurzärmeliges, weißes Hemd. Und einen Schlips. Wahrscheinlich zu viel des Guten, aber so war ich mit vierzehn. Overkill Boy.

Außerdem würde ich zuerst ihre Eltern treffen, wie sie mir erzählt hatte.

Libby öffnete die Tür und lächelte mich auf eine Art an, die mir die Knie weich werden ließ. Ich musste mich konzentrieren, um nicht ins Wanken zu geraten.

Ihr langes Haar fiel ihr glatt über die Schultern. Sie trug ein pfirsichfarbenes, schulterfreies Sommerkleid mit einem kurzen

Rock und wieder musste ich mich sehr bemühen, um nicht die falschen Stellen anzustarren.

»Tut mir leid«, sagte sie und machte eine Kopfbewegung ins Hausinnere. Ich verstand, was sie meinte. Ihr war es peinlich, dass ihre Eltern darauf bestanden hatten, mich kennenzulernen. »Sie sind etwas altmodisch.«

»Kein Problem«, sagte ich und trat ein.

Es stimmte und gleichzeitig auch nicht. Ich konnte verstehen, dass ihre Eltern mich kennenlernen wollten. Sie war ihre einzige Tochter. Und wer war ich schon? Wir wohnten in einem kleinen Ort, also war ich natürlich kein vollkommen Fremder für sie. Sie hätten mich aus einer Menschenmenge auswählen und genau sagen können, wie ich hieß, wer meine Eltern waren und was mein Vater beruflich machte. Aber wir hatten noch nie zusammengesessen und miteinander geredet, also wollten sie wahrscheinlich erfahren, wer ich heute war. Daher konnte ich ihre Motivation verstehen. Doch es war ein Problem – jedenfalls für mich. Ich war so nervös, dass ich das Gefühl hatte, das, was mich innerlich zusammenhielt, würde sich auftrennen wie eine Naht, wenn ich mich nicht ausreichend auf dieses Kennenlernen konzentrierte.

Ich atmete tief durch und folgte Libby ins Wohnzimmer. Entschlossen schob ich meine Furcht und Unsicherheit von mir und schloss diese Gefühle bis auf Weiteres weg.

Ihre Eltern standen auf, um mich zu begrüßen. Ich trat einen Schritt vor, zuerst zu ihrer Mutter, dann zu ihrem Vater, und schüttelte ihre Hände mit vorgetäuschtem Selbstvertrauen.

»Mrs Weller«, sagte ich. »Sehr erfreut.«

Ich achtete darauf, dass mein Händedruck kräftig war, als ich ihrem Vater die Hand gab. Nicht aggressiv oder herausfordernd, nur kräftig.

»Mr Weller. Sehr erfreut.«

Sie boten mir einen Platz an.

Ich hockte mich auf den Rand der Couch und versuchte, nicht so nervös zu erscheinen, wie ich mich fühlte. Libby setzte sich dicht neben meine linke Hüfte.

»Du bist also der Sohn von Bart und Ellie Painter«, sagte ihr Vater. Er rauchte eine filterlose Zigarette, die er zwischen den Knöcheln seines Zeige- und Mittelfingers hielt. Sie war schon gefährlich weit abgebrannt.

»Ja, Sir.«

»Wie geht es deinen Eltern?«

»Danke der Nachfrage, Sir. Es geht ihnen sehr gut.«

Es ging ihnen nicht sehr gut. Es ging ihnen nie sehr gut. Aber das sagte man nicht, wenn ein Erwachsener fragte, wie es ihnen ging.

»Und du bist ihr älterer Junge?«

Libbys Mutter antwortete für mich. Sie saß in einem Ohrensessel mit wildem Paisleymuster, und strich sich ihren Rock glatt, als hätte sie gerade bemerkt, dass sie vergessen hatte, ihn zu bügeln.

»Nein, Schatz, ihr Ältester ist Leroy und er ist in Übersee. Erinnerst du dich?«

»Oh, stimmt. Tut mir leid, mein Junge. Ich habe Schwierigkeiten, die jungen Männer im Ort auseinanderzuhalten. Du weißt, dass unser Darren gerade von seinem Einsatz zurückgekehrt ist?«

»Ja, Sir«, antwortete ich. »Davon habe ich gehört.«

»Ja, es spricht sich herum«, sagte er. Dann ließ er eine unangenehme Pause im Raum stehen. »Nun, genug der Plauderei. Wollen wir zur Sache kommen. Was habt ihr beiden jungen Leute heute Abend vor?«

»Nun, Sir. Wir wollen von der Bushaltestelle an der Ecke mit dem Dreiunddreißiger nach Blaine fahren, um im Triplex einen Film anzusehen. Anschließend könnten wir uns ein Soda oder Eis holen, falls Libby möchte. Und direkt danach bringe ich sie nach Hause. Es sollte nicht später als halb zehn oder zehn werden, selbst mit dem Soda.«

»Und was wollt ihr euch ansehen?«, fragte Mrs Weller.

»Ich habe mir überlegt, den Film ›Ein toller Käfer‹ anzusehen. Es geht um dieses Auto, das ...«, ich konnte mich immer noch nicht daran erinnern, was dieses Auto genau tat, doch es war kein gewöhnliches Auto, »... das irgendwie seinen eigenen Kopf hat.«

Mrs Weller lehnte sich in ihrem Sessel auf eine Art zurück, die ich nur als zufrieden beschreiben kann. Zuvor hatte sie eine leicht vorgelehnte Haltung eingenommen, als wollte sie mir auf den Zahn fühlen. Und dies hatte gerade geendet.

Ich hatte den Test bestanden.

»Eine sehr gute Wahl, finde ich«, sagte sie. »Ich habe gehört, der Film soll sehr lustig sein. Und er ist für die ganze Familie geeignet. Es spricht für dich, dass du diesen Film ausgesucht hast. Ich hatte schon befürchtet, du wolltest diesen abscheulichen Horrorfilm sehen.«

»Oh nein, Ma'am. Ich mag diese blutigen, gewalttätigen Filme nicht.«

»Na dann viel Spaß, ihr beiden«, sagte Mr Weller. Was wohl bedeutete, dass ich den Test auch bei ihm bestanden hatte.

Eine Stille trat ein, doch sie war nicht unangenehm – eher freundlich und aufmunternd, als müsste nichts weiter gesagt werden.

In diesem Augenblick überkam mich ein besonderes Gefühl. Mir fehlten zu diesem Zeitpunkt wahrscheinlich die Worte dafür, aber ich hätte Ihnen sagen können, dass es etwas mit Zoe Dinsmore zu tun hatte.

Heute habe ich die Worte dafür. Zoe Dinsmore hatte für mich das Rätsel mit dem Film gelöst. Und jetzt, nachdem ich mit dieser Filmwahl die Zustimmung von Libbys Eltern gewonnen hatte, fühlte ich mich, als hätte Mrs Dinsmore mir den

Schlüssel zu einem geheimen Teil des Universums in die Hand gedrückt, der für mich bisher immer ein Mysterium gewesen war. Es klingt wie eine Übertreibung, aber Sie können sich nicht vorstellen, wie ratlos ich in vielen Lebensfragen damals war.

Aus dem Augenwinkel bemerkte ich eine Hüpfbewegung und als ich aufblickte, sah ich Darren in der Wohnzimmertür stehen.

Er hatte keine Krücken bei sich und trug nur weiße Boxershorts und ein kurzärmeliges, weißes Unterhemd. Mein Blick wanderte sofort zu seinem fehlenden Bein, ich konnte einfach nicht anders. Die Stelle war bandagiert und sah am Ende zu schmal aus, um eine normale Wade wie die andere zu sein. Sie lief seltsam spitz zu. Doch was mich schockierte, war nicht der Bereich oberhalb der Amputationslinie, sondern das, was darunter war.

Nichts.

Seltsam, wie wir darauf eingestellt sind, bestimmte Dinge zu sehen, wenn wir anderen Menschen begegnen. Und wenn eines dieser Dinge fehlt, ist es einfach … nun, ich habe bereits »schockierend« gesagt, aber es ist wirklich das einzige Wort, das genau zutrifft.

Er hatte außerdem viele Narben an seinen nackten Beinen und man konnte sehen, dass ihm erst kürzlich an einigen Stellen die Fäden gezogen worden waren.

Ich zwang mich, ihm wieder ins Gesicht zu sehen.

Libby und ihre Eltern standen auf, also erhob ich mich ebenfalls. Es schien die Reaktion auf Darrens Anwesenheit zu sein, und ich fragte mich, warum. Es erinnerte mich an die Art, wie Männer aufstanden, wenn eine Dame das Zimmer betrat, aber die Atmosphäre war anders. Sie war düsterer.

»Darren, Liebling«, sagte Mrs Weller, »wir haben Besuch und du bist nicht angezogen.«

»Komm her«, sagte Darren. Er meinte nicht seine Mutter, die er völlig ignorierte. Er starrte mich direkt an.

Zunächst bewegte ich mich nicht und blieb wie angewurzelt auf der Stelle stehen.

Er sagte es wieder.

»Nein, wirklich. Komm mal her. Es fällt mir zu schwer, zu dir zu kommen.«

Ich trat an ihn heran, zu der Stelle, wo er am Türrahmen Halt fand. Ich fürchtete mich und wusste nicht, warum. Ich fürchtete mich vor ihm, vor dem, was er mir sagen wollte. Ich fürchtete mich, weil er wusste, was mein Bruder durchmachte. Ich konnte es gedanklich nicht einordnen.

Ich blieb vor ihm stehen und hatte das Gefühl, dass ich es ihm schuldig war, ihn sagen oder tun zu lassen, was auch immer er im Sinn hatte. Ich machte mich darauf gefasst.

Als er sprach, klang seine Stimme weich und tief. Überhaupt nicht wie früher.

»Wie geht es Roy?«

»Ich glaube …«, begann ich. Dann wurde mir klar, dass ich ihn nicht anlügen würde. Ich würde auch nicht die Wahrheit glätten. Er wusste zu viel. Und er verdiente mehr. »Ich glaube, er macht eine wirklich schwere Zeit durch.«

»Na ja, natürlich. Er ist in Vietnam. Jeder macht da drüben eine schwere Zeit durch. Aber er ist nicht … verletzt?«

»Nein, er ist nicht verletzt.«

»Gut. Hoffen wir, dass es so bleibt.«

»Hast du …«, begann ich. Doch dann blieb ich mitten im Gedanken stecken.

»Was?«

»Hast du ihn getroffen? Da drüben?«

»Nein, drüben nicht. Ich kannte ihn schon vorher, aber in 'Nam hab ich ihn nicht gesehen. Es ist ein großes Land und wir sind dort überall verstreut. Ich kenne Roy, weil wir hier zusammen aufgewachsen sind. Am Abend vor seiner Abreise sind wir noch was trinken gegangen. Direkt, bevor ich herausgefunden habe, dass ich auch gehen würde. Ich hatte noch nie zuvor in meinem Leben jemanden gesehen, der so viel Angst hatte. Ich meine, bis ich dort war. Aber seitdem habe ich ihn nicht mehr gesehen.«

»Okay«, sagte ich. »Ich verstehe.«

Ich hatte wahrscheinlich gehofft, dass er irgendwelche Insiderinformationen über Roy hatte. Vielleicht hatte er dasselbe von mir gedacht. Ich ließ von dieser Hoffnung ab und es schmerzte ein wenig, als sie mich verließ.

»Sende ihm einen Gruß von mir, wenn du ihm das nächste Mal schreibst.«

»Das mache ich.«

Und damit drehte er sich um. Er stützte sich mit der Hand an der Wand ab und hoppelte zurück durch den Hausflur.

Ich wandte mich zu Libby um, die hinter mir stand.

»Wir sollten los«, sagte ich, »wenn wir den Bus nicht verpassen wollen.«

* * *

Auf der Straße nahm sie nach einigen Metern meine Hand und wieder bekam ich dieses komische Gefühl in den Knien und ganz tief in meinem Bauch. Vibrierend, als stünde ich unter Strom, aber es fühlte sich gut an.

»Du hast mir gar nicht erzählt, dass dein Bruder eine schwere Zeit durchmacht«, unterbrach sie unser langes Schweigen.

Ich hätte ihr sagen können, dass ich es selbst erst durch seinen letzten Brief erfahren hatte. Und da ich ihr letztes Mal erzählt hatte, ich hätte nichts von ihm gehört, wäre es so erschienen, als hätte er mir erst vor Kurzem über seine Probleme berichtet. Das wäre nur eine Halbwahrheit gewesen.

Oder ich hätte ihren Bruder zitieren können.

»Na ja, natürlich. Er ist in Vietnam. Jeder macht da drüben eine schwere Zeit durch.«

Doch das tat ich nicht.

Wenn man eine Freundin hatte, oder eine Fastfreundin, war man ihr wahrscheinlich die Wahrheit schuldig. Für so jemanden sollte man schon etwas Besseres bringen, dachte ich.

»Ich weiß«, antwortete ich. »Und es tut mir leid. Es fällt mir nicht leicht, darüber zu reden.«

Sie drückte besänftigend meine Hand.

Den restlichen Weg zur Bushaltestelle legten wir schweigend zurück.

* * *

»Also, wie fandest du den Film?«, fragte ich sie, als wir aus dem Kino in den dämmrigen Abend traten.

Ich wartete so nervös auf ihre Antwort, dass ich meine Hände in die Hosentaschen steckte, damit sie nicht merken konnte, wie ich zitterte.

»Ich mochte den Film«, erwiderte sie.

Ich atmete tief durch. Zum ersten Mal seit Monaten, wie es mir schien. Warum war ich innerlich dermaßen verkrampft in meiner Jugend? Ich habe wirklich keine Ahnung.

»Hat er dir nicht gefallen?«, fragte sie, als ich nichts sagte.

Eine komplizierte Frage. Ich war während des Films die ganze Zeit hin- und hergerissen gewesen und hatte versucht, zu erraten, was sie wohl gerade dachte. Ich hatte das Gefühl, dass … wenn ich nur ihre Meinung gewusst hätte, wäre mir klar gewesen, welche Ansicht »richtig« war. Es war möglich, den Film aus einer Distanz zu sehen und ihn für albern zu halten, oder man konnte sich einfach darauf einlassen, anstatt zu urteilen, und sich köstlich amüsieren. Doch ich konnte nur zwischen den beiden Polen hin- und herpendeln und mich fragen, was mein Date wohl dachte.

»Sicher«, antwortete ich. »Er war lustig.«

Als wir direkt am Soda-Shop vorbeigingen, machte sie keine Bemerkung, dass sie anhalten wollte. So leise wie möglich atmete ich erleichtert aus.

Libby hatte im Kino Popcorn, ein Soda und einen riesigen Schokoriegel verlangt, also war sie jetzt wahrscheinlich satt. Ich hatte mir schon Sorgen gemacht, denn ich hatte gerade noch genug Geld für unsere Heimfahrt übrig, danach blieben mir nur noch etwa fünfzehn Cent Wechselgeld. Ich hätte ihr sagen müssen, dass ich mir eine weitere Ausgabe nicht leisten konnte, was mir sehr peinlich gewesen wäre.

Ich zog meine Hände, die jetzt nicht mehr zitterten, aus den Taschen und streckte ihr eine hin. Sie ergriff sie und händchenhaltend gingen wir zur Bushaltestelle.

Eine Frau mit einer Einkaufstüte ging auf dem Bürgersteig an uns vorbei, blickte in unsere Gesichter, dann auf unsere Hände, und lächelte uns beifällig an. Es hatte wohl zu bedeuten, dass wir wie ein nettes junges Paar aussahen. Es gab mir das Gefühl, dass es vielleicht wirklich so war, was mir in diesem Moment einen ganz neuen Einblick in die Welt eröffnete.

Und natürlich wurde ich dann wieder einmal viel zu ehrlich.

»Ich bin froh, dass dir der Film gefallen hat«, sagte ich, »denn ich habe mir deswegen wirklich Sorgen gemacht.«

Sie blieb plötzlich stehen und da sie an meiner Hand zog, blieb ich ebenfalls stehen.

»Warum machst du dir wegen so etwas Sorgen?«, fragte sie.

Und ich dachte: *Na fantastisch! Ich hab's geschafft. Ich gebe ihr einen Einblick in meine Gedanken und es stellt sich heraus, dass sie völlig sonderbar sind.*

»Ich wollte nur, dass du dich amüsierst.«

»Das ist schön. Aber du bist nicht derjenige, der den Film gedreht hat oder so.«

»Aber ich habe ihn ausgewählt. Ich wollte nicht, dass du denkst, ich hätte einen schrecklichen Geschmack, was Filme betrifft.«

»Aber du hattest den Film doch auch noch nicht gesehen. Wenn du ihn schon neunmal gesehen hättest und ihn zum zehnten Mal mit mir sehen wolltest und ich den Film gehasst hätte, dann würde ich vielleicht denken, dass du einen schlechten Filmgeschmack hast. Was außerdem nicht die schlimmste Sache auf der Welt ist. Aber du hast nur geraten. Jeder kann mal falschliegen.«

»Hm«, murmelte ich.

Wir gingen wieder weiter.

»Ich mache mir wohl zu viele Sorgen«, sagte ich.

»Na ja, wenigstens machst du dir Sorgen über gute Dinge, wie um die Frage, ob ich mich amüsiere.«

Einen kurzen Augenblick lang erfüllte mich ein herrliches Gefühl. Sie schien nicht über mich zu urteilen, und ich konnte in ihrer Gesellschaft ich selbst sein. Doch dann kam der Bus und wir mussten rennen, um ihn zu erreichen.

* * *

Ich begleitete sie bis zur Tür. Es war bereits dunkel, bis auf das grelle Licht der Veranda. Es blendete mich und ich musste blinzeln. Zu viel blinzeln.

»Nun …«, sagte ich.

»Nun …«, sagte sie ebenfalls.

Sie ließ mich nicht so einfach davonkommen. Ich war derjenige, der die perfekten Abschiedsworte finden musste.

»Es war wirklich ein schöner Abend«, sagte ich.

»Das finde ich auch«, erwiderte sie.

Sie stand dicht vor mir und wandte mir ihr Gesicht auf eine Art und Weise zu, die ich nur beschreiben konnte als … na ja, ich hoffte, dass es nicht erwartungsvoll war, denn dann hätte ich wissen müssen, was sie erwartete. Das soll nicht heißen, dass ich überhaupt keine Ahnung gehabt hätte. Ich war kein Kleinkind mehr und ich lebte nicht hinterm Mond. Ich wusste, was üblicherweise am Ende einer Verabredung passierte. Ich war mir nur nicht ganz sicher, ob ich wusste, was sie wollte.

Mir fiel plötzlich auf, dass sie den ganzen Abend lang die Initiative ergriffen hatte. Sie hatte immer meine Hand genommen. Auf dem Hinweg. Im Bus. Im Kino. Selbst auf dem Heimweg, als ich ihr meine Hand hinhielt. Ich hatte sie nur angeboten und gewartet.

Es führte einfach kein Weg daran vorbei. Ich konnte mich nicht anders verhalten, ich musste mir sicher sein, was sie wollte. Ich war nicht wie diese Jungen, die sich von Mädchen einfach nahmen, was sie wollten. Das war mir vollkommen fremd.

»Ich würde dich gern anrufen«, sagte ich.

»Das solltest du.«

»Und dich wiedersehen.«

»Das hoffe ich.«

»Na ja, okay dann.«

»Okay«, sagte sie.

Der Augenblick wurde unangenehmer. Ich hatte das Gefühl, sie würde auf einen Kuss zusteuern, indem sie die Unterhaltung in eine Sackgasse lenkte, aber ich war mir immer noch nicht sicher genug.

Um die Sache noch schlimmer zu machen … ich hatte noch nie ein Mädchen geküsst. Und da Sie wissen, wie besorgt ich darüber gewesen war, ob sie den Film mögen würde, können Sie sich meine Furcht davor ausmalen, sie könnte den Kuss nicht mögen.

»Na dann«, sagte ich. »Gute Nacht.«

Ich wandte mich zum Gehen um.

Ja, ich wollte wirklich kneifen. Es schien die einzige Möglichkeit zu sein, dieser Situation zu entkommen, ohne als emotionales Wrack zu enden.

»Hey!«, rief sie mir hinterher.

Ich blieb stehen und drehte mich um.

»Bekomme ich denn nicht mal einen Gutenachtkuss?«

Damit war also der erste Teil des Rätsels gelöst. Ich wusste jetzt, was sie wollte.

Ich trat näher und sie wandte mir mit diesem erwartungsvollen Blick das Gesicht zu. Sie hielt die Augen geschlossen, also schloss ich auch meine Augen. Ich beugte mich vor. Und tat es einfach. Richtig oder falsch, ich musste es versuchen.

Ich drückte meine Lippen leicht auf ihre und ließ sie an dieser Stelle, vielleicht zwei Sekunden lang.

Dann wollte ich wieder zurückweichen.

Doch dazu kam es nicht.

Sie legte eine Hand auf meinen Hinterkopf und jetzt küsste *sie mich*. Diesmal viel intensiver.

Obwohl ich ein totaler Neuling war, fiel es mir nicht schwer, denn ich musste nur reagieren. Den Druck ihrer Lippen empfangen und dasselbe mit meinen tun. Ich fragte mich, wie viele Jungs sie schon vor mir geküsst hatte. Sie schien zu wissen, was sie tat.

Dann begann mir diese Küsserei zu gefallen. Immer besser zu gefallen. Ich brauchte mich nicht zu sorgen, etwas Falsches zu tun, denn etwas so Wunderbares konnte nicht falsch sein. Und dann küsste ich sie wieder, dieses Mal bestimmter, weniger zögerlich.

In diesem Augenblick begann das Verandalicht zu blinken. Aus. An. Aus. An.

Wir traten auseinander.

»Ich glaube, ich werde ins Haus gerufen«, sagte sie.

»Ja. Scheint so.« Ich hörte selbst, wie atemlos ich klang.

»Gute Nacht.«

»Gute Nacht«, sagte ich.

Ich wartete, bis sie ins Haus gegangen war, bevor ich mich auf den langen Heimweg machte. Keine zwei Sekunden, nachdem ich von der Veranda getreten war, setzte ich zu einem Sprint an. Ich musste all diese Energie rauslassen.

Als ich rannte, spürte ich dieses wundervolle Gefühl in mir. Ich hatte einen kurzen Blick in die Liebe erhascht, und es war okay dort. Die Liebe war kein furchtbarer Ort, wo ich in Stücke gerissen wurde. Ich konnte diesen Ort besuchen wie jeder andere.

Als ich förmlich über den Bürgersteig flog und kaum spürte, dass meine Füße den Boden berührten, dachte ich: *Ich kann diesen Ort der Liebe besuchen und es ist okay.*

Kapitel 9

Zugehörigkeit

Als ich am nächsten Morgen bei der Blockhütte ankam, stand die Haustür sperrangelweit offen. Mrs Dinsmore stand mit einem Werkzeugkasten zu ihren Füßen im Türrahmen und pfriemelte an dem Schloss herum, das ihre Tochter und ich so notdürftig installiert hatten.

»Sie sind am Leben!«, rief ich ihr zu, während die Hunde mit ihren kräftigen Schwänzen an meine Unterschenkel schlugen.

Ich dachte, es sei ein Thema, über das ich mit ihr scherzen könnte, denn es schien zu einem makabren Insiderwitz zwischen uns geworden zu sein. Aber sobald die Worte ausgesprochen waren, kamen mir Zweifel.

Falls sie sich gekränkt fühlte, ließ sie es sich zumindest nicht anmerken.

»Scheint so«, erwiderte sie. Sie unterbrach ihre Tätigkeit und blickte mich direkt an. »Ich wollte dich eigentlich fragen, wie dein Date gelaufen ist. Aber jetzt, da ich dieses dümmliche Grinsen auf deinem Gesicht sehe, ist das gar nicht mehr nötig.«

»Der Film hat ihr gefallen«, sagte ich.

Sie reagierte nicht, also setzte ich mich auf den Absatz der Veranda und sah ihr zu. Rembrandt ließ sich mit seinem großen Hinterteil auf meinen linken Fuß plumpsen und Vermeer leckte direkt vor meinem Gesicht durch die Luft.

»Warum mache ich mir so viele Sorgen darüber, was andere Leute von mir denken?«, fragte ich.

Die Frage überraschte mich selbst. Umso mehr, weil ich nicht vorgehabt hatte, sie zu stellen.

»Weil du ein Mensch bist?« Ihre Antwort klang wie eine Frage. Vielleicht war sie sich selbst nicht sicher.

»Sie sagen also, dass alle Leute so sind?«

»Manche mehr als andere, nehme ich an. Jung zu sein macht die Sache nicht besser. Je jünger man ist, desto unsicherer ist man sich darüber, wie man sich in dieser Welt verhalten soll. Je mehr du denkst, du könntest etwas falsch machen, desto sensibler wirst du. Wenn du in meinem Alter bist, ist es dir nicht mehr so wichtig, was andere von dir halten.« Ein paar Sekunden lang mühte sie sich schweigend mit einer Schraube ab, dann fügte sie hinzu: »Ich glaube aber nicht, dass es einem irgendwann völlig egal ist.«

»Dürfte ich Sie noch einmal um Rat fragen?«

Trotz der Entfernung zwischen uns hörte ich sie seufzen.

»Bleibt mir denn eine Wahl?«

Ich gebe zu, ihre Antwort versetzte mir einen kleinen Stich.

»Egal«, sagte ich. »Ist schon okay.«

Sie seufzte wieder, legte den Schraubenzieher weg und setzte sich neben mich.

»Tut mir leid, wenn ich etwas bissig war«, sagte sie. »Manchmal habe ich das Gefühl, es wird von mir erwartet. Leg los und stell mir deine Frage.«

»Danke.« Ich glaube, meine Erleichterung war größer, als ich durchblicken ließ. »Ich möchte das Mädchen zu einem zweiten Date ausführen. Je früher, umso besser. Aber jetzt bin ich völlig pleite. Ich habe nur noch ganze fünfzehn Cent. Und bis ich mein nächstes Taschengeld bekomme, na ja … Ich möchte mit ihr essen gehen, mittags oder abends. Mittags ist wohl günstiger, aber zum Abendessen auszugehen ist schicker. Aber mit meinem Taschengeld könnte ich mir das wahrscheinlich nicht leisten. Es sei denn, wir gingen in eine Burgerbar. Aber selbst dort … Ich kann ihr schließlich nicht vorschreiben, was sie bestellen soll. Was, wenn sie das Teuerste auf der Speisekarte aussucht? Dann kann ich mir nur ein Wasser bestellen. Das würde sie durchschauen und dann merken, dass mir das Geld ausgegangen ist. Außerdem, wer geht mit seiner Verabredung schon in eine Burgerbar? Es ist ein Date. Das sollte an einem schönen Ort sein. Warum ist es so teuer, mit einem Mädchen auszugehen?«

Als ich geendet hatte, musste ich erst einmal tief Luft holen.

Die Atmosphäre um uns herum schien von all diesen Worten zu pulsieren.

»Puh!«, sagte sie. »In deinem Kopf geht es wirklich kompliziert zu, was?«

Ich erwiderte nichts, weil ich nicht wusste, was ich sagen sollte. Ich hätte sie gern gefragt, ob es in meinem Kopf zu seltsam war. Ob sie dachte, ich sei irgendwie unnormal. Aber dann hätte ich mit ihrer Antwort klarkommen müssen.

»Okay«, begann sie. »Du machst Folgendes. Besorg dir einen schönen großen Korb.«

Das war definitiv nicht, was ich von unserer Unterhaltung erwartet hatte.

»Einen *Korb*? Was für einen Korb?«

»Nur einen schönen großen Korb mit einem Tragegriff, wie zum Beispiel einen Korb für den Garten. Ich habe sicher irgendwo einen, falls du keinen hast.«

»Meine Mutter hat früher immer einen Korb auf den Bauernmarkt mitgenommen. Damals, als wir noch Sonntagsausflüge gemacht haben. Also, mit der ganzen Familie.«

Damals, als mein Bruder noch nicht weit entfernt an einem Krieg teilnahm und meine Eltern im selben Auto sitzen konnten, ohne sich zu streiten, aber das sagte ich nicht. Ich hatte immer noch keine Ahnung, was ein Korb mit meinen Plänen zu tun hatte, ein Mädchen zum Essen auszuführen.

»Perfekt! Nimm also den Korb. Achte darauf, dass er sauber ist. Spül ihn ab und lass ihn in der Sonne trocknen, wenn es nötig ist. Dann gehst du zum Kühlschrank und machst ein paar Sandwiches. Das kannst du, oder?«

»Ja, natürlich.«

»Also, ich weiß ja nicht, welche Lebensmittel deine Mutter im Haus hat. Vielleicht findest du alles, was du brauchst, sofort im Kühlschrank, und es kostet dich nichts. Sonst musst du ein paar Sachen kaufen. Aber auf jeden Fall wird es billiger als die Burgerbar sein. Du brauchst für jeden von euch zwei Sandwiches. Du willst ja nicht, dass sie am Ende noch hungrig ist. Vielleicht frisches Obst. Bananen oder Äpfel, oder beides. Und Sodas. Nimm Stoffservietten mit, falls deine Mutter welche hat. Sie sind schöner. Aber wenn nicht, reichen auch Papierservietten. Und vielleicht noch etwas Süßes zum Nachtisch. Dann packst du alles in den Korb und suchst dir ein schönes Tischtuch, deine Mutter hat sicher eins übrig. Aber kein weißes – das wird nur schmutzig und dann wird deine Mutter sauer, wenn die Flecken nicht rausgehen. Bügle das Tischtuch, wenn es nötig ist, dann falte es ordentlich zusammen und lege es oben auf den Korb wie eine Decke. Dann nimmst du den Korb mit zu dem Mädchen und sagst: ›Ich dachte, ein Picknick ist bestimmt romantischer.‹ Geh mit ihr zu einem schönen, ruhigen Platz hier im Wald. Irgendwo mit einer guten Aussicht auf die Stadt oder über den Fluss. Die meisten Leute sehen gern auf den Fluss. Ich nicht, aber ihr wird die Aussicht wahrscheinlich gefallen.«

Ich schwieg einen Augenblick und ließ die schiere Genialität ihres Plans auf mich wirken.

»Ein Picknick«, sagte ich schließlich. »Oh. Das ist wirklich gut.«

»Und noch was. Habt ihr Blumen in eurem Garten?«

»Meine Mom hat Rosensträucher am Zaun.«

»Prima. Such dir die schönste Rose aus. Nur eine. Achte darauf, den Stiel nicht zu kurz zu schneiden. Brich die Dornen ab, damit sie sich nicht sticht, wenn du sie ihr gibst. Leg die Rose auf das Essen im Korb, direkt unter die Tischdecke. Und wenn du alles auspackst, gib ihr die Rose und sag: ›Hier. Die ist für dich.‹ Das wird ihr gefallen.«

Wir saßen noch einen Augenblick schweigend zusammen, dann stand ich auf und fiel vor ihr auf die Knie. Wortwörtlich. Auf die Knie. Es war eine völlig spontane Reaktion.

»Bitte gehen Sie nicht«, flehte ich sie an. »Sie helfen mir so sehr. Niemand sonst erklärt mir diese Dinge. Bitte.«

Sie seufzte und wandte ihr Gesicht ab.

»Das Thema hatten wir schon«, sagte sie.

»Nein. Ich habe nur gesagt, dass ich denke, Sie sollten bleiben. Denke. Es waren nur Gedanken in meinem Kopf. Jetzt sage ich Ihnen, was ich fühle. Sie kennen sich mit Dingen aus, über die ich nichts weiß, und von denen anscheinend auch keiner der anderen Erwachsenen, die ich kenne, etwas versteht. Oder vielleicht sagen sie es mir nur nicht. Was sollte ich nur tun, wenn ich Sie nicht fragen könnte?«

Ich hoffte, dass ich damit eine neue Ebene unserer Beziehung erreicht hätte. Doch als sie antwortete, wurde mir klar, dass ich nur gegen eine Mauer gerannt war, die mir den Weg zu dieser Ebene versperrte.

»Du würdest es schon selbst herausbekommen, indem du es ausprobierst wie alle anderen auch. Jetzt steh wieder auf, mein Junge.«

»Okay«, sagte ich und stand auf. »Tut mir leid. Ich gehe jetzt mit den Hunden laufen. Ich wollte Sie nicht verärgern.«

»Was soll's«, sagte sie. »Ja. Lauf los.«

Doch bevor ich den ersten Schritt machen konnte, hielt sie mich mit einer freundlicheren Bemerkung auf.

»Erzähl mir, wie die Sache mit dem Picknick ausgegangen ist.«

»Ja, Ma'am«, antwortete ich. »Das mache ich.«

Mit Zoe Dinsmore war es immer eine Frage des Gebens und Nehmens. Aber ich durfte mich davon nicht zu sehr verwirren lassen, denn ich lief mit den Hunden und wollte nicht gegen einen Baum stoßen.

* * *

Mehrere Tage lang hatte ich einen Besuch bei Connor vermieden, ohne dass mir der Grund bewusst gewesen wäre. Aber mir war klar, dass es nicht viel länger so weitergehen konnte.

Auf dem Heimweg beschloss ich, bei ihm vorbeizuschauen. Ich hielt mich nicht damit auf, vorher nach Hause zu gehen, mich zu duschen und umzuziehen, denn ich fürchtete, ich würde mir den Besuch am Ende noch selbst ausreden.

Zu meiner Überraschung war Connor nicht im Haus.

Er saß in seinen Shorts im Garten und sonnte sich auf einem dieser billigen Gartenstühle aus Plastik. Schon aus der Ferne konnte ich ihn durch den Zaun erkennen.

Ich ging durch die Einfahrt und setzte mich neben ihn ins Gras. Sein Oberkörper war so kreidebleich, dass ich mir Sorgen machte, er könnte einen bösen Sonnenbrand bekommen. Jede einzelne Rippe seines Oberkörpers war sichtbar, aber es gab kein Anzeichen von sehnigen Muskeln über diesen Rippen. So spindeldürr, wie er war, sah er aus wie jemand nach einer langen Krankheit.

Zunächst sagte er nichts.

Dann verzog er das Gesicht und sagte: »Puh! Könntest du vielleicht entgegen der Windrichtung von mir sitzen?«

»Sorry«, murmelte ich.

Ich setzte mich auf die andere Seite.

Unter normalen Umständen hätte ich bei einem Kommentar wie diesem vielleicht empfindlich reagiert. Doch ich verstand, dass er sauer war, weil ich ihn nicht besucht hatte. Ich hätte damit rechnen können, dass er auf mich losgehen würde. Ich hatte es verdient.

»Das lässt sich wohl nicht vermeiden«, sagte er, und nach einer langen Pause: »In dieser Hitze rennen!«

»Was machst du hier draußen in der Sonne? Das sieht dir gar nicht ähnlich.«

»Es war die Idee meiner Mutter. Sie sagt, ich sei zu blass.«

»Oh«, murmelte ich. Was sollte ich auch sonst sagen?

Wir schwiegen einen Moment, während ich im Schneidersitz neben ihm auf dem Gras hockte. Dann bemerkte ich das offene Garagentor. Es stand nur ein Auto in der Garage, das seiner Mutter. Und es war Sonntag.

»Wo ist das Auto deines Vaters?«, fragte ich und war mir nicht bewusst, was für eine heikle Frage das war. Ich hielt es für harmlosen Small Talk.

»Wahrscheinlich bei meinem Vater.«

»Und wo ist dein Vater?«

»Keine Ahnung.«

»Du hast deine Mutter nicht gefragt?«

»Doch. Sie hat auch keine Ahnung, wo er ist.«

Ich schwieg und überlegte, ob ich noch etwas sagen sollte. Allmählich ging mir die Bedeutsamkeit dieser Situation auf.

»Wie lange ist er schon fort?«, fragte ich nach einer Weile.

»Drei Tage.«

Er sagte nicht: »Wenn du schon früher vorbeigekommen wärst, wüsstest du das bereits.« Aber er brauchte es nicht zu sagen. Ich verstand es auch so.

Meine Gedanken drehten sich im Kreis, während ich überlegte, was das zu bedeuten hatte. Sollte ich fragen?

Doch Connor brachte meine Gedanken zum Stillstand.

»Wann hattest du vor, es mir zu erzählen?«, fragte er. Seine Stimme klang kühl, die Worte fast wie einstudiert, als hätten wir uns kaum gekannt. Fast so, als würde er mit einem Fremden an der Bushaltestelle sprechen.

»Was?«

»Dass du jetzt mit Libby Weller gehst.«

»Oh. Das. Das ist ziemlich neu. Woher weißt du das überhaupt?«

»Ich habe euch zwei gestern gesehen, als ihr Hand in Hand hier am Haus vorbeigelaufen seid. Du musst doch wissen, dass ich nichts Besseres zu tun habe, als in meinem Zimmer zu sitzen und aus dem Fenster zu starren.«

Ich war völlig perplex. Nicht, weil er uns gesehen hatte, sondern weil es mir überhaupt nicht in den Sinn gekommen war, dass er uns sehen könnte. Hand in Hand mit Libby zu gehen, hatte mich so völlig eingenommen, dass mir überhaupt nicht aufgefallen war, dass unser Weg zur Bushaltestelle an Connors Haus vorbeiführte. Wie hatte ich das nicht bemerken können? Wie konnte die Hand eines Mädchens so eine Gewalt über mich haben? Wenn man einen Schritt zurücktrat und alles aus einer gewissen Distanz betrachtete, ergab es wirklich keinen Sinn.

»Es war unser erstes Date«, sagte ich. »Ich hätte es dir schon noch erzählt.«

»Na ja, damit hätte ich gerechnet. Als ich dich eben sah, habe ich erst ein paar Minuten abgewartet, ob du vielleicht sagst: ›Hey! Große Neuigkeit!‹ Ich meine, schließlich ist das eine große Neuigkeit. Sogar eine riesige. Und ich bin dein bester Freund.«

»Das bist du«, sagte ich. Mir fiel nicht ein, was ich sonst noch dazu sagen konnte.

»Hast du gedacht, ich sei so deprimiert und mein Leben ein solches Fiasko, dass ich in Stücke zerbrechen würde, wenn dir zur Abwechslung mal etwas Gutes passiert ist?«

Um es klar zu machen, ich habe schon immer gern die Wahrheit gesagt. Umso mehr, je älter ich wurde. Aber schon damals war mir die Wahrheit sehr wichtig, wenn auch nur aus dem Grund, dass es mir zu viel Stress verursachte, mit erfundenen Geschichten zu jonglieren und über das, was ich gesagt hatte, den Überblick zu behalten. Es war so viel einfacher, sich an die Wahrheit zu halten. Doch dies war eine dieser Situationen, in denen die Wahrheit einfach nicht ausreichte. Denn die Wahrheit lautete: Ja, genau das dachte ich. Und es wäre sehr gefühllos gewesen, das offen zu sagen.

»Nein«, erwiderte ich. »Das ist es ganz und gar nicht. Ich … ich wollte nur abwarten, um zu sehen, ob da mehr ist. Ob es überhaupt ein zweites Date geben würde. Ich wollte einfach niemandem erzählen, dass ich mir Hoffnungen machte. Denn wenn es schiefginge, müsste ich das auch erzählen. Und dann würde man mir meine Enttäuschung ansehen, und alle hätten Mitleid mit mir. Und das wäre das Schlimmste von allem.«

Ich verstummte. Während ich auf seine Reaktion wartete, fand ich es selbst etwas beunruhigend, dass es mir so leichtgefallen war, mir eine verschachtelte Lüge wie diese auszudenken. Doch als ich darüber nachdachte, bemerkte ich, dass ein Körnchen Wahrheit in meiner Lüge steckte.

Er sagte nichts, also fügte ich hinzu: »Du weißt, was ich meine, oder?«

»Ja«, sagte er. »Sicher.«

Er klang jedoch gar nicht so sicher.

140

Schweigend blieben wir mehrere Minuten lang sitzen. Ich hatte allmählich genug davon, in der Sonne zu brutzeln. Ich wollte nach Hause gehen, duschen und Pläne für ein romantisches Picknick schmieden.

Als ich zu Connor blickte, war sein Oberkörper mit Schweißperlen bedeckt.

»Bleib nicht zu lange draußen«, sagte ich. »Du verbrennst dich noch in der Sonne.«

»Oh«, murmelte er und klang überrascht, als hätte ich ihn gerade aufgeweckt. »Gehst du?«

»Ich glaube schon, ja.«

»Okay.«

»Aber ich komme wieder vorbei. Früher. Ich meine, ich lasse nicht mehr so viel Zeit verstreichen.«

»Okay.«

Ich stand auf und blickte auf ihn hinunter. Er hatte die Augen geschlossen.

»Glaubst du, dein Vater kommt zurück?«

Ich fragte ihn das nur ungern. Ihn traurig zu machen war wirklich das Letzte, was ich wollte. Aber wäre es nicht seltsam gewesen, so zu tun, als sei es keine große Sache oder als sei es mir sogar egal?

»Keine Ahnung«, erwiderte er. »Und sag nicht, ich sollte meine Mutter fragen, denn sie hat genauso wenig Ahnung wie ich.«

»Oh. Tut mir leid. Ich hoffe, er kommt zurück. Ich meine, ich hoffe es, falls du es auch hoffst. Hoffst du es denn?«

Noch während ich sprach, merkte ich, wie ich alles vermasselte.

»Ja. Ich hoffe es. Ich weiß nicht, was meine Mutter ohne ihn anfangen würde. Sie ist ganz schön am Boden deswegen.«

»Tut mir leid«, sagte ich.

»Es ist nicht deine Schuld.«

»Aber trotzdem.«

Dann fiel mir nichts mehr ein, was ich noch sagen konnte. Ich verabschiedete mich von ihm und joggte nach Hause, während mir unzählige Gedanken durch den Kopf gingen. Eigentlich hatte ich versucht, an *nichts* zu denken – doch das war nicht möglich.

* * *

Meine Mutter war in der Küche, als ich nach Hause kam. Ich hatte gehofft, sie wäre nicht dort, denn ich wollte mich nach Zutaten für das Picknick umsehen. Doch leider konnte man seine Mutter nun mal nicht bitten, ihre eigene Küche zu verlassen.

An den Kühlschrank gelehnt, war sie in irgend so ein Frauenmagazin vertieft, das sie gefaltet in der Hand hielt. In der anderen hatte sie einen halb gegessenen Apfel, den sie völlig vergessen zu haben schien.

Als sie aufsah, blinzelte sie, als überraschte sie mein Anblick.

»Lucas«, sagte sie.

Ich fragte mich, wo mein Vater war. Es war Sonntag und im Haus war es still, also musste er sehr weit weg sein. Vielleicht spielte er Golf. Aus heutiger Sicht glaube ich, dass er vielleicht sogar eine Affäre hatte. Ich hatte mich jedenfalls an seine rätselhaften Abwesenheiten gewöhnt, die immer häufiger wurden.

»Wer sonst?«, fragte ich, aber es klang weniger mürrisch, als es jetzt erscheinen mag. Es war nur eine hingeworfene Bemerkung, die halbwegs lustig gemeint war.

»Ich habe dich gestern Abend gar nicht gesehen. Dein Vater kam erst spät nach Hause und ich muss wohl auf der Couch eingeschlafen sein und deine Rückkehr verpasst haben. Wie war deine Verabredung?«

»Eigentlich richtig gut.«

»Warum klingst du so überrascht? Ich dachte schon immer, dass sie ein nettes Mädchen ist, die Tochter der Wellers. Wirst du dich wieder mit ihr treffen?«

»Ja«, antwortete ich. »Sieht ganz so aus.« Dann atmete ich lang und tief durch, um es mit einer neuen Herangehensweise zu versuchen: Ich beschloss, meine Mutter in meine Pläne einzuweihen. Nicht gerade leicht für einen vierzehnjährigen Jungen. »Ich dachte, ich könnte sie zu einem Picknick einladen. Also wollte ich nachsehen, was wir hier haben. Für ein Picknick. Sachen, um Sandwiches zu machen, Obst und vielleicht einen Nachtisch. Und Getränke. Ich habe gestern Abend mein ganzes Taschengeld ausgegeben, und wenn wir nichts für ein Picknick haben, kann ich sie nicht einladen, bis ich am Freitag wieder Taschengeld bekomme. Bis dahin kommt es mir noch sehr lange vor.«

Ihr Lächeln kam mir etwas sarkastisch vor, jedenfalls, wenn ich heute daran denke. Damals hatte ich wahrscheinlich nur das Gefühl, sie würde sich über mich lustig machen.

»Ah, noch einmal vierzehn zu sein! Ein Alter, in dem sich eine Woche wie eine Lebenszeit anfühlt.«

Sie legte ihr Magazin auf der Spüle ab. Ich sah, dass die Fläche nass war, und fragte mich, warum sie das nicht bemerkt hatte.

Sie warf den Rest ihres halb gegessenen Apfels in den Mülleimer, dann öffnete sie den Kühlschrank und begann, darin herumzukramen.

»Ein Picknick«, sagte sie. Es klang, als sei das Wort für sie so erstaunlich, dass sie es laut aussprechen musste, um es voll auszukosten. »Was für eine schöne Idee. Du hast dich wirklich zu einem fürsorglichen jungen Mann entwickelt, weißt du das?«

»Danke«, sagte ich. Ihr Kompliment machte mich verlegen, denn ich wäre selbst nie auf die Idee mit dem Picknick gekommen, nicht in hundert Jahren.

»Wo wollt ihr das Picknick denn machen?«

Sehen Sie? Das ist der Grund, warum ich meine Pläne normalerweise für mich behielt. Meine Mutter wäre völlig entsetzt gewesen, wenn sie erfahren hätte, dass ich diesen dunklen, gefährlichen Wald betreten hatte.

»Im Park, nehme ich an.«

Es kam keine Antwort zurück und alles, was ich hörte, war ihr Herumstöbern im Kühlschrank. Ich dachte daran, wie viel Kälte in dieser Zeit entwichen sein musste.

»Also, ich glaube, wir sind bestens gerüstet«, sagte sie, zog den Kopf aus dem Kühlschrank und schloss die Tür. »Wir haben im Kühlschrank Putenstreifen und Schinken. Im Schrank haben wir Dosen – Thunfisch und eingelegten Schinken, dann haben wir noch Bananen und Orangen. Du weißt, dass ich es nicht mag, wenn du Sodas trinkst, aber wenn's sein muss, kannst du dir ja welche kaufen. Apfelsaft und Orangensaft haben wir hier. Und diese Cookies, die du so gerne isst.«

»Haben wir auch Stoffservietten?«

Dann musste ich wegsehen, weil sie wieder diesen Gesichtsausdruck hatte.

»Stoffservietten? Sieh an, sieh an! So etwas Elegantes! Dieses Mädchen muss wirklich etwas Besonderes sein.«

»Mensch, Mom. Kannst du ausnahmsweise mal eine Frage normal beantworten?«

»Okay, du kannst zwei von den guten Stoffservietten nehmen. Aber bring sie wieder zurück! Wir haben auch zwei bedruckte Tischdecken, die du ruhig aufs Gras legen kannst. Die Flecken lassen sich sicher rauswaschen.«

»Dann bin ich also startklar«, sagte ich und beäugte die Rosenbüsche durch das Küchenfenster.

»Sieht ganz so aus. Ist es an der Zeit für *das* Gespräch?«

Im ersten Moment verstand ich nicht, was sie meinte. Dann wandte ich mich von den Rosen ab, blickte in ihr Gesicht und verstand. Ich war schockiert.

»Oh mein Gott, Mom! Bitte. Nein! Wir gehen nur Sandwiches essen. Wie kommst du denn darauf?«

»Du wirst erwachsen«, sagte sie. »So ungern ich das auch zugebe.«

»Ich gehe hoch in mein Zimmer.«

Noch bevor ich aus der Küche war, spürte ich, dass mein Gesicht so rot wurde wie eine Tomate. Ich weiß noch, dass ich dachte: *Stimmt. Darum rede ich nie mit meiner Mutter über die wirklich wichtigen Dinge. Wie konnte ich das nur vergessen?*

* * *

Ich lag auf meinem Bett und tat so, als würde ich ein Comic lesen, nur für den Fall, dass jemand in mein Zimmer kam. Tatsächlich starrte ich seit etwa einer halben Stunde auf dieselbe Seite.

Wie besessen spielte ich die Vorbereitungen für das Picknick in meinen Gedanken durch. Völlig besessen. Ich überlegte hin und her, ob sie auf dem Thunfischsandwich zusätzlich zu der Mayonnaise eine süßsaure Würzsoße mögen würde und wie viel Senf ich für das Putensandwich nehmen sollte. Und sollte ich vielleicht eine Tüte für den Müll mitnehmen, damit die Orangen- und Bananenschalen nicht unansehnlich auf der Tischdecke liegen würden?

Es war albern und Zeitverschwendung, doch die Details ließen mich einfach nicht los. Ich lag einfach nur da und wünschte, ich könnte an etwas anderes denken.

Einen Augenblick später wurde mein Wunsch erfüllt.

Gib Acht, was du dir wünschst – es könnte in Erfüllung gehen.

Meine Mutter klopfte an meine Zimmertür.

»Es ist jemand hier für dich, Lucas«, rief sie.

Ich flog förmlich aus dem Bett. Ich führte diese Bewegung völlig unbewusst aus und ich hätte sie nie wiederholen können. Es war, als ob ich den Boden gar nicht berührte.

Ich riss die Tür so schnell auf, dass meine Mutter mich erschrocken ansah.

»Ist es Libby?«, fragte ich atemlos.

»Nein, es ist Mrs Barnes.«

»Mrs Barnes?«

»Ja. Du weißt schon, Connors Mutter.«

Ich weiß, wer Mrs Barnes ist, dachte ich.

Ich verstand nur überhaupt nicht, warum sie mich besuchen sollte.

Doch dann, als ich die Treppe hinunterrannte, fielen mir mögliche Gründe ein. Und es waren keine guten.

Alles ist meine Schuld, dachte ich. Connor musste etwas zugestoßen sein. Er musste etwas Schreckliches getan haben. Und das alles, weil ich als sein bester Freund versagt hatte. Mrs Dinsmore hatte mir geraten, ihm ein guter Freund zu sein. Und ich war der Aufgabe nicht gewachsen gewesen.

Sobald ich von meinem Date mit Libby Weller wusste, hätte ich ihm die große Neuigkeit erzählen sollen. Ich hätte ihn direkt an diesem Morgen besuchen sollen, um ihn in alle Einzelheiten einzuweihen.

Und jetzt ließ es sich nicht mehr rückgängig machen. Ich würde für den Rest meines Lebens damit leben müssen.

Gleich würde ich herausfinden, wie es sich anfühlte, in Zoe Dinsmores Haut zu stecken.

Ich betrat das Wohnzimmer und begegnete dem Blick von Connors Mutter. Sie schien beunruhigt. Sie presste die Lippen

146

so fest aufeinander, dass sie nur noch ein schmaler Strich waren, aber sie weinte nicht. Sie sah nicht so aus, als sei ihre Welt zusammengebrochen.

»Ist mit Connor alles in Ordnung?«, fragte ich und wunderte mich, warum ich plötzlich meinen Atem nicht mehr unter Kontrolle hatte.

»Aber ja«, antwortete sie. »Ihm geht's gut.«

Ich hielt inne, während all die furchtbaren Gedanken von mir abfielen. Als sie verschwunden waren, blieb nur ein neuer Gedanke übrig.

Ich habe noch eine Chance und dieses Mal werde ich die Sache nicht vermasseln.

Meine Mutter kam hinzu und bot Mrs Barnes einen Platz an. Ich setzte mich auf die Couch und Connors Mutter hockte sich neben mich, die Handtasche auf dem Schoß fest umklammert.

»Ich möchte dir nur eine Frage stellen«, sagte Mrs Barnes. »Und es ist sehr wichtig, dass du mir eine ehrliche Antwort gibst.«

Ich befand mich schon jetzt auf gefährlichem Terrain. Man will nie in einer Position sein, in der man der Mutter seines besten Freundes ehrliche Antworten geben muss. Denn es könnte unantastbare Geheimnisse betreffen.

»Worum geht es, Ma'am? Was möchten Sie wissen?«

Sie seufzte und lehnte sich ein wenig zurück. Meine Mutter stellte in der Küche den Wasserkocher an, um unserem Gast eine Tasse Tee anzubieten.

»Du hast wahrscheinlich schon erfahren, dass Connors Vater bei uns ausgezogen ist.«

»Ja, Ma'am«, sagte ich und studierte geflissentlich den Teppich.

»Heute Morgen kam er, um seine restlichen Sachen abzuholen, doch eines seiner Besitztümer war nicht da. Weißt du, wovon ich rede?«

»Nein, Ma'am. Ich habe keine Ahnung.«

»Es ist die Art von Besitztum, die nicht in die Hände von Jungen fallen sollte.«

Ich bekam allmählich ein flaues Gefühl im Magen. Ich glaubte, das betreffende »Besitztum« könnte etwas mit der Beziehung von verheirateten Leuten zu tun haben, obwohl ich mir nicht vorstellen konnte, was für ein »Besitztum« das sein sollte. Und »Besitztum« war außerdem eine seltsame Wortwahl, wenn man doch einfach »Sache« sagen konnte.

Ich erwiderte nichts, also sprach sie weiter.

»Ich kann definitiv sehen, dass es eine gewisse Faszination ausübt. Aber vielleicht wisst ihr Jungs nicht, wie gefährlich so etwas sein kann. Ihr könntet euch verletzen, wenn ihr damit herumspielt, es könnte sogar tödlich ausgehen. Oder jemand, der gerade in der Nähe ist, könnte verwundet werden. Und ich weiß, dass ihr so etwas nicht auf dem Gewissen haben wollt.«

Da wir gerade über Faszination redeten – ich starrte währenddessen fasziniert auf einen winzigen Fleck auf dem persischen Teppich. Eine Schlaufe war in die falsche Richtung gewebt, was das Muster des Teppichs an dieser Stelle änderte. Selbst für alles Geld der Welt hätte ich Mrs Barnes nicht in die Augen sehen können.

»Mit Verlaub, Ma'am«, warf ich schließlich ein. »Ich habe nicht die geringste Ahnung, wovon Sie reden.«

»Warum siehst du mich dann nicht an?«

Seltsamerweise spürte ich eine kleine Welle der Empörung in mir aufsteigen. Ausgerechnet Mrs Barnes! Als ob sie nicht gewusst hätte, warum es schwer sein kann, anderen in die Augen zu blicken.

»Ich glaube, weil Sie mir Angst einjagen. Können Sie mir nicht einfach sagen, was es ist, das wir gestohlen haben sollen?«

Eine lange Stille. Ich konnte spüren, wie schwer es ihr fiel.

Als ich aufblickte, lehnte meine Mutter im Türrahmen und beobachtete die Szene.

»Connors Vater …«, begann Mrs Barnes, »… hatte eine Schusswaffe im Haus. Zur Selbstverteidigung. Du verstehst das sicher.«

Ich verstand es nicht. Ich sah sie an, so wie sie es gewollt hatte. Ich glaube, ich blinzelte zu viel.

»Eine Schusswaffe?«

»Eine Pistole«, sagte meine Mutter.

»Oh. Eine Pistole.« Natürlich wusste ich, was mit Schusswaffe gemeint war, ich musste die Information nur erst verdauen.

»Habt ihr die Pistole an euch genommen, Lucas?«, fragte Mrs Barnes.

»Nein, Ma'am.«

»Kannst du dir vorstellen, wo sie sein könnte? Hast du jemals Connor damit gesehen?«

»Nein, Ma'am.«

»Ich hoffe, das ist die Wahrheit, Lucas«, sagte meine Mutter. »Denn das ist eine ziemlich ernste Situation.«

»Ich schwöre es. Ich schwöre es auf einen Stapel Bibeln, wenn du willst. Oder beim Grab meiner Großmutter. Ich hatte keine Ahnung, dass es in Connors Haus eine Pistole gab. Ich habe sie nie gesehen. Ich habe nie davon gehört. Das ist mir alles völlig neu.«

Als ich geendet hatte, spürte ich den intensiven Blick von zwei Augenpaaren auf mir. Dann schien sich die Atmosphäre im Zimmer ein klein wenig zu entspannen. Sie glaubten mir endlich.

»Hm«, murmelte Mrs Barnes. »Na ja, ich weiß nur, dass sie nicht davongelaufen sein kann.«

»Haben Sie ihn gefragt?«

»Natürlich. Er hat abgestritten, dass er sie genommen hat.«

Ob sie in sein Zimmer gegangen war, um die Pistole zu suchen? Sofort beantwortete sie meine unausgesprochene Frage, als hätte sie meine Gedanken gelesen.

»Eine Stunde lang habe ich sein Zimmer durchsucht und nichts gefunden. Aber sie muss doch irgendwo sein.«

Ich dachte daran, wie Connor draußen in der Sonne lag, weil seine Mutter darauf bestanden hatte. Angesichts dieser neuen Information ergab das jetzt deutlich mehr Sinn.

»Sie haben recht, sie muss irgendwo sein, Ma'am. Doch ich schwöre, falls Connor sie genommen hat, hat er das vor mir genauso geheim gehalten wie vor Ihnen.«

Was für eine seltsame Aussage, dachte ich, als ich das Echo meiner Worte hörte. Denn damit hatte ich unabsichtlich zugegeben, dass ich es für möglich hielt, dass Connor die Pistole an sich genommen hatte.

»Lass mich dir dann eine andere Frage stellen, Lucas. Machst du dir Sorgen um Connor?«

»Sorgen, Ma'am?«

»Kommt er dir irgendwie niedergeschlagen vor?«

»Niedergeschlagen? Na ja, … vielleicht. Vielleicht ein wenig, ja. Aber ich glaube, auf eine gewisse Weise kam er mir schon immer ein wenig niedergeschlagen vor.«

»Und du findest nicht, dass es in letzter Zeit schlimmer wurde?«

»Ich weiß nicht genau, Ma'am. Ja, vielleicht. Aber ich glaube manchmal, dass ich so etwas nicht sehr gut beurteilen kann.«

»Na ja, dann vielen Dank für deine ehrliche Antwort, Lucas.« Sie stand auf, strich sich den Rock glatt und zupfte kurz an ihrem Gürtel. »Du bist meinem Sohn ein so guter Freund. Ich glaube dir. Ich will dich dann nicht länger stören.«

»Willst du nicht noch eine Tasse Tee trinken, Pauline?«, fragte meine Mutter.

»Nein. Nein, vielen Dank, Ellie«, erwiderte Connors Mutter. »Ich möchte meinen Sohn nicht zu lange alleinlassen.«

Als meine Mutter sie zur Tür brachte, war ich froh, dass die Prüfung ein Ende hatte. Andererseits wusste ich, dass es noch lange nicht vorbei war. Es war meine Aufgabe, ein guter Freund für Connor zu sein. Und ich hatte eine wichtige Information verschwiegen. Plötzlich beschlich mich das ungute Gefühl, dass mein Schweigen das Ende für meinen Freund bedeuten konnte.

Als meine Mutter nach oben ging, rannte ich zur Tür.

Ich holte Mrs Barnes auf der Straße ein. Meine Schritte schienen sie zu erschrecken, bis sie erkannte, dass ich es war.

»Mir ist noch etwas eingefallen«, rief ich.

Obwohl sie mir zugewandt war, blickte sie mich nicht direkt an. Die alte Mrs Barnes war zurückgekehrt. Sie hatte all ihren Mut zusammengenommen, um mir als die neue, verbesserte Pauline Barnes einen Besuch abzustatten, aber das war nun vorbei. Sie schien ihren ganzen Mut verbraucht zu haben.

Entweder war es das oder sie konnte sich schon vorstellen, was ich sagen würde.

»Sie haben mich gefragt, ob ich mir um ihn Sorgen mache. Neulich hat er etwas gesagt, das mich beunruhigt hat. Ich bin es ihm schuldig, dass ich es nicht Wort für Wort wiedergebe. Das ist Ehrensache. Er erzählt mir Sachen, die er sonst niemandem erzählt, und ich sollte sie für mich behalten. Das machen beste Freunde so, oder? Aber ich habe mir in letzter Zeit wirklich Sorgen um ihn gemacht. Also, falls Sie für ihn zusätzliche Hilfe bekommen oder ihn besonders gut im Auge behalten wollen … dann wäre das sicher keine schlechte Idee.«

Sie lächelte das traurigste Lächeln, das ich je gesehen hatte. Bis heute habe ich kein so trauriges Lächeln mehr gesehen. Dann legte sie ihre warme Hand an meine Wange.

Ohne ein Wort ging sie davon.

Kapitel 10

Kieselsteine und Verachtung

Ich schlief nicht gut.

Schlafen war das Einzige, was mich davon abhalten konnte, zu Connor rüber zu gehen. Wäre ich rüber gegangen, hätte seine Mutter die Tür geöffnet und sofort gewusst, dass ich ihm von ihrem Besuch bei mir erzählen wollte.

Also blieb ich im Bett, auch wenn die Sache mir den Schlaf raubte.

Gegen drei Uhr nachts dämmerte ich ein und wurde nur eine Stunde später plötzlich wieder wach. Es kam mir vor, als wälzte ich mich unendlich lange im Bett hin und her, bevor ich schließlich aufstand und mich im Dunkeln anzog.

Ich schlüpfte aus dem Haus und ging zu Connor. Das Mondlicht half mir, mich zurechtzufinden, aber ich hätte diesen Weg auch im Schlaf zurücklegen können – Schlaf, den ich leider nicht bekommen hatte.

An seinem Haus angelangt, huschte ich über den Vorgarten und kürzte den Weg über den Rasen ab. Ajax, der große Schäferhund seines Nachbarn, bellte mehrmals, als er mich hörte. Doch Ajax bellte ständig, daher würde er wahrscheinlich nicht viel Aufmerksamkeit erregen.

Um einen jungen Apfelbaum in der Nähe des Eingangs lag ein Kreis aus Kieselsteinen. In der Dunkelheit ertastete ich die kleinsten Steinchen, die ich finden konnte.

Ich stellte mich unter Connors Fenster und warf drei Steinchen an den Fensterrahmen. Ich gab mir Mühe, nicht die Glasscheibe zu treffen – vielleicht konnte schon ein winziger Kieselstein eine Scheibe zerbrechen, wenn er nur fest genug geworfen wurde. Zum Glück war ich gut im Zielen.

Connor kam ans Fenster und starrte zu mir herunter. Es war zu dunkel, um sein Gesicht zu erkennen, aber die Art, wie er da stand, mit den Händen an der Scheibe, sagte genug.

Dann verschwand er wieder.

Ich wartete ein, zwei Minuten und kam mir etwas dumm vor. Ich wusste nicht einmal, ob er überhaupt runterkommen würde oder ob er sich einfach »Zum Teufel mit Lucas« gedacht hatte und wieder ins Bett gegangen war.

Dann bellte Ajax wieder. Ich bemerkte eine Bewegung, dann sah ich Connor in der Auffahrt stehen, mit seinem alten, abgetragenen Bademantel über dem Pyjama. Er machte eine Kopfbewegung zum Garten hin und ich folgte ihm.

Wir nahmen zwei Plastikstühle voller Spinnweben von der Veranda und setzten uns in den Garten, immer noch schweigend.

Ich lehnte den Kopf zurück und blickte zum Himmel auf. Mann, gab es da viele Sterne! Dies war zu einer Zeit vor den vielen Lichtquellen, die heute den Nachthimmel verschmutzen. Ich hätte nicht gedacht, dass so viele Sterne überhaupt existierten. Ich sah den Großen Wagen, den Großen und den Kleinen Bären und die Kassiopeia. Ich hörte zum ersten Mal das Zirpen der Grillen, auch wenn sie wahrscheinlich schon immer ihre seltsame Musik gespielt hatten.

»Tut mir leid, dass ich dich geweckt habe«, sagte ich flüsternd.

»Ich habe nicht geschlafen«, erwiderte er.

»Verstehe. Scheint irgendwie gerade umzugehen.«

Wir betrachteten weiter schweigend die Sterne, bis ich mich schließlich dazu durchrang, mein Anliegen loszuwerden. Früher oder später musste ich es tun.

»Deine Mutter hat mich gestern aufgesucht, um mit mir zu reden.«

Ich sah ihn dabei nicht an, aber aus dem Augenwinkel konnte ich erkennen, dass er den Kopf in die Hände versinken ließ. Ich wartete. Er rieb sich eilig über das Gesicht und wandte sich zu mir um, als wollte er mir in die Augen sehen, wofür es aber zu dunkel war.

»*Dahin* ist sie also gegangen«, flüsterte er.

»Ja.«

»Ich habe diese verdammte Pistole nicht genommen.«

Ich atmete erleichtert aus.

»Ich bin echt froh, das zu hören. Denn das wäre ziemlich gruselig, was?«

»Was glaubst du denn, was ich damit machen würde?«

»Na ja, nachdem du neulich sagtest …«

»Nein!«, zischte er. »Fang jetzt nicht wieder damit an.«

Wir bestaunten noch etwas länger den Sternenhimmel. Oder zumindest ich. Da ich Connor nicht ansah, konnte ich nicht wissen, ob er auch die Sterne beobachtete.

»Also, die Sache ist so«, sagte ich nach einer Weile. »Es wird folgendermaßen laufen: Ich bin jetzt einfach … hier. Ich bin einfach hier bei dir. Wenn ich dich nicht dazu bringen kann, mit mir rauszugehen, dann bleibe ich jetzt einfach hier.«

»Rund um die Uhr?«

»Ich bin mir noch nicht sicher. Ich habe es noch nicht ganz ausgearbeitet.«

»Was, wenn ich dich gar nicht ständig hier haben will?«

»Du hast vielleicht gar keine Wahl«, sagte ich. Ich meinte es scherzhaft, was er hoffentlich an meiner Stimme erkennen konnte. Aber teilweise war es mir ernst.

Wir schwiegen, während er die Botschaft verdaute.

»Was ist mit deinem Lauftraining?«, fragte er.

»Das mache ich sowieso nicht nach nur einer Stunde Schlaf.«

»Und morgen?«

»Darüber kann ich morgen noch nachdenken.«

»Was ist mit deiner Freundin?«

Ja, dachte ich. *Was ist mit ihr? Warum rufe ich sie nicht einfach an, lade sie zum Essen ein und überrasche sie mit einem Picknick, weil es romantischer ist? Warum nicht?*

»Es ist so«, begann ich. Dann hielt ich inne und seufzte, weil ich mir ziemlich wichtige Dinge einfach entgleiten ließ. »Wir sind Freunde, seit wir drei Jahre alt waren.«

»Das weiß ich.«

»Ich finde, dass das etwas wert ist.«

»Mehr als eine Freundin?«

»Wenn du in Schwierigkeiten steckst, dann … ja. Du kommst an erster Stelle. Und du kannst nur verdammt wenig dagegen tun.«

Bis zum Sonnenaufgang saßen wir zusammen dort im Garten. Wir sprachen kein Wort mehr.

* * *

Etwa um halb vier nachmittags saßen wir in Connors Zimmer und hatten mindestens schon hundert Runden Karten gespielt, keine Übertreibung. Ich hatte etwas über die Hälfte der Spiele gewonnen.

Er blickte mich über sein Kartendeck hinweg stirnrunzelnd an.

»Jetzt mal im Ernst, Lucas«, sagte er. »Du solltest deinen Hintern hier rausbewegen und zu diesem Picknick gehen.«

Natürlich hatte ich mit ihm im Laufe des Tages über Libby gesprochen. Darüber, was ich bisher mit ihr erlebt hatte und was noch kommen würde.

»Vielleicht an einem anderen Tag«, sagte ich.

»Meine Mutter ist hier. Genau wie ich. Wenn du zurückkommst, wird alles so wie jetzt sein.«

Es klang wie ein Versprechen. Doch ich hatte nicht vor, eine Sache wie diese reinen Spekulationen oder dem Zufall zu überlassen.

»Versprochen?«

»Ja. Versprochen.«

Ich blickte auf den Radiowecker neben seinem Bett.

»Ich weiß nicht«, sagte ich. »Ich glaube, für heute ist es zu spät.«

»Warum ist es zu spät?«

»Na ja, es sollte ein Mittagspicknick werden. Am *Mittag*. Bis ich alles vorbereitet habe und dort bin, ist es Zeit zum Abendessen.«

»Und? Wer sagt denn, dass es nicht abends sein kann?«

»Das Picknick besteht aus Sandwiches.«

»Du kannst auch abends Sandwiches essen.«

Ich warf einen Blick auf sein Telefon. Er hatte ein Telefon in seinem Zimmer, dieser Glückspilz.

Er bemerkte es.

»Mach schon«, sagte er. »Ruf sie an.«

Einen Augenblick lang bewegte ich mich nicht. Aus irgendeinem Grund spürte ich ein Kribbeln in den Fingerspitzen.

Schließlich stand ich auf und ging zum Telefon.

Ich kannte ihre Nummer auswendig, obwohl ich sie noch nie gewählt hatte. Die Art und Weise, wie ich mir ihre Nummer gemerkt hatte, war nicht cool, sondern erbärmlich. Ich hatte auf die Zahlen gestarrt, bis sie für immer in mein Hirn eingraviert waren.

»Sie hat vielleicht schon etwas vor«, wandte ich ein. »Das ist ziemlich kurzfristig.«

»Es gibt nur eine Möglichkeit, das herauszufinden«, sagte Connor.

»Vielleicht wollen ihre Eltern, dass sie zum Abendessen zu Hause ist.«

»Nur eine Möglichkeit.«

Ich nahm den Hörer in die Hand und wählte.

Mrs Weller antwortete.

»Hallo?«

»Oh«, meldete ich mich. »Hi. Mrs Weller?«

»Ja?«

»Hallo, hier ist Lucas Painter. Könnten Sie mir bitte sagen, ob Libby zu Hause ist?«

»Das ist sie, Lucas. Und du hast sehr gute Telefonmanieren. Einen Moment bitte, ich rufe sie.«

Ich trat nervös von einem Fuß auf den anderen. Connor warf mir einen Blick zu und ich nickte.

Dann war Libby am Apparat.

»Lucas?«

»Ja«, sagte ich. »Ich bin's.«

»Das wird aber auch Zeit, dass du anrufst.«

»Es ist doch erst zwei Tage her.«

»Oh. Na ja, es kommt mir länger vor.«

Mein Gesicht brannte, als sie das sagte. Vielleicht lag es an der Art, *wie* sie es sagte. Ich drehte mich etwas von Connor weg und hoffte, dass er nicht sah, wie ich rot wurde.

»Ich habe mich nur gefragt ...« Dann stockte ich und bemerkte, dass ich keine Ahnung hatte, wie ich meinen Vorschlag formulieren sollte. Diesen Teil hatte ich überhaupt nicht vorbereitet. Was ziemlich verrückt war, wenn man betrachtete, dass ich dieses Picknick bis ins kleinste Detail durchgeplant hatte. »Musst du zum Abendessen zu Hause sein?«

»Heute?«

»Ja.«

»Na ja, ich weiß nicht. Was hast du vor?«

»Ich dachte, ich könnte dich vielleicht abholen und dann könnten wir zusammen irgendwohin gehen.«

»Ich frage mal meine Mutter«, sagte sie.

Ich klopfte unruhig mit dem Fuß auf den Boden, während ich wartete. Als sie wieder am Apparat war, klang sie, als hätte sie es eilig.

»Sie sagt, es ist okay. Um wie viel Uhr willst du mich abholen?«

* * *

Mit dem sorgfältig vorbereiteten Picknickkorb in der Hand kreuzte ich um Punkt fünf Uhr vor ihrem Haus auf.

Libby kam an die Tür.

Ihr Blick wanderte von mir zu dem Korb.

»Ich hoffe, das ist in Ordnung«, sagte ich, »und es gefällt dir. Als Erstes dachte ich an ein Restaurant. Aber dann fand ich ein Picknick romantischer.«

Einen Moment lang sagte sie nichts und sah mir nur in die Augen. Aber in ihrem Gesicht konnte ich lesen, dass ich es gut gemacht hatte. Ich hatte genau den richtigen Ton getroffen. Und in diesem Augenblick war mein Leben so perfekt, dass es fast unerträglich war.

»Mom!«, rief sie über die Schulter hinweg ins Haus. »Lucas und ich gehen jetzt. Bis später!«

Und dann gingen wir Hand in Hand die Straße entlang. Das Leben war genauso, wie man es sonst nur in Filmen sah.

Mein Leben. Wie im Film.

* * *

»Falls dich jemand fragt«, sagte ich, »hat unser Picknick im Park stattgefunden.«

Wir waren auf dem höchsten Hügel, den ich im Wald hatte finden können, sodass wir durch die Bäume hindurch das Städtchen sehen konnten, das sich unter uns ausbreitete. Ich hatte absichtlich keine Stelle mit Ausblick über den Fluss gewählt. Libby hätte die Aussicht vielleicht gefallen, mir aber nicht mehr, nachdem ich diesen Zeitungsartikel gelesen hatte.

»Wahrscheinlich eine gute Idee«, sagte sie. »Eltern sind komisch, wenn es um Wälder geht, und ich verstehe nicht, warum.«

»Ich verstehe es auch nicht. Mir gefällt es hier oben.«

Ich nahm das karierte Tischtuch vom Korb, faltete es auseinander und breitete es sorgfältig auf dem Waldboden aus.

»Nimm Platz«, sagte ich.

Sie ließ sich auf einer Ecke des Tischtuchs nieder.

»Das ist schön«, sagte sie und blickte auf das Städtchen hinunter. »Es gefällt mir.«

»Ich hoffe, du findest es nicht komisch, dass wir Sandwiches zu Abend essen.«

»Warum sollte ich?«, fragte sie. »Außerdem hatte ich sowieso nicht damit gerechnet, dass du in diesem Korb einen Braten oder eine Lasagne hättest.«

Ich seufzte leise und ein Teil der Anspannung fiel von mir ab. Dann packte ich das Essen aus und legte zwei Porzellanteller und Stoffservietten auf unsere Tischdecke. Ich platzierte die eingepackten Sandwiches und das Obst auf einem dritten Teller in der Mitte. Den Plastikbehälter mit den Cookies stellte ich neben den Servierteller.

Plötzlich entdeckte ich die pinkfarbene Rose, die unterwegs auf den Boden des Korbs gefallen sein musste. Die Rose hatte ich völlig vergessen! Sie hätte zuerst an die Reihe kommen sollen. Aber besser spät als nie.

»Hier«, sagte ich und hielt ihr die Rose hin. »Die ist für dich.«

Als sie die Rose entgegennahm, wurde ihr Blick ganz weich.

»Du bist wirklich charmant«, sagte sie. »Weißt du das?«

Ich wurde rot und senkte den Kopf. Eilig beschäftigte ich mich damit, die zwei kleinen Flaschen Apfelsaft aus dem Korb zu nehmen und neben unsere Teller zu stellen. Ich war viel zu verlegen, um auf ihren Kommentar zu reagieren.

»Ich kann kaum glauben, dass dich noch kein Mädchen weggeschnappt hat.«

In meiner Nervosität und Verlegenheit begann ich, ihr die Sandwiches zu erklären.

»Das hier ist mit Kochschinken«, sagte ich und zeigte auf das Sandwich, »und das mit gepökeltem Schinken.«

»Oh, sehr gut. Ich habe schon lange keinen gepökelten Schinken mehr gegessen.«

Ich legte das Sandwich auf ihren Teller und war mir nicht sicher, ob ich es zuerst hätte auspacken sollen. Das wäre vielleicht höflicher gewesen, aber sie wollte wahrscheinlich nicht meine Hände auf ihrem Essen. Dass dies bereits geschehen war, als ich die Sandwiches gemacht hatte, kam mir erst in den Sinn, als ich ihr das Sandwich schon gegeben hatte.

»Wir haben auch noch Pute und Thunfisch«, sagte ich. »Falls du zwei schaffst.«

Sie ignorierte meine Bemerkung und sah mich mit einem intensiven Blick an.

»Hattest du schon mal eine Freundin?«

»Nicht direkt«, erwiderte ich.

Die ehrliche Antwort wäre ein Nein gewesen. Ich hatte noch überhaupt keine Freundin gehabt. Doch das hätte nicht gut geklungen.

»Ich frage mich, woran das liegt.«

Die Richtung, die unsere Unterhaltung nahm, war mir unangenehm. Wollte sie jetzt analysieren, ob mit mir vielleicht etwas nicht stimmte? Warum ich Mädchen so abzustoßen schien wie die falsche Seite eines Magnets?

»Du weißt, dass ich erst vierzehn bin, oder?«, fragte ich.

»Ja, das weiß ich.«

»Macht es dir etwas aus? Dass ich ein bisschen jünger bin als du?«

»Nein. Was ist schon dabei? Es ist nur ein Jahr. Du bist sehr reif für dein Alter. Und für einen Jungen, der noch nie eine Freundin hatte, scheinst du sehr viel über Mädchen zu wissen.«

Ich vermied das gefährliche Terrain einer möglichen Antwort und schwieg.

Wir aßen unsere Sandwiches. Ich nahm das mit dem Kochschinken, weil sie wahrscheinlich nicht noch ein zweites Schinkensandwich haben wollte. Wir blickten eine Weile schweigend auf das Städtchen hinunter. Hinter den Bäumen versank allmählich die Sonne im Westen. Und ich fühlte mich unausgeglichen.

Wie sich herausstellte, hatte ich keine Ahnung, wie sich unausgeglichen wirklich anfühlte. Noch nicht. Doch ich stand kurz davor, es zu erfahren.

»Ich glaube, ich weiß warum«, sagte sie plötzlich.

»Warum was?«

»Warum du noch keine Freundin hattest.«

Ihre Worte lagen kalt wie Eis in meinem Bauch. Wollte sie mir wirklich erzählen, was ich falsch machte? Nachdem bis zu diesem Augenblick alles so gut gelaufen war?

»Also, falls du es wissen willst«, fügte sie hinzu.

Ich wollte es nicht wissen. Natürlich nicht.

Sie blickte mich an und schien zu bemerken, wie unbehaglich ich mich fühlte.

»Oh, es liegt nicht an dir«, sagte sie. »Ich habe nicht vor, etwas Schlechtes über dich zu sagen.«

Ich konnte wieder etwas atmen. Nicht viel, aber mehr als zuvor.

»Okay. Ich glaube, dann will ich es wissen.«

»Es ist so: Du solltest dir wirklich Gedanken darüber machen, mit wem du rumhängst. Danach wirst du von Leuten beurteilt.«

Ich hatte noch einen Bissen im Mund und kaute, bevor ich antworten konnte. Ich hatte keine Ahnung, wen sie meinte. Vielleicht Mrs Dinsmore? Aber wie sollte sie davon wissen? Ich wollte sie fragen, doch wie sich herausstellte, war das nicht nötig.

Sie sagte es mir selbst.

»Ich glaube, du könntest jemand besseren als Connor Barnes zum Freund haben.«

Ich schluckte mühsam. Der Bissen schien auf seinem Weg zum Magen hängen zu bleiben und ich spürte eine Art Sodbrennen.

»Was gibt es an Connor auszusetzen?«

»Er ist ziemlich eigenartig«, sagte sie. »Und irgendwie ein armer Teufel. Über ihm hängt immer eine große schwarze Wolke, die ihm überallhin folgt. Ich meine, nicht wirklich natürlich, aber … du weißt schon, was ich meine. Ich glaube, dass du viel mehr Freunde hättest, wenn er nicht immer mit dir rumhängen würde.«

In meinem Kopf kreisten die Gedanken. Ich versuchte, ein Gefühl dafür zu bekommen, ob das zu bedeuten hatte, dass das Spiel aus war, oder ob ich sie trotzdem noch als meine potenzielle Freundin betrachten könnte.

»Er ist mein bester Freund, seit wir drei Jahre alt waren.«

»Vielleicht ist das zu lange. Vielleicht ist es Zeit, neue Entscheidungen zu treffen.«

»Lass uns über etwas anderes reden«, sagte ich.

»Okay. Ich wollte dich nicht verärgern. Ich habe nur versucht, zu helfen.«

Während wir den Rest aßen, fanden wir nichts mehr, über das wir reden konnten.

* * *

Ich lernte an diesem Tag etwas über das Küssen. Ich erfuhr, dass es all das, was zuvor passiert war, ungeschehen machen konnte.

Wir lagen Seite an Seite auf dem großen Tischtuch. Ich hatte das Geschirr und den Müll in den Korb gepackt, der ein Stück entfernt von uns stand.

Sie bewegte ihr Gesicht näher an meines heran, ich küsste sie. Plötzlich fühlte sich alles wieder gut an. Ich war mir bewusst, dass etwas Negatives hinter uns lag. Etwas war passiert und ich hatte es nicht vergessen, auf keinen Fall. Doch es fühlte sich jetzt an, als läge es weit entfernt in der Vergangenheit, als könnte es jetzt keine Rolle mehr spielen.

Im Laufe der Jahre hatte ich in Beziehungen häufig dieses Gefühl erlebt. Eine kleine Spitze des Eisbergs ragt über die Oberfläche heraus. Und wenn sie wieder verschwindet, denkt man: *Oh, gut. Sie ist weg. Wahrscheinlich war es weiter nichts.*

Allerdings bin ich heute kein Kind mehr und weiß es jetzt besser.

Wir küssten uns lange und ich verlor mein Zeitgefühl. Es hätten zehn Minuten sein können, die sich wie eine Sekunde anfühlten. Oder wenige Sekunden, die sich unendlich lange hinzogen.

Sie rollte sich auf den Rücken und seufzte. Kein schlechtes Seufzen, eher ein zufriedenes. Dann verschränkte sie die Hände hinter dem Kopf und blickte durch die Bäume in den Spätnachmittagshimmel, also tat ich dasselbe.

»Es ist wirklich schön hier draußen«, sagte sie.

»Ja. Es gefällt mir hier draußen im Wald.«

»Du scheinst diesen Wald ziemlich gut zu kennen.«

»Ich laufe hier immer.«

»Oh. Stimmt. Ich habe schon gehört, dass du ein Läufer bist. Du hast für das nächste Schuljahr einen Platz im Leichtathletikteam ergattert, habe ich gehört.«

In meinen Gedanken war ich plötzlich zum ersten Mal im Team. Wirklich im Team, ohne mich dagegen zu sträuben. Ohne den Plan, mich herauszuwinden.

»Läufst du ganz allein durch diesen Wald?«, fragte sie, bevor ich antworten konnte.

»Nein. Normalerweise nicht. Ich habe zwei große Hunde, die mit mir laufen.«

»Ich wusste gar nicht, dass du Hunde hast.«

»Es sind nicht meine.«

»Du läufst mit Hunden, die nicht deine sind?«

»Ja.«

»Wem gehören Sie dann?«

»Kennst du diese Frau, die hier im Wald lebt?«

Die Stille, die auf meine Frage folgte, fühlte sich seltsam an. Sie war einfach viel zu still.

»Du meinst …«, begann sie, schien mich dann aber doch nicht fragen zu wollen, wen ich meinte.

»Zoe Dinsmore«, antwortete ich.

Heute frage ich mich, warum ich mich damals sicher genug gefühlt hatte, das zu sagen. Wahrscheinlich hatte die ganze Küsserei mein Gehirn aufgeweicht und meine Mauern und Grenzen durchbrochen.

Sie setzte sich kerzengerade auf.

»Du *kennst* sie?«

»Ein wenig. Du auch?«

»Nein. Aber ich weiß, wer sie ist. Und ich bin schockiert, dass du sie kennst, Lucas. Ich bin … schockiert.«

»Warum?«

»Weil sie …«

Aber dann schien sie ihren Gedanken wieder nicht aussprechen zu wollen.

»Was?«

»Weil sie eine Mörderin ist.«

Jetzt setzte ich mich auch kerzengerade auf.

»Sie ist keine Mörderin«, sagte ich.

»Sie hat zwei Kinder umgebracht. Das macht sie zu einer Mörderin.«

»Sie hat sie nicht umgebracht.«

»Warum sind sie dann tot?«

»Sie sind bei einem Unfall ums Leben gekommen.«

»Und sie hat den Unfall verursacht.«

»Aber es war ein Unfall.«

»Aber sie hat ihn verursacht.«

Ich spürte, dass wir uns im Kreis drehten, wie in einem Kreisverkehr, bei dem man die Ausfahrt nicht findet.

»Manchmal passieren solche Dinge«, sagte ich. »Sie hat es schließlich nicht absichtlich getan.«

»Sie ist bei der Arbeit aufgetaucht, nachdem sie kaum geschlafen hatte. Um unschuldige Kinder herumzufahren. Warum hat sie sich nicht krankgemeldet? Warum hat sie keine Pause eingelegt, als sie merkte, wie schläfrig sie war?«

»Vielleicht wusste sie es gar nicht. Meine Mutter ist auch mal am Steuer eingeschlafen. Mit mir im Auto. Ich war sieben oder so. Wir kamen vom North County, ihr Kopf nickte herunter und sie fuhr über die Mittellinie und schrammte ein Auto, das uns entgegenkam. Es war nur ein Blechschaden, nichts weiter. Später sagte sie immer wieder, dass sie wirklich nicht gewusst hätte, wie müde sie war. Sie hat nicht gewusst, dass sie gleich einnicken würde. Sie hat es nicht gespürt. Jeden Abend liege ich im Bett und versuche, zu schlafen. Und plötzlich öffne ich die Augen und es ist Morgen. Ich spüre nie, wie ich einschlafe. Niemals. Und du?«

Wir saßen schweigend nebeneinander und es fühlte sich lange an. Als ich wieder auf das Städtchen blickte, fiel mir auf, dass es plötzlich weniger einladend aussah als noch eine Minute zuvor. Sie teilte mir nicht mit, ob sie jemals spürte, wie sie einschlief.

»Warum verteidigst du sie?«, fragte sie nach einer Weile.

Ihre Stimme war eisig. Falls sie mir zuvor eine Tür in ihr Leben geöffnet hatte, war diese Tür nun geschlossen und verriegelt. Und man musste kein Experte in Sachen Mädchen sein, um das zu erkennen.

»Ich glaube nur, dass manchmal Dinge passieren, an denen niemand wirklich Schuld hat.«

»Das finde ich nicht«, erwiderte sie, immer noch eisig. »Ich finde, dass wir die Verantwortung für unsere Taten übernehmen müssen.«

»Wäre meine Mutter also frontal mit diesem Auto zusammengestoßen, und jemand in diesem Auto wäre gestorben, würdest du meine Mutter dann für eine Mörderin halten?«

»Natürlich nicht«, erwiderte sie.

Jetzt drehte sich mir der Kopf wirklich. Es war schwindelerregend.

»Wo ist der Unterschied?«

»Deine Mutter ist ein guter Mensch.«

»Du kennst meine Mutter?«

»Nicht richtig. Aber ich weiß, wer sie ist.«

Das war der Augenblick, in dem sich *meine* Tür schloss. Ich riegelte sie ab.

Ich hätte mit ihr weiter diskutieren können. Ich hätte ihr entgegenhalten können, dass sie beschlossen hatte, dass meine Mutter ein Engel und Zoe Dinsmore der Teufel war, obwohl sie keine von beiden kannte. Ihre Ansichten ergaben keinen Sinn.

Ich ließ es sein, denn sie war nicht meine Freundin und würde auch niemals meine Freundin werden, so viel war mir jetzt klar. Warum sollte ich mir also überhaupt die Mühe machen, zu ihr durchzudringen?

Diese verhängnisvolle Unterhaltung hatte mir einen Einblick in ihr Innenleben gegeben. Ich hatte gesehen, dass dies kein guter Ort war, und wollte nicht mehr dorthin.

»Lass uns zurückgehen«, sagte ich.

Ich stand auf und nahm das Tischtuch, um es zusammenzufalten. Dafür hätte ich es mehr oder weniger unter ihr wegziehen müssen. Ich war ziemlich verärgert, gelinde gesagt.

»Warte«, sagte sie. »Lass mich wenigstens erst aufstehen.«

Ich wartete, dann faltete ich das Tischtuch zusammen und hoffte, sie würde einfach nichts mehr sagen.

Doch sie redete immer weiter.

»Sieh mal, das ist es, was ich dir vorhin sagen wollte. Du musst vorsichtig sein, mit wem du dich umgibst. Die Leute beurteilen dich nach deinen Freunden. Und dann wollen Sie vielleicht auch mit dir nichts zu tun haben.«

»Stopp!«, sagte ich und blickte ihr direkt ins Gesicht. Sie war schockiert, weil ich sie so schroff unterbrochen hatte, das konnte ich sehen. »Hör auf. Ich will nicht mehr darüber reden. Ich will nur nach Hause gehen.«

»Was ist mit unserem Date?«

»Das ist vorbei.«

»Einfach so?«

»Einfach so.«

Sie schnaubte. Sie schnaubte buchstäblich wie ein wütender Stier. Dann stampfte sie davon.

»Warte«, rief ich, nahm den Korb und folgte ihr. »Lass mich dich wenigstens nach Hause bringen.«

»Ich brauche deine Hilfe nicht, um nach Hause zu kommen.« Sie warf die Worte über ihre Schulter, als würde sie etwas ausspucken.

»Vielleicht doch. Man verläuft sich schnell im Wald.«

»Ich kann von hier aus das Städtchen sehen.«

Ich musste fast joggen, um mit ihr mitzuhalten.

»Aber wenn du von diesem Hügel runter bist, siehst du es nicht mehr. Und man geht schnell in die falsche Richtung.«

»Ich schaffe es schon«, erwiderte sie.

Ich folgte ihr trotzdem, um sicher zu sein, dass sie gut aus dem Wald hinausfand. Ich unternahm keinen Versuch mehr, mit ihr zu reden, denn ich wollte nicht mehr mit ihr reden. Doch ich folgte ihr, bis sie auf die Straße gelangte und nach Hause ging.

Sie blickte einmal über die Schulter zu mir, als sie in ihrem Haus verschwand, dann schlug sie die Tür mit einem lauten Knall zu.

Und das wars. Meine erste Freundin. Meine allererste Beziehung. Zwei ganze Tage, das war alles.

* * *

Dem Stand der Sonne nach zu urteilen, war es etwa sieben Uhr abends, als ich an Zoe Dinsmores Blockhütte auftauchte. Ich war atemlos vom Rennen und spürte den Schlafmangel in den Knochen, doch ich war viel zu aufgelöst, um jetzt heimzugehen.

Mit hoch erhobener Faust hämmerte ich fest gegen die Tür. Die Hunde bellten drinnen ein paarmal laut.

»Wer ist da?«, rief sie durch die Tür.

»Lucas.«

Beim Klang meiner Stimme hörten die Hunde sofort auf zu bellen.

Die Tür wurde geöffnet und sofort schossen die beiden heraus, ihre wedelnden Schwänze peitschten gegen meine Beine. Es war das erste Mal, dass ich ihnen keine Beachtung schenkte.

Zoe Dinsmore blickte mich an.

»Oje«, sagte sie nur.

»Warum tun Leute das? Warum wollen sie, dass man sich im Unrecht fühlt? Und warum stellen sie Sie als schlechte Person dar? Jeder weiß, dass Unfälle passieren. Ich weiß, dass Sie nicht darüber reden wollen. Aber ich rede jetzt einfach darüber. Ich rede darüber, weil ich es verstehen muss.«

In der folgenden Stille beobachtete ich sie. Sie sah nicht wütend aus. Ihrer Miene ließ sich kein bestimmtes Gefühl ablesen.

»Du kommst am besten erst mal rein«, sagte sie.

* * *

»Es ist so«, begann sie. »Würden sie es sich eingestehen, dass der Unfall nicht leicht zu vermeiden gewesen war, dann müssten sie zugeben, dass es ihnen selbst hätte passieren können.«

»Aber so ist es doch.«

»Aber das wollen sie nicht zugeben. Bis es ihnen tatsächlich eines Tages passiert, wollen sie sich völlig sicher sein, dass das unmöglich ist.«

Es war einige Zeit später und die Sonne war schon fast untergegangen. Wir saßen auf dem Boden ihrer Blockhütte, mit dem Rücken an die Seite ihres Bettes gelehnt. Sie hatte für die Nacht ein Feuer im Ofen angezündet. Dessen kleine, gusseiserne Tür war geöffnet und wir beobachteten fasziniert die Flammen.

Ich hätte nicht gedacht, dass es im Juni so kalt sein könnte, dass man ein Feuer brauchte. Aber ich lebte auch nicht in einer unbeheizten Blockhütte im Wald.

Ich hatte ihr schon vor einer ganzen Weile von meiner Verabredung erzählt und nicht das kleinste hässliche Detail ausgelassen.

»Sie tun Ihnen das also an? Nur, um sich selbst ein wenig besser zu fühlen?«

»Anscheinend ja.«

»Selbst wenn ihnen ihr Verstand sagt, dass es eine Lüge ist, und sie sich eigentlich überhaupt nicht sicher sind?«

»Das tun sie schon seit siebzehn Jahren, mein Junge.«

»Alle?«

»Nein, nicht alle. Manche Leute sind klüger, aber die Art, wie sie mich ansehen, ist fast noch schlimmer. Da ist mir die Verachtung ehrlich gesagt lieber.«

»Warum sind Sie hiergeblieben?«

Diese Frage schien auf den Boden zu sinken und es war, als könnte ich sie neben den Hunden liegen sehen, wenn ich nur genau genug hinsah.

Sie gab mir keine Antwort.

»Ihre Tochter hat mir erzählt, dass Leute Ihnen geraten haben, weit wegzuziehen und an einem anderen Ort neu anzufangen, wo Sie niemand kennt. Offenbar kann niemand verstehen, warum Sie es nicht getan haben. Nicht einmal Ihre eigene Tochter.«

»Ich wurde hier geboren, mein Junge. Ich habe mein ganzes Leben lang hier gelebt. Alles hier ist mir vertraut.«

170

»Na und? Wären Sie vor siebzehn Jahren weggezogen, würden Sie jetzt den anderen Ort wie Ihre Westentasche kennen. Es muss mehr als das dahinterstecken.«

»Ich glaube nicht, dass du es verstehen würdest.«

»Versuchen Sie, es mir zu erklären.«

Die Flammen knisterten und knackten, während ich auf ihre Erklärung wartete.

»Ich dachte, ich würde es nicht verdienen«, sagte sie schließlich. »So. Ist dir das ehrlich genug?«

KAPITEL 11

DER DUNKLE, UNEBENE PFAD

Ich habe mein ganzes Leben lang in einem kleinen Ort gewohnt, aber in den Tagen nach meiner unangenehmen Trennung von Libby Weller verblüffte mich die Kehrseite des Kleinstadtlebens. Es machte nichts, dass ich keinen Vergleich hatte. Die Probleme waren einfach offensichtlich.

Zwei Tage nach diesem furchtbaren Picknick ging ich früh am Morgen in die Küche, um eine Schüssel Müsli zu verdrücken und zum Laufen aufzubrechen, bevor jemand aus meiner Familie wach war.

Doch ich stieß auf meine Mutter, die am Küchentisch saß und telefonierte. Die Schnur zwischen Hörer und Telefon war unglaublich straff gespannt, weil meine Mutter beim Zuhören ein kleines Stück der Schnur um ihren Finger wickelte.

Als sie aufsah und sich unsere Blicke begegneten, merkte ich sofort, dass etwas nicht stimmte.

»Wenn man vom Teufel spricht«, sagte sie in den Telefonhörer. »Ich rufe dich zurück, Marilyn.«

Sie erhob sich, um den Hörer aufzulegen.

»Ich gehe laufen«, sagte ich schnell und machte einen Fluchtversuch zur Tür.

»Den Teufel wirst du tun!«, bellte sie mich an. »Setz dich hin!«

Ich tat, was sie verlangte. Sie benutzte diese Stimme ständig, wenn sie mit meinem Vater sprach, aber nur selten bei mir. In solchen Momenten war es das Beste, sich so still zu verhalten wie das Kaninchen vor der Schlange. Nichts sagen, nichts tun. Fast so, als würde man sich totstellen. Mein Vater verfolgte eine andere Strategie.

»Woher kennst du Zoe Dinsmore?«, fragte sie und setzte sich mir gegenüber an den Tisch.

»Sie hat diese zwei wirklich freundlichen Hunde«, sagte ich. Ich hatte einen Ansatz. Ich würde ihre Schuldgefühle ausnutzen, weil ich schon immer einen Hund gewollt hatte, sie mir aber keinen erlaubte. »Und du weißt ja, wie sehr ich Hunde mag. Ich habe sie irgendwie richtig liebgewonnen. Ich laufe morgens immer mit ihnen.«

Ich verstummte, als ich meinen Fehler bemerkte. Hätte ich die Hunde ausgelassen, hätte ich so tun können, als würde ich Mrs Dinsmore aus der Stadt kennen. Ich hätte sagen können, dass ich ihr immer wieder in der Bücherei begegnet sei oder so etwas. Was mein heimliches Leben in dem verbotenen Wald betraf, hatte ich mich verraten.

»Ich hatte dir doch gesagt, dass du nicht in diesen Wald gehen sollst.«

»Ja, Mom.«

»Und kannst du mir erklären, warum du es trotzdem gemacht hast?«

Ich versuchte es mit einem anderen Ansatz. Unbewusst hatte ich an ihre Schuldgefühle appelliert, um mich aus der Patsche zu ziehen, aber ich hatte die verdammte Wahrheit gesagt. Warum sollte man nach anderen Motiven suchen, wenn man gefragt wird und schon die Wahrheit gesagt hat?

»Ich glaube, weil es dort so schön still ist. Es macht mir echt zu schaffen, wenn du und Dad euch streitet.«

Ich wartete auf ihre Reaktion und ging wohl davon aus, dass sie irgendwie die Verantwortung übernehmen würde. Dass sie den Schmerz fühlen würde, den ich gerade beschrieben hatte, und verstehen konnte, dass sie ihn verursachte. Doch ich bekam nicht die Reaktion, auf die ich gewartet hatte.

»Ich habe dir doch gesagt, dass du dich dort verlaufen kannst.«

»Aber ich verlaufe mich nicht. Ich kenne den Wald in- und auswendig.«

Ich wartete wieder. Sie sagte nichts.

»Man kann sich wirklich nicht verlaufen«, fügte ich hinzu. »Ich weiß nicht, warum du das glaubst. Der Wald ist nur drei oder vier Kilometer breit. Auf der einen Seite sieht man das Städtchen und auf der anderen den Fluss. Ich weiß nicht, wo das Problem ist.«

»Das Problem ist«, sagte sie mit donnernder Stimme, »dass dein kleiner Cousin sich dort verlaufen hat, wir waren alle zu Tode erschrocken. Er war eine Nacht lang weg. Er war erst neun. Wir dachten, er sei vielleicht entführt worden. Oder tot. Und als die Suchmannschaft ihn endlich fand, war er unterkühlt und musste einen Tag im Krankenhaus verbringen. Es war furchtbar. Ich will so etwas nie wieder durchmachen müssen.«

Mein Cousin war fünf Jahre älter als ich, also musste das passiert sein, als ich vier gewesen war – was erklärte, dass ich mich an dieses Ereignis nicht erinnern konnte.

»Aber er wohnt in Oregon«, wandte ich ein.

»Sie waren zu Besuch hier. Du warst noch zu klein, um dich erinnern zu können. Ich fühlte mich so verantwortlich für diese ganze Sache, weil sie bei uns wohnten. Ich weiß nicht, was ich getan hätte, wenn er nicht gefunden worden wäre. Ich wäre nie darüber weggekommen, das kann ich dir sagen.«

Wir schwiegen einen Augenblick. Ich spürte, dass ich gerade etwas gelernt hatte, auch wenn ich es noch nicht in Worte fassen konnte.

Heute habe ich die Worte dafür.

Wenn jemand eine scheinbar unsinnige Ansicht vertritt, muss man verstehen, dass sie für diese Person Sinn ergibt, man kennt nur den Hintergrund nicht. Und in den meisten Fällen wird man ihn wahrscheinlich auch nie erfahren.

Ich wollte etwas erwidern, aber ich wusste nicht, was. Ich versetzte mich gedanklich in die Hütte im Wald und fragte mich: *Was würde Zoe Dinsmore mir raten?*

»Es tut mir wirklich leid, dass du das erleben musstest«, sagte ich. »Es klingt ziemlich schrecklich und beängstigend.«

»Das war es auch.«

»Aber ich bin nicht mehr neun. Und ich kenne mich in dem Wald wirklich aus. Ich kann dir versprechen, dass ich keine Probleme bekomme.«

Ich stand vom Tisch auf, weil ich dachte, dass ich mich jetzt verziehen könnte.

»Warte«, sagte sie. »Noch etwas.«

Ich setzte mich nicht wieder hin, denn ich wollte ihr nicht mehr viel länger zuhören. Also blieb ich vor ihr stehen und fühlte mich groß. Zu groß.

»Was gibt's?«

»Ich will, dass du dich von dieser Dinsmore fernhältst.«

»Warum?«

»Das ist einfach keine geeignete Freundschaft für dich.«

»Ich würde nicht direkt sagen, dass wir Freunde sind«, sagte ich. Es war eine Lüge. Ich hätte durchaus gesagt, dass wir ein freundschaftliches Verhältnis hatten – nur nicht zu meiner Mutter. »Ich mag nur diese beiden Hunde so gern.«

»Sie hat keinen guten Einfluss auf dich. Auf niemanden. Ich will nicht mehr von Leuten angerufen werden und hören, dass du mit so jemandem deine Zeit verbringst. Es ist nicht angemessen.«

»Ich verstehe nicht, wie du das sagen kannst. Ist es nur wegen diesem Unfall?«

»Oh, mein Liebling. Das ist noch nicht alles. Es gibt vieles, was du über diese Frau nicht weißt. Sie hat viel getrunken und eine Unmenge Drogen konsumiert. Mehr als einmal tauchte sie völlig benommen hier im Ort auf. Es heißt, es hätte *nach* dem Unfall begonnen, aber ich weiß nicht. Es machte die Leute irgendwie stutzig. Manche sagen, sie hätte ihr Leben geordnet und mit dem Alkohol und den Drogen aufgehört, andere glauben das nicht. Ich weiß nicht, was ich glauben soll. Ich will dich nur nicht in ihrer Nähe wissen. Ich verstehe nicht, warum sie hierbleibt, aber offensichtlich will sie in Ruhe gelassen werden. Also lass sie in Ruhe. Verstehst du, warum ich dir das sage?«

»Ja, Mom.«

Ich verstand. Ich hatte nur nicht die Absicht, ihre Anweisung zu befolgen.

Ich schlüpfte zur Tür hinaus und bemerkte erst auf der Straße, dass ich noch nicht gefrühstückt hatte. Doch ich joggte einfach weiter.

* * *

Bei Connor wurde das Ganze nur noch schlimmer.

Seine Mutter öffnete die Haustür, drehte sich um und ging weg, ohne ein Wort mit mir zu reden. Ich verstand nicht, was das zu bedeuten hatte. Immerhin ließ sie die Haustür weit geöffnet, also trat ich ein und schloss sie hinter mir.

176

Ich ging die Treppe zu Connors Zimmer hoch, langsam, als sei ich mir nicht sicher, was mich dort erwartete. Und tatsächlich wurde ich mir jeden Tag unsicherer.

Ich klopfte an die geschlossene Tür.

»Was?«, rief er von innen. Dem Klang seiner Stimme nach zu urteilen, hatte er auf das, was ihn auf der anderen Seite der Tür erwartete, keine Lust, ganz gleich, was es war.

»Ich bin's.«

Keine Antwort. Ich drehte den Griff und öffnete die Tür.

Connor saß auf demselben Stuhl wie immer, aber nicht am Fenster. Der Stuhl stand einer leeren Ecke des Zimmers zugewandt. Er hatte sich selbst buchstäblich in die Ecke gesetzt. Es war äußerst seltsam.

»Was machst du da?«, fragte ich ihn.

»Nach was sieht es denn aus?«

»Es sieht so aus, als hättest du dich selbst in die Ecke verbannt.«

»Na ja, da hast du's.«

Mehr sagte er nicht, also hockte ich mich unbehaglich auf die Bettkante. Ich sah auf seinen Hinterkopf, während er völlig still dasaß und kein Wort sagte. In diesem Moment begriff ich, was Libby mit der dunklen Wolke gemeint hatte. Man konnte sie fast sehen. Aber ihre restlichen Beobachtungen konnten meiner Meinung nach dort bleiben, wo der Pfeffer wächst.

Während die Stille eine oder zwei Minuten anhielt, schien die Atmosphäre noch düsterer zu werden.

Schließlich sprach Connor. Leise, aber mit einem scharfen Unterton.

»Warum hast du nicht gesagt, dass du wegen mir mit ihr Schluss gemacht hast?«

Im ersten Augenblick konnte ich mich zu keiner Antwort durchringen.

Erst am Tag zuvor, als ich fast ununterbrochen bei ihm geblieben war, ob er wollte oder nicht, hatte ich ihm von dem katastrophalen Picknick erzählt. Außer das, was Libby über ihn gesagt hatte. Natürlich. Wer würde so eine Sache erzählen, wenn man sie ebenso einfach für sich behalten konnte?

»Weil das nicht stimmt. Es ging nicht um dich.«

»Da habe ich etwas anderes gehört. Ich würde dich zurückhalten, habe ich gehört. Und dass du eine Menge Freunde und Freundinnen haben könntest, wenn ich dir nicht im Weg stehen würde.«

In diesem Augenblick brannte mir die Sicherung durch. Wahrscheinlich war es der angestaute Stress, der sich nun entlud. Ich schrie ihn an, was ich nie zuvor getan hatte.

»Mit wem redest du, Connor? Von wem hörst du diese Sachen? Du gehst nicht mal aus dem Haus. Woher bekommst du all diese Informationen?«

Dann bremste ich mich. Ich atmete tief durch und versuchte, meine Schultern zu entspannen. Ich blickte noch immer auf seinen Hinterkopf. Falls er über mein Gebrüll empört war, ließ er es sich jedenfalls nicht anmerken.

»Jemand hat es gestern meiner Mutter auf dem Markt erzählt. Ich weiß nicht, wer. Vielleicht Libbys Mutter. Oder mittlerweile weiß es vielleicht schon jeder im Ort.«

Das erklärte also, warum sich seine Mutter an der Tür so seltsam verhalten hatte.

Ich wäre am liebsten aufgestanden und hätte mich vor ihn gesetzt, denn es fühlte sich komisch an, eine wichtige Sache wie diese nur seinem Rücken erklären zu können. Aber er hatte nicht viel Platz in dieser Ecke gelassen und ich verstand, dass er es sicher nicht wollte.

»Sieh mal«, sagte ich. »Es war so. Wir hatten echt ein schönes Picknick, bis sie diese Sachen über dich gesagt hat. Ich erzählte ihr, dass wir beste Freunde sind, seit wir drei Jahre alt waren. Sie hat dann noch etwas gesagt, aber ich weiß nicht mehr genau, was. Ich meinte, dass ich nicht mehr darüber reden wollte und wir das Thema wechseln sollten. Zu diesem Zeitpunkt hatte ich noch nicht vor, mit ihr Schluss zu machen. Ich wollte mit dir befreundet bleiben und hoffte, sie könnte ihre Gefühle darüber für sich behalten. Aber dann fing sie an, Mrs Dinsmore schlechtzumachen, und wow, Connor. Es war wirklich seltsam. Garstig. Sie hat sie als Mörderin bezeichnet und gesagt, sie hätte die beiden Kinder umgebracht. Und dann wurde mir klar, dass sie einfach keine sehr nette Person ist. Libby, meine ich. Das habe ich in dem Gespräch gemerkt. Sie ist irgendwie scheußlich. Und sie hat unrecht, Connor. Völlig unrecht.«

»In Bezug auf Mrs Dinsmore? Oder auf mich?«

»Beides.«

»Nein«, sagte er bestimmt. »Sie hat recht, was mich betrifft. Ich halte dich nur zurück. Ich befreie dich von unserer Freundschaft, Lucas. Geh und such dir viele Freunde und Freundinnen.«

»Nein«, sagte ich. »Ich gehe nirgendwohin.«

»Ich will es aber.«

»Nein«, wiederholte ich. »Ich bleibe genau hier.«

»Dann bist du ein Idiot.«

»Na ja.« Ich schwieg einen Moment. »Du kannst mich nennen, wie du willst, aber ich bleibe hier.«

* * *

Ich blieb den größten Teil des Tages bei ihm, und ich muss sagen, dass es einfach betäubend langweilig war. Es lässt sich nicht anders beschreiben. Wir sprachen kaum und die Zeit kroch im Schneckentempo dahin. Doch ich hatte Angst, ihn allein zu lassen.

Dann, irgendwann am Nachmittag, ging mir die Hoffnungslosigkeit meiner Mission auf. Ich konnte ihn nicht jede Minute des Tages beobachten. Niemand konnte das. Selbst wenn ich zum Abendessen blieb und die Nacht bei ihm verbrachte, konnte er eine Dummheit begehen, während ich schlief. Ach was, er konnte einfach im Badezimmer eine Dummheit begehen, bevor ich überhaupt bemerkte, dass er nicht zurückkam.

»Dann gehe ich wohl besser mal nach Hause«, sagte ich. »Aber ich bin immer noch dein Freund.«

»Ich kann mir beim besten Willen nicht vorstellen, warum«, erwiderte er. »Aber offensichtlich kann ich deine Meinung nicht ändern.«

Als ich langsam die Treppe hinunterstieg, fragte ich mich, ob ich ihn jemals wiedersehen würde.

Vom Hausflur aus fiel mein Blick auf Connors Mutter in dem trüben Wohnzimmer. Wie immer waren alle Vorhänge zugezogen. Sie saß in dem Sessel, der früher offenbar für Connors Vater reserviert gewesen war. Der letzte Ort, an dem ich ihn gesehen hatte. In derselben Haltung wie er, den Kopf zurückgelehnt. Nur der Eisbeutel fehlte. Sie hatte die Augen geschlossen.

Ich trat näher. An der Türöffnung zögerte ich, sie anzu-sprechen. Ich hätte nicht gedacht, dass sie meine Anwesenheit bemerkte, und erschrak, als sie plötzlich zu sprechen anfing.

»Was ist, Lucas?«

»Ma'am, ich wollte Ihnen nur etwas mitteilen ... Libby Weller hat ein paar unschöne Dinge über Connor gesagt. Aber ich nicht. Ich habe ihr gesagt, dass er mein Freund ist, seit wir drei sind. Und dass sie aufhören soll, so über ihn zu reden. Und ich werde Libby jetzt nicht mehr treffen.«

Als ich geendet hatte, schwieg sie eine Weile.

»Danke, dass du mir das erzählt hast«, sagte sie schließlich.

»Ich hoffe, Sie behalten Connor im Auge.«

»Natürlich«, antwortete sie, doch in ihren Worten lag kein Funke Leben.

Ich wandte mich zum Gehen, aber ihr lag offensichtlich noch etwas auf dem Herzen. Sie rief es mir durch den Flur hinterher.

»Ich kann ihn aber nicht jede Minute beobachten.«

Es war schwer zu sagen, was sie mit diesem letzten Satz meinte. Hatte sie sich mit der Gefahr einfach abgefunden? War sie schon jetzt entsetzt über die Schuld, die sie fühlen würde? Oder ging es ihr wie mir und sie war überwältigt von dem Gefühl der Machtlosigkeit, mit der wir konfrontiert sind, wenn wir einem anderen Menschen helfen wollen?

»Ja, Ma'am«, sagte ich, weil mir nichts Besseres einfiel.

Ich schlüpfte zur Tür hinaus und lief nach Hause.

* * *

Wieder einmal wurde ich lange vor Sonnenaufgang wach.

Ich hatte eine Idee, wenn auch eine merkwürdige. Sie war kraftvoll, aber sonderbar. Mir war klar, dass sie Veränderungen bringen würde, vielleicht zum Guten, aber vielleicht auch zum Schlechten.

Entweder war es die beste Idee, die ich je gehabt hatte – oder die schlechteste.

Je mehr ich darüber nachdachte, umso sicherer wurde ich mir, dass man absolut nicht sagen konnte, wie die Sache ausgehen würde. Jedenfalls nicht im Voraus. Man musste es einfach ausprobieren.

Was als Nächstes passierte, klingt vielleicht nach einem Déjà-vu, und gewissermaßen war es das auch.

Ich stand auf und schlüpfte im Dunkeln aus dem Haus, ohne jemanden aufzuwecken. Ich ging zu Connors Haus und warf Kieselsteine an den Fensterrahmen seines Zimmers.

Der Nachbarshund bellte mich an.

Als ich Connor am Fenster sah, floss ein großer Teil meiner Befürchtungen von mir ab. Es war noch nicht zu spät.

Ich ging zum Garten und traf ihn, als er aus der Hintertür kam.

»Das wird langsam alt«, zischte er mir leise zu.

»Komm mit, ich will dir was zeigen.«

»Diesmal habe ich geschlafen.«

»Tut mir leid. Tu's für mich. Bitte.«

»Ich dachte, wir würden das nicht mehr machen. Du hast versprochen, mich nicht mehr zu fragen, ob wir zusammen rausgehen.«

»Nur dieses eine Mal. Ich verspreche dir, dass wir niemanden aus der Schule sehen werden.«

Er seufzte, sagte aber nichts. Und ich wusste, dass ich gewonnen hatte.

»Geh rein und zieh dich um«, sagte ich.

Er folgte meinen Anweisungen, ohne irgendwelche Fragen zu stellen.

* * *

»Ich bin einfach nur gern zu Hause«, sagte er, als wir den dunklen Gehweg entlangliefen.

Er hatte seine Hände in den Jackentaschen vergraben und hielt die Schultern bis zu den Ohren hochgezogen, als könnte er damit die Welt von sich fernhalten.

Er wusste nicht, dass wir den Wald ansteuerten.

»Du kannst nicht immer zu Hause sein«, wandte ich ein.

»Warum nicht?«

»Du musst im Herbst wieder zur Schule gehen.«

Daraufhin machte er dicht und sagte nichts mehr. Ich war unsicher, was ich davon halten sollte, aber ein gutes Zeichen war es wohl nicht.

Die Dämmerung hatte kaum eingesetzt, als wir den Pfad erreichten, der in den Wald führte. Es war der direkte Weg zu Zoe Dinsmores Blockhütte. Wir konnten die Bäume gerade gut genug erkennen, um nicht dagegenzulaufen.

Ich machte ein paar vorsichtige Schritte auf dem unebenen Boden.

»Warum gehen wir hier rein?«, fragte er.

Seine Stimme klang zu weit entfernt und ich drehte mich um. Sofort sah ich, was los war. Er war mir nicht mehr gefolgt und stand wie angewachsen auf dem Weg.

»Ich will dir etwas zeigen.«

»Warum?«

»Weil ich es will.«

»Das ist kein guter Grund«, sagte er.

Ich seufzte und ging zu ihm zurück.

»Sieh mal«, sagte ich. »Ich strenge mich sehr an, ein guter Freund zu sein. Und normalerweise verlange ich nicht viel von dir. Aber ich bitte dich um diese eine Sache, und wenn es nicht funktioniert, werde ich dich nie mehr um etwas bitten.«

Eine Weile standen wir uns schweigend gegenüber. In der Dunkelheit konnten wir den Gesichtsausdruck des anderen nicht erkennen. Ich fragte mich, warum ich ihm versprochen hatte, es sei das letzte Mal, dass ich versuchen würde, ihm zu helfen. Zumal sich meine Idee als die schlechteste herausstellen konnte, die ich je gehabt hatte.

»Meinetwegen«, sagte er.

Und er betrat den dunklen, unebenen Pfad.

* * *

183

Die Sonne war immer noch nicht aufgegangen, als wir Zoe Dinsmores Blockhütte erreichten, aber es war schon ziemlich hell.

Die Hunde kamen aus ihrer Hütte geschossen, um uns zu begrüßen.

»Ach du Scheiße!«, keuchte Connor und packte mich am Ärmel. »Sind die vielleicht groß!«

»Die tun dir nichts«, sagte ich, und zu den Hunden: »Rembrandt. Vermeer. Kommt her und lernt meinen Freund kennen.«

Schwanzwedelnd kamen sie zu uns und Connor streichelte ihnen über die Köpfe. Ich merkte, dass sie ihn immer noch ein bisschen einschüchterten, aber wie kann man einen Hund nicht streicheln, der einem ins Gesicht sieht und mit dem Schwanz wedelt?

»Sind wir deswegen hier?«, fragte Connor. In seiner Stimme lag die Hoffnung, die Sache könnte hiermit für ihn erledigt sein. Die Hoffnung, er könnte gleich schon wieder nach Hause gehen.

»Nein.«

»Oh«, murmelte er. »Das ist schade.«

Wir traten auf die Veranda und ich klopfte an die Tür.

»Mrs Dinsmore? Sind Sie schon angezogen?«

Keine Antwort. Einen schrecklichen Augenblick lang dachte ich, ich könnte Connor hier herausgebracht haben, nur um am Ende Zeuge des Selbstmords der Frau zu werden, von der ich mir eigentlich Hilfe für ihn versprochen hatte.

Doch dann wurde die Tür geöffnet.

Sie blickte zuerst auf Connor, dann auf mich. Sie trug wieder eine Latzhose, darunter ein graues Baumwollhemd. Ihre Füße waren nackt und ihre Haare schienen frisch geflochten zu sein.

»Und wen haben wir hier?«, fragte sie mit einer Kopfbewegung zu Connor.

»Das ist mein Freund Connor. Ich habe Ihnen von ihm erzählt.«

»Ich verstehe«, sagte sie und seufzte. »Na, dann kommt mal rein.«

Kaum waren wir eingetreten, fasste sie mich an der Schulter und führte mich nach draußen vor die Tür.

»Ein Wort unter vier Augen«, sagte sie, und an Connor gewandt: »Mach's dir gemütlich, mein Junge. Wir sind gleich wieder zurück.«

Sie schloss die Tür hinter uns und wir blieben auf der Veranda stehen. Die Sonne stieg zwischen den Bäumen über dem Hügel auf. Die Strahlen brannten in meinen Augen.

Ich spürte deutlich, dass ich in Schwierigkeiten war.

»Würdest du mir vielleicht verraten, was gerade *ich* mit ihm tun soll?«

»Ähm …«, murmelte ich. Nicht gerade ein guter Anfang. »Ich habe gehofft, Sie könnten … ihm helfen.«

»Wie soll ich ihm helfen?«

»Ich weiß nicht. Aber sie helfen mir auch immer. Und ich weiß nicht, wie Sie das machen, aber Sie tun es.«

Trotz der blendenden Sonne konnte ich erkennen, wie sie argwöhnisch die Augen zusammenkniff.

»Lass mich das klarstellen«, sagte sie. »Du machst dir Sorgen, dein Freund könnte Selbstmordgedanken haben. Also bringst du ihn zu der einzigen Person, von der du mit Sicherheit weißt, dass sie selbst solche Gedanken hat. Gibt es in deinem Plan irgendeine Logik, die mir verborgen bleibt?«

»Vielleicht«, sagte ich. »Ich weiß nicht.« Ich grub tiefer. Falls es jemals eine geeignete Zeit in meinem Leben gab, um tiefer zu graben, war es dieser Moment. »Es ist so … manchmal denke ich schlecht über mich selbst. Zum Beispiel, dass

185

ich dumm sei oder nichts richtig machen könne. Aber würde Connor mir erzählen, er sei dumm und könne nichts richtig machen, dann würde ich mich für ihn einsetzen. Manchmal ist es einfach, etwas für jemand anderen zu wollen, selbst wenn das mehr ist, als man für sich selbst will.«

»Interessant«, sagte sie.

Ich hoffte, sie würde noch etwas hinzufügen, doch sie schwieg.

»Glauben Sie, ich habe recht?«

»Mein Junge, ich habe keine Ahnung.«

»Es ist riskant, das räume ich ein. Den ganzen Morgen, als ich im Bett lag, musste ich an dieses Zimmer denken, in dem nichts als Spiegel sind. Erinnern Sie sich? Es war Teil dieser Wanderausstellung, die wir alle in Blaine gesehen haben.«

»Ich habe sie nicht gesehen«, erwiderte sie.

»Oh.«

Ich hätte es wissen sollen. Natürlich wollte sie nicht unter all den bekannten Gesichtern auf einer Ausstellung sein. Nun, da mein Vergleich hinfällig war, wusste ich, dass es mir nicht gelingen würde, die Sache in Worte zu fassen.

»Ich weiß trotzdem, was passiert, wenn du zwischen zwei Spiegeln stehst«, sagte sie. »Dein Spiegelbild reflektiert bis ins Unendliche.«

»Ja!«, sagte ich. »Ganz genau! Ich habe mir Sorgen gemacht, dass es sich mit Ihren Problemen und denen von Connor genauso verhalten könnte, wenn Sie ihn treffen. Dass sie sich multiplizieren würden. Bis ins Unendliche, wie Sie sagen.«

Sie verzog kritisch das Gesicht.

»Und dann bist du also aufgestanden und hast ihn hierhergebracht.«

»Ja. Ich weiß, es klingt komisch. Aber ich habe gehofft, dass es Ihnen wie mir geht und Sie für ihn etwas Gutes wollen, auch wenn Sie es für sich selbst nicht wollen. Ich weiß, es ist entweder die beste oder die schlechteste Idee meines Lebens. Man kann einfach nicht vorhersehen, wie es ausgehen wird.«

»Du gehst ein großes Risiko ein«, sagte sie.

»Ja, ich weiß, aber mir sind die Ideen ausgegangen.«

Der Augenblick fühlte sich wie eine Ewigkeit an. Sie überlegte sich die Sache wahrscheinlich. Ich wagte keinen Mucks, um nur nicht ihre Gedanken zu unterbrechen.

»Ich finde, du bist verrückt«, sagte sie schließlich. »Und ich bin wohl genauso verrückt, weil ich mich von dir zu dieser Sache überreden lasse. Aber mach nur deinen Morgenlauf und lass deinen Freund hier. Mal sehen, ob er sich mit mir unterhalten will.«

»Danke«, sagte ich. »Vielen Dank für Ihre Hilfe. Ich bin Ihnen etwas schuldig.«

»Blödsinn«, sagte sie. »Du bist mir gar nichts schuldig.«

Gerade, als ich von ihrer Veranda trat, sagte sie noch etwas zu mir.

»Hey! Lucas. Tut mir leid, dass du wegen mir deine Freundin verloren hast.«

Ich hielt inne und drehte mich um. Ich merkte, dass die Hunde enttäuscht waren, doch sie warteten geduldig.

»Das ist nicht Ihre Schuld«, sagte ich. »Sie hat sich nur als … anders herausgestellt, als ich gedacht hatte.«

»Ja«, sagte sie. »So sind Beziehungen. Man muss erst eine Weile abwarten, um zu sehen, wen man da eigentlich vor sich hat und auf was man sich einlässt.«

Ich nickte und begann mit meinem Morgenlauf.

Das, was sie mir gerade über Beziehungen erzählt hatte – ich konnte es als eine weitere Sache verbuchen, die ich ohne sie nicht erfahren hätte.

* * *

187

Als ich Connor abholte, schien die Sonne bereits hell. Es war schon warm, fast heiß.

Ich hatte diesmal absichtlich eine lange Strecke genommen. Er kam vollkommen still aus der Blockhütte marschiert, den Blick auf den Boden geheftet wie seine Mutter.

Ich sah an ihm vorbei zu Zoe Dinsmore und flüsterte lautlos: »Vielen Dank.«

Connor und ich gingen zusammen durch den Wald zurück Richtung Stadt.

Etwa einen halben Kilometer lang sprach keiner von uns ein Wort. Die Stille ließ mich allmählich unruhig werden.

»Was denkst du über sie?«, fragte ich ihn, als ich es nicht länger aushielt.

Ich hätte gern gefragt, worüber sie gesprochen hatten, aber mir war klar, dass es mich nichts anging. Es war schmerzlich, aber trotzdem leider wahr.

»Es war interessant«, sagte er.

Mehr schien er nicht sagen zu wollen.

»Gut interessant?«

»Ich bin mir nicht sicher.«

Wir gingen schweigend weiter, bis wir das Städtchen unter uns sehen konnten. Connor blieb stehen, als wollte er die Aussicht genießen, also blieb ich ebenfalls stehen.

»Wir reden in meiner Familie nicht so«, sagte er.

»Wie denn?«

»Ich weiß nicht, wie ich es beschreiben soll. Bei mir zu Hause ist es so, dass wir umso weniger über etwas reden, je wichtiger es ist. Aber diese Frau, sie sagt einfach alles. Sie kann über alles reden. Das schwierigste Thema auf der Welt, sie spuckt es einfach so aus. Es war irgendwie …«

Ich wartete und es dauerte unangenehm lange, bis ich erfuhr, wie es war.

»… aufwühlend«, sagte er schließlich.

Ich wollte gerade sagen, dass es mir leidtat, aber dazu kam ich nicht, denn seine folgenden Worte zerschlugen jeglichen Gedanken an eine Entschuldigung.

»Bringst du mich morgen wieder hin? Ich glaube nicht, dass ich den Weg alleine finde.«

»Sicher«, antwortete ich. »Ich bringe dich hin, wann immer du willst.«

Ich hatte Dutzende Fragen, stellte ihm aber keine einzige davon. Ich wollte das Glück nicht herausfordern.

KAPITEL 12

VERÄNDERUNGEN

Ungefähr zwei Wochen später, vielleicht auch drei, stieß ich nach meinem Morgenlauf mit den Hunden auf Connor, der mir auf seinem Weg zu Zoe Dinsmore entgegenkam.

Als er mich sah, blieb er stehen.

»Hey«, sagte er.

»Hey«, erwiderte ich.

Ich wollte ihm immer zahllose Fragen stellen. Worüber sie redeten. Ob es ihm half. Was es zu bedeuten hatte, dass er immer noch alleine zu ihr ging. Und ob es in dieser neuen Konstellation einen Platz für mich gab.

Ja, ich war eifersüchtig und fühlte mich ausgeschlossen, so ungern ich das zugab. Es war nicht schön, aber wahr.

»Geht es dir gut?«, fragte er mich.

Er fragte *mich*! Ob es *mir* gut ging.

Fast wäre ich mit der Wahrheit herausgeplatzt: Es machte mich fertig. Ich hatte das Gefühl, ich hätte ihm mein bestes Werkzeug gegeben, um mein eigenes Leben zu verstehen, und jetzt hätte ich es verloren, denn wie hätte ich von dieser Frau verlangen können, das Leben von zwei nervenden Jungen gleichzeitig in Ordnung zu bringen? Und ich konnte nicht ertragen, dass ich nicht wusste, wie es lief oder worüber sie redeten. Es war meine Sache gewesen, meine Idee. Und ich konnte nicht einmal hinterfragen, wie ich mich damit fühlte. Es machte mich verrückt. Vollkommen verrückt.

»Ja«, antwortete ich. »Ich glaube schon.«

Zu meiner Ehrenrettung muss ich sagen, dass ich meine Eifersuchtsprobleme für mich behielt. So ein guter Freund war ich wenigstens.

»Gut«, sagte er.

»Und bei dir?«

»Ich weiß nicht. Jedenfalls bin ich hier.«

Ich verstand nicht, ob er hier auf diesem Pfad durch den Wald meinte, wieder auf dem Weg zu Zoe Dinsmore. Oder ob er hier auf der Welt meinte. Ich fragte nicht nach.

»Weißt du was?«, fuhr ich fort.

»Was?«

»Ich finde, dass deine Oma ein bisschen so war wie sie. Sie hat immer gesagt, was ihr gerade in den Kopf kam. Sie hat mit ihrer Meinung nie hinterm Berg gehalten.«

»Oh ja«, erwiderte er. Er hatte es offenbar schon vergessen gehabt. »So war sie, oder?«

Connor hatte seine Oma innig geliebt, aber sie starb, als er sieben war. Vielleicht hatte die Tatsache, dass er keine Großeltern mehr hatte, bei meiner Entscheidung, ihn Mrs Dinsmore vorzustellen, eine Rolle gespielt. Obwohl mir die Ähnlichkeit mit seiner geliebten Oma da noch gar nicht in den Sinn gekommen war.

Ich wartete ab, ob er diese Verbindung herstellen konnte. Vielleicht würde er erkennen, dass er sich aus diesem Grund so gut mit ihr verstand. Doch ihm war nichts anzumerken und er schien nicht mehr über das Thema reden zu wollen.

Unsere Unterhaltung geriet ins Stocken. Connor trat unbehaglich von einem Fuß auf den anderen. Es war offensichtlich, dass er weitergehen wollte.

»Vielleicht komme ich später vorbei«, sagte ich.

»Ja, gut.«

Doch ich kam später nicht vorbei. Denn da sollte sich meine Welt bereits völlig verändert haben. Bald war der Gedanke an einen Besuch bei Connor das Letzte, was mir durch den Kopf ging.

* * *

Als ich nach Hause kam, war mein Vater da, obwohl es ein Wochentag war. Ein Arbeitstag. Das war also schon mal seltsam. Doch nicht so seltsam wie die Tatsache, dass meine Eltern miteinander redeten. Und noch dazu leise.

Sie saßen am Küchentisch, die Köpfe zusammengesteckt, als könnte jemand im Haus sie hören.

Ich bekam gerade mit, wie mein Vater etwas über eine ehrenhafte Entlassung sagte und wie diese jemanden für den Rest seines Lebens verfolgen könne. Ich hatte keine Ahnung, was er damit meinte.

Also, ich bin niemand, der viel über Energien, Auren und solche Dinge redet. Ich begegne Leuten einfach so, wie sie sind, ohne diese zusätzlichen Ebenen. Doch ich kann mich heute noch erinnern, dass in diesem Augenblick etwas Unsichtbares im Raum hing. Ich konnte es spüren. Und es überwältigte mich fast.

Sie blickten zu mir auf.

»Lucas«, sagte meine Mutter.

Ich wollte fragen, was los war. Was nicht stimmte. Doch ich blieb still. Und ich glaube, die Tatsache, dass ich nicht fragte, hatte mit Connor und Mrs Dinsmore zu tun. Ich hatte allmählich die Einstellung übernommen, dass mich eigentlich so gut wie nichts etwas anging. Ich hatte begonnen, meine Fragen für mich zu behalten.

»Ich gehe nach oben«, sagte ich nur.

»Warte«, rief mein Vater. Seine Stimme klang dröhnend und tief.

Ich blieb mitten in der Bewegung stehen.

»Bevor du hochgehst«, sagte meine Mutter, »müssen wir dir etwas sagen.«

Ich trat an den Tisch. Obwohl es nur ein paar Schritte waren, fühlte es sich an wie der Gang zum Galgen oder zur Guillotine. Jedenfalls zu meiner eigenen Hinrichtung.

Ich setzte mich hin.

»Was ist?«, fragte ich.

Meine Mutter sprach zuerst.

»Dein Bruder ist zu Hause.«

»Was?«, platzte es sofort aus mir heraus. »Wie? Wie kommt es, dass er zu Hause ist? Wie kann das sein?« Es klang, als würde ich es bestreiten, doch je mehr ich redete, umso aufgeregter wurde ich. Irgendwo im Hinterkopf fragte ich mich, warum meine Eltern nicht positiver gestimmt waren. »Er sollte doch noch gar nicht kommen, erst in …« Dann blieben meine Gedanken an einer wichtigen Frage hängen. Nicht die wichtigste – die hatte es noch nicht durch mein Gedankenwirrwarr geschafft. Aber trotzdem. »Moment«, sagte ich. »Habt ihr etwa davon gewusst?«

Meine Mutter senkte verlegen den Blick.

»Und ihr habt es mir nicht erzählt?«, brüllte ich und erhob meine Stimme, wie ich sie sonst nie gegen meine Mutter erhob.

Und von diesem Augenblick an konnte ich nie wieder behaupten, dass ich sie nie angebrüllt hätte. Alles änderte sich in diesem Augenblick.

»Erst seit ein paar Tagen«, erklärte sie. »Wir haben überlegt, wie wir es dir am besten mitteilen können.«

Mir blieb der Mund offen stehen. Ich hatte so viele Dinge zu sagen und hätte sie vielleicht auch gesagt. Zum Beispiel, dass es wirklich nicht so schwer sein könne. Sie hätte dieselben Worte benutzen können wie gerade eben vor einer Minute. »Dein Bruder ist zu Hause.« Ganz einfach.

Ich sagte jedoch nichts, denn plötzlich hatte sich die wichtigste Frage ihren Weg durch meine Gedanken gebahnt.

Ich stellte sie. Es ging nicht anders.

»Ist er verletzt?«

Eine Pause trat ein. Die Pause gefiel mir ganz und gar nicht. Auch wenn ich sie nicht als lang bezeichnen würde, war sie lang genug, um Neuigkeiten zu enthalten, die ich nicht hören wollte.

»Er ...«, begann meine Mutter, »... hat sich den Fuß verletzt.«

Meinem Vater platzte der Kragen und er brüllte meine Mutter an.

»Herrgott noch mal, Ellie, wie kannst du so was sagen? Warum beschönigst du die Situation? Sag dem Jungen einfach die Wahrheit. Er hat keinen ›verletzten Fuß‹.« Mit einer hohen, aufgesetzten Stimme äffte er sie nach und machte uns vor, wie eine dumme Frau seiner Ansicht nach klang. »Sein halber Fuß wurde weggeblasen.«

In meinen Ohren klingelte es, während ich die Nachricht verdaute und ihrem Streit zuhörte.

»Hör zu, ich lasse mir von dir nicht sagen, wie ich mit meinem Sohn zu reden habe! Ich habe diese zwei Jungen zu ordentlichen jungen Männern erzogen, und wo warst du? Du hast jede Minute gearbeitet!«

Mir fiel auf, dass fast jede entscheidende Entwicklung in meinem Leben diesen Soundtrack gehabt hatte. Fast jede

Familienneuigkeit hatte ich vor dieser plärrenden Kulisse aus Wut erfahren.

»Wenn sie so ordentliche junge Männer wären, hätte er das nicht getan.«

»Wage es ja nicht, Bart! Wage es nicht, so etwas zu sagen! Du hast keine Vorstellung davon, was er da drüben durchgemacht hat!«

»Und du auch nicht.«

»Aber du bist derjenige, der sich ein Urteil bildet, ohne die Umstände zu kennen.«

Die Lautstärke ihrer Stimmen schmerzte in meinen Ohren.

In meinen Gedanken, meiner privaten Fantasie, nahm ich hervorragend Stellung. Wörtlich und im übertragenen Sinn. Ich stand auf und während ich sie überragte, befahl ich ihnen, damit aufzuhören. Ein für alle Mal. *Hört mit der Streiterei auf!* In meinen Gedanken sagte ich ihnen, dass es mich fertigmachte. In einem Moment wie diesem, wenn ich eigentlich gerade meinen Bruder begrüßen sollte, war es eine Schande, hier zu sitzen und diesem Geschrei zuzuhören. Seit ich mich erinnern konnte, war es so und ich konnte es nicht mehr länger ertragen. Wussten sie überhaupt, wie sehr ihre Streiterei mir zusetzte?

In der realen Welt stand ich ebenfalls auf, genau wie in meiner Fantasie.

Doch anders als in meinen Gedanken verließ ich einfach das Zimmer.

In Wirklichkeit hätte ich sie nicht einmal niederbrüllen können. Sie hätten ihre Streiterei nicht lange genug unterbrochen, um mir ihre Aufmerksamkeit zu schenken.

Und außerdem hatte ich Wichtigeres zu tun.

Als ich die Treppe hochging, brüllten sie sich immer noch an.

»Es war verantwortungslos!« Mein Vater.

»Ich lasse dich nicht so über ihn reden! Er ist mein Sohn!«
Meine Mutter.

Ihre Stimmen wurden leiser, als ich die Treppe hochging. Es war nicht so, dass sie weniger laut brüllten, ich entfernte mich nur von der Lärmquelle.

»*Dein* Sohn? Nicht *unser* Sohn?«

»Nun, schiebst du sie nicht immer in solchen Situationen auf mich ab?«

Auf dem Treppenabsatz angelangt, starrte ich auf Roys Zimmertür. Sie war geschlossen. Als er weggewesen war, hatte sie immer offen gestanden.

Mit einem benommenen Gefühl im Kopf trat ich auf die Tür zu. Als würde ich träumen. War es vielleicht möglich, dass dies alles nur ein Traum war?

Ich wappnete mich und klopfte an.

»Wer ist da?«, klang es schwach durch die Tür.

»Ich bin's, Lucas.«

»Oh. Okay. Komm rein.«

Ich öffnete die Tür.

Das Erste, was ich sah, war sein Fuß. Er war natürlich bandagiert, sodass ich nicht direkt den Fuß sah. Aber ich bekam einen guten Blick auf die Stelle, an der er endete.

Mein Bruder lag im Bett, sein Fuß ragte unter der Decke hervor und war auf ein Kissen gelagert. Wahrscheinlich wäre selbst das Gewicht einer Decke auf dieser Wunde unerträglich gewesen.

Er hatte nicht den halben Fuß verloren, wie mein Vater gesagt hatte. Eher ein Drittel, ab dem Fußballen, vermutete ich, wo der große Zeh hätte sein sollen. An dieser Stelle war nichts. Nur Luft. Es erinnerte mich an Libbys Bruder Darren. Wieder dachte ich, dass der Anblick des Nichts schockierender sein konnte als alles andere. Auch die größte Wunde konnte nicht schlimmer sein als die völlige Abwesenheit eines Körperteils.

Er sah, dass ich es bemerkt hatte.

»Hey, Kumpel«, sagte er. Seine Stimme klang undeutlich.

»Landmine?«, fragte ich. Das war es bei Libbys Bruder gewesen.

»Gewehrschuss.«

Erst dann sah ich ihn direkt an. Und ich bekam einen zweiten großen Schreck.

Moment. Das ist nicht Roy, dachte ich. *Sie haben uns den falschen Bruder geschickt.*

Ich meine, seine Gesichtszüge waren vertraut. Und seine Haare hatten den richtigen Farbton, ein dunkles Rotblond, auch wenn sie jetzt viel kürzer waren als je zuvor. Es war nicht so, als wäre er ein völlig anderer gewesen. Aber er war auch nicht ganz der Roy, den ich kannte.

Es kam mir so vor, als begegnete ich jemandem auf der Straße, den ich vage für Roy hielt, und ich würde auf dieses Vertrautheitsgefühl warten, das aber nicht einsetzte.

Wahrscheinlich würde es sich mit der Zeit einstellen, doch das Problem war, dass ich nicht wusste, wie lange das dauern konnte. In diesem Augenblick dachte ich an fünfzehn bis zwanzig Minuten, doch wie sich herausstellte, dauerte es eher fünfzehn bis zwanzig Jahre. Doch ich will nicht vom Thema abschweifen.

»Setz dich«, sagte er. Jetzt klang seine Stimme wirklich wie seine, aber alle Lebendigkeit schien ihr entwichen zu sein.

Ich zog einen Stuhl heran.

Das Licht im Zimmer war trüb. Seltsam trüb, wie bei Connor zu Hause. Die Vorhänge waren vollständig zugezogen. Als könnte er trotzdem hinausblicken, starrte er Richtung Fenster. Es kam mir merkwürdig vor.

»Du hast dich so verändert«, sagte ich.

»Das muss an meinen Haaren liegen.«

Er hob eine Hand, um über sein kurz geschorenes Haar zu streichen, hätte es aber beinahe verfehlt. Er musste seine Bewegung leicht korrigieren, um die Hand an seinen Kopf zu führen.

Ich hörte immer noch die Streiterei unserer Eltern im Erdgeschoss, aber wenigstens konnte man die einzelnen Worte nicht verstehen.

Ich dachte an meinen letzten Brief. Diesen peinlichen, schmalzigen Brief. Wie lange war es her, dass ich ihn abgeschickt hatte? Mindestens drei Wochen, vielleicht einen Monat. Ich hatte keine Ahnung, ob er ihn bekommen hatte. Beim Militär konnte man das unmöglich wissen. Manchmal dauerte es zwei Wochen, manchmal zwei Monate. Ein Brief meiner Mutter an ihn war nie angekommen, soweit wir wussten.

Insgeheim hoffte ich, dass er den Brief nicht gelesen hatte.

Als ich dort bei ihm saß und ihm direkt ins Gesicht blickte, konnte ich mir gar nicht mehr vorstellen, dass ich diese Sachen wirklich geschrieben hatte. Traurig, aber wahr. Es fühlte sich einfach zu persönlich an, als könnte die Aufrichtigkeit meiner Worte mich offenlegen und eine Seite von mir entblößen, die in der Welt dort draußen vielleicht nicht überleben würde. Es war alles einfach zu wichtig.

Und trotzdem musste ich es wissen.

»Ich habe dir einen Brief geschickt«, sagte ich. »Nach der Antwort auf deinen letzten Brief. Es war nur eine zusätzliche, kurze Nachricht. Aber wahrscheinlich bekommst du den Brief jetzt nicht mehr. Das ist aber okay, weil ...«

»Ich habe ihn bekommen«, unterbrach er mich.

Daraufhin schwiegen wir. Die Stille hielt eine ganze Minute oder länger an, und ich spürte, wie mein Gesicht immer röter wurde.

»Was glaubst du, warum alles so gelaufen ist?«, fragte er.

»Ich verstehe nicht, was du meinst. Ich weiß nicht, warum alles so gelaufen ist.«

»Oh.«

Weitere Stille.

»Was wolltest du mir erzählen?«, fragte ich ihn, um schnell das Thema zu wechseln. »In diesem letzten Brief? Du hast geschrieben, du hättest etwas gesehen, aber der Text war geschwärzt.«

»Nein.« Seine Stimme klang zum ersten Mal kräftig, fast wie früher. »Nein, das brauchst du nicht zu wissen. Sobald ich den Brief abgeschickt hatte, habe ich es bereut und hätte alles getan, um ihn zurückzunehmen. Ich war so erleichtert, als ich erfuhr, dass du ihn nicht lesen konntest. Ich hätte dir das nicht aufdrücken sollen. Wenn du so eine Sache erst einmal im Kopf hast, wirst du sie nie wieder los. Nie wieder.«

Er verstummte. Und plötzlich, zu meinem Entsetzen, begann er zu weinen, sogar laut zu schluchzen. Roy war fünf Jahre älter als ich und soweit ich mich erinnern konnte, hatte ich ihn noch nie weinen gesehen.

»Ich wollte nur zu dir nach Hause«, sagte er. »Als ich diesen Brief las. Aber ich wollte die Jungs nicht im Stich lassen. Es macht mich immer noch fix und fertig, dass ich die Jungs im Stich gelassen habe.«

Ich hatte keine Ahnung, wovon er redete.

»Oh verdammt«, sagte er. »Tut mir leid. Ich bin so was von vollgepumpt mit Schmerzmitteln. Das Morphium steht mir bis zum Hals.«

Er wurde still. Ich wartete, bis seine Schluchzer nachließen. Es war ein langes, langsames, schmerzhaftes Warten.

Die Gewissheit, dass er unter starken Medikamenten stand, erleichterte mich ein wenig, denn sonst hätte mir sein Verhalten Angst eingejagt. Die große Menge Morphium erklärte einiges. Er hatte quasi eine große Dosis Wahrheitsserum erhalten. Wenn die Wirkung nachließ, würde er wieder zu sich kommen und mehr er selbst sein.

»Ich sollte wohl besser ein bisschen schlafen«, sagte er.

»Sicher. Ich lasse dich in Ruhe. Wir haben später noch viel Zeit zum Reden.«

Ich verließ sein Zimmer.

Mein Vater war inzwischen wahrscheinlich zur Arbeit gegangen, jedenfalls war er nicht mehr da. Ich hörte das Knirschen der Reifen seines Autos auf dem Kies in der Einfahrt. Doch dass er zur Arbeit fuhr, war nur eine Vermutung.

Ich hatte Hunger, wollte aber nicht in die Küche gehen, wo sich meine Mutter immer noch aufhielt. Ich befürchtete, sie würde mir mehr erzählen. Und ich war mir sicher, dass ich noch nicht bereit war, mehr zu erfahren.

* * *

Ich schaffte es, bis zu meinem nächsten Lauf in den Wald etwa zwei Stunden zu warten – vor allem, um nicht Connors Gespräch mit Mrs Dinsmore zu unterbrechen. Nur völlig fernbleiben konnte ich nicht.

Als die Hunde auf mich zugerannt kamen, war ich so überglücklich, dass mir die Tränen kamen. Nun, wahrscheinlich war es nicht nur wegen der Hunde. Es gab einiges, was diese Tränen in mir auslösen konnte. Die Hunde waren eher die Zündschnur an der Kanone. Doch es fiel mir auf, dass sie die einzigen … na ja, ich hätte beinahe »Leute« gesagt, aber das waren sie natürlich nicht. Sie waren die einzigen Wesen in meinem Leben, die mich bedingungslos liebten und das offen zeigten.

Und wenn es eine Sache gab, die ich damals nicht ausstehen konnte, dann, dass Leute mich weinen sahen. Hunde waren davon ausgenommen. Das war noch so eine tolle Sache an Hunden.

Ich dachte, ich könnte die Tränen einfach beiseiteschieben, kämpfte aber auch dann noch mit ihnen, als ich auf die Veranda trat. Ich nahm an, ich würde diesen Kampf wie üblich gewinnen. Doch an diesem Tag rangen die Tränen mich nieder. Sie hielten mich fest und nahmen mich in den Schwitzkasten, sodass ich nicht entkommen konnte. Dieses Mal würde ich meine Freiheit erst zurückbekommen, wenn die Tränen sie mir gewährten, keinen Augenblick früher.

Ich setzte mich mit den Hunden auf die Veranda und schluchzte in Rembrandts kurzes, silbergraues Fell. Jedes Mal, wenn ich den Kopf hob, wollte Vermeer mir die Tränen vom Gesicht lecken.

Ich schrak auf, als ich hinter mir eine Stimme hörte.

»Das kann nichts Gutes bedeuten. Du kommst nie ein zweites Mal her, außer es ist etwas Schlimmes passiert.«

Ich gab keine Antwort.

Sie kam zu mir und setzte sich neben mich. Ich ließ mein Gesicht im Fell des Hundes vergraben, damit sie nicht sah, dass ich weinte. Doch dann brach ein kleiner Schluchzer, wie ein Schluckauf, durch meine Mauern.

»Oje«, sagte sie mit ihrer rauen Stimme. »Du erzählst mir besser, was dir auf dem Herzen liegt.«

Ich hob den Kopf. Die Schluchzer hatten aufgehört.

Sie trug eine Jeans und ein zu großes blaues Arbeitshemd mit bis zu den Ellenbogen hochgerollten Ärmeln. Die Haare hingen ihr lang und glatt über die Schultern. Ich bemerkte, dass sie vor langer Zeit eine schöne Frau gewesen sein musste, bevor sie beschlossen hatte, das nicht mehr zu sein und auch sonst für niemanden mehr irgendetwas zu sein.

»Spuck's schon aus«, sagte sie.

»Es ist zu viel.«

»Was ist zu viel?«

»Für Sie, meine ich. Zuerst ich, und dann Connor. Wir beide brauchen Sie und beanspruchen Ihre Zeit. Das muss zu viel sein, oder?«

Ich blickte auf den Wald, als ich die Frage stellte, und hörte sie seufzen.

»Na ja, es ist eine Menge«, sagte sie. »Aber ich kenne nicht die magische Grenze, ab wann es zu viel ist.«

Wir schwiegen einen Augenblick und Vermeer leckte mir immer noch übers Gesicht.

»Jetzt verstehst du, warum ich Hunde habe«, sagte sie.

»Ja. Sie helfen. Ich wünschte, ich hätte einen.« Eine weitere unbehagliche Stille. »Ich habe Sie noch gar nicht nach der Rasse der Hunde gefragt.«

»Weimaraner und Dänische Dogge.«

»Oh. Das erklärt einiges. Deshalb sind sie so groß.« Ich verstummte, dann sagte ich blitzschnell: »Mein Bruder ist aus dem Krieg zurückgekommen.«

Sie gab mir Zeit, mehr zu sagen, aber ich machte davon keinen Gebrauch.

»Und offensichtlich«, sagte sie, »gibt es einen Grund, warum das kein so glückliches Ereignis ist, wie es eigentlich sein sollte. Wie schwer wurde er verletzt?«

»Er hat die Hälfte seines Fußes verloren. Oder zumindest ein Drittel.«

»Landmine?«

»Nein. Er sagt, es sei ein Schuss gewesen.«

»Ja. Das ergibt mehr Sinn. Bei einer Landmine wäre der ganze Fuß weg. Also, hör zu. Es ist traurig, ich weiß. Das bestreite ich gar nicht. Aber es könnte sich herausstellen, dass dies nur ein geringer Preis ist, der zu bezahlen war. Du hast deinen Bruder zurückbekommen. Wäre er dortgeblieben, hätte es durchaus sein können, dass er überhaupt nicht mehr lebendig nach Hause gekommen wäre.«

Ich antwortete nicht. Ich starrte in den Wald und dachte, dass ich sie mit meinen restlichen Problemen nicht behelligen würde. Wie viele fremde Sorgen konnte sich eine einzige Frau anhören?

»Da ist noch mehr«, sagte sie. »Habe ich recht? Es steht dir ins Gesicht geschrieben.«

»Ich verstehe nur nicht, warum meine Eltern so verstimmt sind. Sie benehmen sich, als wäre es seine Schuld oder so.«

»Hm.«

Wir schwiegen eine ganze Weile. Ich hatte das Gefühl, dass ihr einiges auf der Zunge lag, sie sich aber noch nicht entschieden hatte, ob sie es aussprechen wollte.

»Mein Ex hatte Waffen«, sagte sie nach einer Weile. »Ich bin selbst kein Fan davon. Er hatte ein Jagdgewehr und eine Pistole zum Selbstschutz. So nannte er es jedenfalls, aber mir kam es immer so vor, als bedeutete eine Waffe im Haus eher das Gegenteil, nämlich Gefahr. Hier ist ein Paradebeispiel: Eines Tages reinigte er seine Pistole. Er hatte gedacht, er hätte alle Patronen rausgenommen, doch er hatte eine im Patronenlager vergessen und schoss sich in den Fuß. Bis heute hat er eine starke Gehbehinderung und humpelt beim Laufen. Allerdings habe ich ihn schon eine Weile nicht mehr gesehen.«

Ich wartete ab. Ob sie mir erklären würde, was das mit meiner Situation zu tun hatte? Es schien ein seltsamer Zufall zu sein, dass wir beide jemanden kannten, der einen Schuss in den Fuß bekommen hatte. Vielleicht hatte sie es mir nur deshalb erzählt.

»Du fragst dich vielleicht, warum ich dir das erzähle.« Sie hielt inne und ich merkte, dass sich etwas Großes anbahnte. Und ich hätte es lieber vermieden. »Es ist ziemlich schwierig, jemandem aus einiger Entfernung in den Fuß zu schießen. Es ist viel wahrscheinlicher, dass der Schuss den Bereich zwischen den Beinen und dem Kopf trifft. Für diese Fußverletzung müsste die Waffe direkt über den Fuß gehalten worden sein. Ich kann das natürlich nicht mit völliger Sicherheit sagen. Ich bin nie in einer Kampfsituation gewesen und ich nehme an, dass seltsame Dinge passieren können. Ich rede hier nur über Wahrscheinlichkeiten. Verstehst du, was ich sage?«

»Ja, Ma'am.«

Ich spürte in diesem Moment eigentlich gar nichts. Mein Kopf schien mit Watte ausgestopft zu sein. Mein Magen fühlte sich an wie mit Beton gefüllt. Mein Mund war schmerzhaft trocken.

»Aber du bist noch nicht so weit, um darüber nachzudenken.«

»Nein, Ma'am.«

»Gut. Dann bringe ich das Thema nicht wieder auf.«

Wir blieben noch eine Weile sitzen. Dann hatte sie wahrscheinlich genug davon, denn sie sagte: »Nun, falls es nichts mehr gibt …«

»Ich muss Sie noch etwas fragen.«

»Okay …«, sagte sie skeptisch.

»Ich habe bisher nicht nach Connor gefragt, weil es mich wahrscheinlich nichts angeht, worüber er mit Ihnen spricht. Aber ich möchte nur wissen, ob er Ihnen diese Sache erzählt hat, denn es geht sozusagen um Leben oder Tod. Hat er Ihnen erzählt, dass die Waffe seines Vaters verschwunden ist? Und dass seine Mutter denkt, er hätte sie genommen?«

»Ja. Er hat mir erzählt, dass er sie nicht genommen hat.«

»Oh. Okay. Gut.«

»Hast du gedacht, er hätte sie genommen?«

»Ich weiß nicht mehr, was ich denken soll«, antwortete ich.

Und bei diesen Worten spürte ich, wie müde ich war. Müde bis auf die Knochen. Als wäre eine Welle über mir zusammengeschlagen und hätte mich mitgerissen.

Dann brachen Worte aus mir heraus, mit denen ich nicht gerechnet hätte.

»Nehmen Sie noch Drogen?«, fragte ich sie unvermittelt.

»Wie bitte?«

»Ich habe gehört, sie hätten viel getrunken und eine Menge Drogen genommen. Sie seien ziemlich weggetreten in der Stadt aufgetaucht und dann hätten sich Leute, die zuvor auf Ihrer Seite standen, von Ihnen abgewendet. Aber ich habe Sie nie so erlebt, also dachte ich, es würde vielleicht nicht stimmen. Wahrscheinlich hoffte ich das.«

»Du hast mich im Koma gesehen, von einer Überdosis Schmerzmittel.«

»Oh«, sagte ich. »Stimmt. Jetzt komme ich mir ein bisschen dumm vor.«

Eine ganze Weile sagte sie nichts und ich spürte, dass sie sich auf etwas vorbereitete. Vielleicht wollte sie mit mir darüber reden, vielleicht wollte sie auch nur in ihre Blockhütte zurückgehen. Oder vielleicht hatte sie sich selbst noch nicht entschieden.

»Nach dem Vorfall«, sagte sie schließlich, »habe ich viel getrunken und Drogen genommen. Und ja … es wurde ziemlich schlimm.« Sie sprach ungewöhnlich leise, als sei ihr die Energie ausgegangen. »Dann hörte ich auf zu trinken und wurde clean. Ich ging zu Treffen und so weiter. Jahrelang – über zehn Jahre. Dann musste ich Schmerzmittel nehmen wegen meiner alten Rückenverletzung von dem Unfall. Und irgendwann habe ich zu viel genommen. Und dann hast du mich gefunden.«

»Sie könnten doch wieder zu den Treffen gehen.«

»Vielleicht«, antwortete sie. »Ich bin noch unentschlossen. Ich weiß nicht, ob es überhaupt Sinn hat. Wenn du mich jetzt entschuldigen würdest … das war mehr, als ich sonst jemals erzähle, selbst Leuten, die ich schon ewig kenne. Und ich glaube, es ist mehr als genug für einen Tag.«

Sie stand steif auf, als würde ihr Rücken schmerzen. Sie ging in ihre Blockhütte zurück, zog die Tür hinter sich zu und schloss ab.

Ich blieb noch eine Weile sitzen und streichelte und umarmte die Hunde. Aber früher oder später musste ich nach Hause zurück.

Kapitel 13

Stoff

Ausgerechnet Connor war der Erste, der meinen Bruder besuchen kam. Und ich hatte ihm nicht mal erzählt, dass Roy wieder zu Hause war.

Er tauchte morgens nach dem Frühstück auf. Ich war zu Hause, weil ich zum ersten Mal seit Beginn meines Lauftrainings keine Lust darauf hatte. Ich konnte mich einfach nicht zum Laufen überwinden.

Als ich das Klopfen hörte, aber meine Mutter nicht wie üblich an die Tür ging, lief ich nach unten, um zu öffnen, und dort war er. Ich war überrascht, und das zeichnete sich wahrscheinlich auf meinem Gesicht ab.

Beinahe hätte ich gefragt: »Was machst du hier?«, aber ich konnte mich gerade noch zurückhalten. Das wäre wirklich sehr unhöflich rübergekommen.

»Tut mir leid, dass ich gestern nicht mehr vorbeigekommen bin«, sagte ich stattdessen.

»Na ja, ich habe mich schon gefragt, was los ist«, erwiderte er. »Aber dann habe ich gehört, dass Roy zurück ist.«

Typisch Kleinstadt!

»Willst du reinkommen?«

»Ja«, sagte er. »Es wäre schön, ihn zu sehen.«

Erst da verstand ich, dass er wegen Roy hier war und nicht wegen mir. Es war kein Problem, aber es überraschte mich. Jetzt im Nachhinein weiß ich nicht, warum ich so überrascht war. Nach all der Zeit, die er über die Jahre bei mir zu Hause verbracht hatte, kannte er natürlich meinen Bruder, und ihm lag etwas an ihm. Aber irgendwie war ich so sehr davon beansprucht gewesen, was Roy *mir* bedeutete, dass ich niemanden sonst einbezogen hatte.

Erst auf der Treppe sagte ich: »Ich bin mir nicht sicher, ob er wach ist.« Mit der Bemerkung hatte ich absichtlich gewartet, bis Connor im Haus war, denn ich wollte nicht, dass er wieder ging. Falls wir warten mussten, wollte ich mit ihm zusammen warten. Ich wollte mit ihm sprechen. Das letzte Mal schien eine Ewigkeit her zu sein.

Ich wollte hören, ob mit ihm alles in Ordnung war.

Es schien mir ein gutes Zeichen zu sein, dass ich ihn in letzter Zeit so oft draußen getroffen hatte, aber ich wollte es direkt von ihm hören.

Ich klopfte an Roys Zimmertür.

»Oh, Gott sei Dank!«, hörte ich Roy von innen.

Ich hatte keine Ahnung, was er meinte. Aber zumindest war er wach.

Ich öffnete die Tür.

»Oh, du bist's«, sagte er. Er klang enttäuscht.

»Ja, ich bin's«, erwiderte ich und ließ mir nicht anmerken, wie gekränkt ich war. »Connor ist hier, darf er reinkommen?«

Wir traten ein, ohne wirklich auf eine Antwort zu warten.

Ich zog einen Stuhl heran und Connor setzte sich vorsichtig auf das Bettende.

»Ich dachte, es sei Mom mit meinen Schmerzmitteln.«

»Nein«, erwiderte ich. »Es sind nur wir.«

»Wo ist Mom?«

»Keine Ahnung. Sie ist vielleicht nicht hier, normalerweise geht sie an die Tür, wenn sie da ist.«

»Tu mir einen Gefallen, Kumpel.«

Meine Augen hatten sich langsam an das trübe Licht gewöhnt und ich bemerkte, wie verschwitzt er war. Als hätte er Fieber, was mich beunruhigte.

»Was für einen?«

»Mom hat meine Schmerzmittel unten im Badezimmer. Es ist ein bisschen bescheuert, wenn du mich fragst. Geh runter und hol sie für mich, okay?«

»Ja«, sagte ich. »Okay.«

Ich ließ Connor mit Roy allein, damit sie sich unterhalten konnten, und rannte die Treppe hinunter. Ich rief dreimal nach meiner Mutter und erhielt keine Antwort, also ging ich ins Badezimmer und nahm aus dem Arzneischrank das Tablettenfläschchen, auf dem Roys Name stand.

Ich muss zugeben, dass ein leichter Zweifel an mir nagte, vielleicht auch Furcht. Oder beides. Denn meine Mutter war vielleicht vieles, aber dumm war sie nicht.

Andererseits war es mir unmöglich, Roy ins Gesicht zu sehen und ihm einen Gefallen zu verweigern.

Ich ging mit den Tabletten zurück in sein Zimmer.

Connor und Roy hatten miteinander geredet, aber so leise, dass ich nichts hörte. Roy hielt inne, als er mich sah, und griff nach den Tabletten.

»Ich habe das Wasser vergessen«, sagte ich.

»Ich brauche kein Wasser.«

»Wie kannst du Tabletten ohne Wasser schlucken?«

»Ich mache das ständig«, sagte er. »Hab ich drüben gelernt.«

Ich beobachtete, wie er sich zwei Tabletten in die Handfläche schüttete. Beinahe hätte ich etwas gesagt. Ich hatte auf dem Weg das Etikett gelesen, auf dem sehr deutlich stand: »Eine Tablette alle vier Stunden, je nach Bedarf«. Doch ich sagte nichts, weil es Roy war. Wie hätte ich ihm vorschreiben können, was er zu tun hatte?

Er warf sich die Tabletten in den Mund und zerkaute sie.

»Du zerkaust sie?«, fragte ich.

»So wirken sie schneller.«

»Schmecken Sie denn nicht furchtbar?«

»Doch, ziemlich übel.«

Ich holte aus dem Badezimmer ein Glas Wasser für ihn, damit er den schlechten Geschmack wegspülen konnte. Roy hatte sein eigenes Badezimmer, ich musste das im Flur benutzen. Wahrscheinlich einer der Vorteile, der Ältere zu sein.

»Danke«, sagte er, als ich ihm das Glas reichte.

Wieder bemerkte ich, wie sehr er schwitzte.

»Soll ich vielleicht ein Fenster öffnen?«

»Nein!«, rief er plötzlich laut. »Mir ist eiskalt.«

In diesem Augenblick begann ich mich zu sorgen, dass er krank sein könnte. Ich saß in seiner Nähe auf der Bettkante und beobachtete ihn. Er schien ein wenig zu zittern. Ich wollte meine Hand auf seine Stirn legen, wie es unsere Mutter immer getan hatte, wenn sie dachte, wir hätten vielleicht Fieber, konnte mich aber nicht dazu durchringen.

Also beobachtete ich ihn nur und hörte zu, wie er mit Connor mehr oder weniger über nichts redete. Über Connors Schule und seine Familie. Ich bemerkte, dass Connor sein Leben während Roys Abwesenheit in den rosigsten Farben schilderte. Aber andererseits, machte es etwas aus? Es war nur Small Talk und wir alle drei wussten das.

Nach einer Weile sah ich, dass Roys Zittern abnahm, also hing das Schwitzen und Zittern wohl eher mit den Schmerzen zusammen und war kein Anzeichen einer Krankheit. Ich spürte, wie sich meine Schultern lockerten, und es schockierte mich ein wenig, wie sehr ich jeden Muskel in meinem Körper angespannt hatte. Ganz bewusst bemühte ich mich, alle Glieder lockerzulassen.

Nach ein paar Minuten wurden Roys Worte undeutlicher und er lallte etwas, als er Connor Fragen stellte. Und trotzdem griff er wieder nach den Tabletten. Ich hatte sie auf seinem Nachttisch liegen gelassen und nicht bedacht, dass sich das als Fehler herausstellen könnte. Sobald er unter dem Einfluss der Medikamente stand, merkte er vielleicht nicht, dass er zu viele nahm. Vielleicht hatte meine Mutter die Tabletten aus diesem Grund unten im Badezimmer aufbewahrt.

Ich schnappte das Tablettenfläschchen, bevor er es erreichen konnte.

»Ich glaube, du solltest damit noch etwas warten«, sagte ich.

Ich stand auf und nahm die Tabletten mit in sein Badezimmer, wo ich sie in den Medizinschrank stellte. Als ich zurückkam, sprach Connor mit Roy, obwohl Roy zweifellos gerade wegdämmerte.

Connor hielt inne, um zu sehen, ob seine Worte Roy erreichten. Als Roy anscheinend eingeschlafen war, stand Connor vom Bett auf.

»Ich sollte jetzt gehen«, sagte er.

»Nein, bleib noch«, sagte ich. »Bleib hier und rede mit mir. Wir haben schon lange nicht mehr miteinander geredet.«

»Nee, vielleicht später. Ich war noch nicht bei Zoe.«

Ich gebe es nur ungern zu, aber ich fühlte mich getroffen. Zum einen, weil es ihm nicht wichtig zu sein schien, mit mir zu reden, und zum anderen, weil ich selbst mit Zoe Dinsmore nicht per Du war. Es machte mich ein wenig eifersüchtig. Plötzlich stand Connor ihr näher, als ich ihr jemals gewesen war.

Als ich ihn zur Tür brachte, behielt ich meine Gefühle für mich. Das Übliche eben. So wie wir es immer taten.

»Vielleicht komme ich später vorbei«, sagte er, doch es klang nicht so, als meinte er es auch. So wie er es sagte, rechnete ich nicht damit.

»Okay. Meinetwegen.«

Das war meine Art, auszudrücken, dass ich aufgebracht war.

Ich schloss die Tür hinter ihm und als ich mich umdrehte, sah ich meine Mutter in der Küchentür stehen, die Hände in die Hüften gestemmt. Ich merkte, dass sie wütend war, aber in diesem Augenblick hätte ich wirklich nicht erraten können, warum.

»Okay, wo sind sie?«, fragte sie.

»Wo ist was?«

»Roys Schmerztabletten. Ich weiß, dass er nicht die Treppe runtergegangen sein kann, um sie sich selbst zu holen.«

»Er hat mich danach gefragt und ...«

»Tu das *nie* wieder!«, brüllte sie so laut und schrill, dass ich zusammenzuckte.

»Er hat gesagt, er bräuchte sie.«

»Es war zu früh! Du darfst sie nicht irgendwo hinstellen, wo er an sie herankommen kann. Versprich mir, das nie wieder zu tun. Wo sind sie?«

»Im Medizinschrank in seinem Badezimmer.«

Sie seufzte laut und stieg die Treppe nach oben. Sie hatte meine Antwort nicht einmal abgewartet und mir das Versprechen einfach abgezwungen. Was sollte ich tun, wenn er mich wieder nach den Tabletten fragen würde?

Mir blieb wohl keine andere Wahl, als zu lügen und ihm zu sagen, unsere Mutter habe sie versteckt und ich wisse auch nicht, wo die Tabletten seien. Oder vielleicht hatte ich Glück und ich würde es wirklich nicht wissen.

»Ich mache mir Sorgen, dass er krank sein könnte«, rief ich ihr hinterher.

»Er ist nicht krank«, erwiderte sie.

Ich blieb einen Augenblick stehen.

Schließlich ging ich zur Treppe und sie kam mir entgegen. Sie sagte kein Wort.

Als ich meine Zimmertür hinter mir schloss, hörte ich, wie die Küchentür zugeschlagen wurde, dann den Motor ihres Autos in der Einfahrt. Sie fuhr weg, ohne mir zu sagen, wohin. Und sie hatte mir nicht einmal ein »Tschüss« zugerufen.

* * *

Roys zweiter Besucher kam etwa drei Stunden später mit dem Taxi an. Ich sah gerade aus dem Fenster, als das gelbe Auto vor dem Haus anhielt. Es war ein Ereignis, ein Taxi in diesem kleinen Ort zu sehen. Wir hatten keinen Taxidienst in Ashby, jemand musste ein Taxi aus Blaine bestellt haben.

Der Fahrer sprang heraus und ging um den Wagen herum zur Hintertür. So, wie ein Gentleman einer Dame die Tür öffnen würde. Doch auf dem Rücksitz saß keine Dame, sondern Darren Weller.

Er reichte dem Fahrer seine Krücken, dann bewegte er sich vorsichtig aus dem Sitz und stellte den Fuß seines gesunden Beins auf den Gehweg. Der Fahrer hielt ihm eine Hand hin, um ihm aufzuhelfen, dann reichte er ihm die Krücken, erst die eine, dann die andere, bis Darren sicher stehen konnte.

Darren gab dem Fahrer einen Geldschein und ging langsam, offensichtlich unter Schmerzen, auf unser Haus zu.

Er sah anders aus als beim letzten Mal. Sein Haar war glatt nach hinten gegelt und er trug eine ordentlich gebügelte

Kakihose, dazu ein langärmeliges, weißes Hemd. Der überflüssige Teil seines Hosenbeins war zusammengefaltet hochgesteckt worden.

Ich war mir ziemlich sicher, dass meine Mutter nicht zu Hause war, also ging ich nach unten, um ihn hereinzulassen. Ich respektierte ihn zu sehr, um ihm nicht die Tür zu öffnen, doch ehrlich gesagt, fürchtete ich mich nun auch vor ihm. Beziehungsweise immer noch. Aber jetzt noch mehr, weil ich dachte, er könne mir wegen der Geschichte mit seiner Schwester vielleicht eine verpassen.

Ich öffnete die Tür. Ein paar Sekunden sahen wir uns an, obwohl es mir viel länger vorkam. Er sah nicht wütend aus. Wenn überhaupt, wirkte er eher traurig.

»Empfängt er Besuch?«

»Er ist wegen der Schmerzmittel vielleicht nicht ganz bei sich.« Weitere unangenehme Sekunden verstrichen. »Oh«, sagte ich. »Sorry, komm rein.«

Auf seinen Krücken manövrierte er sich vorsichtig ins Haus. Seiner Miene konnte man ablesen, wie sehr ihn die Bewegung schmerzte. Jedes Mal, wenn er sein Gewicht auf die Krücken stützte, zuckte er zusammen. Ich musste daran denken, was Libby mir über die Granatsplitter in seinem Brustkorb erzählt hatte.

»Vielleicht könntest du hochgehen und nachsehen, wie es aussieht«, sagte er. Er blickte zur Treppe, als sei das obere Stockwerk der Gipfel eines schier unerklimmbaren Berges.

»Sicher«, sagte ich. »Kein Problem.« Doch dann zögerte ich. »Bist du wütend auf mich?«, fragte ich ihn.

Er sah mich völlig verständnislos an.

»Warum das?«

Das war also offensichtlich ein gutes Zeichen.

»Diese Sache zwischen mir und deiner Schwester hat nicht gerade gut geendet.«

»Ach was«, sagte er. »Ich weiß, wie sehr sie einem auf den Geist gehen kann. Niemand weiß das besser als ich.«

* * *

Die Logistik war ziemlich verzwickt, aber schließlich fanden wir eine Lösung: Roy kam die Treppe herunter. Ich ging langsam und vorsichtig zwei Schritte vor ihm, während er eine Hand auf das Geländer und die andere auf meine Schulter gestützt hielt.

Als wir am Fuß der Treppe angekommen waren, schwang sich Darren auf seinen Krücken zu uns und zog meinen Bruder in eine stürmische Umarmung. Eine richtige Umarmung, nicht das übliche Schulterklopfen unter Männern. Ich hörte sie miteinander flüstern, es klang beinahe ehrfurchtsvoll, ich verstand kein Wort.

Dann klatschte Darren Roy zweimal leicht auf den Rücken und sie lösten sich voneinander.

»Hey, Kumpel«, wandte sich Roy an mich. »Geh hoch und bring mir meine Krücken, okay?«

Ich tat, worum er mich bat, und sah, wie mein Bruder und der Bruder meiner Ex-Freundin sich langsam in das Arbeitszimmer meines Vaters zurückzogen.

Ich wäre ihnen gern gefolgt, aber ich tat es nicht. Zu gern wäre ich wie ein autorisierter Mitarbeiter – bildlich gesprochen – einfach durch die Tür mit der Aufschrift »Zutritt nur für Personal« gegangen. Aber dazu war ich nicht befugt.

Man musste einen Krieg überlebt haben. Erlebt haben, wie man auseinanderbrach, körperlich und vielleicht auch im übertragenen Sinn.

Man musste Dinge wissen, die ich unmöglich wissen konnte.

* * *

Darren kam etwa eineinhalb Stunden später wieder aus dem Zimmer. Allein. Ich versuchte, nicht daran zu denken, was Roy ihm vielleicht alles erzählt hatte und wie sehr ich es wissen wollte. Zumindest dachte ich das. Manchmal ist man sich nicht sicher, bis es zu spät ist.

Er kam auf seinen Krücken langsam zu mir herüber. Die Bewegung hatte ihn offensichtlich ermüdet. Er tat etwas, was er noch nie gemacht hatte: Er legte eine Hand auf meine Schulter.

»Wo ist Roy?«, fragte ich.

»Auf der Couch im Arbeitszimmer. Er fühlt sich der Treppe nicht gewachsen. Wenn dein Vater nach Hause kommt, könnt ihr ihm zusammen hochhelfen.«

»Okay.«

Falls er wieder nach Hause kam. In jenen Tagen wusste man das nie so genau.

»Kannst du mir einen Gefallen tun, Lucas?«

»Sicher«, sagte ich.

Er führte mich ein Stück von der Tür weg, beugte sich vor, als wollte er etwas Wichtiges sagen, doch dann zögerte er.

»Warte«, sagte er. »Lass mich zuerst ein Taxi rufen.«

Mit pochendem Herzen saß ich auf der Wohnzimmercouch und spielte nervös mit meinen Fingern, während ich wartete.

Wenig später ließ er sich neben mir auf der Couch nieder und stieß dabei einen seltsamen Laut aus, eine Mischung aus einem Seufzen und einem Grunzen. Es erinnerte mich an meine Großmutter kurz vor ihrem Tod – an das Geräusch, das sie jedes Mal machte, wenn sie sich setzte. Aber Darren war erst zwanzig.

»Du musst etwas tun, um deinem Bruder zu helfen«, sagte er mit leiser, eindringlicher Stimme.

»Ich würde alles für ihn tun. Aber was?«

»Finde heraus, wo es hier Meetings gibt. In der Stadt. Oder in Blaine. Wo auch immer. Wenn es nur AA-Meetings gibt, wird es ausreichen, aber wenn es dir möglich ist, versuche, ein NA-Meeting zu finden. Ein offenes Meeting, so nennen sie das. Denn da kannst du mitgehen. Und dann bring ihn hin und setz dich mit ihm in das Meeting, damit er nicht vor dem Ende abhaut. Also muss er zumindest so tun, als ob er zuhört. Und falls er sagt, dass er statt zu den Meetings zur Drogenberatung der Armee gehen will, lass es nicht zu. Was die Verletzung betrifft, habt ihr keine Wahl, darum kümmert sich die Armee. Aber er darf ihnen nicht sein Herz und seine Seele anvertrauen. Was soll das bringen, die haben doch ihre eigenen Seelen noch nicht geheilt!«

Ich hörte, wie das Blut in meinen Ohren pulsierte, so laut, dass ich mich kaum konzentrieren konnte.

»Was bedeutet ›NA‹?«

»Das ist wie die Anonymen Alkoholiker, nur für Drogen.«

»Wofür steht das N?«

»Narcotics.«

»Oh.« Ich dachte nach. »Geht es darum, dass er zu viele von diesen Schmerztabletten nimmt? Ich glaube, er wurde von den Tabletten nur high und hat vergessen, dass er sie nicht so oft nehmen sollte.«

»Nein«, erwiderte Darren. »Darum geht es nicht.«

Wollte ich überhaupt wissen, worum es ging? Wenn ich nicht fragte, würde Darren es mir vielleicht nicht erzählen und ich musste es nicht erfahren.

»Er ist erst seit gestern zurück«, sagte ich.

Ich kämpfte wahrscheinlich gegen die Vorstellung an, dass Roy diese Meetings nötig hatte. Ich hoffte, dass Darren sich in dieser Sache irrte.

»Es geht nicht darum, was er getan hat, seit er zu Hause ist, sondern um das, was er drüben getan hat. Die Männer kommen dort schnell mit Drogen in Kontakt. Dein Bruder ist kein Einzelfall. Stoff ist leicht zu bekommen und er macht das alles beinahe erträglich. Es ist meistens situationsbedingt. Die Männer brauchen den Stoff, bis sie nach Hause kommen, und dann nicht mehr.«

»Vielleicht braucht er ihn dann ja gar nicht mehr«, sagte ich.

»Na ja. Was er gesagt hat, deutet eher darauf hin, dass er zu denen gehört, die ohne Hilfe nicht davon wegkommen.«

»Was hat er gesagt?«

Es war eine mutige Frage. Doch wenn ich es erfuhr, konnte ich vielleicht einen Fehler in Darrens Schlussfolgerung finden.

»Er hat mich gefragt, ob ich für ihn an etwas rankommen könnte.«

»Oh«, sagte ich.

Das war ziemlich eindeutig.

Wir schwiegen. War die Stille nur eine Gesprächspause oder wartete Darren jetzt einfach auf die Ankunft des Taxis?

»Hast du dort drüben Stoff genommen?«, fragte ich.

Auch das war eine mutige Frage, aber ich musste es wissen.

»Ja«, antwortete er.

»Aber dann hast du aufgehört, als du wieder zu Hause warst?«

»Ja. Aber nicht jeder kann das. Und es macht mich nicht irgendwie stärker, mutiger oder besser. Jeder reagiert anders, das ist alles.«

»Und was, wenn er nicht mitkommen will?«

»Dann rufst du mich an und ich komme vorbei und helfe dir, das Problem zu lösen. Okay?«

»Okay«, stimmte ich zu. Doch es klang nach einer Menge Verantwortung.

Wir saßen noch einen Augenblick zusammen und ich versetzte mich zurück in die Zeit, bevor Roy nach Hause gekommen war. Als ich noch dachte, alles würde so einfach sein, Roy käme nach Hause und damit wäre alles prima.

Ich glaube, in diesem Augenblick wurde ich um einiges erwachsener.

»Wie alt bist du jetzt?«, unterbrach Darren meine Gedanken.

»Vierzehn.«

»Das ist gut«, sagte er. »Noch vier Jahre. Vielleicht ist dieser verdammte Krieg dann vorbei. Aber falls nicht … na ja, ich kann dir da keinen Rat geben, das muss jeder für sich selbst entscheiden. Aber eins kann ich dir sagen: Wenn ich noch mal die Wahl hätte, würde ich nicht hingehen.«

»Hätte ich denn eine Wahl?«

»Jeder hat eine Wahl. Immer. Nur kommt die Wahl manchmal nicht gut an. Du kannst dorthin gehen, wo die Einberufungsbehörde dich hinschickt. Oder nach Kanada. Oder ins Gefängnis. Wenn du mich fragst, ist das Gefängnis die ehrenvollere Wahl. Du kannst den Männern, die im Krieg waren, direkt in die Augen sehen und sagen: ›Ja, ich habe auch etwas geopfert. Ich hatte es nicht leicht.‹ Aber denk gut darüber nach, bevor du dich auf so etwas wie einen Krieg einlässt.«

»Vielleicht ist er bis dahin vorbei«, sagte ich. Ehrlicher als einfach seine Worte zu wiederholen, wäre es gewesen zu sagen: »Oh Gott, bitte lass es bis dahin vorbei sein!«

Er wollte gerade etwas erwidern, aber in diesem Moment hupte das Taxi draußen in der Einfahrt. Und damit war sein Besuch beendet.

* * *

Als meine Mutter nach Hause kam, kündigte sie sich an, indem sie meinen Namen schrie.

»Lucas!«

Ich kam ans Treppengeländer und blickte nach unten. Was hatte ich jetzt wieder falsch gemacht?

»Was ist?«

Wütend sah sie zu mir hoch. Wäre mein Leben ein Comic gewesen, dann wäre Rauch aus ihren Ohren gestiegen.

»Was hast du getan?«, brüllte sie.

Sie hielt ein Tablettenfläschchen in der Hand, wahrscheinlich das mit Roys Medikamenten. Sie hob es in die Höhe wie das Beweisstück A in der Verhandlung, die wahrscheinlich mit meiner Todesstrafe enden würde.

»Ich habe nichts getan«, sagte ich. »Ich habe das nicht angefasst.«

»Vier Tabletten fehlen! Vier! Denkst du, ich hätte sie nicht gezählt? Ich weiß, dass er nicht selbst die Treppe runtergegangen ist, um sie zu holen.«

»Oh«, sagte ich. In diesem hässlichen Augenblick dehnte sich die Wahrheit vor mir aus wie eine kilometerlange, unebene Straße. Eine so unebene Straße, dass mir keine andere Wahl blieb, als um sie herum zu navigieren. »Er ... wir ... ich habe ihm die Treppe hinuntergeholfen, weil Darren Weller hier war, um ihn zu besuchen. Es wäre Darren schwerer gefallen, die Treppe hochzugehen, also kam Roy runter. Ich hatte gar nicht an die Tabletten gedacht. Tut mir leid.«

Sie spähte mich argwöhnisch an. Ihre Wut schien sich allmählich aufzulösen, aber sie sah wirklich so aus, als wolle sie an der Wut festhalten.

»Ich werde sie an einer Stelle verstecken, die nur ich kenne.«

»Ja, mach das bitte«, sagte ich.

Früher oder später würde er mich fragen, ob ich ihm Tabletten bringen könne. Und wenn ich nicht wusste, wo sie waren, konnte ich ihm wenigstens ehrlich antworten.

220

Sie kniff die Augen zusammen, als hätte sie mich damit besser durchschauen können. Ich erinnere mich vage, wie sehr ich in diesem Moment wünschte, sie könnte sehen, dass sie und ich im selben Team waren. Aber so war meine Mutter nicht, beziehungsweise mein Leben.

Sie wandte sich ab und stampfte davon.

KAPITEL 14

MEIN NAME IST ROY

Am nächsten Morgen war ich schon vor Connor bei Zoe Dinsmores Blockhütte. Mit voller Absicht. Ich hatte gedacht, sie schlafe vielleicht noch, aber dem war nicht so. Sie war damit beschäftigt, die Veranda zu fegen. Mit einem sehr alten Besen, dem viele Borsten fehlten.

»Hallo«, rief ich und versuchte, den Hunden die Köpfe zu tätscheln, während sie um mich herumsprangen.

»Du bist aber früh dran.«

Sie unterbrach ihre Tätigkeit und stützte sich auf den Besen. Sie war um einiges breiter als der dünne Besen, der nicht so aussah, als könne er ihr Gewicht tragen.

»Ich möchte Ihnen eine Frage zu Meetings stellen«, sagte ich.

»Meetings«, wiederholte sie.

»Also, ich meine diese Selbsthilfegruppen wie die Anonymen Alkoholiker. Sie haben mir erzählt, Sie seien zu solchen Meetings gegangen.«

»Ja. Das habe ich wohl gesagt.«

Einen Augenblick lang starrte sie mich nur an. Vermutlich war sie neugierig, ob ich die Frage für mich oder für einen Freund stellen wollte. Also gab ich ihr schon im Voraus eine Erklärung, auch wenn es vielleicht gar nicht nötig war.

»Es muss ein offenes Meeting sein, weil ich auch hingehen muss. Und ich bin ja nicht … Sie wissen schon …«.

Ich hasste es, dieses Wort auszusprechen. Süchtig. Es klang so brutal.

Sie wandte sich um und ging hinein, ließ aber die Tür offen. Ich blieb stehen und fühlte mich wie ein Trottel. War meine Frage vielleicht zu direkt gewesen? Aber dann hätte sie die Tür hinter sich zugeschlagen oder zumindest geschlossen.

Kurz darauf kam sie mit einer dünnen Broschüre zurück, vielleicht vier Seiten, höchstens sechs. Wir setzten uns auf den Absatz der Veranda. Begeistert darüber, dass mein Gesicht jetzt auf ihrer Höhe war, bedeckten die Hunde mich sofort mit nassen Küssen.

Ich musste Rembrandt mit ausgestrecktem Arm von mir fernhalten, um Mrs Dinsmore nach der Broschüre fragen zu können, ohne dabei abgeschleckt zu werden.

»Gibt es hier im Ort so viele Meetings, dass man einen Terminkalender dafür braucht?«

»Wohl kaum«, sagte sie. »Die Broschüre ist für die gesamte Region. Okay. Das Meeting im Bankgebäude läuft immer noch. Das ist das einzige NA-Meeting hier in Ashby. Montag, Mittwoch und Freitag um achtzehn Uhr. Montags und freitags ist es offen für alle, mittwochs nur für die Betroffenen. Es findet im Gemeinschaftsraum der First Bank statt.«

»Oh ja. Ich weiß, wo das ist.«

Wir schwiegen einen Augenblick. Ich erwartete, dass sie fragen würde, wen ich zu den Meetings begleiten wollte, doch sie sagte nichts.

Das war wohl der Unterschied zwischen Zoe Dinsmore und mir. Ihr schien es nicht brennend wichtig zu sein, etwas zu erfahren, sie konnte Dinge einfach auf sich beruhen lassen.

Oder vielleicht war es so offensichtlich, dass sie es sich selbst zusammenreimen konnte.

»Kann ich sagen, wie ich mich fühle?«, fragte ich nach einer Weile.

»Das hast du bisher doch auch immer getan.«

Es gab mir einen kleinen Stich, aber ich redete einfach weiter. Zoe Dinsmore hatte eine furchtbar große Ähnlichkeit mit einer Wespe, und wenn man bei jedem Stich von ihr zurückschrecken wollte … nun, dann hätte es wohl keinen Sinn gehabt, sie überhaupt zu besuchen.

»Ich habe das Gefühl, dass ich zu viele Leute auf einmal retten muss.« Aus dem Augenwinkel sah ich, wie sie langsam nickte. »Ich bin noch in der High School. Wieso versuche ich, allen zu helfen? Drei Leute auf einmal! Das ist viel, meinen Sie nicht auch?«

»Du kannst mich von deiner Liste nehmen«, sagte sie.

»Aber dann könnte ich Sie verlieren.«

Stille.

Schließlich sagte sie: »Okay. Jetzt mal im Ernst. Soll ich dir sagen, wie du dich von dem Druck befreien kannst?«

»Ja, Ma'am. Bitte.«

»Du musst dich nur aus dem Ergebnis heraushalten, Lucas. Was dich bedrückt, ist nicht, dass du Connor mit mir bekanntgemacht hast, sondern die Tatsache, dass du dich dafür verantwortlich fühlst, dass es funktioniert. Du kannst deinen Bruder zu ein paar Meetings begleiten, ohne dich selbst völlig zu verbiegen. Das Problem ist, dass du die volle Verantwortung dafür übernimmst, dass er clean wird. Willst du wissen, warum dir das so sehr zu schaffen macht? Ganz einfach. Es sind alles Dinge, die außerhalb deiner Kontrolle liegen. Du versuchst, Dinge zu ändern, die du nicht kontrollieren kannst. Und jedes Mal, wenn du etwas versuchst, was eigentlich unmöglich ist, fühlst du dich erschöpft. Klingt das einleuchtend?«

»Ja«, antwortete ich. »Sehr.«

Sie hatte recht. Aber ich wusste nicht, wo darin die gute Nachricht lag.

»Du klingst nicht so überzeugt.«

»Na ja … was Sie gerade gesagt haben … Sie erklären damit, was ich falsch mache, aber nicht, wie ich es ändern könnte. Ich meine, wie kann ich es schaffen, mir die Verantwortung nicht aufzubürden?«

»Sicher, da gebe ich dir recht. Es ist leichter gesagt als getan. Aber behalte einfach im Kopf, was ich gesagt habe. Wenn du es dir immer wieder vor Augen führst, verinnerlichst du es irgendwann.«

»Hier«, sagte sie nach einem Moment und hielt mir die Broschüre mit den Terminen hin.

»Sie sollten das behalten«, sagte ich. »Sie wollen vielleicht irgendwann wieder hingehen.«

»Ich weiß, wo und wann diese drei Meetings sind, wenn ich sie brauche.«

Ich seufzte, nahm die Broschüre und steckte sie in meine Hemdtasche.

»Wie läuft es denn mit Connor?«, fragte ich.

»Wie war das noch mal mit der Verantwortung?«

»Ich dachte nur, wenn ich mehr wüsste, würde ich mir vielleicht weniger Sorgen machen.«

»Oh, das bezweifle ich«, erwiderte sie. Und dann: »Ich kann dir eigentlich gar nicht sagen, wie es läuft, weil ich es nicht wirklich weiß. Er redet mit mir. Reden ist besser als Schweigen. Aber abgesehen davon lässt es sich schwer sagen.«

»Wenn ich nur wüsste, warum er nicht mit *mir* reden konnte.«

»Weil du alles auf dich nimmst.«

»Was meinen Sie damit?«

»Ich meine, dass dir zu viel an ihm liegt, um die Situation aus der Distanz betrachten zu können. Wenn er dir erzählt, dass er nicht viel mehr ertragen kann, flippst du aus und meinst, du musst etwas unternehmen. Ich dagegen höre ihm einfach nur zu. Bei mir kann er sich alles von der Seele reden.«

»An Mitgefühl ist nichts verkehrt«, sagte ich. Ich klang wohl etwas defensiv und fühlte mich auch so.

»Ich habe nicht gesagt, es sei etwas Schlechtes. Du hast mir nur eine Frage gestellt und ich habe sie beantwortet.«

»Ja. Okay.«

Wir blieben noch einen Moment sitzen. Vermeer seufzte tief, als sie sich schließlich damit abfand, dass sich unser Morgenlauf verzögerte. Sie rollte sich auf dem Boden zu meinen Füßen zusammen und Rembrandt folgte ihrem Beispiel.

»Es gibt da eine Sache, die ich nicht verstehe«, sagte ich. »Er steht seiner Mutter so nahe. Und sie verlässt sich so sehr auf ihn, vor allem jetzt, wo sein Vater weg ist. Ich kann einfach nicht verstehen, wie er sich so etwas überhaupt überlegen konnte. Wenn er weiß, was er seiner Mutter damit antun würde und das alles.«

»Aber kannst du verstehen, dass er seiner Mutter gegenüber viel Wut verspürt? Weil sie sich zu sehr auf ihn verlässt? Und weil er bei allem, was er tut, zuerst auf ihre Gefühle Rücksicht nehmen muss?«

Ich öffnete den Mund, aber in meinem Kopf hatte sich noch keine Antwort gebildet. Und als ich aufblickte, war unser Gespräch beendet, denn ich sah Connor über den Pfad auf uns zukommen.

Es war höchste Zeit, gelassener zu werden und zu lernen, dass ich manche Dinge einfach nicht kontrollieren konnte.

* * *

Als ich meinen Lauf beendet hatte und nach Hause zurückkam, ergab sich gleich eine Gelegenheit, diese Gelassenheit zu
praktizieren.

Meine Mutter war verschwunden. Ich hatte keine Ahnung,
wohin. Sie war in letzter Zeit immer häufiger weg. Sie sprach
nicht darüber und ich wollte lieber gar nicht wissen, was dahin-
tersteckte. Es hätte mir vielleicht nicht gefallen. Nennen wir es
eine Vorahnung.

Roy hatte es geschafft, allein die Treppe runterzukommen,
und schien nach etwas zu suchen. Und es war offensichtlich,
was es war.

Ich trat gerade in den Flur, als ich sah, wie er das
Badezimmer verließ und auf seinen Krücken ins Schlafzimmer
unserer Eltern humpelte. Ich folgte ihm und beobachtete ihn
von der Tür aus. Er zog die Kommode auf und durchwühlte die
oberste Schublade.

»Was machst du da?«, fragte ich.

Er erschrak so sehr, dass er beinahe aus dem Gleichgewicht
geraten und hingefallen wäre.

Ich hatte es ganz beiläufig sagen wollen, nicht wie eine
Anklage. Eher so wie: »Hey! Was gibt's?« Doch ich glaube nicht,
dass es so klang.

»Oh. Hey, Kumpel. Du hast mir vielleicht einen Schrecken
eingejagt. Hör zu, Mom ist weggegangen und hat vergessen,
mir meine Schmerztabletten zu geben.«

Daran hatte ich große Zweifel. Unsere Mutter hatte einen
Zeitplan entworfen, auf dem sie die eingenommenen Dosen
abhakte. Doch das sagte ich ihm nicht.

»Also …«, fuhr er fort, »… weißt du, wo sie die Tabletten
jetzt aufbewahrt?«

»Nein.«

»Hilf mir, sie zu finden. Okay, Kumpel?«

»Nein.«

Mein Bruder erstarrte und tatsächlich schien in diesem Moment die ganze Welt anzuhalten. Die völlige Stille war schockierend. Ich erinnere mich, wie ich das Gefühl hatte, die Vögel vor dem Fenster hätten aufgehört zu zwitschern. Nur wegen meines entschiedenen Neins. Doch wenn ich jetzt darüber nachdenke, komme ich zu dem Schluss, dass sie vielleicht einfach nur weggeflogen waren aus ihren ganz eigenen Gründen.

Er räusperte sich leise.

»Ich dachte, dir würde genug an mir liegen, um mir einen Gefallen zu tun.«

»Aber *das* kann ich nicht tun.« Gerade weil mir so viel an ihm lag, konnte ich es nicht tun. Was ich ihm gern gesagt hätte, doch ich brachte es nicht über mich, wie die Leute in diesen schnulzigen Fernsehfilmen zu reden, die immer direkt sagen, was sie gerade fühlen – als sei das so einfach. Als ob Leute das jeden Tag täten. Stattdessen sagte ich: »Eigentlich wollte ich *dich* um einen Gefallen bitten«.

»Was?«

»Ich möchte mit dir weggehen.«

»Wohin?«

»Das kann ich dir nicht sagen.«

»Wann? Jetzt?«

»Nein. Später am Nachmittag.«

»Komisch, dass du mir nicht mal sagen kannst, worum es geht.«

»Ich weiß. Aber vertrau mir bitte einfach. Du vertraust mir doch, oder? Und wenn du das für mich tust, tu ich dir auch einen Gefallen. Ich werde Mom fragen, wo sie ihren Zeitplan hat, damit ich ihr über die Schulter schauen kann und merke, wenn sie eine Dosis deiner Tabletten vergisst.«

Ich wartete ab und beobachtete ihn, während er sich mein Angebot durch den Kopf gehen ließ. Es war eine sinnvolle Idee, falls sie wirklich eine Dosis vergessen sollte. Es nützte ihm nichts, falls er nur mehr nehmen wollte, als er verschrieben bekommen hatte.

Es kam mir nicht so vor, als wollte er mir eine Antwort geben.

»Kommst du also mit?«

»Unter einer Bedingung: Nur, wenn Mom oder Dad uns nicht fahren.«

»Wie sollen wir dann hinkommen?«

»Na ja, wie kommst *du* irgendwo hin? Du fragst sie nie, ob sie dich fahren können.«

»Ich laufe. Oder nehme den Bus. Aber ich habe keinen verletzten Fuß.«

»Ich komme jetzt gut mit den Krücken zurecht. Mom und Dad sind tierisch wütend, ich will nicht mit ihnen im Auto sitzen und mir ihre Vorträge anhören müssen.«

»Okay«, lenkte ich ein. »Wie du willst. Dann nehmen wir den Bus.«

* * *

Ich schlang schnell mein Abendessen hinunter, dann brachte ich Roy einen Teller mit Essen auf sein Zimmer und sagte ihm, er solle sich beeilen. Wir mussten in zwanzig Minuten los.

Meine Mutter spülte Geschirr in der Küche, als ich nach unten kam.

»Ich gehe mit Roy raus«, sagte ich.

Ich musste es mit ihr besprechen, denn ich hätte ihn unmöglich aus dem Haus bringen können, ohne dass sie es bemerkt hätte. Doch es war riskant. Sie stand wie eine Hürde zwischen mir und meinem Ziel und vielleicht würde ich nicht zu ihr durchdringen. Ich spürte, wie die Anspannung eine kleine Ader an meinem Ohr pulsieren ließ.

»Was?« Sie klang nicht so, als hätte sie mich nicht richtig verstanden. Eher so, als könnte sie nicht glauben, was ich gerade gesagt hatte. »Nein«, fügte sie hinzu. »Nein, nein, nein. Das gefällt mir ganz und gar nicht. Ich traue keinem von euch beiden.«

Das war traurig, aber wahr. Ich hatte bereits gewusst, dass sie so dachte.

»Aber ...«

»Der Junge muss hierbleiben, wo ich ihn im Auge behalten kann.«

Ich trat näher an sie heran. Ich musste mich ihr anvertrauen, mit leiser Stimme, und sie schien es zu merken. Sie konnte wohl spüren, dass eine ehrliche Information auf sie zukam und schien sich in sich selbst zurückzuziehen, um der Ehrlichkeit aus dem Weg zu gehen. Trotzdem machte sie keinen Schritt. Es fand alles in ihrem Inneren statt.

»Ich gehe mit ihm zu einem NA-Meeting«, flüsterte ich.

»Was soll das sein?«, fragte sie gereizt. »Ich weiß noch nicht einmal, was das ist.«

»Wie die Anonymen Alkoholiker, nur für Drogen.«

»Woher weißt du überhaupt von so etwas?«

»Darren hat mir davon erzählt. Ich habe ihm versprochen, das für Roy zu tun. Also bitte, halt mich nicht davon ab, okay? Es könnte helfen. Und ich habe es versprochen.«

»Oh.«

Ich beobachtete sie. Ihre Miene veränderte sich, als sich ihre Gefühle über die Situation weiterentwickelten – vermutlich gegen ihren Willen. Sie schien ihre tiefe Wut nur ungern loszulassen. Als müsse sie um jeden Preis daran festhalten.

»Na ja, ich habe dich wohl unterschätzt«, räumte sie ein. »Ich fahre euch hin.«

»Nein. Wir müssen es allein schaffen. Er hat nur unter der Bedingung zugesagt, dass nur wir beide gehen. Und er weiß nicht, wo ich ihn hinbringe, also verrate es nicht, okay?«

Eine lange Stille.

Schließlich fragte sie: »Brauchst du Geld für den Bus?«

»Das wäre gut, ja.«

Sie kramte etwas Kleingeld aus ihrer Geldbörse und ließ die Münzen in meine Handfläche fallen, wobei sie mich die ganze Zeit anstarrte. Ich fühlte mich unbehaglich und musste ihrem Blick ausweichen.

Dann legte sie plötzlich die Hand an meine Wange.

»Du bist ein guter Junge«, sagte sie. »Wie du dich um deinen Bruder kümmerst.«

Bevor ich etwas erwidern konnte, war sie schon davongeeilt. Bevor sie sich der Tatsache stellen musste, dass sie einmal etwas gesagt hatte, das nett und liebenswürdig war.

* * *

An der Main Street, kurz vor dem Ende des Geschäftsviertels, stiegen wir aus dem Bus. Etwas weiter die Straße hinunter begann das Wohngebiet.

Es war schon fast sechs Uhr, und ich wäre gern schneller gegangen, um nicht zu spät zu kommen, musste aber meinen Schritt für Roy verlangsamen.

Die Sonne hinter uns stand tief am Himmel, doch seltsamerweise war es noch immer heiß. Ich spürte das Brennen im Nacken und den Schweiß, der in meinen Hemdkragen lief.

»Wohin gehen wir?«, fragte Roy.

Ich nahm an, oder zumindest hoffte ich, dass er das nur rein logistisch meinte, im Sinne von ›In welche Richtung sollen wir gehen?‹.

»Zur Bank«, antwortete ich.

»Macht die Bank nicht um fünf zu?«

»Wir gehen zum Gemeinschaftsraum.«

Der Gemeinschaftsraum war ein separater Raum mit eigenem Eingang im hinteren Teil des Bankgebäudes. Es machte keinen Unterschied, ob die Bank geöffnet war oder nicht.

»Oh«, murmelte Roy.

Ich spürte, dass ihm noch mehr auf der Zunge lag, rechnete es ihm aber hoch an, dass er keine weiteren Fragen stellte.

Wir gingen um das Bankgebäude herum. Wegen Roy, der vom Laufen auf den Krücken bereits müde war, musste ich kleinere, langsamere Schritte als sonst machen. Wir liefen die Seitenstraße entlang zum Parkplatz.

Die Tür zum Gemeinschaftsraum war weit geöffnet und aus dem Raum schien einladendes Licht. Es roch nach Zigarettenrauch und Kaffee.

Eine Handvoll Männer und eine Frau standen rauchend auf dem Parkplatz und unterhielten sich. Zwei massive Motorräder waren zwischen ein paar vereinzelten Autos geparkt. Die Leute nickten uns zu, als wir langsam an ihnen vorbeigingen.

Doch vor dem Eingang blieb Roy unvermittelt stehen.

Ich hatte den Raum mit den zu einem großen Rechteck angeordneten Tischen bereits betreten, als ich merkte, dass Roy nicht mehr bei mir war.

Ich ging ein paar Schritte zurück. Roy starrte auf das handgeschriebene Hinweisschild neben der geöffneten Tür.

Auf dem Blatt stand: *NA-Meeting – bitte nicht stören.*

»Nein«, sagte Roy, als er mich sah. Es klang nicht abwehrend. Eher so, als ginge ihm vieles durch den Kopf und dies sei das Einzige, was er hervorbringen konnte.

»Aber du hast es versprochen.«

Ich beobachtete ihn. Er schien die Sache zu überdenken, während er auf das Blatt starrte, als dauerte es mehrere Minuten, die Wörter zu lesen.

»Aber ich wusste nicht, was ich versprochen habe.«

»Aber du hast versprochen, es zu tun, egal um was es sich handelt.«

Stille trat ein. Ich hatte das Gefühl, dass sich mein ganzes Leben auf diese Stille stützte. Sie neigte sich unter dem Gewicht. Jeden Moment konnte etwas zerbrechen.

»Ich mache dir einen Vorschlag«, sagte Roy. »Ich gehe zu dem Meeting. Aber nur, wenn ich es allein tun kann. Und du gehst nach Hause.«

»Aber ich habe Darren gesagt, dass ich bei dir bleibe.«

»Oh«, sagte er. »Darren. Ich verstehe. Das erklärt einiges. Sieh mal, Kumpel. Das ist nichts, was man vor den Augen seines kleinen Bruders tun will. Kannst du das verstehen? Ich versuche es mal mit diesem Meeting, aber zuerst musst du heimgehen.«

Ich seufzte. Ich sah keinen anderen Ausweg.

Ich griff in meine Tasche und zählte ihm das Kleingeld für den Bus nach Hause ab.

»Bleibt dir noch genug für die Busfahrt?«, fragte er mich.

»Ja, aber ich kann auch laufen. Oder rennen. Es sind keine drei Kilometer.«

»Oh. In Ordnung.«

Die Raucher, die auf dem Parkplatz gestanden hatten, eilten an uns vorbei in den Gemeinschaftsraum. Die Tür an der Wand zeigte genau achtzehn Uhr an.

»Geh besser rein«, sagte ich. »Ich glaube, es fängt an.«

Er humpelte in das Meeting und ich machte die Tür hinter ihm zu.

Beinahe wäre ich nach Hause gegangen.

Ich trat auf die Straße, die völlig verlassen aussah. Die Leute waren wohl alle zum Abendessen zu Hause. Es fühlte sich seltsam an, wie in einer Geisterstadt.

Einen Augenblick blieb ich stehen und blickte mich um. Dann beschloss ich, auf ihn zu warten, auch wenn ich nicht genau wusste, wie lange das Meeting gehen würde. Vielleicht eine Stunde, vielleicht eineinhalb. Aber ich war es meinem Bruder schuldig, da zu sein, wenn er aus dem Meeting kam.

Ich würde mich vor der Tür des Gemeinschaftsraums auf den Bordstein setzen und dort auf ihn warten. Nach dem Meeting konnten wir zusammen heimfahren, und wenn er wollte, konnte er mir erzählen, wie es gelaufen war.

Ja. Das klang gut.

Ich ging zurück zum Eingang und setzte mich auf den Bordstein vor dem Gemeinschaftsraum, vor mir lag der Parkplatz. Mit dem Rücken zur Tür beobachtete ich die Sonne hinter den Bäumen und achtete darauf, nicht zu lange hinzustarren, damit ich mir nicht die Augen verbrannte und blind wurde. War es möglich, die Sonne tatsächlich untergehen zu sehen, oder bewegte sie sich dafür zu langsam?

Etwa zwei Minuten später, lange bevor ich meinen Sonnentest beendet hatte, hörte ich, wie sich die Tür hinter mir öffnete. Bevor ich mich umdrehen konnte, stieß ein Knie in meinen Rücken und die Person, zu der das Knie gehörte, stolperte über mich.

»Au!«, brüllte ich laut.

Ich sah Roy, der mitsamt seinen Krücken auf den Asphalt fiel. Seltsam, wie sich dieser Augenblick wie in Zeitlupe abzuspielen schien.

»Au!«, brüllte er.

Jedenfalls das hatten wir gemeinsam.

Ich sprang auf, um ihm zu helfen, aber er machte keine Anstalten, sich zu bewegen.

»Ich habe dich gar nicht gesehen«, sagte er. »Die Sonne hat mich geblendet.«

»Alles in Ordnung?«

»Ich glaube, ich habe mir die Rippen geprellt, als ich auf diese verdammte Krücke gefallen bin.«

»Bist du sicher, dass du sie dir nicht gebrochen hast?«

»Nicht ganz«, sagte er. »Nein.«

»Ist dein Fuß verletzt?«

»Seltsamerweise nicht.«

»Wo wolltest du hin?«

Er gab mir keine Antwort, aber je länger die Stille anhielt, desto mehr beantwortete sich die Frage selbst.

»Komm«, sagte ich. »Du musst aufstehen.«

Er seufzte tief. Ich half ihm auf die Beine und reichte ihm seine Krücken.

Ich hätte gedacht, dass er vielleicht aus Trotz allein zur Bushaltestelle gehen würde, doch nichts dergleichen geschah. Wahrscheinlich schämte er sich für seinen Fluchtversuch.

Er ging zur Tür zurück und ich hielt sie ihm auf. Dann folgte ich ihm hinein und setzte mich neben ihn.

Er legte mit keinem Wort Widerspruch ein.

* * *

Es passierte gegen Ende des Meetings, als alle außer uns ihre Erfahrungen geschildert hatten. Der Gruppenleiter – ein großer Kerl mit Lederweste und komplett tätowierten Armen – fragte meinen Bruder, ob er etwas sagen wollte.

Er nannte ihn nicht bei seinem Namen, sondern fragte nur: »Vielleicht möchte unser Neuzugang uns erzählen, was ihn hierhergebracht hat?«

Doch Roy presste nur fest die Lippen zusammen und schüttelte den Kopf.

235

Zum Abschluss des Meetings stellten wir uns alle Hand in Hand in einen Kreis und sagten das Gelassenheitsgebet auf. Da ich neben Roy gesessen hatte, hielt ich zur Linken seine Hand. Es fühlte sich merkwürdig an, sogar noch merkwürdiger, als die Hand des Wildfremden rechts neben mir zu halten.

Ich war mit dem Gebet nicht vertraut, also bewegte ich nur ein wenig die Lippen und hörte zu. Doch schon bald danach würde ich das Gebet in- und auswendig kennen.

KAPITEL 15

WAS ALS NÄCHSTES PASSIEREN KANN

Connor tauchte früh am nächsten Morgen bei mir zu Hause auf. Sehr früh, schon vor meinem Lauftraining. Meine Eltern waren noch nicht wach.

Ich ließ ihn durch die Küchentür herein und wir gingen auf Zehenspitzen nach oben. Mein Magen schmerzte etwas, denn er war sicher nur so früh hier, weil er mir etwas mitzuteilen hatte. Ich befürchtete eine schlechte Nachricht.

Wir setzten uns in meinem Zimmer aufs Bett und starrten auf die Decke. Sie war geradezu faszinierend, diese Decke.

»Ich war schon gestern Nachmittag hier«, sagte Connor. »Aber du warst nicht da.«

»Ja. Ich musste Roy wo hinbringen.«

»Echt? Wie komisch.«

»Warum ist das komisch?«

»Ich weiß nicht. Es scheint eher normal zu sein, dass die Eltern jemanden in Roys Alter wo hinbringen, nicht sein kleiner Bruder.«

»Na ja, das war aber eine Kleiner-Bruder-Angelegenheit.«

Ich hoffte, dass er keine weiteren Fragen stellen würde, und meine Hoffnung erfüllte sich.

Wir schwiegen. Connors Jeans hatte ein Loch am Knie und er zwirbelte die ausgefransten Fäden zwischen den Fingern. Komisch, wie wichtig es manchmal sein konnte, eine Beschäftigung für die Hände zu haben.

»Ich bin hier, um mich bei dir zu entschuldigen«, sagte er schließlich.

»Wofür?«

Wir sprachen mit gedämpften Stimmen, flüsterten fast, da das Zimmer meines Bruders und das meiner Eltern auf demselben Flur waren.

»Weil ich in letzter Zeit nicht viel mit dir geredet habe. Ich gehe raus und spreche mit Zoe, und wenn ich zurückkomme, erzähle ich dir nicht einmal, worüber wir geredet haben. Und die ganze Sache war schließlich deine Idee. Ohne dich hätte ich Zoe gar nicht kennengelernt. Aber … es ist irgendwie schwierig zu erklären. Hast du jemals neben einem Fremden im Bus gesessen und gedacht, dass du dieser Person deine ganze Lebensgeschichte erzählen könntest, deine geheimsten Gedanken, die du nicht einmal deinem besten Freund anvertrauen würdest?«

Leider war die Antwort auf seine Frage Nein. Dieses Gefühl hatte ich noch nie gehabt. Aber ich wollte ihn ermutigen, weiterzureden.

Dann musste ich daran denken, wie es mir in dem NA-Meeting leichter gefallen war, die Hand eines völlig Fremden zu halten als die meines eigenen Bruders. Es war irgendwie weniger peinlich.

Es war verwirrend, also sagte ich nur: »Ich bin mir nicht sicher. Erzähl weiter.«

»Es ist so: Du kannst mit jemandem reden, der überhaupt nichts mit deinem Leben zu tun hat, und es fühlt sich sicher an.

Danach kannst du einfach zu deinem Alltag zurückkehren und niemand weiß etwas von deinen Gefühlen. Es sind nur Gefühle, Lucas. Nichts, was du nicht schon weißt. Ich halte keine großen Geheimnisse vor dir versteckt.«

Ich beobachtete die Vögel draußen vor dem Fenster. Ein paar von ihnen – Schwalben, glaube ich – hatten unter dem Dachvorsprung direkt über meinem Fenster Nester gebaut. Ich sah ihnen gern dabei zu, wie sie im Sturzflug herabgeschossen kamen.

»Ich habe nicht gedacht, dass es um ein großes Geheimnis geht«, sagte ich.

Ich kannte sein Leben schließlich. Und was ich wusste, war schon schlimm genug. Andererseits schien es nicht viel schlechter als mein eigenes Leben zu sein. Aber wahrscheinlich konnte man das von außen nie wirklich sagen, wenn es einen nicht selbst betraf.

Ich erinnerte mich an etwas, was Darren zu mir gesagt hatte. *Jeder reagiert anders, das ist alles.*

»Es scheint dir ja besser zu gehen«, sagte ich nach einer Weile, als er auf meinen Kommentar nicht reagierte. »Ich meine, ich sehe dich draußen im Freien und so. Fühlst du dich besser?«

»Ja und nein«, antwortete er. »Nachdem man sich das alles von der Seele geredet hat, ist es eigentlich nicht viel anders. Aber wenigstens ist es draußen. Ich weiß nicht genau, was mit einem dann vor sich geht, aber es scheint etwas zu bewirken. Aber eine Sache habe ich ganz sicher herausgefunden.«

Er schwieg einen Augenblick. Ich beobachtete, wie er an den Fransen um das Loch in seiner Jeans zupfte. Ich wagte es nicht, nachzufragen, was er herausgefunden hatte.

»Es ist nur …«, begann er. Dann stockte er und ich dachte, ich würde es nie erfahren. »Zoe wäre beinahe gestorben. Na ja, du weißt das ja besser als sonst jemand. Sie hatte wohl das Gefühl, dass niemand sie brauchte. Aber jetzt brauche *ich* sie.

Was sie zu dem Zeitpunkt noch nicht wissen konnte, da wir uns noch nicht kannten. Aber kurz danach lernten wir uns kennen. All diese Jahre, in denen sie dachte, niemand brauche sie oder wolle sie um sich haben, und kurz darauf lernt sie mich kennen. Verstehst du, worauf ich hinauswill?«

»Ich bin mir nicht sicher«, antwortete ich.

»Na ja … jetzt glaube ich allmählich, dass man einfach nicht weiß, was als Nächstes passieren kann. Und es könnte vielleicht sogar etwas Schönes sein. Etwas Gutes, obwohl vorher nie etwas Gutes passiert ist. Verstehst du?«

»Du sagst, dass man bleiben sollte, um zu sehen, was als Nächstes passiert.«

Seine Miene hellte sich auf, ich hatte den Nagel auf den Kopf getroffen.

»Ich wusste, dass du es verstehen würdest«, sagte er.

Einen Moment wie diesen hatten wir sehr lange nicht mehr gehabt. Falls wir jemals so einen Moment gehabt hatten.

Er schien zufrieden, dass wir das Thema behandelt hatten, also wechselte er gleich darauf zu einem völlig anderen.

»Ich will meine Mutter überreden, dass sie mir einen Hund erlaubt. Wäre das nicht eine tolle Sache?«

»Ja«, erwiderte ich. »Das wäre klasse. Glaubst du, sie erlaubt es?«

»Ich weiß nicht. Sie versucht, mich zu einer Katze zu überreden. Sie ist wirklich paranoid und denkt, dass ein Hund sein Geschäft auf den Teppichen machen könnte. Sie glaubt, eine Katze sei daran gewöhnt, das Katzenklo zu benutzen. Eine Katze wäre schon in Ordnung, aber … mit einem Hund kann man joggen gehen.«

»Du denkst darüber nach, mit dem Laufen anzufangen?«

»Ja. Vielleicht. Dir hat es ganz sicher gutgetan.«

Ich atmete tief durch und sagte etwas, was ich eigentlich gar nicht sagen wollte. Doch ich sehe die Sache so: Entweder ist man ein guter Freund oder man ist es nicht.

»Du könntest mit Zoes Hunden laufen gehen.«

Es tat wirklich weh, die Worte auszusprechen. Aber das war egal. Ich hatte es gesagt, darauf kam es an. Egal, wie es sich anfühlte.

»Nee«, sagte er. »Das wäre nicht richtig. Ich könnte dir das nicht antun. Du hast mich schon mit Zoe bekannt gemacht. Das Laufen mit diesen Hunden, das ist dein Ding. Ich will mich da nicht reindrängen.«

»Danke«, erwiderte ich. Mehr brauchte ich nicht zu sagen.

»Ich gehe jetzt gleich zu ihr«, sagte er. »Aber ich dachte, dass es höchste Zeit ist, mal wieder mit dir zu reden.«

Apropos reden, kurz vor diesem Zeitpunkt mussten wir begonnen haben, in einer normalen Lautstärke zu sprechen, denn plötzlich wurde die Tür aufgerissen. Meine Mutter lugte durch die Tür, als könnte sie mich bei einer schändlichen Tat ertappen. Ich weiß heute noch nicht, welche Tat das hätte sein sollen. Hatte sie gedacht, ich hätte ein Mädchen in meinem Zimmer?

»Oh«, sagte sie. »Du bist's, Connor.«

»Ich wollte gerade gehen«, antwortete er.

»Auch gut«, sagte sie. »Ich meine, du bist natürlich willkommen. Aber es schlafen noch alle im Haus.« Natürlich sagte sie das ziemlich laut. So war meine Mutter.

Damit war unser Gespräch also beendet. Aber es war in Ordnung, denn wir hatten genug geredet und über alles gesprochen, was wir besprechen wollten. Zumindest für den Augenblick.

* * *

Am Mittwoch ging ich zu Roy, um ihn zu fragen, ob er von mir zu dem Meeting begleitet werden wollte. Auf eine respektvolle Art zeigte ich ihm damit, dass ich ihn zum Besuch des Meetings drängte, ob ich dort nun willkommen war oder nicht.

»Du hast doch gesagt, du könntest gar nicht mitgehen«, wandte er ein, »weil es mittwochs ein geschlossenes Meeting ist.«

Er lag mit nacktem Oberkörper auf dem Bett. Die Vorhänge waren zugezogen. Er hatte die Hände hinter dem Nacken verschränkt und schien in dem seltsam düsteren Zimmer nichts zu tun, außer an die Decke zu starren.

»Ich könnte aber trotzdem mit dir hingehen«, sagte ich. »Ich würde nur nicht mit reinkommen, aber ich kann draußen auf dich warten.«

Ich hatte erwartet, dass er meinen Vorschlag als lächerliche Idee abtun und so etwas sagen würde wie: »Warum solltest du mit mir im Bus hin- und herfahren, nur um draußen zu sitzen und zu warten?«

Aber er reagierte völlig anders.

»Ja«, sagte er. »Das wäre gut.«

* * *

Während unserer ersten Busfahrt zum Meeting hatten wir nicht viel geredet. Diese Fahrt war eine kleine Verbesserung, denn jetzt redete wenigstens ich.

Ich hatte ihm einiges zu erzählen: Von meinem täglichen Lauftraining im Wald und dass mir ab Herbst ein Platz im Leichtathletikteam angeboten worden war, obwohl ich ihn eigentlich immer noch nicht wollte.

Ich erzählte ihm von den Jungen des Leichtathletikteams, die mir Ärger gemacht hatten, und wie Connor sie verfolgt hatte.

Und ich erzählte ihm von Libby, aber ohne ihm die genaueren Umstände unserer Trennung zu schildern. Ich erwähnte nur, dass ich ziemlich schnell gemerkt hatte, dass sie kein sehr guter Mensch war.

Ich vermied es, Zoe zu erwähnen, denn falls sich herausgestellt hätte, dass auch er etwas gegen meine Freundschaft mit ihr gehabt hätte … nun, das wäre einfach zu viel gewesen.

Ich redete, bis es mir ein wenig peinlich wurde, die Atmosphäre dieses fast leeren Busses mit so vielen Worten zu füllen. Vor allem, da er im Gegenzug nicht viel erwiderte.

Er blickte durch die Scheibe hinaus auf die vorbeiziehenden Häuser. Sein Gesicht war von mir abgewandt, doch in dem Glas spiegelten sich seine Augen detailgenau wider. Er schien sich zu konzentrieren, aber mir war nicht klar, worauf. Vielleicht auf das, was ich sagte. Oder auf etwas ganz anderes. Ich hatte das Gefühl, dass er mir entweder sehr aufmerksam zuhörte oder gar nicht.

Ich verstummte schließlich. Der Redestoff war mir ausgegangen.

Wieder überkam mich dieses Gefühl, als hätte ich zwar meinen Bruder vor mir, doch er sei nicht mein richtiger Bruder. Ähnlich, aber nicht identisch. Vielleicht würde ich meinen alten Bruder zurückbekommen, wenn sein Fuß geheilt war und er nicht mehr die Schmerzmittel nehmen musste.

Vielleicht hatte ich mich aus diesem Grund so sehr in die Sache mit seiner Genesung verstrickt.

Er drehte sich um und blickte mir direkt ins Gesicht. Womöglich das erste Mal seit seiner Rückkehr nach Hause.

»Warum hast du mir das alles nicht schon früher erzählt?«

»Wann?«

»In deinen Briefen.«

»Weil es nicht wichtig war.«

»Wer sagt, es sei nicht wichtig?«

»Wie könnte es eine Bedeutung haben? Du hast furchtbare Sachen gesehen und dir sind Kugeln um die Ohren geflogen. Welchen Unterschied hätte es gemacht, dass ich einen Platz im Leichtathletikteam bekommen habe? Das ist albern. Es hat nichts zu bedeuten. So ein Zeug ist es nicht wert, deine Zeit zu vergeuden.«

»Aber von diesem Zeug wollte ich hören. Verstehst du? Normales Zeug von zu Hause. Normales Zeug aus meinem Leben vorher.«

»Oh«, sagte ich. Ich fühlte mich furchtbar. »Daran hatte ich gar nicht gedacht. Tut mir leid.«

Er wandte sich ab und blickte wieder aus dem Fenster.

»Egal«, sagte er. »Mach dir darüber keine Gedanken. Du konntest es nicht wissen.«

* * *

Ich saß auf dem Bordstein vor dem Gemeinschaftsraum und betrachtete die untergehende Sonne. Je näher sie dem Horizont kam, desto intensiver konnte ich sie anstarren, ohne der Gefahr zu unterliegen, mir die Augen zu verbrennen und blind zu werden.

Ich konnte nicht hören, was in dem Gemeinschaftsraum besprochen wurde – mit einer Ausnahme. Wenn eine Person ihren Namen nannte, wurde sie daraufhin von der ganzen Gruppe begrüßt. Wenn sich zum Beispiel ein Mann namens Joe vorstellte, hörte ich das nicht, aber ich konnte hören, wie die Gruppe ihn mit »Hi, Joe« begrüßte. Drei oder vier Minuten später hörte ich ein »Hi, Evelyn«. Und fünf Minuten darauf »Hi, Carlo«.

Kurz vor Ende des Meetings hörte ich die Gruppe sagen: »Hi, Roy«.

Doch falls mein Bruder etwas erzählt hatte, so konnte ich es nicht hören.

Etwa fünf Minuten später wurde die Tür hinter mir geöffnet. Zuerst drang Licht aus dem Raum, dann der Klang von Stimmen, gefolgt von Leuten. Ich stand auf und klopfte den Staub von meiner Jeans.

Roy kam auf seinen Krücken zu mir gehumpelt und zusammen gingen wir langsam zur Bushaltestelle.

»Hast du etwas von dir erzählt?«, fragte ich ihn.

»Nein.«

»Oh. Ich habe gehört, wie sie dich begrüßt haben.«

»Ja. Dieser Joe hat mich aufgefordert, meine Geschichte zu erzählen, aber ich wollte nicht. Und dann wollte er meinen Namen wissen.«

»Oh.« Ich versuchte, mir meine Enttäuschung nicht anmerken zu lassen, aber wahrscheinlich gelang mir das nicht. »Na ja, zumindest hast du deinen Namen gesagt und dass du süchtig bist. Das ist schon mal was.«

»Das habe ich nicht gesagt. Ich habe nur gesagt, dass ich Roy heiße.«

»Oh«, murmelte ich wieder. »Okay.«

Den Rest unseres Heimwegs legten wir schweigend zurück.

* * *

»Dieser Joe« leitete das Meeting am Freitag, an dem ich teilnehmen und zuhören konnte.

Er war ein gedrungener, kleiner Mann mit ordentlich gekämmtem Haar und einer Brille, irgendwie das genaue Gegenteil der tätowierten Motorradtypen. Er wirkte wie jemand mit College-Abschluss oder zumindest wie ein Bücherwurm. Man hätte einen Typen wie ihn nicht in einem NA-Meeting erwartet, doch ich lernte damals bereits, mich nicht zu sehr an

Stereotype zu klammern. Das Spektrum der Suchtkranken war breiter, als ich geglaubt hatte.

»Mein Name ist Joe und ich bin süchtig«, leitete Joe das Meeting ein.

Alle Anwesenden im Raum sagten: »Hi, Joe«, sogar ich.

Das heißt, alle bis auf Roy.

»Ich erzähle nicht jedes Mal meine komplette Geschichte«, sagte Joe. »Dies ist ein kleiner Ort und ihr habt sie wahrscheinlich schon zigtausendmal gehört. Aber wir haben einen Neuen in unseren Reihen, also …«

Sein Blick traf auf Roy, der den Blick jedoch nicht erwiderte. Mein Bruder starrte angestrengt auf die Tischplatte vor uns.

»Bevor ich neunzehn war, habe ich Drogen nicht angerührt«, sagte Joe. »Ich hatte kein Interesse daran und hätte nie gedacht, dass sich das eines Tages ändern würde. Dann war ich in Vietnam. 1965 und '66.«

Bei diesen Worten flackerte etwas in Roys Augen auf. Er sah auf und begegnete für den Bruchteil einer Sekunde Joes Blick, dann sahen beide Männer schnell wieder weg. Sie wichen zurück, als hätten sie an eine heiße Herdplatte gefasst.

»Man hört viel über die Drogen, die die Jungs dort nehmen, und jeder geht davon aus, dass man von Straßendrogen redet. Nun, davon gab es eine Menge, und dazu komme ich noch. Aber damit fing es nicht an. Es begann mit den Drogen, die mir die Armee gab. Ich hätte vielleicht erwähnen sollen, dass ich nie eingezogen wurde. Ich hatte mich freiwillig gemeldet. Ich dachte, die Sache dort sei unterstützenswert. Ich dachte, meine Regierung wüsste genau, was sie tat. Als sie mir Drogen verschrieben, war das wohl auch der Grund dafür, dass ich ihnen traute. Ich meine, sie hätten uns doch nichts gegeben, das nicht in Ordnung war, oder?«

Er hielt einen kurzen Augenblick inne und in dieser Pause spürte ich Roys gespannte Erwartung. Er hörte mit einer Aufmerksamkeit zu wie nie zuvor. Ich konnte es an seinem Gesicht ablesen.

»Wenn wir einen Einsatz hatten, gaben sie uns Darvon und Codein, was ich nicht häufig nahm. Die Mittel waren gegen Schmerzen und glücklicherweise war ich nie verletzt. Dann gaben sie uns Dex. Also Dexedrine. Starker Speed. Ein wirklich hochqualitativer Stoff von Uncle Sam. Und manchmal bekamen wir eine Steroidspritze. Irgendwie ahnten wir, was sie taten. Sie experimentierten mit Supersoldaten. Von der Pharmazie entwickelte Supersoldaten. Mit Dex wurde ich nicht so leicht müde. Ich konnte so viel mehr an einem Tag schaffen und spürte es kaum. Doch es war nicht nur die körperliche Energie. Mit Dex fühlte ich mich kraftvoll, unangreifbar sogar. Mit diesem Stoff konnte ich einfach allem begegnen.«

»Erst etwa ein Jahr nach meiner Rückkehr fand ich heraus, dass es noch einen weiteren Grund für diese ›Besser Leben mit Chemie‹-Kampagne gab. Sie wollten die Kriegsneurosen in den Griff bekommen. Sie hatten herausgefunden, dass Drogen den Soldaten helfen konnten, auch die schlimmsten Sachen durchzustehen, die ihnen in Vietnam begegneten. Auch Soldaten brechen unter Stress und Druck zusammen, und diese Drogen bewahrten einen Großteil von uns davor. Zu Hause bekam ich dann einen Suchtberater vom Militär. Ich weiß nicht, ob er mir das erzählen durfte, aber ich erfuhr von ihm, dass im Zweiten Weltkrieg die Rate der Zusammenbrüche bei zehn Prozent lag, in Korea bei vier Prozent. Und in Vietnam? Ein Prozent. Besser leben mit Chemie, wie ich schon sagte. Aber er erzählte mir auch von der Schattenseite, von den Erkenntnissen, die aus einer langen Studie hervorgingen. Wenn man einem Soldaten genug Drogen gibt, um Gefechte durchzustehen, bewahrt ihn das noch lange nicht vor dem späteren Trauma. Es wird nur aufgeschoben. Wenn die Wirkung der Drogen nachlässt, wartet das Trauma auf ihn. Aber das brauchte er mir nicht zu erzählen. Zu dem Zeitpunkt war ich selbst zu einer Fallstudie geworden.«

Er machte eine Pause, um Atem zu holen. In dem Raum war es so still, dass man eine Stecknadel hätte fallen hören. Und alle außer Roy und mir kannten die Geschichte schon in- und auswendig.

»Ich nahm also Dex in rauen Mengen«, fuhr Joe fort. »Man sollte meinen, es gebe ein Limit, das nicht überschritten werden durfte, aber nein. Die Armee hatte eine empfohlene Tagesdosis, aber in meiner Einheit verteilten sie den Stoff wie Bonbons. Ich weiß nicht, wie es in den anderen Einheiten lief, aber in meiner war Dex immer zu haben. Doch das Problem war, dass die Wirkung nachließ. Und wenn sie nachließ, fühlte man sich extrem schlecht. Ich hätte jemandem den Kopf abreißen können, so fühlte ich mich. Da waren wir also, eine Gruppe von Männern mit Waffen, und der kleinste Grund hätte ausgereicht, um jemanden umzulegen, weil das Runterkommen von dem Zeug so schwer war. Je mehr Dex ich nahm, desto schlechter fühlte ich mich letztendlich. Und ich konnte nicht schlafen. Ich versuchte es mit Darvon und Codein, aber die waren nicht stark genug. Also fing ich an, Äitsch zu rauchen.«

Er erklärte nicht, was er damit meinte, und ich verpasste einen oder zwei Sätze seiner Erzählung, als ich mich an Roy wandte.

»Was ist das?«, flüsterte ich ihm ins Ohr.

»Heroin«, flüsterte er fast lautlos zurück.

»… etwa zwei Dollar für einen Zug von dem richtig reinen Stoff, und er war überall. Ich war also sozusagen als guter Junge, als Musterschüler, in den Krieg gezogen und kehrte als Speed- und Heroinsüchtiger nach Hause zurück. Meine Ehe ging in die Brüche und meine Frau verließ mich, mit unserem kleinen Sohn. Ich weiß nicht, wo sie sind, und kann mich nicht mit

248

ihr in Verbindung setzen, um ihr zu sagen, dass ich seit sieben Monaten clean bin. Ich habe die ganze Zeit nach ihnen gesucht, aber bisher ohne Erfolg. Doch mein Sponsor sagt immer, dass es dauert, bis man die Trümmer seiner Vergangenheit aufgeräumt hat. Jedenfalls habe ich jetzt einen anständigen Job und ein Auto, das auch meistens funktioniert. Und das ist nicht schlecht für sieben Monate. Ich kann abends ins Bett gehen, ohne etwas nehmen zu müssen. Ich schlafe immer noch nicht sehr lange, nur etwa zwei Stunden am Stück. Wenn ich zu tief schlafe, kommen die Albträume.«

Sein Blick wanderte wieder zu Roy.

Ich fragte mich, ob Roy vielleicht Albträume hatte. Falls es so war, hatte er das bisher für sich behalten.

»Das ist alles, was ich im Moment zu sagen habe«, endete Joe. »Roy? Gibt es etwas, was du uns erzählen möchtest?«

»Nein«, erwiderte Roy.

Dieses Mal drängte Joe ihn nicht einmal dazu, sich vorzustellen, bevor er sich an den Nächsten in der Runde wandte.

* * *

»Kann ich euch zwei vielleicht mitnehmen?«

Wir gingen gerade über den Parkplatz, als wir die Frage hörten.

Ich drehte mich um, aber Roy lief einfach weiter.

Es war Joe.

»Roy!«, rief ich. »Wäre es mit deinem Fuß nicht besser, wenn wir mitfahren?«

Wacklig kam er zum Stehen und hielt vorsichtig das Gleichgewicht auf seinen Krücken. Ich merkte, wie sein Widerstand bröckelte.

»Wahrscheinlich schon«, erwiderte er. »Ja.«

Ich wusste, dass er eigentlich nicht zu Joe ins Auto steigen wollte, also bedeutete das wohl, dass er größere Schmerzen hatte, als ich dachte.

Langsam bewegten wir uns auf das Auto zu.

Joe fuhr einen taubenblauen Chevrolet Corvair, ein Auto, von dem meine Mutter einmal gesagt hatte, dass sie es nicht anrühren würde. Angeblich waren sie in Sachen Sicherheit nicht gerade vorbildlich, diese Corvairs. Das war mir jetzt egal. Ich konnte sehen, dass Roy müde und mutlos war, und wollte uns nur nach Hause bringen.

Joe schob den Beifahrersitz wegen Roys Krücken weit nach hinten und half ihm beim Einsteigen. Dann kam er zur Fahrerseite und klappte seinen Sitz vor, damit ich mich auf den winzigen Rücksitz zwängen konnte.

Es war laut, als er den Motor startete. Das Auto besaß wohl einen dieser alten Glas-Pack-Schalldämpfer oder vielleicht auch gar keinen.

»Seid ihr Brüder?«, fragte Joe, als wir vom Parkplatz fuhren.

Ich wartete darauf, dass Roy antwortete, doch er schwieg. Im Rückspiegel begegnete ich Joes Blick.

»Ja«, antwortete ich. »Brüder.«

»Wo wohnt ihr?«

»In der Deerskill Lane. Die letzte Straße vor der Sackgasse.«

»Alles klar«, erwiderte er. »Ich weiß, wo das ist.«

Während der Fahrt ließ Joe das Fenster auf der Fahrerseite herunter und zündete sich eine Zigarette an, die er in der linken Hand hielt, den Unterarm auf das Fenster gestützt. Obwohl die Dämmerung schon lange eingesetzt hatte, fühlte sich die einströmende Luft heiß und sommerlich an. Es roch nach Zigarettenrauch und in dem Luftstrom tanzten hier und da Funken. Ich konnte nicht aufhören, sie anzustarren.

»Wie lange bist du schon zurück?«, fragte er meinen Bruder.

Zunächst sagte Roy nichts. Dann, als die Stille wahrscheinlich selbst ihm zu unangenehm wurde, antwortete er: »Noch nicht lange.«

»Ich schreib dir meine Telefonnummer auf«, sagte Joe. »Falls du mal mit jemandem reden willst.«

»Ich werde sie nicht brauchen«, erwiderte Roy.

»Du weißt nie, was du noch brauchen wirst.«

Nachdem ich ihn zu unserem Haus gelotst hatte, hielt er in der Einfahrt an. Meine Mutter hatte das Verandalicht für uns angelassen. Ich konnte die Motten sehen, die in dem Lichtstrahl tanzten. Oder vielleicht war es für sie kein Tanz. Vielleicht war es Verzweiflung, eine verrückte Art, ein Bedürfnis zu befriedigen.

Roy stieß die Beifahrertür auf und sprang förmlich aus dem Wagen. Ich weiß, ich hätte diese Formulierung auch für übertrieben gehalten, hätte ich es nicht mit eigenen Augen gesehen.

»Hier ist meine Nummer«, sagte Joe zu mir und kritzelte mit einem Kuli, der nicht richtig zu funktionieren schien, auf die Innenseite eines Streichholzheftchens. »Gib sie ihm, wenn ihr im Haus seid.«

»Ich glaube nicht, dass er anrufen wird«, sagte ich.

»Nein. Das glaube ich auch nicht. Aber man weiß nie. So weiß er wenigstens, dass er die Möglichkeit hat.«

»Danke«, sagte ich und nahm das Streichholzheftchen.

Ich drückte den Beifahrersitz nach vorn, um auszusteigen, doch dann hielt ich inne.

»Woher wussten Sie das?«, fragte ich ihn.

»Was?«

»Dass mein Bruder in Vietnam war.«

»Oh. Das. Na ja, ich wusste es nicht, oder? Ich konnte es nicht wissen, das war nur geraten. Die schwere Verletzung war ein Hinweis, aber sie hätte auch von einem Autounfall herrühren können. Doch nach einem langen Blick in seine Augen war ich mir ziemlich sicher.«

* * *

Meine Mutter saß am Küchentisch und trank etwas, was nach Alkohol aussah und auch so roch. Als ich hereinkam, blickte sie auf, als hätte ich sie aus einem Traum geweckt.

Mein Vater schien nicht da zu sein. Wieder einmal. Beinahe hätte ich sie gefragt, ob er überhaupt noch bei uns wohnte, doch ich kam nicht dazu.

»Also, wie läuft's?«, fragte sie mich.

»Die Meetings, meinst du?«

»Das hatte ich im Sinn, ja«, antwortete sie. Etwas sarkastisch, wie immer.

»Ich weiß nicht. Bisher wohl eher nicht so gut. Aber ich glaube, es braucht einfach mehr Zeit.«

Sie blickte wieder auf die braune Flüssigkeit in ihrem Glas.

»Connor war hier. Er wollte fragen, ob du zu ihm kommen kannst, er müsste dir etwas zeigen. Ich habe ihm gesagt, wann du zurückkommst, aber dann meinte er, es könnte bis morgen früh warten.«

»Okay«, sagte ich.

Ich ging nach oben. Ich wusste bereits, dass ich schlaflos im Bett liegen und mich fragen würde, was Connor mir wohl zeigen könnte, das ich nicht schon millionenfach gesehen hatte.

Kapitel 16

Versprechungen und Rückzahlungen

Um kurz nach sechs stand ich vor Connors Haustür. Drinnen war Licht, also klopfte ich an. Ich rechnete damit, dass seine Mutter wegen der frühen Uhrzeit schimpfen würde, aber ich musste es einfach tun. Ich hielt die Spannung nicht länger aus.

Doch Connors Mutter öffnete die Tür mit einem Lächeln im Gesicht. Ich war völlig perplex. Das war bisher noch nie vorgekommen.

»Oh, Lucas«, sagte sie. »Gut, dass du hier bist. Connor wird sich so freuen. Er kann es gar nicht abwarten, dir sein Kätzchen zu zeigen.«

»Connor hat eine Katze?«

»Ja! Wir haben sie gestern Nachmittag abgeholt. Sie ist das niedlichste kleine Ding, das du je gesehen hast. Schneeweiß, mit den schönsten … oh, aber warum erzähle ich dir das? Du wirst sie ja gleich sehen. Geh nur rauf.«

Im Hausflur wurde ich geblendet von … Licht. Als ich am Wohnzimmer vorbeikam, sah ich, dass ein Vorhang geöffnet worden war. An der von den Nachbarn abgewandten Seite, die zum Wald hinausging.

Ich stieg die Treppe hoch und klopfte an Connors Tür.

»Mom?«

»Nein, ich bin's. Lucas.«

»Oh, gut. Komm rein, aber schnell. Lass nicht die Katze raus.«

Ich huschte durch den kleinstmöglichen Spalt, durch den ich mich zwängen konnte, und schloss die Tür hinter mir.

Connor saß im Schneidersitz auf dem Teppich, mit einem sehr pfiffig gemachten Katzenspielzeug in der Hand. Es war nur eine kleine Stoffmaus, aber er hatte sie mit einer Schnur an einen Stock gebunden, sodass er die Maus wie einen Fisch an der Angel baumeln lassen konnte.

Ein Kätzchen sah ich allerdings nicht.

Plötzlich schoss mir ein schockierender Gedanke durch den Kopf. Was, wenn es kein Kätzchen gab? Wenn Connor und seine Mutter überglücklich und aufgeregt waren wegen etwas, was sich als ... völlige Einbildung herausstellen würde? Wie schockierend und bizarr wäre *das*?

Nur den Bruchteil einer Sekunde später kam ein völlig nicht-imaginäres Kätzchen in mein Blickfeld gesaust.

Offenbar hatte es sich unter Connors Nachttisch versteckt, bereit zum Angriff. Und was für ein Angriff das war! Diese kleine Katze flog förmlich über den Teppich und sprang in die Luft, um die drei- oder vierfache Höhe ihrer eigenen Größe. Sie setzte zum Schlag auf die Maus an, verfehlte und landete auf allen vieren, wie Katzen immer landen. Dann schreckte sie plötzlich scheinbar völlig grundlos auf. Ob sie einen Geist gesehen hatte? Ihr Rücken wölbte sich so hoch wie der einer Katze in einem Comic, dann hüpfte sie in Blitzgeschwindigkeit zur Seite und verschwand wieder unter dem Nachttisch.

Connor und ich lachten beide auf.

»Sie ist zum Schießen!«, sagte er. »Seit sie hier ist, kann ich nicht mehr aufhören zu lachen.«

Ich setzte mich zu ihm auf den Teppich. Er streckte sich vor und hob die kleine Katze schwungvoll von ihrem Platz unter dem Nachttisch hervor. Er hielt sie sanft an seinen Bauch gedrückt, damit ich sie streicheln konnte. Ich war überrascht, als ich sie berührte, denn sie schien fast nur aus Fell zu bestehen. Unter all dem Fell war nur ein winzig kleiner Katzenkörper.

Sie war schneeweiß, genau wie Mrs Barnes gesagt hatte. Ihre Ohren waren zartrosa und erschienen fast durchsichtig. Ihre Augen waren leuchtend blau, wie der Himmel an einem Sommertag. Es war wirklich umwerfend, wie sich diese Augen von der reinweißen Fläche aus Fell abhoben. Ich konnte meinen Blick kaum von ihr losreißen.

»So ein hübsches Kätzchen«, sagte ich.

»Ja, das ist sie. Sie wird mal eine wunderschöne Katze werden.«

»Was glaubst du, warum deine Mutter nachgegeben und dir eine Katze erlaubt hat?«

»Wahrscheinlich dachte sie, eine Katze würde mich mehr ans Haus binden.«

Instinktiv senkte ich die Stimme. »Oh. Ich verstehe. Was sagst du, wenn sie fragt, wo du hingehst?«

»Nur, dass ich morgens lange Spaziergänge mache. Was ja auch stimmt. Na ja, zum Teil. Einerseits ist sie froh, weil sie es wohl für ein gutes Zeichen hält, dass ich mehr aus dem Haus gehe. Aber ich glaube, es macht sie auch nervös. Hier«, fügte er hinzu, »willst du sie mal halten?«

Ich nahm die kleine Katze entgegen und hätte schwören können, dass sie so gut wie nichts wog. Doch sie existierte definitiv. Ich konnte ihr kleines Herz spüren, als ich sie an meine Brust hielt. Und als ich sie hinter den Ohren kraulte, schnurrte sie.

Ich gebe zu, ich war ganz schön verzaubert. Ich konnte mir gut vorstellen, wie sehr Connor in sie vernarrt sein musste.

Aus Versehen bewegte Connor plötzlich das Spielzeug. Als das Kätzchen die Bewegung sah, zappelte es, um aus meinen Armen zu kommen, wobei es mich mit seinen winzigen, rasiermesserscharfen Krallen beinahe kratzte. Ich setzte es auf den Boden.

Es rannte auf das Bett zu, doch Connor nutzte fachmännisch die Spielzeugmaus, um es in eine andere Richtung zu locken.

Eine Weile lang – ich hätte nicht sagen können, wie lange – sahen wir dem Kätzchen dabei zu, wie es die von dem Stock baumelnde Stoffmaus attackierte. Bei jeder seiner verrückten, wilden Bewegungen mussten wir auflachen. Es war schön und ich fragte mich, wann Connor und ich zuletzt miteinander gelacht hatten. Es war lange her.

Connor stand auf und überreichte mir den Stock.

»Ich muss mal aufs Klo«, sagte er.

Wie anscheinend jeder außer mir hatte auch Connor ein eigenes Badezimmer.

Sobald er sich umgedreht hatte, rannte das Kätzchen unters Bett und ich reagierte nicht schnell genug, um es aufzuhalten.

»Lass sie nicht unters Bett!« Connor schloss die Badezimmertür hinter sich.

Ich legte mich vor dem Bett auf den Bauch und entdeckte die Katze. Sie sah mich mit diesen erstaunlich blauen Augen an.

»Warum nicht?«, rief ich Connor zu. »Was passiert, wenn sie unter das Bett geht?«

»Nichts. Es ist nur sehr schwer, sie da wieder rauszubekommen.«

»Kannst du das Bett nicht einfach von der Wand wegziehen?«

»Egal, wo du das Bett hinstellst, sie setzt sich genau in die Mitte, wo du nicht an sie herankommst. Ich glaube, es ist ein Spiel für sie.«

»Wie bekommst du sie also raus, wenn sie einmal dort ist?«

»Du musst auf dem Bauch unters Bett kriechen.«

Ich seufzte, dann kroch ich los.

Sie wich mir aus, indem sie zum Kopfende des Bettes sauste. Was ein taktischer Fehler war, da sie von einer Wand aufgehalten wurde. In geduckter Haltung kauerte sie vor dem Wärmeabzug, bereit, gleich wieder loszuflitzen, doch ich konnte sie einfangen.

Es fühlte sich ziemlich klaustrophobisch an in diesem engen Raum, und ich zog sie sanft von dem Abzug weg, um schnell wieder rauszukommen.

Und da sah ich es.

Zunächst war ich mir nicht sicher, was ich sah, aber ich wusste, dass es etwas Wichtiges war. Etwas, was da nicht hingehörte. Es lag in dem Abzug, hinter dem Metallgitter, wo sich eigentlich nichts als Luft befinden sollte. Wenn man dort also etwas sah, was auch immer es war, stach es heraus – es war fehl am Platz.

Ich hielt das Kätzchen an meiner Schulter und wartete kurz, damit sich meine Augen an die Lichtverhältnisse gewöhnen konnten. Natürlich war unter Connors Bett nicht viel Licht und in dem Wärmeabzug war es dunkel.

Aber trotzdem konnte ich eine Ecke erkennen. Vielleicht die Ecke einer kleinen Schachtel. Und ich sah einen kleinen, gebogenen Teil eines Gegenstandes, der aus geschliffenem Holz oder einem anderen festen Material zu sein schien.

Ich hatte ein schlechtes Gefühl, was diesen Gegenstand betraf. Vielleicht irrte ich mich, aber ich musste es erfahren.

Ich rutschte unter dem Bett hervor und zog das Kopfende des Bettes von der Wand weg. Ich wusste nicht, wohin mit der kleinen Katze, also schob ich sie unter mein T-Shirt. Sie hielt dort still, zumindest für den Augenblick.

Ich kramte in meiner Hosentasche nach Kleingeld und fand ein Zehncentstück. Mit der Münze konnte ich die beiden Zierschrauben lösen, mit denen der Schachtdeckel an der Wand befestigt war. Die Schrauben waren bereits lose gewesen. Offensichtlich hatte erst vor Kurzem jemand den Deckel entfernt.

Ich legte die Schrauben auf den Boden, zog das Gitter ab und steckte meine Hand in den Schacht. Ich zog die zwei Gegenstände ans Licht.

Eine brandneue, ungeöffnete Schachtel mit einem Dutzend Patronen. Und eine Pistole.

Mit der Schachtel in den Händen stand ich auf. Ich starrte auf diese Gegenstände.

Plötzlich hörte ich die Stimme von Connor hinter mir, der wieder ins Zimmer getreten war.

»Oh, du hast das Bett hervorgezogen«, sagte er. »Ich habe dir doch gesagt, das funktioniert nie.«

Langsam drehte ich mich zu ihm um. Er blickte nach unten, noch damit beschäftigt, sein T-Shirt in die Hose zu stecken.

Ich sagte nichts.

Dann blickte er auf.

Einen Augenblick lang standen wir uns einfach nur gegenüber. Unsere Blicke begegneten sich, aber nicht ganz. Es war einer dieser Beinahe-Blicke, die wir so gut verinnerlicht hatten.

Der Augenblick zog sich in die Länge.

Die Katze begann, unter meinem T-Shirt zu zappeln.

»Ich weiß, du wirst mir das vielleicht nicht glauben«, sagte Connor. Seine Stimme klang nicht ganz wie er selbst, ein Teil klang fremd. Vielleicht war es die Stimme des erwachsenen Connor. »Aber ich habe dich noch nie vorher angelogen. Das war das erste Mal, seit wir zehn waren.«

Ich sah ihm direkt ins Gesicht und er blickte weg.

»Über was hast du mich angelogen, als wir zehn waren?«

Ich war überrascht, als er lachte. Es war nicht die Art von Lachen, mit dem wir über das Kätzchen und seine wilden Jagdpossen gelacht hatten. An diesem Lachen war nichts Fröhliches. Es klang eher wie ein Kommentar über die Lächerlichkeit unserer Situation.

»Ich kann mich nicht einmal daran erinnern«, sagte er. »Können wir uns auf das Wesentliche konzentrieren?«

»Versprich mir, nicht zu lügen, wenn wir jetzt darüber reden.«

»Okay. Ich verspreche es.«

»Dir war es also ernst damit.«

»Zu einem bestimmten Zeitpunkt, ja … ich glaube schon.«

»Aber das ist jetzt vorbei?«

»Ja.«

»Bist du dir sicher?«

Er dachte einen Moment nach, bevor er antwortete. Interessant. Es hätte bedeuten können, dass er sich tatsächlich nicht ganz sicher war. Aber ich verstand es eher so, dass er sein Versprechen, mir die Wahrheit zu sagen, ernst nahm.

Mittlerweile warf sich das Kätzchen heftig unter meinem T-Shirt hin und her und zerkratzte meinen Bauch.

»Au!«, rief ich und versuchte, sie dort herauszufischen, doch sie war bereits in Bewegung.

»Warum ist sie unter deinem T-Shirt?«

»Das ist eine lange Geschichte. Wer hat denn jetzt Probleme damit, sich auf das Wesentliche zu konzentrieren?«

Die kleine Katze war hinter meinen Rücken gekrabbelt und löste mit ihren Bewegungen das T-Shirt aus meiner Hose. Ich versuchte, sie mit meiner freien Hand aufzufangen, aber sie war zu schnell für mich. Sie sprang in die Freiheit, landete auf allen vieren auf dem Teppich … und rannte wieder unter das Bett.

»Okay«, sagte Connor. »Du hast recht. Und die Antwort ist Ja.«

»Ich glaube, inzwischen habe ich die Frage vergessen.«

Ich meinte damit nicht die Frage an sich, sondern nur die Formulierung. Bedeutete Connors Ja nun etwas Gutes oder Schlechtes?

»Ja, das ist jetzt vorbei.«

Ich atmete erleichtert aus. Die enorme Anspannung und Furcht, die sich in mir angestaut hatten, strömte langsam aus mir heraus, bis ich mich so kraftlos fühlte wie ein Ballon, dem die Luft ausgegangen war. Ich sank auf Connors Bett, noch immer hielt ich diese beunruhigenden Gegenstände. Meine Hände zitterten. Der erste Schock hatte nachgelassen und mir ging auf, dass ich etwas in den Händen hielt, das Menschen töten konnte. Etwas, was meinen Freund Connor beinahe ausgelöscht hätte.

»Also …«, begann ich. Nicht nur meine Hände, auch meine Stimme war zittrig. »Wenn wir das hier loswerden, wirst du nicht einfach einen anderen Weg finden?«

»Nein«, antwortete er. »Das verspreche ich.«

Er setzte sich neben mich auf die Bettkante, aber nicht zu nahe, mit einem respektvollen Abstand. Ich nenne es respektvoll, weil er mir den Raum gab, wütend zu sein. Ich spürte, wie er sich darauf gefasst machte, dass ich wütend sein könnte.

Ich sagte nichts und starrte nur auf den polierten Holzgriff der Waffe seines Vaters.

»Als ich neulich an diesem Morgen zu dir gekommen bin …«, begann er. »Wann ist das noch mal gewesen? Um mit dir über meine Gespräche mit Zoe zu reden? Zu dem Zeitpunkt hatte ich meine Meinung jedenfalls bereits geändert.«

Ich atmete tief durch und versuchte, innerlich zur Ruhe zu kommen.

Schon seltsam, wie man etwas wissen kann, ohne es eigentlich wirklich zu wissen. Man hat ein bestimmtes Bauchgefühl, und dann plötzlich bestätigt sich die Befürchtung, die man hatte. Man sieht es direkt vor seinen Augen. Und man denkt:

Warum bist du so schockiert? Du hast es schon die ganze Zeit gewusst. Aber wenn man die Waffe dann in der Hand hält … das ist eine ganz andere Art von Wissen.

Das fährt einem durch alle Glieder.

»Wir werden das hier also los«, sagte ich.

»Okay, ja. Das wäre gut.«

»Willst du sie deinem Vater zurückgeben?«

»Nein! Er darf nicht wissen, dass ich die Waffe hatte. Meine Mom erst recht nicht. Soll er denken, er hätte sie verloren oder sie sei gestohlen worden. Er kann sich eine neue kaufen. Er kann es sich leisten. Wahrscheinlich hat er bereits eine neue.«

»Okay, in Ordnung. Wir werfen sie also weg. Gib mir eine Tüte oder so was, ich kann nicht mit einer Waffe in der Hand durch die Straßen laufen.«

Er fing an, im Zimmer herumzukramen, öffnete Schubladen und sah in seinen Kleiderschrank. Ich glaube, er stand auch ein wenig unter Schock. Im Endeffekt lief es darauf hinaus, dass er wie die meisten Leute keine Tüte in seinem Schlafzimmer hatte.

»Nimm das hier«, sagte er und zog den Bezug von seinem Kopfkissen ab. »Ich sage meiner Mutter, die Katze hätte den Bezug zerrissen und ich hätte ihn weggeworfen.«

Ich nahm den Kissenbezug, legte die Waffe und die Schachtel mit den Patronen hinein und band das Ganze zu einem großen, weichen Knoten zusammen.

Einen Augenblick lang starrte ich das Gebilde nur an. Die Katze lugte unter dem Bett hervor und wunderte sich wahrscheinlich, warum niemand versuchte, sie zu fangen.

»Das wird zu merkwürdig aussehen«, wandte Connor ein.

»Das denke ich auch.«

Er eilte zum Kleiderschrank und nahm seinen Schulrucksack von einem Haken an der Innenseite der Tür. Der Rucksack war leer, weil wir noch Sommerferien hatten. Ich stopfte den seltsamen Bettbezugknoten in den Rucksack, den ich mir anschließend über die Schulter hängte.

»Danke, dass du das für mich tust«, sagte Connor.

»Danke, dass du die Waffe nicht benutzt hast.«

Es war eine ziemlich direkte Aussage. Es brannte förmlich, sie auszusprechen, und wahrscheinlich brannte sie auch in seinen Ohren. Mir fiel plötzlich auf, dass ich die Sache bisher nicht direkt in Worte gefasst hatte. Weder bei Connor noch bei Mrs Dinsmore. Ich hatte weiche, ungenaue Formulierungen benutzt, wie »nicht bleiben«. Aber was solls, manchmal muss man eine Sache einfach beim Namen nennen. Und wenn die Worte brutal klingen, liegt es vielleicht daran, dass die Sache, um die es sich handelt, brutal ist. Und vielleicht ist es besser, das einfach anzuerkennen. Was hatte ich damit bezweckt, als ich versucht hatte, es harmloser klingen zu lassen, als es war?

Ich schlich mich die Treppe hinunter und gelangte aus dem Haus, ohne Mrs Barnes zu begegnen. Auf dem Gehweg begann ich zu rennen, doch die Last prallte beim Laufen zu sehr gegen meinen Rücken. Sie war klein, aber schwer.

Wahrscheinlich hätte ich mit dem Rennen sowieso zu viel Aufmerksamkeit auf mich gezogen, denn wann sieht man schon einen Jogger mit einem Rucksack auf dem Rücken?

Schnurstracks ging ich Richtung Wald. Und weil ich einen Weg nahm, den ich vorher noch nie benutzt hatte, und ich diesen Teil des Waldes nicht gut kannte, verlief ich mich auch sofort.

Ein Punkt für meine Mutter.

* * *

Es dauerte gerade lange genug, um unruhig zu werden. Ich war ein Stück zurückgegangen und hatte gedacht, ich befände mich auf dem richtigen Weg, um dann herauszufinden, dass es derselbe Weg war, auf dem ich mich verlaufen hatte.

Ich bekam allmählich Angst.

Doch dann kam ich auf die Idee, die Sonne als Orientierung zu nehmen.

Sie stand jetzt hoch oben am Himmel und schien mir direkt in die Augen. Was bedeutete, dass ich in dieselbe Richtung blickte, wie wenn ich auf Zoe Dinsmores Veranda saß. Was bedeutete, dass ich nicht den langen Weg durch den Wald nahm und nicht Richtung Stadt blickte. Ich musste also nur weitergehen, um auf die River Road zu stoßen.

Das Problem war, dass es keinen richtigen Weg in diese Richtung gab. Doch ich drang trotzdem weiter vorwärts.

Ich kam nur langsam voran, da ich meinen Weg durchs Unterholz und über Baumwurzeln machen musste. Meine Beine wurden zerkratzt. Ich würde mehrere Wochen lang meine Kratzer unter langen Unterhosen verstecken müssen. Und das mitten in einem heißen Sommer. Aber ich kämpfte mich weiter.

Auch als Schweißtropfen mir über den Nacken und an den Beinen hinunterliefen, gab ich nicht auf.

Und dann trat ich auf die Straße. Ganz plötzlich. Irgendwie hatte das Gestrüpp sie bis zum letzten Moment verborgen gehalten.

Ich überquerte sie und blickte auf den schlammigen, schnell strömenden Fluss hinunter. Und ich verfluchte ihn, laut sogar.

»Du Mistkerl!«, brüllte ich den Fluss an, den meine Worte nicht im Geringsten berührten. »Du hast uns allen hier den Frieden geraubt. Uns zur Abwechslung mal ein Problem abzunehmen, ist das Mindeste, was du tun könntest.«

Ich ließ den Rucksack auf den Boden fallen und blickte in alle Richtungen. Weit und breit keine Seele. Na ja, eine Seele sah ich schon, nur keine Menschenseele. Ein Rehbock starrte mich vom Seitenstreifen aus an, als wollte er herausfinden, warum ich so aufgebracht war. Dann trabte er davon und seine Hufe klackerten auf dem Asphalt.

Ich nahm den zusammengeknoteten Kissenbezug aus dem Rucksack und schwang das Bündel herum, als holte ich zu einem Wurf aus. Doch kurz bevor ich loslassen wollte, kam mir ein beunruhigender Gedanke: *Stell dir vor, du wirfst es zu weit und es landet auf dem Ufer gegenüber. Bloßgelegt und greifbar.*

Die nächste Brücke war mindestens fünf Kilometer entfernt. Und was, wenn ich zwar an die andere Seite gelangte, aber die Stelle nicht fand, wo das Bündel gelandet war?

Ich schwang das Bündel noch einmal mit weniger Elan, doch wieder schoss mir ein Einwand durch den Kopf: *Stell dir vor, du wirfst es nicht weit genug und es landet hier auf diesem Ufer. Auf diesem schlammigen, rutschigen, sehr steilen Ufer.* Ich würde das Ufer hinunterklettern müssen, um das Bündel zu holen. Doch nur eine falsche Bewegung und anstelle des Bündels würde ich in den Fluss stürzen.

Ich gab auf, steckte das Bündel wieder in Connors Rucksack und rannte auf dem Seitenstreifen die fünf Kilometer bis zur Brücke.

Die einspurige, hohe Autobrücke aus Eisen war zu einer Zeit gebaut worden, als Autos noch viel kleiner waren. Ich konnte hören, dass sich ein Auto näherte. Ich wich zum Waldrand aus und versteckte mich hinter einem Baum, bis das Auto den Fluss überquert und sich entfernt hatte.

Das bedrohliche Bündel unter meinem T-Shirt verstaut, trat ich aus dem Wald heraus auf die Brücke. Bei jedem Schritt stieß es an die Stellen, wo das Kätzchen mich gekratzt hatte.

Einen Augenblick lang stand ich nur dort und blickte auf das fließende Wasser hinunter. Doch hinter meinem seltsamen Verhalten steckte ein System. Ich lauschte angestrengt, um ganz sicherzugehen, dass niemand kam. Als ich wirklich nichts als Stille hörte, blickte ich mich um. Ich drehte mich einmal um mich selbst. Falls es einen verlassenen Flecken in dieser entwickelten Welt gab, stand ich an diesem verrückten Morgen genau dort.

Ich zog das Bündel unter meinem T-Shirt hervor und warf es in den Fluss.

»Du bist mir was schuldig«, sagte ich jetzt leise zu dem Fluss. »Du bist uns allen etwas schuldig. Versteck das für mich. Bring wenigstens diese eine Sache in Ordnung.«

Ich blickte mich wieder um, aber zum Glück hatte mich niemand gesehen. Es war niemand da, der mich hätte sehen können.

Ich rannte am Straßenrand entlang zurück zu meinem gewohnten Zugang zum Wald, der mich in einer ziemlich geraden Linie zu Zoes Blockhütte brachte.

Als ich am Friedhof vorbeikam, sah ich von Weitem frische Blumen auf den beiden Gräbern. Diesmal waren es rote. Ich war zu aufgewühlt, um ihnen größere Beachtung zu schenken, verlangsamte aber im Vorbeilaufen das Tempo, um sie anzusehen.

Dann rannte ich so schnell wie noch nie zuvor in meinem Leben. Oder vielleicht noch schneller.

* * *

Sie verließ gerade das Toilettenhäuschen, als ich über den Hang geschossen kam, immer noch in einem manischen Tempo.

»Was zum Teufel ist in dich gefahren?«, rief sie mir zu.

Als ich vor ihr stehen blieb, konnte ich kaum sprechen, so sehr keuchte ich.

»Er wollte es wirklich tun.«

»Wer wollte was wirklich tun?«

»Connor.«

Während ich langsam zu Atem kam, beobachtete ich, wie sie die Neuigkeit innerlich verdaute. Obwohl ich natürlich nicht in sie hineinsehen konnte, nahm ich es wahr. Es zeichnete sich auf ihrem Gesicht ab.

»Er hatte wirklich die Waffe von seinem Vater«, sagte ich. »Er hat gelogen.«

»Hat er sie immer noch?«

»Nein. Ich habe sie in den Fluss geworfen. Er will sie nicht mehr. Er sagt, er hat seine Meinung geändert.«

»Gut.«

Eine Weile standen wir nur da und blickten uns an. Ein wirklicher, echter Blick. Nicht dieses aneinander vorbeisehen.

»Sie wissen, was das bedeutet, oder?«, fragte ich.

»Ich weiß nicht, was es deiner Meinung nach zu bedeuten hat.«

»Sie haben ihn gerettet.«

»Also das würde ich jetzt nicht sagen.«

»Doch. Sie haben dafür gesorgt, dass jemand hier auf der Welt bleibt. Sie haben ein Leben gerettet. Das ist wie … wie soll ich es sagen? Wie eine Rückzahlung. Wie … eins ist vergolten, eins steht noch an.«

Sie verstand meine Bemerkung nicht so, wie ich es erhofft hatte. Ich bemerkte, wie ihre Miene sich verhärtete und der Gedanke sie zurückprallen ließ.

»So funktioniert die Welt nicht, mein Freund.«

Sie klang abwehrend, aber wenigstens hatte sie mich als ihren Freund bezeichnet.

»Warum nicht?«

»Willst du etwa zu Freddies oder Wanda Jeans Eltern gehen und ihnen erzählen, dass ihr Verlust jetzt ausgeglichen ist?«

»Das habe ich nicht gemeint.«

»Na ja, was hast du dann gemeint?«

Sie hielt jetzt die Arme vor der Brust verschränkt.

Ich fühlte mich, als hätte sie mir eine schwere Aufgabe gegeben, die ich nicht lösen konnte. Doch dann fand ich eine

266

Antwort, die mir gefiel. Vielleicht würde ich doch noch gut abschneiden.

»Ich glaube …«, begann ich. »Ich meine, wenn Sie jemandem das Leben retten können … ist das nicht gut genug? Ist das nicht Grund genug, um zu bleiben?«

Offenbar war sie von meiner Antwort weniger beeindruckt als ich, denn sie schüttelte nur den Kopf. Sie ließ ein leises, tiefes Lachen hören, das auf meine Kosten zu gehen schien.

»Ah, die Jugend«, sagte sie. Es erinnerte mich an etwas, was meine Mutter zu mir gesagt hatte: »Eine Zeit, in der alles im Leben so verdammt einfach ist.«

Dann trat sie auf die Veranda und öffnete die Tür zu ihrer Blockhütte. Als sie hineinging, kamen die Hunde herausgeströmt und rannten auf mich zu.

Sie sprangen an mir hoch, winselten aufgeregt und leckten mich ab.

Zumindest hatte ich also das.

Ich fiel auf meine zerkratzten Knie, hielt die Hunde am Hals fest und flüsterte ihnen ins Ohr, wie gekränkt ich war.

»Nun, sie hat ihn schließlich gerettet«, sagte ich zu ihnen. »Und das ist wirklich ein guter Grund, um zu bleiben.«

Die beiden warfen mir mitfühlende Blicke zu. Sie konnten wirklich nicht wissen, weshalb ich so aufgebracht war, doch mir kam es so vor, als wollten sie sagen: »Na ja, wir wissen doch alle, wie sie ist, oder? Wir wissen, wie sie sein kann, aber wir lieben sie trotzdem.«

Oder zumindest interpretierte ich ihre Blicke so. Ich kann meinen Eindruck mit der handfesten Tatsache stützen, dass es wirklich Liebe ist, was man von Hunden entgegengebracht bekommt. Und es ist keine kleine Sache, trotz allem geliebt zu werden, das kann ich Ihnen sagen.

* * *

Als ich nach Hause kam, stand meine Mutter gerade mit dem Telefonhörer in der Hand in der Küche. Sie schien abgewartet zu haben, ob ich es war, der in die Küche kam.

Aber ehrlich, wer sonst hätte es sein sollen?

Ich wusste bereits, dass der Anruf von Connor war.

Sie deckte die Sprechmuschel mit der Handfläche ab.

»Es ist Connor«, sagte sie. »Er ruft schon zum dritten Mal an. Ich hoffe, es gibt kein Problem.«

»Nein. Alles ist in Ordnung. Kein Problem. Er ist nur ganz begeistert von seinem neuen Kätzchen.«

Es störte mich selbst, dass mir das Lügen so leichtfiel, doch ich tat es für meinen Freund. Ich konnte ihr aber nicht in die Augen blicken, was sie vielleicht misstrauisch machte. Andererseits sah ich ihr auch sonst nicht häufig in die Augen.

Ich nahm ihr den Hörer ab und hoffte vergeblich, sie würde die Küche verlassen.

»Hey«, sagte ich zu Connor.

»Ist alles gut gelaufen?«

»Ja. Prima.«

»Oh, Gottseidank. Wow! Puh! Ich bin hier schon völlig durchgedreht. Hat dich auch niemand gesehen?«

»Nein. Alles klar.«

»Wo hast du sie entsorgt?«

Ich spürte, dass meine Mutter in der Nähe stand und zuhörte, doch ich wollte nicht zu ihr sehen. Sie sollte nicht merken, dass etwas nicht in Ordnung war.

»Alles klar«, sagte ich wieder.

»Oh. Steht deine Mutter direkt neben dir?«

»So was in der Art, ja.«

»Okay. Das ist gut. Ich will dir nämlich etwas sagen, und so musst du einfach zuhören und kannst nicht mit mir diskutieren. Bleib einfach stehen und sag nichts, okay?«

Am anderen Ende der Leitung wurde es einen Moment still, und ich dachte, er würde vielleicht wirklich auf mein Einverständnis warten. Also sagte ich »Okay«, auch wenn es mich nervös machte. Es klang, als hätte er vor, mir die Leviten zu lesen – für alles, was ich jemals in unserer Freundschaft falsch gemacht hatte. Für jedes Mal, wenn ich nicht für ihn da gewesen war, wenn er mich brauchte.

Ich hätte mich nicht mehr irren können.

»Du bist wirklich ein guter Freund«, sagte er. »Und ich habe mich nicht wie ein guter Freund verhalten.«

»Nein, du bist ein guter Freund.«

»Hör einfach zu«, sagte er. »Nicht reden.«

»Okay.«

Meine Mutter ging zum Kühlschrank und begann, darin herumzukramen. Doch ich war mir sicher, dass sie immer noch zuhörte.

»In letzter Zeit war ich kein guter Freund«, sagte Connor. »Du hast dich verbogen, um mir zu helfen, und ich war zu nichts zu gebrauchen. Und ich meine es nicht so wie letztes Mal – als solltest du gar nicht mit mir befreundet sein. Das meine ich nicht. Ich will, dass du mein Freund bist. Du sollst nur wissen, dass ich mich jetzt bessern werde.«

Eine Pause entstand, während ich abwartete, ob er geendet hatte.

»Abgemacht«, sagte ich.

»Tut mir leid, dass ich mich so verhalten habe.«

»Es muss dir nicht leidtun.«

»Na ja, es ist aber so. Danke für deine Hilfe heute.«

»Kein Problem, jederzeit«, erwiderte ich.

Und seltsamerweise mussten wir daraufhin beide loslachen.

»Na ja, nicht jederzeit«, fügte ich hinzu.

Wir verabschiedeten uns voneinander. Der stressige Teil dieses unglaublich stressigen Tages war nun hoffentlich vorbei.

Ich blickte zu meiner Mutter, die meinen Blick sofort erwiderte. Wahrscheinlich erwartete sie eine Erklärung, was das alles zu bedeuten hatte.

»Er ist wirklich ganz vernarrt in dieses neue Kätzchen«, sagte ich.

Kapitel 17

Erzähle deine Geschichte

Am Montagabend waren mein Bruder und ich auf dem Weg zur Bushaltestelle, um zum Meeting zu fahren.

Zunächst schwiegen wir.

Die Sonne ging unter, doch es war immer noch heiß. Dann und wann fuhr ein Nachbar an uns vorbei und hupte uns zu. Einer von ihnen, der alte Mr Harrigan, hatte das Autofenster heruntergekurbelt und hob anerkennend den Daumen hoch. Wahrscheinlich weil Roy im Krieg gedient hatte und lebendig nach Hause zurückgekehrt war. Ich merkte, dass es meinem Bruder unangenehm war.

Als Roy schließlich den Mund öffnete, dachte ich, er würde darüber sprechen wollen, doch er schlug ein ganz anderes Thema an.

»Warum willst du nicht beim Leichtathletikteam mitmachen«, fragte er, als sei er ernsthaft an meiner Antwort interessiert.

Seit er zurückgekehrt war, hatte Roy an nichts richtig Interesse gezeigt – das heißt, außer an seinen Tabletten.

»Ich weiß nicht. Es lässt sich nur schwierig erklären. Ich … wenn ich im Wald laufe, mit diesen Hunden, fühle ich mich einfach … irgendwie … völlig frei. Auf der Bahn in der Schule dagegen bin ich mit diesen Jungen zusammen, die mich nicht gerade leiden können. Und der Trainer sieht beim Laufen zu. Man wird von allen beurteilt, zumindest würde es sich so anfühlen. Es ist einfach das völlige Gegenteil zum Laufen im Wald. Es ist direkt so, als wäre man in einem Käfig.«

»Aber du könntest doch beides tun«, sagte er.

Wir waren an der Bushaltestelle angelangt. Niemand außer uns war dort. Ich setzte mich und er blieb auf seine Krücken gelehnt stehen. Ich glaube, das Hinsetzen und Aufstehen fiel ihm schwer. War er einmal aufgestanden, setzte er sich normalerweise nicht hin, wenn er sowieso bald wieder aufstehen musste.

Ich blickte zu ihm hoch, doch er starrte in die Ferne und schien mich überhaupt nicht zu bemerken. Dieser Augenblick fasste das Verhältnis zwischen mir und meinem Bruder perfekt zusammen, seitdem er nach Hause zurückgekehrt war. Ich blickte ihn an, in der Hoffnung, etwas zu sehen, zu finden, während er geistig Tausende von Meilen entfernt war.

»Sicher, ich könnte beides tun«, sagte ich. »Aber warum sollte ich das Training in der Schule machen, wenn ich es nicht mag?«

Zunächst erwiderte er nichts. Dann blickte er mir direkt ins Gesicht, was mich überraschte. Oder genau genommen sogar schockierte.

»Ich verlange normalerweise solche Dinge nicht von dir«, sagte er, »aber egal. Ich würde mich jedenfalls sehr freuen, wenn du dich mir zuliebe dazu durchringen könntest, diesen Platz im Team anzunehmen.«

Er wandte wieder den Blick ab. In einiger Entfernung tauchte der Bus auf, der gerade die Grünschaltung an einer der einzigen zwei Ampeln des Städtchens verpasst hatte.

»Warum liegt dir so viel daran, dass ich es mache?«

Wir sahen zu dem Bus an der roten Ampel, als hätten wir noch nie etwas so Faszinierendes gesehen.

»Ich habe früher mal am Auswahltraining teilgenommen«, sagte er.

»Das hast du mir nie erzählt.«

»Ich habe es nicht geschafft. Ich war nicht schnell genug. Man kommt nicht einfach von der Schule heim und erzählt seinem kleinen Bruder: ›Hey, heute wollte ich etwas erreichen, an dem mir viel liegt, aber ich bin damit auf den Arsch gefallen.‹ Und jetzt kann ich nicht mal mehr *schlecht* laufen. Ich werde wahrscheinlich nie wieder laufen können. Wenn ich also zur Bahn mitkommen und sehen könnte, wie du es schaffst … wie du diesen Platz im Team einheimst, den ich mir nie schnappen konnte … das würde mir gefallen.«

Die Ampel schaltete auf Grün und der Bus kam mit lautem Brummen auf uns zu.

»Okay«, antwortete ich. »Dann mache ich's.«

* * *

»Wie lange müssen wir da noch hingehen?«, fragte er mich, als wir im Bus saßen und die Haltestellen bis zu unserer zählten. Oder zumindest tat ich das. Er machte sich über den Weg zu den Meetings vermutlich keine Gedanken, sondern überließ den logistischen Ablauf mir.

»Ich weiß nicht genau. Vielleicht, bis es dir nicht mehr so unangenehm ist?«

»Das ist bizarr«, sagte er, den Blick wieder in die Ferne gerichtet.

273

Nach unserem kurzen Augenblick zuvor war er mir wieder entglitten.

»Warum ist es bizarr?«

»Solange ich die Meetings hasse, muss ich hingehen. Und wenn sie mir nicht mehr so viel ausmachen, bin ich aus dem Schneider.«

»Du kannst immer noch hingehen, wenn du willst. Ich glaube, manche dieser Leute gehen schon seit Jahren hin. Jedenfalls klingt es so, wenn sie ihre Geschichten erzählen. Und du kannst wie die anderen Leute einen Sponsor bekommen, damit du jemanden hast, mit dem du außerhalb der Meetings reden kannst.«

Der Begriff »Sponsor« klang seltsam kommerziell, aber im Rahmen des Programms war damit ein persönlicher Berater gemeint.

»Warum hasst du die Meetings so sehr?«, fragte ich, als er nichts erwiderte.

»Ich hasse sie nicht. Ich glaube aber, dass die anderen dort nur darauf warten, dass ich ihnen meine Geschichte erzähle.«

Und das war das Ende der Unterhaltung, denn ich konnte ihm nicht widersprechen. Ich hätte ihm nicht sagen können, dass er unrecht hatte. Natürlich warteten sie darauf, dass er seine Geschichte erzählte. Genau wie ich.

Und vor allem mich überforderte diese Warterei allmählich. Wie alle anderen hatte ich noch nicht erfahren, was passiert war.

Den Rest des Weges legten wir schweigend zurück.

* * *

Der erste Teil des Meetings war vorüber und das Erzählen der persönlichen Geschichten stand kurz bevor. Dann passierte es. Bildlich gesprochen war die Stelle erreicht, an der die Wippe zur anderen Seite kippte. Der letzte riesige Wendepunkt des Sommers 1969.

Wir hatten die Lesungen beendet. Der Leiter hatte gefragt, ob Neulinge in ihren ersten dreißig Tagen anwesend waren. Roy hatte sich nicht gemeldet. Roy meldete sich nie. Ich glaubte nicht, dass er vorgeben wollte, schon länger als dreißig Tage clean zu sein – zumindest wollte ich das glauben. Ich dachte einfach, dass er sich nicht als Neuling bezeichnen wollte, bevor er von den Schmerzmitteln los war, also wollte er nicht behaupten, schon auf dem Weg des Entzugs zu sein.

Der Leiter war den Ablauf durchgegangen, in dem diese kleinen Medaillen, oder »Chips«, an Leute verliehen wurden, die seit dreißig, sechzig oder neunzig Tagen clean waren. Und auch für sechs Monate, neun Monate oder den Jahrestag von einem oder mehreren suchtfreien Jahren gab es diese Chips.

Nur gab es diesmal keine Verleihungen. Trotzdem ging der Leiter jedes Mal die Liste durch und rief all diese Meilensteine auf, um zu sehen, ob sich jemand melden würde, um eine Medaille verliehen zu bekommen.

Ich bemerkte, wie ein paar Blicke zur Tür huschten, also sah ich ebenfalls in diese Richtung.

Zoe Dinsmore war gerade eingetreten und zog die Tür hinter sich zu.

Entweder hatte sie mich noch nicht bemerkt, oder sie hatte mich gesehen und ihr Blick war bereits weitergewandert. Sie sah zu Roy, der ihren Blick erwiderte.

Und dann geschah etwas, was mir seltsam vorkam. Jedenfalls damals in diesem Augenblick.

Sie nickte ihm zu. Und er nickte zurück.

Ich hätte nicht genau sagen können, was dieses Nicken genau zu bedeuten hatte, aber es war eine Art von Anerkennung. Die Anerkennung einer Gemeinsamkeit zwischen ihnen. Was mich vollkommen verblüffte. Ich hatte keine Ahnung gehabt, dass die beiden jemals etwas miteinander zu tun gehabt hatten. Doch ich konnte sehen, dass es nicht die Art von Nicken war, die man mit einem Fremden austauschte. Es war ein Nicken, das sich auf eine Art gemeinsamer Vergangenheit bezog. Eine Verständigung. Manche Dinge müssen nicht erklärt werden und sind einfach offensichtlich.

Sie brachen den Blickkontakt ab und Zoe suchte sich einen Platz.

Sie setzte sich uns gegenüber und sah mich an. Nur ganz kurz. Sie warf mir ein trauriges kleines Lächeln zu, bevor sie auf den Tisch vor sich blickte.

Jeff, der Leiter, sprach sie an.

»Wir haben gerade die Verleihung der Chips abgeschlossen, aber ich frage noch einmal. Ist jemand hier in den ersten dreißig Tagen des Entzugs?«

Den Blick nach wie vor auf den Tisch gerichtet, hob Zoe die Hand.

»Mein Name ist Zoe und ich bin süchtig«, stellte sie sich vor.

Und anstelle der üblichen Gruppenantwort, die ein »Hi, Zoe« gewesen wäre, sagten alle: »Hi, Zoe. Willkommen zurück.«

* * *

»Ich glaube, jeder in diesem Raum kennt meine Geschichte gut genug, um sie selbst zu erzählen«, sagte Zoe, als sie an der Reihe war. »Habe ich recht?«

Ihr Blick überflog die anderen Leute im Raum. Niemand sagte etwas. Niemand wirkte auch nur im Geringsten verwundert.

»Gut«, sagte sie. »Dann werde ich eure Zeit nicht mit meiner Geschichte verschwenden, denn ihr kennt sie bereits und ich erzähle sie sowieso nicht gern. Ich will euch nur eines sagen:

Wenn ihr euch überlegt, wieder auszugehen, tut es nicht. Lasst euch gar nicht darauf ein. Ich habe für euch nachgeforscht und kann sagen, dass es dort draußen immer noch stinkt. Und das Suchtproblem, das ihr mal hattet, ist nicht besser geworden, während ihr hier drin clean geworden seid. Falls überhaupt, hat es sich noch verschlimmert. Ihr fühlt euch hier drinnen in Sicherheit, aber in der Zwischenzeit ist eure Krankheit dort draußen und macht Liegestütze auf der Veranda. Man denkt, man kann sie aus der Kiste lassen und dann wieder wegsperren, wenn man bereit ist, nur weil man es schon einmal geschafft hat. Man wird vielleicht übermütig und glaubt, man hätte es mit seinem eigenen, übermächtigen Willen geschafft. Man lässt sie also raus, sieht sie sich an und dann die Kiste, und dann ist die Krankheit plötzlich tausendmal größer als die Kiste. Um nichts in der Welt kann man sich zusammenreimen, wie man die Krankheit jemals in diese Kiste gebracht hat.«

»Beinahe wäre ich nicht wiedergekommen«, sagte sie und ihr Blick bewegte sich in meine Richtung. »Stattdessen hätte ich mich fast selbst beseitigt. Aber dieses Schicksal war für mich wohl noch nicht vorgesehen. Ich glaube, ich soll weiterhin hierbleiben und versuchen, Gutes zu tun. Also, was ich sagen will, und dann gebe ich das Wort weiter … ich will nur sagen, dass es um einiges leichter ist, an seinem Platz in diesem Raum festzuhalten, als ihn aufzugeben und zu glauben, man könnte ihn zurückbekommen. Wenn wir zurück in diese Räume kommen, sind unsere Körper und Seelen beträchtlich abgenutzt. Und dann gibt es noch diejenigen, die es nicht schaffen. Ich hätte beinahe zu ihnen gehört. Also nehmt meinen Rat an. Dort draußen gibt es nichts für euch.«

Eine Pause entstand, die niemand ausfüllte. Wenn jemand seine Geschichte erzählt hatte, schwiegen die anderen immer und warteten ab, bis die Person, die ihre Geschichte geteilt hatte, die nächste Person aufforderte und sozusagen den Stab weiterreichte.

Zoe öffnete wieder den Mund. »Von wem ich als Nächstes hören möchte …«

Sie zeigte direkt auf meinen Bruder. Ich sah den Schrecken auf seinem Gesicht.

»Ich habe deinen Namen vergessen, mein Junge.«

»Roy«, erwiderte er.

»Ich möchte von Roy hören.«

Eine lange Stille setzte ein. Wirklich unangenehm lang, doch niemand füllte diese Stille aus. Roy war an der Reihe und damit hatte es sich. Wollte er seine Geschichte nicht teilen, hätte er sagen können, dass er die Stimme weitergeben wollte. Aber das Meeting wurde nicht fortgesetzt, bevor er eine Entscheidung traf.

»Mein Name ist Roy«, sagte er.

In meinem ganzen Körper kribbelte es vor Erwartung.

»Und ich … na ja, ich habe keine Ahnung, was ich bin. Nein, doch. Das stimmt eigentlich nicht. Ich glaube, ich weiß, dass ich ein Süchtiger bin, aber ich will es nicht aussprechen, weil es dann zur Wahrheit wird und sich nicht mehr zurücknehmen lässt. Und es wird immer die Wahrheit bleiben. Aber nun habe ich es trotzdem gerade gesagt, oder?«

Er legte eine Pause ein und seufzte.

»Ich bin gerade von Übersee zurückgekehrt.« Sein Blick wanderte zu Joe, der am anderen Ende des Tisches saß. »Wie er, nur könnte meine Geschichte nicht unterschiedlicher sein. Das ist keine Wertung, sie ist nur das Gegenteil. Er ist derjenige, der Respekt verdient. Meine Geschichte ist ein Desaster. Was mich betrifft, so gibt es da nichts zu respektieren.«

Er legte wieder eine Pause ein. Sie dauerte so lange, dass ich mich fragte, ob er überhaupt noch etwas sagen würde. So lange, dass es mir schwerfiel, still sitzen zu bleiben. Alle anderen schienen kein Problem damit zu haben, stillzuhalten und abzu-warten. Allerdings waren diese Leute auch nicht sein jüngerer Bruder.

»Ich kann nicht glauben, dass ich das tue«, sagte Roy. »Eigentlich will ich es wirklich nicht.«

Doch er tat es trotzdem.

»Im Gegensatz zu ihm habe ich mich nicht freiwillig gemel-det«, sagte er. »Man hätte mir eine Waffe an den Kopf halten können und ich wäre nicht hingegangen. Das heißt, wenn ich nicht eingezogen worden wäre. Und ich wurde auch nicht von den Drogen abhängig, die die Armee uns gab. Ich hasste Speed. Ich nahm es nicht und erzählte niemandem, dass ich es nicht nahm. Ich versteckte es einfach an der Innenseite meiner Wange und spuckte es später aus. Es machte mich ganz zappelig und nervös. Ich fühlte mich, als würde sich der obere Teil meines Kopfes ablösen, als hätte ich keine Kontrolle über meinen Magen. Und so ähnlich fühlte ich mich dort ohnehin schon, die ganze Zeit über. Ich konnte wirklich nichts gebrauchen, was es noch schlechter machte. Bei mir waren es die Straßendrogen. Wobei ›Straße‹ allerdings eine Übertreibung ist. Die meisten Orte, an denen wir stationiert waren, hatten nicht mal Straßen. Doch man konnte immer Äitsch bekommen, Äitsch war stark und billig. Es war himmlisch. Man konnte mitten in der Hölle sein, aber wenn man das Zeug rauchte, hatte man das Gefühl, alles wäre in Ordnung. Und ich befand mich wirklich mitten in der Hölle, also kam es mir sehr gelegen.«

Er stockte wieder und alle warteten.

Die Knoten in meinem Magen verwickelten sich zu Doppelknoten.

»Ich sage das nur sehr ungern vor meinem Bruder. Ich glaube, er blickt irgendwie zu mir auf. Und glaubt mir, das wird er nie wieder tun, wenn er das hier gehört hat. Aber frü-her oder später wäre ich ihm die Wahrheit sowieso schuldig.

Okay. So war's. Mann, wie ich das hasse. Ich rauchte die ganze Zeit über. Nicht nur abends zur Entspannung wie die meisten. Nein, die ganze Zeit. Selbst, wenn ich wusste, dass wir unter feindlichen Beschuss geraten konnten. Ich hätte die Sache sonst nicht durchziehen können. So zugedröhnt war ich ein leichtes Ziel, das wusste ich. Manchmal konnte ich kaum meine Arme heben, also hätte ich nicht schnell zurückfeuern können, um mich zu verteidigen. Ich war wahrscheinlich an einem Punkt angelangt, wo mir alles egal war. Ich hatte Todesangst und wollte nur nach Hause.

Was ich schließlich tat – darüber hatte ich zuvor schon dutzendfach nachgedacht, nur um nach Hause zu können. Ich wollte einen Weg, um schnell aus dieser Hölle rauszukommen. Aber bis zu dem Tag, an dem ich es tatsächlich tat, blieb es nur ein Gedanke. Wegen der anderen Jungs. Ich hatte das Gefühl, dass ich es ihnen schuldig war, zu bleiben. Alles andere schien einfach so egoistisch.«

Mich überkam wieder dieses Kribbeln, als ich mich fragte, was er meinte.

»Doch dann kam dieser Brief von meinem kleinen Bruder, in dem er schrieb, dass er mich liebte und wollte, dass ich sicher nach Hause zurückkomme. So etwas hatte er noch nie zu mir gesagt. Wahrscheinlich bringt ein Krieg Dinge zutage, von denen man vorher nicht einmal gewusst hat, dass sie existieren. Selbst, wenn man zu Hause ist und nicht kämpfen muss. Der Krieg fordert wirklich von allen einen Tribut.«

Mir ging etwas durch den Kopf. Etwas, was mein Bruder am ersten Tag nach seiner Rückkehr gesagt hatte – nachdem ich erfahren hatte, dass mein letzter Brief an ihn, über den er jetzt vor allen redete, angekommen war.

Was glaubst du, warum alles so gelaufen ist?

Das hatte er zu mir gesagt. Und danach hatte er mir nicht erklärt, was er damit meinte. Wie war es gelaufen? Ich dachte, ich hätte zum Teil verstanden, was er mir sagen wollte, besonders nach dieser Unterhaltung mit Mrs Dinsmore. Aber ich hatte mich nicht getraut, nach den Details zu fragen, weil ich dachte, ich hätte nicht das Recht dazu. Es war schließlich sein Leben. Er würde mir alles erzählen, wenn er es wollte.

Und jetzt war es so weit. Er erzählte es mir und den anderen Teilnehmern des Meetings.

Ich dachte: *Oh verdammt, es ist alles meine Schuld. Was auch immer er sagen wird, es ist alles meine Schuld.*

»Wir steckten also fest und wurden aus dem Hinterhalt angegriffen, und ich war zugedröhnt. Völlig zugedröhnt. Ich schwebte. Wir waren unter Beschuss, von allen Richtungen, so kam es mir vor, und ich hätte genauso gut ohnmächtig werden können, denn ich konnte nicht zurückfeuern. Und dann bekam meine Einheit irgendwie die Oberhand und unsere Gegner zogen sich zurück. Ich war am Leben und … völlig unverletzt. Ich kann mir immer noch keinen Reim darauf machen. Ich meine, ist etwas dran an dem Spruch, Gott würde Narren und Babys schützen? Oder hatte ich ganz unbeabsichtigt einen kühlen Kopf bewahrt, weil ich so zugedröhnt war? Ehrlich gesagt, ich habe keine Ahnung. Die Einzelheiten sind sehr unscharf, und nicht nur, weil inzwischen etwas Zeit vergangen ist. Sie waren schon unscharf, als es passierte. Ich erinnere mich nur noch daran, dass ich dort auf dem Boden saß. Hinterher. Und mein Gewehr, meine M16, lag auf dem Boden neben meinem rechten Bein. Aus irgendeinem Grund war dieser Teil klar. Dieser Teil ist wie in mein Gehirn eintätowiert. Meine rechte Hand lag an dem Gewehr. Und ich hatte links und rechts von mir einen Toten liegen. Ich hatte beide gekannt. Wir waren nicht die besten Freunde gewesen, aber ich hatte sie gekannt. Ich wusste, dass sie Angst gehabt hatten wie ich, aber soweit ich wusste, hatten sie die Angst besser im Griff gehabt. Aber vielleicht denke ich das auch nur, weil man nicht wissen kann, was in anderen Leuten wirklich vorgeht. Doch ich wusste, dass sie nach Hause gewollt hatten, genau wie ich. Auch sie hatten Eltern und Geschwister gehabt, die auf ihre Rückkehr warteten. Ich stellte mir vor, wie man ihre Familien benachrichtigen würde, und dann dachte ich an meinen eigenen Bruder. Und plötzlich kam mir das, was ich vorhatte, gar nicht mehr so egoistisch vor. Ich konnte mir glaubhaft machen, dass ich es für ihn tat. Vielleicht redete ich es mir auch nur ein. Ich meine, es stimmte und auch wieder nicht. Ich hatte einfach die Grenze meiner Belastbarkeit erreicht. Selbst, als ich so zugedröhnt war, dass ich kaum meine Arme und Beine bewegen konnte, war mir klar, dass ich es nicht mehr ertrug.«

Er stützte den Kopf in die Hände und rieb sich fest die Augen.

Ich hatte das Gefühl, explodieren zu müssen, wenn ich noch länger wartete. Aber eigentlich ahnte ich schon, was er sagen würde.

»Ich kann nicht glauben, dass ich das wirklich mache«, sagte er und ließ seine Hände auf den Tisch fallen. »Es ist so dumm. Ich kann nicht glauben, dass ich einer Gruppe von Leuten gleich erzählen werde, was für eine unglaubliche Dummheit ich begangen habe. Aber das hier ist wohl der richtige Ort dafür, oder nicht? Denn die Drogen waren definitiv der Grund dafür, dass es so besonders dumm lief. Mein Leben könnte jetzt völlig anders sein, wäre ich in diesem Moment nicht so zugedröhnt gewesen. Doch es war so und die Zeit lässt sich nicht mehr zurückdrehen. Ich werde meinen Fuß nicht zurückbekommen und damit muss ich nun leben. Hier ist die Stelle, wo der Äitsch mir alles vergeigt hat. Ich dachte, ich könnte eine Kugel durch meinen Fuß jagen. Also nur ein Einschussloch. Ich dachte, mit der Zeit würde es heilen. Vielleicht bräuchte ich eine Operation, um all die Muskeln und Sehnen wieder zusammenzunähen. Und Physiotherapie, um wieder normal gehen zu können. Aber ich hatte mir ausgerechnet, dass es ausreichen würde, um mich nach Hause zu bringen. Und ich sage nicht, dass ich zu diesem Zeitpunkt sehr klar über all die Details nachdachte, aber hoffentlich versteht ihr, was ich meine. Ich dachte, ich könnte mich gerade schwer genug verletzen, um nach Hause zu dürfen, aber nicht so schwer, dass es mein Leben für immer verändern würde. Doch es war eine wirklich dumme Idee. Denn ich hatte nicht beachtet, dass es ein Schuss aus kürzester Distanz war. Ich hatte gesehen, welche Einschusslöcher eine M16 machte – öfter, als ich zählen konnte. Hätte ich nicht so viele gesehen, hätte ich vielleicht nicht so verzweifelt versucht, dort rauszukommen. Doch ich hatte nicht beachtet, dass diese Einschusslöcher von Schüssen aus einer weiten Entfernung kamen. Nicht von Schüssen aus der Nähe, wie diesem. Ich war zu zugedröhnt, um zu kapieren, dass es meinen Fuß so schlimm zerfetzen würde, dass nur eine Amputation infrage kam. Und ich vergeigte noch eine andere Sache. Ich hatte mir nicht überlegt, wie offensichtlich es sein würde, dass ich es selbst getan hatte. Irgendwie hatte ich gedacht, man würde mich einfach zu den anderen Verwundeten rechnen, und das wäre alles. Ich hatte gedacht, wir würden einfach alle als im Kampf Verwundete angesehen. Aber so dumm ist die Armee wohl nicht. Und es ist auch möglich, dass ich nicht der Erste war, der so weit ging, um dort rauszukommen.«

Ich lauschte dem unsichtbaren Echo seiner Worte im Raum. Ich blickte in die Gesichter der anderen Teilnehmer, aber soweit ich sehen konnte, schien niemand über meinen Bruder zu urteilen. Sie hörten einfach nur zu.

In meinen Gedanken stieg das Bild von mir in Connors Schlafzimmer auf, als ich diese Waffe und die Schachtel mit der Munition in den Händen hielt. Ich erinnerte mich an das Gefühl – wenn man dachte, man wisse es, aber später, wenn man es wirklich wusste, war es eine völlig andere Sache.

Unterdessen fuhr mein Bruder mit seiner Geschichte fort.

»Das ist also meine Botschaft über Drogen, falls jemand in diesem Raum eine braucht. Wahrscheinlich benötige vor allem ich so eine Botschaft, was? Drogen machen einen wirklich so dumm. Aber wisst ihr was? Es mag sich seltsam anhören, aber ich würde es wahrscheinlich wieder tun, wenn ich noch einmal in der Situation wäre. Trotz unehrenhafter Entlassung und dem Ganzen. Trotz der dauerhaften Verstümmelung. Denn ich konnte nach Hause. Hätte ich es nicht getan, wäre ich vielleicht überhaupt nicht zurückgekommen. Daran denke ich manchmal, und die Jungs, die ich dort zurückgelassen habe, tun mir leid. Ich fühle mich, als hätte ich sie im Stich gelassen. Und es stimmt. Doch ich habe dieses große Opfer gebracht, um dort rauszukommen. Wäre es ihnen auch ihren halben Fuß wert, könnten sie ebenso dort rauskommen. Das denke ich manchmal. Und dann denke ich wieder, dass ich der größte Idiot auf der Welt bin, und ich weiß nicht, was nun stimmt. Vielleicht beides. Aber es ist nicht so, als hätte ich sie unterbesetzt zurückgelassen. Sie werden für mich einfach einen anderen einziehen ...«

Er verstummte und sah erschrocken aus. Ich sah, wie er fahl wurde.

»Oh, verdammt«, sagte er. »Daran hatte ich noch gar nicht gedacht. Noch etwas, weswegen ich mich schuldig fühlen muss. Ich versuche nicht, mich zu rechtfertigen. Ihr könnt über mich denken, was ihr wollt. Niemand kann mich schlimmer beschimpfen, als ich mich selbst jeden Tag beschimpfe. Aber ich will nur eins sagen, und das ist keine Ausrede. Es ist nur die verdammte Wahrheit. Was haben sie gedacht, würde passieren? Sie holen ein paar Jungs direkt aus der High School und schicken sie in diese Hölle. Entreißen sie ihrer gewohnten Umgebung und befehlen ihnen, zu töten und getötet zu werden, zuzusehen, wie ihre Freunde um sie herum auf schreckliche Weise sterben.

Wir waren noch Kinder. Bevor wir dort ankamen, hielten wir uns für Männer, aber uns wurde bald klar, dass wir nichts als Kinder waren. Ich weiß, viele Jungs konnten weit besser mit der Situation umgehen als ich. Aber wie kann man Kinder in eine solche Situation stecken und nicht erwarten, dass es zumindest in einigen Fällen in einem totalen Fiasko endet? Es ergibt einfach keinen Sinn, so zu denken.«

Er stützte wieder den Kopf in die Hände und ich dachte, er würde vielleicht weinen. Doch als er seine Hände fallen ließ, waren seine Augen trocken. Ich fragte mich, ob er in Vietnam geweint hatte. Ob er im Krieg all seine Tränen aufgebraucht hatte, oder ob er sich dort das Weinen abgewöhnt hatte.

»Ich möchte erklären, warum ich mich als Neuzugang bisher noch nicht zu Wort gemeldet habe«, begann er wieder. Er wirkte nun gefasster, als wäre er auch geistig in Amerika angekommen und könnte jetzt ruhiger sprechen. »Ich nehme immer noch viele Schmerzmittel wegen der Verletzung. Ich nehme sie jetzt wie verschrieben, weil ich wirklich keine andere Wahl habe. Und wie ich von euren Geschichten gehört habe, kann man sich auch als clean bezeichnen, wenn man notwendige Medikamente in der Dosierung nimmt, die der Arzt verschrieben hat. Aber ich möchte das nicht. Wenn ich wirklich clean bin, teile ich es hier mit, und wir können meine Zeit von da an messen.«

Er hielt wieder inne und blickte sich um, als wäre er gerade aufgewacht. Er schien irgendwie überrascht zu sein von dem, was er sah.

»Natürlich ist es mir jetzt total peinlich, dass ich das alles erzählt habe«, sagte er. »Und ich habe jetzt genug geredet und lasse jemand anderen zu Wort kommen, während ich mich frage, warum ich das alles gesagt habe. Wahrscheinlich hatte ich es einfach satt, denn ich wusste, dass es früher oder später doch herauskommen würde. Ich war an einem Punkt angelangt, wo es leichter war, es einfach hinter mich zu bringen. Wo wir gerade dabei sind, möchte ich mich an Joe wenden, der so viel ehrenhafter gedient hat als ich. Der vielleicht dort sitzt und denkt, ich sei nur ein dreckiger Fleck an seiner Schuhsohle. Denn falls er das denkt, möchte ich es jetzt gern wissen. Ich bin nicht gut darin, auf schlechte Neuigkeiten zu warten, ich möchte sie lieber hinter mich bringen.«

Er legte eine Pause ein, doch niemand meldete sich zu Wort.

»Ich bin fertig«, sagte er schließlich.

»Danke, Roy«, sagten alle Anwesenden.

Einschließlich Zoe Dinsmore, die ich vorübergehend ganz vergessen hatte.

Ich blickte zu ihr und sie erwiderte meinen Blick. In ihren Augen lag kein Urteil, sie schien mich aber auch nicht trösten zu wollen. Ihr Blick hatte etwas sehr Sachliches, als wollte sie mir mit diesem Blick sagen: »Ja, so ist die Welt, Lucas. Ich musste schon damit klarkommen, bevor du geboren wurdest.«

Dann meldete sich Joe zu Wort: »Mein Name ist Joe und ich bin süchtig.«

»Hi, Joe«, sagten alle.

Er sah meinen Bruder direkt an, der den Blick aber nicht erwiderte.

»Vielen Dank für deine Geschichte, Roy. Falls du es noch nicht weißt, du bist nicht der Einzige hier, der unter Drogeneinfluss eine Dummheit gemacht hat, und auch nicht der Einzige, der von seiner Furcht überwältigt wurde. Soweit ich weiß, beurteilt keiner der Anwesenden hier deine Handlungen zu der Zeit, als du Drogen genommen hast. Wir beschäftigen uns vor allem damit, was du als Nächstes tun wirst.«

Dann erzählte er von seiner eigenen Situation und für den Rest des Meetings stand mein Bruder nicht mehr im Mittelpunkt.

Die dramatischen Ereignisse, die er gerade geschildert hatte, schienen nicht besser oder schlechter als das Drama von jemand anderem zu sein. Oder vielleicht schien es nicht nur so, sondern es war die Wirklichkeit dieser Situation.

* * *

Wir trafen Zoe nach dem Meeting an der Tür.

»Kann ich euch beide mitnehmen?«, bot sie an.

Doch Roy erwiderte: »Nein, vielen Dank, Mrs Dinsmore, aber mein Bruder und ich nehmen den Bus.«

Er schien sich nicht irgendwie vor ihr zu fürchten oder ihr auszuweichen. Ich konnte aus seiner Antwort keine Botschaft heraushören. Es klang nur so, als wollte er sagen, dass wir allein zurechtkämen. Und als ob er auch unsere gemeinsam verbrachte Zeit mochte, nur wir zwei auf unserem Weg zu den Meetings und zurück.

Doch vielleicht hatte ich diesen letzten Teil in seine Antwort hineininterpretiert.

Als ich Roy aus der Tür folgte, begegnete ich Zoes Blick. Sie nickte mir zu, genau wie zuvor meinem Bruder. Eine Anerkennung unserer gemeinsamen Geschichte. Ich nickte zurück und signalisierte ihr, dass es eine große Sache war, dass sie wieder zu den Meetings kam. Und die andere große Sache war, dass mein Bruder endlich sein Herz ausgeschüttet und sich nun wirklich der Gruppe angeschlossen hatte.

Auch wenn ich nicht wusste, ob an dem Gedanken etwas dran war, überlegte ich mir plötzlich, dass es vielleicht kein Zufall war, dass diese beiden Ereignisse zur gleichen Zeit geschehen waren.

Ich wandte mich um und ging in die Dämmerung hinaus auf den Parkplatz zu Roy. Ich verstand, auf welche gemeinsame

Geschichte Zoe und ich mit unserem Nicken hingewiesen hatten, aber was verband sie mit meinem Bruder?

Roys Geschichte hatte mich so schockiert, traurig gemacht und gefesselt, dass ich ganz vergessen hatte, mir diese Frage zu stellen.

Seite an Seite gingen wir zur Bushaltestelle.

»Du kennst sie?«, fragte ich.

»Nur ein wenig. Ich weiß, wer sie ist.«

»Woher kennst du sie?«

»Erinnerst du dich nicht an meine erste richtige Freundin?«

Er kämpfte sich nun mit seinen Krücken ab. Ich bemerkte, dass er müde war. Hätte er doch die Mitfahrgelegenheit angenommen – aber dann hätten wir nicht diese Unterhaltung führen können. Ich war hin- und hergerissen.

Den ganzen Abend ging es schon so.

»Doch. Ich erinnere mich an sie. Mary Ellen, stimmt's?«

»Genau. Mary Ellen Paulston.«

»Oh. Ich konnte mich nicht mehr an ihren Nachnamen erinnern. Er klingt irgendwie vertraut. Woher kenne ich ihn?«

Es war eine seltsame Bemerkung, schließlich war es der Nachname seiner früheren Freundin, ich hatte sie gekannt. Natürlich musste mir ihr Nachname vertraut vorkommen. Doch mir kam der Name aus einem ganz anderen Zusammenhang bekannt vor. Ich hatte ihn erst kürzlich irgendwo gehört und der Zusammenhang schien seltsamerweise wichtig zu sein.

»Wanda Jeans kleine Schwester.«

»Oh, Mist«, sagte ich.

»Ja«, erwiderte er. »Oh, Mist.«

»Hasst du sie? Ist das der Grund, warum du nicht mit ihr fahren wolltest?«

»Nein. Ich hasse sie nicht. Ich wollte nur lieber mit dir Bus fahren. Ich wollte hören, wie es dir geht, nachdem … du weißt schon.«

Doch darüber wollte ich noch nicht reden. Ich wollte mehr über diese Verbindung zu Zoe Dinsmore erfahren.

»Hat Mary Ellens Familie sie gehasst?«

»Nein. Nicht gehasst. Sie gingen ihr aus dem Weg, weil es zu viele Gefühle aufrührte und sie nicht wussten, was sie zu ihr sagen sollten. Aber sie haben sie nicht gehasst. Sie wussten, dass sie es nicht absichtlich getan hatte.«

»Hast du sie also damals getroffen? Oder wusstest du einfach, wer sie war?«

»Ich habe sie einmal getroffen, aber es war Jahre später. Ich glaube, nachdem sie zum ersten Mal clean wurde und zu den Meetings ging. Sie wollte der Familie gegenüber wohl eine Wiedergutmachung leisten. Du weißt schon, der neunte Schritt des Programms. Weißt du, welcher das ist?«

Natürlich wusste ich es. Ich hatte an den Meetings teilgenommen. Die zwölf Schritte wurden am Beginn jedes Meetings vorgelesen. Ich kannte sie auswendig und hörte sie noch in meinen Gedanken, bevor ich abends einschlief.

Neun. Wir machten bei diesen Menschen alles wieder gut – wo immer es möglich war – ⊠, es sei denn, wir hätten dadurch sie oder andere verletzt.

Roy sprach weiter.

»Aber man sollte das wahrscheinlich nicht tun, wenn man andere Menschen dadurch nur noch mehr verletzt. Oder vielleicht respektierte sie die Familie einfach, indem sie Abstand hielt, ich weiß es nicht. Oder vielleicht fürchtete sie sich. Ich hätte mich an ihrer Stelle sicher gefürchtet. Aber sie wusste, dass ich mit Mary Ellen ausging. Alle im Ort wussten das. Eines Tages entdeckte sie mich an einer Bushaltestelle, kam auf mich zu und erzählte mir, wer sie war. Aber ich wusste es bereits. Sie fragte mich, ob ich der Familie eine Nachricht von ihr überbringen könnte.«

Er humpelte eine Weile schweigend neben mir weiter. Von Weitem kam die Bushaltestelle in unser Blickfeld.

»Und hast du es getan?«, fragte ich schließlich.

»Ja.«

»Oh«, murmelte ich.

Ich sollte wohl nicht weiterfragen. Es kam mir irgendwie nicht richtig vor.

Wir erreichten endlich die Bank an der Bushaltestelle. Er ließ sich nieder, obwohl wir wahrscheinlich nicht lange warten würden. Er musste sehr müde sein.

Wir saßen nebeneinander und starrten die Straße hinunter, als könnten wir den Bus gedanklich herbeirufen.

»Glaubst du, sie war privat?«

Meine Frage überraschte mich selbst.

»Was war privat?«

»Die Nachricht.«

»Oh. Wir reden immer noch darüber. Na ja, ich weiß nicht.« Dann wechselte er die Richtung unserer Unterhaltung. »Kennst *du* sie denn? Woher kennst *du* sie?«

»Das ist eine wirklich lange Geschichte. Länger, als wir Zeit haben.« Ich machte eine Kopfbewegung zu dem Bus hin, der gerade in Sicht gekommen war. Ein kleiner Punkt, mehrere Straßen entfernt. »Aber ich werde es dir erzählen, wenn … wenn wir mehr Zeit haben. Aber du darfst es niemals Mom sagen.«

»Okay«, erwiderte er. »Ich denke mal, es kann warten.«

Wir sahen zu dem Bus, der in der Entfernung allmählich größer wurde.

Dann, wie aus dem Nichts, sagte er es plötzlich.

»Sag ihnen, dass mein Herz auch gebrochen ist.«

»Was?« Ich hatte keine Ahnung, was er meinte.

»Das war die Nachricht. ›Sag ihnen, dass mein Herz auch gebrochen ist.‹«

»Oh«, murmelte ich.

Als ich diese Worte hörte, versuchte ich, mir die Szene vorzustellen. Er musste in meinem Alter gewesen sein, als sie ihn mit dieser Aufgabe betraut hatte. Ich fragte mich, wie es gewesen sein musste, der Familie so etwas zu sagen. Ich fragte mich, wie sie darauf reagiert hatte. Ob sie geweint hatte.

Doch ich fragte ihn nicht. Bis zum heutigen Tag habe ich ihn nicht gefragt. Dieser Teil der Geschichte bleibt allein den beteiligten Personen vorbehalten. Und das ist in Ordnung, denn es ist ihre Geschichte. Vielleicht hatte niemand sonst das Recht auf nur eine einzige Sekunde dieser Geschichte.

»Ich habe dich enttäuscht«, sagte Roy.

»Ist das noch ein Teil der Nachricht?«

»Nein, das sage ich dir jetzt.«

»Nun, dann sag das nie wieder.«

Und er sagte es nie wieder.

Noch sind wir nicht tot. Und vielleicht wird er auf seinem Sterbebett noch ein paar weitere Entschuldigungen für mich haben, aber ich hoffe, nicht. Er braucht sich nicht bei mir zu entschuldigen. Bis jetzt hat er jedenfalls getan, worum ich ihn gebeten habe.

Kapitel 18

Wert

»Warum haben Sie mir nicht gesagt, dass Sie meinen Bruder kennen?«

Am Morgen nach dem Meeting, als ich gerade meinen Lauf mit den Hunden beendet hatte, traf ich auf Zoe Dinsmore. Es war erstaunlich heiß dafür, dass wir noch nicht einmal acht Uhr hatten. Ich spürte, wie der Schweiß über jede Stelle meines Körpers lief, über Arme, Beine, Brust, Rücken, Gesicht und Hals.

Zuerst antwortete sie nicht. Sie stand nur auf der Veranda und tätschelte ihre hechelnden Hunde. Ich dachte, sie habe meine Frage vielleicht nicht verstanden, weil ich so außer Atem war.

Sie richtete sich auf und die Hunde trabten zur Seitenwand der Blockhütte, um aus ihrem Eimer Wasser zu trinken.

»Um ehrlich zu sein«, begann sie, »konnte ich mich nach all der Zeit nicht mehr an seinen Namen erinnern. Selbst damals kannte ich ihn praktisch nur vom Sehen. Ich sah ihn in der Stadt mit einer der Familien und wusste, dass er mit diesem Mädchen ausging. Der Schwester. Bevor ich ihn gestern Abend mit dir im Meeting sah, hatte ich nie eins und eins zusammengezählt.«

»Oh«, murmelte ich.

Ich war wütend gewesen, und jetzt schämte ich mich ein wenig. Ich fühlte mich ernüchtert und entleert, als die ganze Wut von mir abfloss. Vielleicht hatte sie es bemerkt, ich war mir nicht sicher. Sie schien mein Gesicht zu beobachten, als spielte sich dort ein interessanter Prozess ab.

»Sei nicht zu streng mit deinem Bruder«, sagte sie. »Wir geben alle nur unser Bestes, selbst wenn es von außen nicht gut aussieht. Versuche, nicht über ihn zu urteilen.«

»Ich urteile gar nicht über ihn«, sagte ich.

Meinem Verständnis nach glaube ich, dass dies die Wahrheit war. Ich war nicht wütend über das, was er getan hatte, und ich gab ihm keine Schuld. Die ganze Sache machte mich nur unglaublich traurig.

»Was willst du tun, wenn du achtzehn bist?«, fragte sie mich. »Wenn es an der Zeit für die Armee ist?«

»Ich hoffe, dass der Krieg bis dahin vorbei ist.«

»Und wenn er das nicht ist?«

»Kommt Zeit, kommt Rat.«

Ich ging nach Hause. Diesmal rannte ich nicht.

Ich fühlte mich immer noch traurig.

* * *

Es muss etwa zwei Tage später gewesen sein, als meine Mutter wegen Roy ausflippte. Er war plötzlich ausgegangen.

Ich war in meinem Zimmer und lag auf dem Bett, denn es gab für mich in diesem Augenblick nichts anderes zu tun. Und ohne es zu bemerken, war ich eingeschlafen.

Verstehen Sie, was ich meine? Man bemerkt nie, wenn man einschläft. Erst hinterher, wenn man aufwacht, weiß man, dass man wohl eingeschlafen sein muss.

Meine Mutter kam in mein Zimmer gestürmt und stieß die Tür so fest auf, dass sie gegen die Wand schlug.

»Also, wo ist er?«

Ich schrak aus dem Schlaf hoch und schwang meine Beine über die Bettkante. Als ich auf der Bettkante saß, mit den Füßen auf dem Boden, hätte ich schwören können, dass ich immer noch schlief. Das Bild von meiner Mutter in der Tür schien nur eine Fortsetzung meines Traums zu sein.

»Warte. Was?«

»Wo. Ist. Er. Komm mir jetzt nicht blöd, Lucas. Dazu bin ich heute nicht in der Stimmung.«

»Wer?«

»Wie viele Leute sind hier? Über wie viele Leute könnte ich reden?«

Ich schüttelte kräftig den Kopf, als würde das meine Gedanken ordnen.

»Na ja. Dad. Und Roy.«

»Ich weiß, wo dein Vater ist. Er ist in der Arbeit. Also, wo ist Roy?«

Einen seltsamen, verschlafenen Augenblick lang fragte ich mich, ob sie sich wirklich sicher war, dass mein Vater gerade arbeitete. Er hatte sich zu einer abwesenden Person in unserem Haus entwickelt. Ich hörte ihn manchmal spätabends nach Hause kommen, und es wurde immer später. Manchmal wusste ich nicht, ob ich seine Ankunft verschlafen hatte oder ob er überhaupt nicht nach Hause gekommen war. Zum zweiten Mal fragte ich mich tatsächlich, ob er wirklich noch hier lebte. Doch ich sprach es nicht aus.

»Falls er nicht in seinem Zimmer ist«, sagte ich, »habe ich keine Ahnung.«

Sie stürmte zu mir und packte mich mit ihren Krallen am Kinn. Sie hatte diese langen Fingernägel, die mich in die Haut stachen, wenn sie mich packte. Ich erschrak, war aber nicht wach genug, um richtig zu reagieren, zumindest nicht äußerlich.

»Sieh mich an«, forderte sie mich auf.

Ich sah sie an.

Ihre Miene veränderte sich und wurde weicher.

Etwa zu diesem Zeitpunkt wachte ich endlich richtig auf.

»Oh«, sagte sie. »Du weißt es wirklich nicht. Na ja, dann setze ich mich am besten ins Auto und suche nach ihm. Steh auf und zieh deine Laufschuhe an, vielleicht kannst du ihn in der Stadt finden.«

»Aber ich bin heute schon gelaufen.«

»Na dann lauf eben noch mal. Es wird dich schon nicht umbringen.«

Sie war fast aus dem Zimmer, bevor ich mir eine Erwiderung zurechtgelegt hatte.

»Warte!«, rief ich. Laut. Zu laut, so als ob ich sie angebrüllt hätte. In einem anderen Ton fuhr ich fort. »Warum machen wir das? Wenn er das Haus selbstständig verlassen hat, wird er dann nicht selbstständig wieder zurückkommen?«

Sie blickte mich mit zusammengekniffenen Augen argwöhnisch an.

»Das klingt sehr naiv«, sagte sie. »Du weißt doch, dass er verletzt ist und Schmerzmittel nimmt. Also ist sein Urteilsvermögen eingeschränkt und er ist trotzdem weggegangen. Und mit den Problemen, die er hat …«

Aber dann schien sie es nicht aussprechen zu wollen.

»Darüber würde ich mir keine zu großen Sorgen machen«, sagte ich. »Ich glaube, die Meetings laufen ganz gut.«

»Das freut mich zu hören.« Ihre Worte klangen aufrichtig. Insbesondere, da es sich um meine Mutter handelte, die sonst nicht der Inbegriff von Aufrichtigkeit war, um es mal so zu sagen. »Jetzt zieh deine Laufschuhe an und sieh nach, ob du ihn in der Stadt findest.«

* * *

Ich lief gerade an dem Eiscafé vorbei, als ich sie sah. Ich blickte durch das Fenster. Durch die Spiegelung konnte ich sie nicht deutlich sehen, doch ich erkannte das vertraute Gesicht von Zoe Dinsmore, die mit einer Tasse Kaffee in der Hand an einem Tisch saß. Na ja, das mit dem Kaffee war geraten. Aber jedenfalls hielt sie eine Tasse in der Hand.

Ich blieb stehen.

Ich sah zu ihr und sie zu mir. Und unsere Blicke begegneten sich, so gut es bei dieser Spiegelung möglich war.

Es war seltsam, sie hier im Zentrum zu sehen, wie alle anderen Einwohner des Städtchens Ashby. Ich wusste, dass sie von Zeit zu Zeit in die Stadt kommen musste, um Lebensmittel zu kaufen, doch es war ein seltsames Gefühl, sie dabei zu sehen, wie sie an einem Tisch in einem öffentlichen Café saß und ein warmes Getränk genoss wie jeder andere Stadtbewohner. Als wäre überhaupt nichts dabei.

Aber es fühlte sich gut an.

Ich trat einen Schritt zurück und in diesem Augenblick erkannte ich Roys Krücken. Er saß mit dem Rücken zu mir, größtenteils verdeckt durch die Spiegelung des hellen Backsteingebäudes auf der anderen Straßenseite.

Ich ging zur Tür und betrat das Café.

Roy drehte sich zu mir um, Zoe musste ihm gesagt haben, dass ich da war. Oder vielleicht konnte er an ihrem Gesicht ablesen, dass jemand hereingekommen war.

Ich setzte mich zu ihnen an den Tisch. Mein Bruder trank ein Eiscreme-Soda und stocherte mit dem Strohhalm in seinem Glas herum, als würde er Eisschollen zerbrechen.

»Hey, Kumpel«, begrüßte er mich.

»Mom flippt gerade aus.«

»Worum geht's diesmal?«

»Um dich.«

»Okay, das habe ich verstanden, aber was soll ich getan haben?«

»Du bist einfach weggegangen.«

»Darf ich nicht mal mehr aus dem Haus gehen?«

»Ich habe keine Ahnung.«

»Ich bin neunzehn!«

»Ja. Ich weiß. Ich habe versucht, ihr das klarzumachen. Na ja, ein bisschen. Aber sie macht sich jetzt Sorgen um dich. Ich glaube, sie denkt, dass du … du weißt schon.«

»Nein, was weiß ich schon?«

»Dass du nichts Gutes im Schilde führst.«

»Okay«, sagte er. »Ich verstehe.« Stirnrunzelnd blickte er in sein Glas. »Aber ich habe vor, noch viel mehr auszugehen, also wird sie sich damit abfinden müssen.«

»Und wenn du ihr beim nächsten Mal vielleicht eine Nachricht hinterlässt?«

»Ja. Das könnte ich tun. Ich hatte keine Ahnung, dass es ihr so viel ausmachen würde. Gestern hatte sie nichts dagegen. Oh, aber jetzt, wo ich darüber nachdenke, wusste sie gestern vielleicht gar nicht, dass ich aus war. Sie war nicht da. Ich hatte mir ein Root Beer Float in den Kopf gesetzt. Als ich in Übersee war, ist kaum ein Tag vergangen, an dem ich nicht diesen Geschmack vermisst habe. Und da ich mich sowieso an das Laufen mit Krücken gewöhnen muss, habe ich mich auf den Weg gemacht.«

Er hielt inne und nahm einen langen Zug an seinem Strohhalm.

»Ich habe ihn hier auf der Main Street gesehen«, fuhr Zoe nahtlos fort, »und angehalten, um ihn zu fragen, ob er mitfahren wollte. Und schwuppdiwupp saßen wir hier zusammen über einem Soda und haben uns gut unterhalten.«

Und nun waren sie hier und wiederholten dasselbe am nächsten Tag. Es musste irgendetwas dahinterstecken, aber was?

Sie muss meinen verwirrten Gesichtsausdruck bemerkt haben, denn sie sah zu Roy. Er nickte und sie gab mir die Antwort, ohne dass ich fragen musste.

»Dein Bruder hat mich gefragt, ob ich sein NA-Sponsor sein könnte. Was die meisten Leute auf Entzug wohl für eine riskante Wahl halten würden, oder sogar für Irrsinn. Erstens haben Männer üblicherweise männliche Sponsoren und Frauen weibliche, damit keine unangemessenen emotionalen Bindungen entstehen. Aber da ich alt genug bin, um fast seine Großmutter zu sein, kann ich garantieren, dass dies kein Problem sein wird. Der wichtigere Einwand ist, dass ich noch nicht länger clean bin als er.«

»Aber du hast jahrelange Erfahrung«, sagte Roy. »Du weißt viel mehr als ich.«

»Andere wissen noch mehr«, erwiderte sie.

»Das ist aber nicht der Punkt«, sagte Roy. »Der Punkt ist, als sie an dem Abend plötzlich zum Meeting gekommen ist …«

Erst da merkte ich, dass er mit mir redete. Er sah mich nicht an, doch als er von Zoe in der dritten Person sprach, verstand ich es.

»… hat sich für mich einfach etwas verändert. Denn ich wusste, dass sie etwas Brutales durchgemacht hatte, verstehst du? Etwas, was man sein Leben lang bereut, das einen nie in Ruhe lassen wird. Also dachte ich, wenn selbst sie es schafft, wieder clean zu werden und weiterzumachen, dann kann ich es auch. Es hat mir irgendwie Hoffnung für meine eigene Situation gegeben. Deshalb findet sie, dass ich diesen Abend als den Beginn meines Entzugs festlegen sollte.«

»Was auch immer«, sagte Zoe und schüttelte sein Lob ab. »Im Endeffekt bedeutet es, dass wir es auf einen Versuch ankommen lassen, egal was andere vielleicht davon halten.« Zoe wandte sich an mich. »Wäre das seltsam für dich? Wenn ich Roys Sponsor wäre?«

»Nein!«, sagte ich viel zu laut, ohne es zu wollen. »Nein, das wäre toll.« Ich fühlte mich, als fiele eine große Last von mir ab. Bis zu diesem Zeitpunkt war mir gar nicht bewusst gewesen, wie sehr ich mich unter Druck gesetzt hatte, meinen Bruder zu retten. »Wenn Sie ihm nur halb so viel helfen können, wie Sie Connor geholfen haben …«

»Ich habe gar nichts Besonderes für Connor getan«, erwiderte sie, doch ich wusste es besser. »Setz nicht zu viele Hoffnungen auf mich, mein Junge, ich kann nicht zaubern. Der Junge musste sich nur ein paar Dinge von der Seele reden, das war alles.«

Ich hörte das unverwechselbare Geräusch eines Strohhalms, als die letzten Tropfen aus einem Glas aufgesaugt wurden. Ich blickte zu Roy, der eilig ausgetrunken hatte und jetzt aufstand.

»Dann gehe ich wohl mal besser nach Hause, damit Mom weiß, dass ich noch am Leben bin«, sagte er.

»Ich glaube, sie sucht dich mit dem Auto«, sagte ich. »Also wundere dich nicht, wenn du ihr unterwegs begegnest.«

Er gab keine Antwort und schüttelte nur den Kopf. Weil … nun, weil unsere Mutter so war, wie sie eben war. Man konnte nicht viel mehr tun, als den Kopf über sie zu schütteln.

»Kann ich dich mitnehmen?«, bot Zoe an.

»Nein danke, ich muss ohnehin das Laufen üben. Ihr zwei bleibt sitzen. Ich gehe und kläre das mit Mom.«

Er schwang sich auf seinen Krücken Richtung Tür und ich beobachtete, wie ein Mann mit zwei kleinen Kindern ihm die Tür aufhielt. Der Mann nickte meinem Bruder anerkennend zu, als wäre er ein Kriegsheld.

Würden die Leute Roy auch weiterhin so behandeln? Ich fragte mich, ob in einer kleinen Stadt wie dieser die Wahrheit früher oder später ans Licht kommen würde.

Ich blickte wieder zu Zoe und sie erwiderte meinen Blick. Mir wurde bewusst, dass wir das in letzter Zeit häufig getan hatten. Uns direkt anzublicken, zur gleichen Zeit. Als hätten wir keine Furcht. Als hätten wir nichts zu verbergen und nichts zu verlieren.

Zumindest nicht voreinander.

»Was haben Sie getan, das Connor so sehr geholfen hat?«, fragte ich sie. »Ich würde es wirklich gern wissen.«

»Ich habe es dir doch gerade erzählt.«

»Aber es muss mehr gewesen sein als das. Sie können nicht nur still dagesessen haben, während er geredet hat.«

»Hin und wieder habe ich vielleicht etwas erwidert.«

»Was zum Beispiel?«

Sie seufzte und verdrehte die Augen, als wäre ich noch derselbe kleine Quälgeist wie immer. Doch es schien nicht negativ gemeint zu sein, falls so etwas möglich war. Dann überraschte sie mich mit einer ernsten Antwort.

»Er hat zum Beispiel über seine Mutter geredet und darüber, wie sie ihm die Luft zum Atmen nimmt und dass sie sich zu sehr auf ihn verlässt. Daraufhin habe ich ihm nur gesagt, dass es völlig in Ordnung sei, dass ihm das etwas ausmacht. Kinder denken immer, sie müssten so sein, wie es die Eltern von ihnen verlangen, und fühlen sich schuldig, wenn sie die Erwartungen nicht erfüllen. Aber ich habe ihm gesagt, dass sich jeder in seiner Lage so fühlen würde wie er und dass dieses Gefühl normal ist. Und zu der Sache mit seinem Vater, der ihn auf diese Art und Weise verlassen hat – das ist eine Sache zwischen seinen Eltern, etwas, was schon Jahre vor seiner Geburt begonnen hat. Es hat nicht annähernd so viel mit ihm zu tun, wie er geglaubt hat. Leute brauchen manchmal Hilfe, um Dinge aus einer anderen

Perspektive sehen zu können. Wenn sie ganz allein mit ihren Gedanken sind, können sie schon mal den Überblick verlieren. Manchmal braucht man eine andere Person als Spiegel, um zu sehen, wie die Welt wirklich ist.«

»Danke«, sagte ich.

»Kein Problem.«

»Hat er Ihnen von seinem Kätzchen erzählt?«

»Oh ja. Sehr ausführlich. Es braucht nicht viel, damit Connor von seinem Kätzchen erzählt. Die Schwierigkeit liegt eher darin, ihn wieder zu bremsen, wenn er einmal davon angefangen hat.«

Doch an ihrem Gesicht konnte ich ablesen, dass sie wirklich nichts gegen die Geschichten über das Kätzchen hatte.

* * *

Ich wollte noch nicht nach Hause, weil Roy und Mom sicher noch über sein Verschwinden diskutierten. Und falls sie sich stritten, wollte ich es mir nicht anhören müssen.

Also ging ich Connor besuchen.

Ich muss zugeben, dass ich nicht nur ihn, sondern auch das Kätzchen wiedersehen wollte.

Connor überraschte mich damit, dass er selbst an die Tür kam.

»Oh«, sagte ich. »Du bist's. Wo ist deine Mutter?«

»Ich bin mir nicht sicher.«

Ich folgte ihm über den langen Hausflur und die Treppe hinauf, aber diesmal mussten sich meine Augen nicht an die Dunkelheit gewöhnen. Im Haus war Licht. Eine ganze Menge Licht. Nachdem seine Mutter gegangen war, hatte Connor offenbar alle Vorhänge geöffnet.

»Sie geht jetzt aus, ohne dir zu sagen, wohin?«

Wir schlüpften vorsichtig in sein Zimmer, damit die Katze nicht herausrannte. Er beantwortete meine Frage nicht. Na ja, nicht sofort. Zuerst ging es um die Katze.

»Oje«, sagte Connor. »Sie ist unterm Bett. Na ja, am besten ist es, wenn wir uns einfach auf den Boden setzen und sie ignorieren. Dann kommt sie von alleine wieder raus.«

Wir setzten uns im Schneidersitz auf den Boden. Für den Bruchteil einer Sekunde lächelten wir uns an. Dann senkten wir den Blick auf den Teppich, so wie immer.

Kleine Schritte.

»Sie nennt es ›Zeit für mich selbst‹«, sagte er.

Ich hatte keine Ahnung, wovon er redete. Es ergab keinen Sinn. Redete er von der Katze?

»Was?«

»Meine Mutter.«

»Oh. Deine Mutter.«

»Sie sagt nicht direkt, was diese Zeit für sich selbst sein soll, aber einmal hat sie die Bemerkung gemacht, sie bräuchte jemanden, mit dem sie reden könnte. Also besucht sie vielleicht eine Freundin, aber wer sollte das sein? Oder sie macht vielleicht eine Therapie. Ich glaube, es ist eher eine Therapie. Wenn sie eine neue Freundin hätte, würde sie mir wahrscheinlich davon erzählen und es nicht wie ein Geheimnis behandeln.«

»Oh«, sagte ich. »Na ja. Das wäre gut, wenn sie eine Therapie macht. Oder nicht?«

Das Kätzchen streckte den Kopf unter dem Bett hervor und meine Stimmung stieg sofort, als ich dieses kleine Gesicht sah. Diese rosafarbenen Ohren und diese winzigen, runden blauen Augen.

Sie fixierte meine Hand, die auf dem Teppich lag, und ging in diese Bereit-zum-Angriff-Position, die junge Katzen so gern einnahmen. Den vorderen Körperteil geduckt auf dem Boden, den hinteren nach oben gestreckt. Die Augen ganz intensiv auf das Ziel gerichtet. Eine kleine Auf-und-ab-Bewegung ihres Körpers, dann kam sie quer über den Teppich auf uns zugeschossen, biss mit diesen nadelspitzen Babyzähnen meinen Finger und rannte wieder unters Bett.

Connor lachte. Ich auch. Es tat ein bisschen weh, aber trotzdem war es lustig.

»Ich glaube, es ist gut«, sagte er. »Es ist gut, mit jemandem zu reden.«

»Wo wir gerade beim Thema sind. Du wirst es nicht glauben, aber Zoe Dinsmore wird Roys Sponsor im NA-Programm. Aber sag es nicht weiter. Vielleicht ist das eine anonyme Sache und ich hätte es dir gar nicht erzählen dürfen. Und außerdem will ich nicht, dass es am Ende noch meine Mutter erfährt.«

Connor und ich hatten schon vorher einmal darüber geredet, ob Roy es wirklich jemals so ernsthaft durchziehen würde, dass er einen Sponsor bekam, daher verstand Connor, was ich meinte.

»Moment! Zoe nimmt wieder an den Meetings teil?«

»Ja. Habe ich dir das nicht erzählt? Tut mir leid. Es war erst vor zwei Tagen und wir haben uns seither wohl gar nicht gesehen.«

»Das ist gut«, sagte er. »Ich bin wirklich froh, das zu hören. Gut für sie. Und prima, dass sie sich jetzt um Roy kümmert. Sie wird ihm sicher helfen.«

»Ja, das glaube ich auch.«

Dann hatten wir eine dieser langen Pausen. Wie früher. Eine Stille, die stärker und undurchdringlicher wurde, je länger sie andauerte. Nach einer Weile bekam man das Gefühl, man könnte sie nicht durchbrechen.

Doch das wollte ich nicht mehr. Ich wollte nicht zu diesem Früher zurückkehren, also durchbrach ich die Stille.

»Sie hat dir wirklich geholfen, was?«

»Ja«, antwortete er. »Das hat sie.«

»Was hat dir an den Gesprächen mit ihr so geholfen?«

Er antwortete nicht sofort, aber ich hatte nicht das Gefühl, dass er etwas zurückhielt. Er schien nur gut darüber nachzudenken, was er sagen wollte.

»Manchmal ist es schwer, diese Dinge in Worte zu fassen«, sagte er schließlich.

»Ja. Manchmal ist es das.«

»Ich glaube … sie hat mir das Gefühl gegeben, dass ich es wert bin, hier zu sein. Und dieses Gefühl hatte ich eine Weile nicht gehabt.«

»Es ist gut, dass du ihr geglaubt hast.«

»Ich habe ihr nicht geglaubt«, sagte er.

Die Katze rannte in einem weiten Bogen um uns herum und dann wieder unter das Bett. Wir waren zu sehr mit unserem Gespräch beschäftigt, um zu lachen.

»Oh, ich habe es nicht so gemeint, wie es klingt«, fügte er hinzu. »Ich meine nur … ich hatte das Gefühl, nicht viel wert zu sein, und manchmal habe ich das an einem schlechten Tag immer noch. Aber die Sache ist so: Zoe hatte selbst das Gefühl, nicht viel wert zu sein. Sie meinte, niemand würde sie brauchen und sie hätte sich deswegen fast umgebracht. Aber ich weiß, was für ein wichtiger Mensch sie ist, und ich will, dass sie hierbleibt. Also hatte sie unrecht. Wenn ich mich also schlecht fühle, denke ich daran, dass ich vielleicht unrecht haben könnte. Vielleicht ist es nicht so schlimm, wie ich gedacht habe. Das ist so ein Gedanke, den man nie vergisst, wenn man ihn einmal hatte. Allein die Vorstellung, dass man das Gefühl hat, alles sei furchtbar … und dann stellt sich das gar nicht als wahr heraus. Wenn man das einmal in den Kopf bekommen hat, will man nicht mehr nach diesen impulsiven Gefühlen handeln oder etwas tun, das sich nicht zurücknehmen lässt. Das klingt vielleicht seltsam, aber …«

Ich wartete, aber er schien seine Gedanken nicht mehr weiterführen zu wollen.

»Rede nur weiter«, sagte ich.

»Nein. Egal. Es war nicht wichtig.«

»Wirklich. Sag es mir. Ich erzähle es auch niemandem.«

»Nein«, sagte er. »Ich weiß, dass du es für dich behältst. Ich wollte nur sagen, dass ich glaube, ich habe ihr vielleicht auch geholfen. Denn sie hat mal so etwas gesagt. Sie würde nicht an sich selbst glauben, aber sie würde an mich glauben, so etwas in der Art. Sie hat mir sogar von den Problemen in ihrem Leben erzählt.«

Dies zu hören, versetzte mir einen kleinen Stich. Doch ich sagte nur: »Was zum Beispiel? Falls es nicht zu persönlich ist.«

»Sie hat über ihre Töchter geredet. Und über ihre Entscheidung, in Ashby zu bleiben. Und dass sie jetzt denkt, es sei die falsche Entscheidung gewesen. Für die Mädchen war es wohl wirklich schwer, sich an die Situation anzupassen. Jetzt glaubt sie, dass es egoistisch von ihr gewesen sei, zu bleiben, und dass ihre Töchter deshalb nicht viel Kontakt mit ihr hätten. Sie glaubt, die Leute hätten alle gedacht, ihre eigenen Kinder hätten ums Leben kommen sollen, nicht zwei Kinder, die mit Zoe gar nichts zu tun hatten. Nicht die Kinder von jemand anderem. Ich weiß nicht, ob das wahr ist, ob Leute wirklich so gedacht haben. Aber für die Mädchen war es wahrscheinlich immer eine Last, verstehst du? Aber ich schweife vom Thema ab. Ich wollte nur sagen, dass es beiderseitig war. Sie glaubt an mich, aber nicht an sich selbst. Ich habe nicht an mich selbst geglaubt, aber ich glaube an Zoe. Weißt du, es hilft wirklich, jemanden zu haben, der an dich glaubt, wenn du es selbst nicht hinbekommst. Noch nicht.«

Ich öffnete den Mund, um zu sagen, dass ich mir vorstellen konnte, was für eine verändernde Kraft das sein musste.

»Lebensrettend« wäre wahrscheinlich der passendere Ausdruck.

Aber in dem Moment kam die kleine Katze aus ihrem Versteck gesprungen und krallte sich auf Connors Rücken in sein T-Shirt. Und offensichtlich auch in seine Haut, denn er schrie auf. Doch er lachte und schrie zur gleichen Zeit.

Er griff vorsichtig hinter sich, nahm sie und zog sie fest an seine Brust, wo sie keinen großen Schaden anrichten konnte.

»Wir müssen dir wirklich die Krallen schneiden«, sagte er zu ihr.

An diesem Tag kamen keine ernsten Themen mehr auf.

Tatsächlich redeten wir von da an überhaupt nicht mehr über seine ersten Wochen mit Zoe Dinsmore. Jedenfalls nicht, dass ich mich erinnern könnte.

Andererseits gab es auch nichts mehr zu sagen.

Wenn etwas funktioniert hat, dann sollte man sich damit einfach … zufriedengeben. Man kann es ganz einfach eine Sache sein lassen, die funktioniert hat. Nicht alles muss auseinandergenommen werden, um es besser zu verstehen. Manchmal ist es in Ordnung, sich im Stillen zu bedanken und weiterzumachen.

EPILOG

Fünfzig Jahre später

Vielleicht hätte ich gleich am Anfang sagen sollen, dass ich diese Geschichte rückblickend erzähle, während ich neben dem offenen Grab von Connor Barnes stehe und darauf warte, dass der Sarg meines Freundes in die Erde versenkt wird. Doch damit hätte ich womöglich einen falschen Eindruck erweckt.

Es hätte vielleicht so geklungen, als hätte Connor es nicht geschafft.

Doch Connor hatte es geschafft.

Er hatte noch fünfzig weitere Jahre, bis er im Alter von vierundsechzig an Magenkrebs starb.

Wir hätten Connor liebend gern noch zehn oder zwanzig Jahre länger bei uns gehabt, aber auch so hatte er ein gutes Leben. Er hat seiner Nachwelt eine Menge hinterlassen, und nicht nur, weil er ein ehrenhaftes Leben geführt hat, sondern auch in Form von drei wunderbaren Töchtern und sieben Enkeln – fünf Jungen und zwei Mädchen.

Jetzt stehe ich hier und rede schon seit einer ganzen Weile mit einem dieser Enkel.

Sein Name ist Harris, und er ist vierzehn. Er sieht ein wenig so aus wie Connor früher. Schlaksig und ungelenk, und hoffnungslos, wenn es darum geht, die Welt um ihn herum zu verstehen. Mir ist nicht entgangen, dass er im selben Alter ist wie Connor und ich in der Geschichte. Ich hoffe, dass mein Geschwafel schon allein deshalb mehr Bedeutung für ihn hat.

»Warum nennen wir dich eigentlich Onkel Luke?«, fragt er mich und schirmt seine Augen vor der Sonne ab. »Wenn du es doch so hasst, Luke genannt zu werden?«

Er fragt mich nicht, warum sie mich Onkel Luke nennen, wo ich doch gar nicht mit ihnen verwandt bin – und falls es so wäre, müsste ich außerdem sein Uronkel sein. Aber manche Geheimnisse sind wohl wichtiger als andere.

»Ja, ich dachte mir schon, dass du mich das fragen würdest«, sage ich. »Aber wenn man älter wird, verliert ein Name, der einen jung klingen lässt, seinen Reiz.«

An seinem Blick kann ich ablesen, dass er mich zum ersten Mal an diesem Tag nicht versteht. Wahrscheinlich, weil es von seinem Leben als Vierzehnjähriger so weit entfernt ist. Aber anstatt nachzuhaken, stellt er mir eine völlig andere Frage.

»Zu der Zeit, als du im wehrpflichtigen Alter warst, war der Krieg also vorbei?«

Ich seufze tief auf, denn das ist ein riesiges Thema. Doch ich sage ihm die Wahrheit, wie immer.

»Als ich achtzehn wurde, war der Krieg immer noch nicht vorbei.«

»Was hast du also getan?«

»Ich bin nicht hingegangen.«

Er sagt daraufhin nichts und ich frage mich, was er wohl denkt. Ich beobachte, wie die Familienangehörigen tröpfchenweise und mit langsamen Schritten zu ihren Autos gehen. Wir bleiben stehen, denn unser Gespräch ist noch nicht beendet.

»Du kannst mich ruhig einen Drückeberger nennen, wenn du willst«, sage ich zu Harris. Doch ich weiß, dass er das nicht tun würde. In der Stadt gibt es immer noch ein paar Leute, die mich so nennen, vor allem hinter meinem Rücken. Aber die Sache ist, ich habe mich nicht gedrückt. Vor nichts. Ich bin nicht nach Kanada ausgewichen. Ich habe keine Bestechungen oder Lügen benutzt, um bei der Prüfung eine bessere Klassifizierung zu erhalten. Ich habe nicht mal versucht, mich als Kriegsdienstverweigerer aus moralischen Gründen registrieren zu lassen. So wie ich es verstanden habe, war diese Kategorie für Leute bestimmt, die aus einer starken religiösen Überzeugung heraus jede Art von Gewalt ablehnen. Ich wollte nicht lügen und es kam mir nicht richtig vor, diese Art von Zurückstellung in Anspruch zu nehmen. Nein, ich war lieber ehrlich und ging es direkt an.

»Ich ging also zur Wache und wen traf ich dort? Stimmt. Ich wusste, dass du es errätst. Es war der alte Hilfssheriff Warren.«

»Der die Tür von Oma Zoes Haus aufgebrochen hat, als sie fast gestorben wäre?«

Er nennt sie Oma Zoe, weil Connor sie so genannt hat. Sie hätte altersmäßig kaum seine Großmutter sein können und Harris hat sie nie getroffen, was jammerschade ist. Sie starb etwa ein Jahr vor seiner Geburt.

»Genau der«, antworte ich. »Und es wäre eine Untertreibung zu behaupten, dass er nicht wusste, was er von mir halten oder mit mir anfangen sollte. Ich sagte zu ihm: ›Ich will mich nicht für den Wehrdienst einschreiben‹, und dann hielt ich ihm meine Arme hin, damit er mir die Handschellen anlegen konnte.

Er starrte völlig verblüfft auf meine Handgelenke und sagte: ›Ich glaube nicht, dass das so funktioniert.‹ ›Wie funktioniert es dann?‹, fragte ich. Er kratzte sich am Kopf, dann sagte er: ›Ich habe keine Ahnung, mein Junge. So etwas ist hier in der Gegend noch nie vorgekommen.‹«

Harris zieht die Augenbrauen hoch. Nur ein kleines bisschen. Ich rede weiter.

»Dann verschwand er für ein paar Minuten und ließ mich ohne Handschellen zurück. Als er zurückkam, wirkte er eigentlich eher verlegen als wütend. ›Es weiß auch sonst niemand‹, sagte er. ›Aber wir glauben, dass die Einberufungsbehörde dir irgendwann einen Haftbefehl schicken wird, wenn sie nichts von dir hört. Oder so etwas in der Art. Wir sprechen hier von der Regierung, mein Junge. Das fällt eigentlich nicht in unseren Zuständigkeitsbereich.‹ ›Sie sagen also, ich soll einfach nach Hause gehen und abwarten?‹, fragte ich ihn. ›Nein‹, erwiderte er, und zu diesem Zeitpunkt konnte ich eine gewisse Gereiztheit in seiner Stimme hören. ›Nein, wenn du mich fragst, was du tun solltest, würde ich sagen, melde dich zum Wehrdienst. Du kannst dich zurückstellen lassen, wenn du das College besuchst, zumindest für eine Weile. So machen es die meisten anderen Jungs.‹ ›Aber das können sie mir jederzeit entziehen‹, sagte ich. ›Viele bekommen ein Attest vom Arzt‹, fügte er hinzu. Na ja, ich war wohl nicht wie die anderen Jungen. ›Aber ich bin gesund‹, sagte ich, ›also wäre das gelogen. Das wäre eine Beleidigung der Männer, die in den Krieg gezogen sind. Ich will nicht lügen und betrügen, um mir ein angenehmes, schönes Leben zu machen, während sie kämpfen müssen. Ich will ein Opfer bringen, das sie auch bringen könnten, wenn sie wollten. Ich werde ins Gefängnis gehen.‹ Er kratzte sich wieder am Kopf und sah mich mit zusammengekniffenen Augen an. Schließlich sagte er nur: ›Geh nach Hause und warte ab, mein Junge. Mit den Ideen, die du im Kopf hast, wird dich das Gefängnis wahrscheinlich noch früh genug finden.‹«

Ich merke, dass Harris mich fragen will, ob der Sheriff recht behalten hat, und komme ihm mit meiner Antwort zuvor.

»Ich konnte den Prozess beschleunigen, indem ich der Einberufungsbehörde schrieb, dass ich niemals am Wehrdienst teilnehmen würde, und was auch immer die Strafe sei, sie sollten das Verfahren gegen mich in Gang setzen. Ich bekam zwei Jahre. Ich musste nicht in ein furchtbares, gefährliches Bundesgefängnis, sondern konnte meine Zeit einfach im Bezirksgefängnis absitzen, was wohl ziemlich ungewöhnlich war. Es war schließlich Regierungssache, wie der Hilfssheriff schon gesagt hatte. Aber aus irgendeinem Grund wurde meine Angelegenheit an die lokalen Behörden weitergeleitet. Vielleicht wussten auch sie nicht, was sie mit jemandem wie mir anfangen sollten.

Ich war heilfroh, dass ich wenigstens in der Nähe meines Elternhauses im Gefängnis sitzen konnte. Ich bekam keine Haftverkürzung wegen guter Führung – nicht, weil ich mich nicht gut benommen hätte, sondern weil die Wachen, der Gefängnisdirektor und die Leute vom Bewährungsausschuss alle Familienangehörige oder Freunde hatten, die sich wie vorgeschrieben zum Wehrdienst gemeldet hatten. Das Essen war unglaublich schlecht, was die zweitschlimmste Sache an dem Gefängnis war, nach dem Lärm und der mangelnden Privatsphäre. Aber es sollte ja auch keinen Spaß machen. Es sollte der Preis sein, den ich für meine Verweigerung zu zahlen hatte. Und den habe ich wirklich gezahlt!

Roy besuchte mich zweimal pro Woche und brachte mir etwas Anständiges zu essen, und dein Opa kam in manchen Wochen zweimal, in anderen dreimal. Er versprach mir, mich am Tag meiner Freilassung auf ein Schokoeis einzuladen – ein Eis war das Einzige, was er mir nicht mitbringen konnte. Und du machst dir keine Vorstellung davon, wie oft ich morgens in diesem Loch aufwachte und befürchtete, unser Eiscafé könnte schließen, während ich dort vor mich hin rottete. Ich meine, meine Zeit absaß. Meine Schuld an die Gesellschaft abzahlte.

Meine Eltern ließen sich in dieser Zeit scheiden – was weiß ich, warum sie dafür so lange gebraucht haben –, doch mein Vater kam mit dem Flugzeug den ganzen Weg von North Carolina, wo er mit seiner neuen Frau lebte, um mich anzuschreien und mir mitzuteilen, wie sehr ich ihn enttäuscht hätte. Wie ich mir mit meinem dummen Verhalten das ganze Leben ruiniert hätte. Und dort im Gefängnis blieb mir nichts anderes übrig, als es über mich ergehen zu lassen. Aber, weißt du was? Es ist okay. Das war ein Teil des Preises, den ich zahlen musste. Meine Mutter besuchte mich in diesen ganzen zwei Jahren nur drei- oder viermal, doch sie war erleichtert, dass ich es getan hatte. Das wusste ich, auch wenn sie es mir nie direkt gesagt hat.

Und Zoe. Zoe kam mich nicht nur von Zeit zu Zeit besuchen, sie schrieb mir auch jeden Tag einen Brief. Zwei Jahre lang *jeden Tag*. Siebenhundertdreißig Briefe. Ich habe sie gezählt. Im Gefängnis hat man jede Menge Zeit für solche Sachen. Manche Briefe waren voller Neuigkeiten aus der Stadt, in anderen schrieb sie nur ihre Gedanken über dies und das. Manche waren länger als andere, doch es gab keinen Tag, an dem ich keine Post von Zoe bekam. Ich glaube, dass sie geschafft hat, während dieser Zeit eigenhändig unsere kleine Postfiliale in der Stadt am Leben zu halten. Ich habe alle ihre Briefe aufgehoben. Sie liegen nach Datum sortiert und verschnürt in Schuhkartons in meinem Kleiderschrank.«

In meinem Kopf steigt ein sehr klares, sehr schmerzhaftes Bild auf. Ich erlaube ihm, meine Gedanken in eine andere Richtung zu führen.

»Im Bezirksgefängnis sah ich im Fernsehraum den Fall von Saigon«, sage ich. »Diese Helikopter knapp über den Hausdächern, die mit dem Gewicht von viel zu vielen Leuten losfliegen wollten. Ich sah, wie sie sich an die Unterseite der Helikopter hängen wollten, so verzweifelt wollten sie dort rauskommen. Viele schafften es nicht. *Der Krieg ist vorbei*, dachte ich im Hinterkopf, als ich das sah. Doch meine Gefängniszeit war noch nicht vorbei.

Ich erinnere mich noch, dass ich mich fragte, wie Roy sich wohl gerade fühlte, wenn er das im Fernsehen sah. Oder Joe von den NA-Meetings. Oder Darren Weller. Es schien einfach so, als hätten sie das alles für nichts und wieder nichts durchgemacht. Bei seinem nächsten Besuch fragte ich Roy, was er bei dem Anblick gefühlt hatte. Er sagte, er habe es nicht über sich gebracht, es sich anzusehen.«

Nach dieser Aussage warte ich einen Herzschlag lang.

»Und mein Opa?«, fragt Harris, sein Blick ehrfürchtig und offen. Seine Mutter versucht aus der Entfernung, seine Aufmerksamkeit auf sich zu ziehen, doch er vermeidet geflissentlich ihren Blick. »Fand er das, was du getan hast, okay?«

»Erstaunlicherweise haben wir nur einmal darüber geredet«, sage ich. »Dein Opa holte mich am Tag meiner Entlassung vom Bezirksgefängnis ab, weil Roy arbeiten musste. Er lud mich auf ein Eis ein, genau wie er versprochen hatte. ›Schokoeis mit Schokoladenüberzug‹, sagte er, während wir warteten. ›Das ist eine Menge Schokolade.‹ ›Du sagst das immer noch nicht so, als sei es eine gute Sache‹, sagte ich. Als wir unser Eis hatten, steuerte ich absichtlich einen Tisch am Fenster mit Blick zur Straße an. Denn der Zweck der ganzen Sache, nicht nach Kanada zu flüchten, war ja, dass ich erhobenen Hauptes dastehen konnte und mich nicht verstecken musste. Wir aßen unser Eis und beobachteten, wie das Leben der Stadt an uns vorbeizog. Ein paar Leute winkten mir zu, als freuten sie sich, dass ich zurück war. Andere sahen weg, als sei ich unsichtbar. Aber … wäre ich unsichtbar gewesen, dann hätten sie nicht wegsehen müssen.

Es war besser mit den Müttern als mit den Vätern, und besser mit den jungen Frauen als mit den jungen Männern. Aber das ist stark verallgemeinert. Denn es kommt immer mal jemand vorbei, der sich untypisch verhält. Nach einer Weile sagte ich zu deinem Opa: ›Ich konnte mich bisher nie dazu durchringen, dir diese Frage zu stellen. Ich habe dich absichtlich nie gefragt, aber ich tue es jetzt. Glaubst du, ich habe das Richtige getan?‹ Und er sagte: ›Ich glaube, dass du für dich das Richtige getan hast.‹ Danach haben wir nie mehr ein Wort darüber gesprochen. Aber wahrscheinlich nur, weil es einfach nicht nötig war.«

»Oh«, murmelt Harris. »Gut.«

Er sagt nicht viel, aber ich merke, dass er mir aufmerksam zuhört. Sicher ist das nicht alles neu für ihn. Er muss hier und da schon etwas erfahren haben, nur meine Seite der Geschichte kannte er noch nicht.

Seine Mutter versucht jetzt, *meine* Aufmerksamkeit zu erregen und winkt. Und nun bin ich derjenige, der sie geflissentlich ignoriert. Denn ich bin gerade dabei, diesem Kind die Wahrheit zu erzählen. Und man sollte mit Kindern nicht nur viel reden, sondern man muss ihnen auch die verdammte Wahrheit erzählen.

»Aber du hast gesagt, Leute hätten dich immer noch einen Drückeberger genannt«, sagt er.

»Manche. Nicht alle. Verschiedene Leute haben verschiedene Meinungen. Mein Vater hatte allerdings in einer Hinsicht recht. Diese Zeit im Gefängnis folgt einem das ganze Leben lang. Es war zwar nicht so, als hätte mich danach niemand mehr einstellen wollen, aber die Auswahl wurde kleiner. Ich stand vor derselben Entscheidung wie Oma Zoe nach dem Unfall: Sollte ich diese Stadt verlassen und an einen Ort ziehen, an dem mich niemand kannte? Aber das hätte in meiner Situation nicht gut funktioniert, denn die Gefängnisstrafe folgt dir überallhin. Egal, wo ich hingezogen wäre, bei der Bewerbung für einen Job hätte eine schlichte Prüfung des Strafregisters meine Verurteilung ans Licht gebracht. Ich rechnete mir aus, dass es besser war, zu Hause zu bleiben, wo man mich kannte und die Chance daher größer war, dass Leute verstanden, dass ich nach meinen Prinzipien gehandelt hatte. Ich rede von Chance, weil mir klar war, dass nicht jeder es so sehen würde. Man kann die Menschen, die eine Sache auf eine bestimmte Weise sehen wollen, nicht umstimmen. Wenn ich in meinen vierundsechzig Jahren auf diesem Planeten auch nur etwas gelernt habe, dann ist es das. Aber manche Leute haben es verstanden«, füge ich abschließend hinzu.

»Du hast einfach das getan, was du für richtig gehalten hast«, sagt Harris.

»Ja. Aber manche Leute haben etwas dagegen. Sie wollen, dass du das tust, was *sie* für richtig halten. Jedenfalls kam am Ende alles in Ordnung. Ich nahm im Eisenwarengeschäft einen ziemlich niederen Job an. Der Inhaber hatte seinen Sohn in Vietnam verloren. Man sollte meinen, das hätte ihn gegen mich aufgebracht, aber das Gegenteil war der Fall! Er war von der Sinnlosigkeit dieses Kriegs desillusioniert und wünschte sich, sein Sohn hätte lieber die Gefängnisstrafe gewählt. Also stellte er mich an und behandelte mich immer respektvoll. Ich arbeitete hart, wohnte über dem Geschäft und legte jeden Cent, den ich nicht zum Leben brauchte, beiseite. Und am anderen Ende der Stadt tat dein Onkel Roy dasselbe, ohne dass wir uns abgesprochen hätten. Es war nicht einmal ein Plan. Mittlerweile lebt der alte Inhaber nicht mehr und das Geschäft gehört uns.«

»*Das* habe ich schon gewusst«, sagt Harris. »Nicht die ganze Geschichte, aber ein paar Sachen weiß ich.«

»Natürlich weißt du das.«

Seine Mutter winkt mir wieder zu und ich hebe einen Finger, um sie zu bitten, noch kurz zu warten, damit wir unser Gespräch beenden können. Überraschenderweise nickt sie. Sie wollte wahrscheinlich nur die Bestätigung, dass wir gleich kommen würden.

»Es gibt eine Sache, die ich nicht weiß«, beginnt er. Ich warte ab, bis er es formuliert hat. »Niemand hat mir erzählt, warum mein Opa nicht in den Krieg ziehen musste. Ich habe einmal meine Mutter gefragt, aber nie eine direkte Antwort bekommen.«

»Das kann ich verstehen«, antworte ich. »Es ist ein heikles Thema. Aber du bist ein schlauer Junge, und du bist reif für dein Alter. Und du weißt, dass es deiner Uroma Pauline nicht immer ... gut ging.«

»Im Kopf, meinst du?«

»Ja. Das.«

Er nickt. Er weiß es.

»Es ist so«, sage ich. »Oma Zoe sagte immer: ›Es ist ein schlechter Wind, der niemandem etwas Gutes bringt.‹«

Er rümpft die Nase und es bringt mich beinahe zum Lachen. »Ich verstehe dieses Sprichwort überhaupt nicht.«

»Ehrlich gesagt hat es für mich lange Zeit auch keinen Sinn ergeben, aber das habe ich jahrelang für mich behalten. Es klang so, als bedeutete es einfach ›Schlechte Dinge haben schlechte Auswirkungen.‹ Und ich dachte immer: *Ja, na und? Worauf willst du hinaus?* Als ich eines Tages ziemlich schlecht gelaunt und müde war, konfrontierte ich sie schließlich damit. Und es stellte sich heraus, dass es eine ganz andere Bedeutung hat, nämlich: ›Selbst die meisten schlechten Winde blasen irgendjemandem etwas Gutes zu.‹

Was mich zu Connor und seiner Mutter bringt. Es wäre schön, wenn jede Geschichte zumindest ein faires oder befriedigendes Ende hätte, aber so spielt das Leben nicht, oder? Du bist alt genug, um das zu verstehen, und ich werde dich nicht anlügen, Harris. Deine Uroma Pauline kam mit dem Leben nicht gut klar. Sie erlitt einen Zusammenbruch, als Connor sechzehn war. Zu dem Zeitpunkt dachten wir alle, sie würde sich wie die meisten Leute davon wieder erholen. Aber bei ihr war das nicht der Fall.

Sie konnten es sich nicht leisten, sie in eine Einrichtung zu bringen, zumindest nicht in eine, die Connor für seine Mutter gewollt hätte. Und sie hatten auch nicht das Geld für eine häusliche Pflegekraft, also übernahm Connor die Pflege.

In unserem letzten Schuljahr besuchte Zoe Pauline jeden Tag und blieb bei ihr, während Connor in der Schule war. Nach seinem Schulabschluss fand Connor ein College, das es ihm ermöglichte, von zu Hause ein Fernstudium zu absolvieren.

Er bekam einen guten, angenehmen Job in der Planungsabteilung des Landkreises und kaufte schon ein Haus für deine Oma Dotty, bevor er überhaupt um ihre Hand angehalten hatte. So war er einfach. Er wollte nicht mehr länger in dem gruseligen alten Haus leben, in dem er aufgewachsen war, und woanders eine Familie gründen. Ich fand, dass er eine gute Entscheidung getroffen hatte. Also verkaufte er das Haus und zog in ein neues, ein Haus ohne schlechte Erinnerungen, wo sie ganz von vorne anfangen konnten. Das Haus hatte vier Schlafzimmer, eins für sie, zwei für die Kinder, die sie wollten, und eins für seine Mutter.

Deine Oma kümmerte sich jahrelang um Pauline, während Connor arbeiten ging. Es war keine allzu schwere Aufgabe. Pauline war nicht schwierig und machte keine Probleme, sie konnte nur nicht allein für sich sorgen. Sie starb 1984 an einer Blutinfektion, aber das weißt du vielleicht schon.«

»Ja«, erwidert er, »das weiß ich. Aber ich verstehe immer noch nicht, was das mit dem Wind zu tun hat.«

»Das will ich dir gleich erzählen. Der schlechte Wind blies schließlich jemandem etwas Gutes zu. Connor, also dein Opa, war ihr alleiniger Betreuer, als er achtzehn wurde. Und deshalb wurde er vom Wehrdienst freigestellt und musste nicht in den Krieg ziehen.«

»Oh«, murmelt er. »Ja. Ich glaube, jetzt verstehe ich diesen Spruch mit dem Wind.«

Ich spüre ein leichtes Ziehen am Ärmel meiner Jacke. Obwohl es wie am Beginn meiner Geschichte ein warmer

Sommer ist, trage ich wegen des Anlasses einen Anzug. Ich blicke nach unten und sehe Connors jüngste Enkelin, Evvie.

»Onkel Luke, Onkel Luke«, drängelt sie.

Aus irgendeinem Grund tendiert Evvie dazu, wichtige Dinge zu wiederholen. Nein, eigentlich die meisten Dinge. Sie ist in dem Alter, in dem alles, was ihr gerade durch den Kopf geht, unheimlich wichtig erscheint. Die Wiederholung gibt ihr sicher das Gefühl, dass sie ihre Dringlichkeit angemessen ausdrückt.

Das Leben ist ein sehr dringender Ort, wenn man sieben ist. Ich kann mich noch vage daran erinnern, auch wenn es bei mir schon sehr lange her ist.

»Ja, Evvie?«

»Warum stehst du hier einfach so rum? Du stehst hier einfach so rum.«

Sie sagt nicht etwa: »Meine Mom hat gesagt, dass ich dich holen soll«, aber das braucht sie auch nicht. Ich verstehe sie auch so.

»Dann sollten wir wohl gehen«, sage ich zu Evvie mit dieser Stimme, die man einem Kind gegenüber benutzt, wenn man zugibt, dass es völlig recht hat und man absolut im Unrecht ist. Das macht ein Kind immer sehr zufrieden.

»Oma will wissen, ob du danach zum Haus kommst. Sie will, dass du zum Haus kommst.«

Ich blicke in Dottys Richtung und werfe ihr ein trauriges kleines Lächeln zu, doch aus der Entfernung kann sie es vielleicht nicht sehen.

»Versuch, mich davon abzuhalten«, sage ich.

»Aber wir wollen dich doch nicht davon abhalten«, sagt Evvie, offensichtlich frustriert mit mir. »Wir wollen, dass du *kommst.*«

»Okay«, sage ich. »Na gut. Lass uns zusammen hingehen.«

Evvie, Harris und ich gehen zwischen den gepflegten Grabreihen hindurch in Richtung Parkplatz. Ich habe Evvie an die Hand genommen.

»Und was ist mit dem Kätzchen?«, fragt Harris. »Du hast mir nie erzählt, was mit dem Kätzchen passiert ist.«

»Welches Kätzchen?«, fragt Evvie, doch ihr Cousin bedeutet ihr, zu schweigen.

»Oh«, sage ich. »Stimmt, das Kätzchen hatte ich ganz vergessen. Na ja. Es blieb natürlich nicht lange ein Kätzchen. Connor nannte es Sky, weil es so himmelblaue Augen hatte, und es wurde eine große Katze. Sie wog fast acht Kilo und wurde einundzwanzig Jahre alt. Kein Witz. Er bekam sie, als er vierzehn war, und seine kleinen Töchter erlebten einen großen Teil ihrer Kindheit mit ihr.«

»Meine Mutter kannte sie?«, fragt Harris.

»Absolut.«

»Und meine Mutter auch?«, fragt Evvie.

»Sie kannte sie auch. Als Sky starb, weinten sich alle die Augen aus, sogar ich. Aber ich würde nicht sagen, dass wir am Boden zerstört waren, denn sie hatte so ein hohes Alter erreicht. Nein, wir waren einfach nur traurig.«

Harris bleibt so plötzlich stehen, dass wir beinahe weitergelaufen wären, ohne es zu bemerken.

»Das war eine traurige Geschichte«, sagt er.

»Es ist wirklich keine traurige Geschichte. Nicht für mich.«

»Aber jeder stirbt in der Geschichte.«

»Na ja, das Problem liegt nicht an meiner Geschichte«, wende ich ein. »Das Problem liegt am Leben. Aber jedenfalls ist es eine Geschichte über Leute, deren Leben sich besser entwickelt hat, als sie erwartet hätten. Viel besser, als andere erwartet hätten. Und ich will meine Geschichte nicht mit einem traurigen Ton abschließen, aber ich bin in einer Zwickmühle, Harris. Denn wie soll man eine Geschichte erzählen, die fünfzig

Jahre zurückliegt, ohne zu berichten, dass ihre Zeit auf der Erde für die meisten Leute in dieser Geschichte abgelaufen ist? Na ja, man hat nur zwei Möglichkeiten: Man lügt oder man sagt die Wahrheit. Und du kennst mich, ich lüge nicht. Aber ich muss sagen, dass ich es nicht schrecklich finde, dass Menschen und Tiere leben und am Ende sterben. Andere Leute denken vielleicht so, aber ich nicht. Es ist hart, aber so sind die Spielregeln.«

Wir gehen weiter.

Und mir geht ein Gedanke durch den Kopf: *Wenn du es für schrecklich hältst, etwas zu haben und dann zu verlieren, dann versuch mal, niemals etwas zu haben. Das ist nämlich wirklich schrecklich.*

* * *

Als wir am Haus der Familie Barnes ankommen, ist Dotty, Connors Witwe, bereits etwas angetrunken – und Dotty trinkt sonst nie viel Alkohol.

Ihre Familie versucht, ihr sanft das Glas aus den Händen zu ziehen und sie zur Vernunft zu bringen, aber ich mische mich nicht ein. Wenn sie sich nicht an dem Tag betrinken kann, an dem sie ihren Ehemann beerdigen musste, wann ist es dann in Ordnung, sich zu betrinken?

Als ich das Haus betrete, ist Dotty von ihren drei Schwiegersöhnen umringt, die sie alle dazu bringen wollen – obwohl sie sich dabei gegenseitig im Weg stehen –, sich auf die Couch zu setzen. Doch sie tut ihnen den Gefallen nicht. Als sie mich sieht, heftet sie ihren Blick fest auf mich. Es ist fast ein wenig unheimlich. Sie ist wie ein Raubvogel, der einer aufgescheuchten Maus im Gras nachspürt.

Ich durchquere das Zimmer, doch ihr Blick folgt mir.

»Du!«, ruft sie.

In diesem Augenblick klingt es nicht gerade nach einem Kompliment.

Ich gehe auf sie zu und denke, dass eine Umarmung ihr guttun könnte, doch sie hält mich auf, den Arm ausgestreckt und den Zeigefinger auf mich gerichtet. Einige Strähnen ihrer dunklen Haare, die für die Beerdigung sorgfältig zu einem festen Knoten hochgesteckt waren, haben sich aus der Frisur gelöst und hängen ihr hier und da ins Gesicht und auf die Schultern. Ihr Gesicht ist ein wenig zu rot.

»Du«, sagt sie wieder. »Immer warst du es. Connor hat es mir gesagt.«

Zwei ihrer Schwiegersöhne stützen sie an den Armen, der dritte steht hinter ihr. Und nun starren mich alle vier an. Ich blicke mich nicht um, aber wahrscheinlich sehen jetzt alle Anwesenden zu mir und fragen sich, was ich getan habe.

In diesem Sekundenbruchteil, bevor ich reagiere, hätte man in diesem Wohnzimmer die sprichwörtliche Nadel auf den Boden fallen hören.

»Was hat Connor dir gesagt?«, frage ich Dotty. Meine Stimme ist weich, weil ich weiß, dass Connor ihr nie ein schlechtes Wort über mich gesagt hat. Ich zweifle nicht daran. Nach einundsechzig Jahren Freundschaft kommen nicht plötzlich Zweifel auf.

»Er hat gesagt, dass wir uns nie getroffen hätten, wenn du nicht gewesen wärst, denn er hätte ohne dich nicht lange genug gelebt. Er hat gesagt, dass es alles wegen dir war. Alles, seit er vierzehn war, ist wegen dir passiert.«

»Es war nicht nur wegen mir«, wende ich ein.

Ich blicke mich immer noch nicht um, aber ich spüre, wie die Leute um mich herum wieder ausatmen. Sie begreifen, dass die Trauer nur eine Leidenschaft und Intensität in ihren Ausdruck gelegt hat, die selbst eine gute Sache schlecht klingen lässt.

Sie schüttelt energisch den Kopf. So energisch, dass es einen Moment lang so aussieht, als würde sie das Gleichgewicht verlieren, doch ihre Schwiegersöhne würden es dazu nie kommen lassen.

»Er hat gesagt, dass du es warst.«

»Nein. Es war Zoe.«

»Aber wer hat ihn mit Zoe bekannt gemacht?«, fragt sie. Ihre Stimme ist viel zu laut und sie rudert zur Betonung ihrer Frage wild mit den Armen.

»Ich kann es mir anrechnen, dass ich ihn mit Zoe bekannt gemacht habe«, sage ich. »Aber ich kann nicht allein den ganzen Ruhm einheimsen. Connor war ein guter Mann. Er war großzügig und hat mir zu viel zum Verdienst angerechnet. Die Wahrheit ist, es war nicht nur ich. Wir haben uns umeinander gekümmert – Zoe, Connor, Roy und ich. Wir haben einfach aufeinander aufgepasst, das war alles.«

Sie beugt sich vor, um meine Wange zu tätscheln, wobei sie fast vornüberfällt.

Ihre Schwiegersöhne komplimentieren sie aus dem Wohnzimmer hinaus in ihr Bett, damit sie ein dringend nötiges Nickerchen halten kann.

* * *

Harris kommt ein paar Minuten später zu mir auf die Veranda und erinnert mich daran, dass ich ihm nicht erzählt habe, was mit Rembrandt und Vermeer geschehen ist. Die Antwort auf diese Frage scheint offensichtlich zu sein. Ich meine, schließlich liegt meine Geschichte fünfzig Jahre zurück. Natürlich weiß er, was mit ihnen passiert ist, aber er will offenbar mehr darüber erfahren, also werde ich wieder zum Geschichtenerzähler.

»Für Dänenmischlinge lebten sie ziemlich lang. Rembrandt wurde elf Jahre alt, Vermeer fast dreizehn. Ich rannte mit ihnen fast bis zu dem Tag, an dem sie sich entschieden, ihre Köpfe morgens nicht mehr zu heben. Ich sage nicht, dass dies immer eine Wahl ist, aber ich glaube, in ihrem Fall war es so.«

»Aber wie weißt du das?«

»Also ... das ist eine Frage, die ich nicht beantworten kann. Ich kann es nicht in Worte fassen. Du hättest sie kennen müssen. Hättest du sie gekannt, dann würdest du es wahrscheinlich verstehen. Jedenfalls starben sie beide friedlich zu Hause, in ihrer Hundehütte neben dem Blockhaus im Wald. Beide Male weinte ich mir die Augen aus, auch wenn ich zu dieser Zeit bereits meine eigenen Hunde hatte. Aber das half nicht so sehr, wie du vielleicht denkst. Oma Zoe schwor, dass sie keine Hunde mehr wollte. Ich glaube, weil sie der Verlust so stark getroffen hat. Aber keine drei Wochen nach Vermeers Tod wurde ein Wurf von Hundewelpen gefunden, die am Teich ausgesetzt worden waren, und das Tierheim war zum Bersten voll. Es sprach sich herum, dass die Welpen eingeschläfert werden sollten, also fuhr Zoe in ihrem alten Pritschenwagen zum Tierheim und nahm zwei der Welpen zu sich. Sie wusste nicht einmal, was für eine Rasse sie waren, bevor sie sie nahm. Sie sahen verrückt aus, diese Hunde. Eine Art Wolfshundmischlinge, aber mit zotteligem Fell, vielleicht der Einfluss von einem langhaarigen Hütehund. Sie waren nicht so wie die zwei, die wir verloren hatten, aber vielleicht war es besser so. Sie bellten wie irre und entwickelten sich zu großen, etwas dämlichen Clowns, aber wir liebten sie trotzdem. Sie rannten gern mit mir und meinen Hunden, und darauf kam es für mich an. Zoe war es wichtig, dass sie sich mit den Hunden sicher fühlen konnte. Auf ihre eigene Art waren sie gute Hunde. Und auch nach ihnen hatte sie wieder zwei Hunde, und auch nach diesen beiden. Sie hatte noch Hunde, als dein Opa Connor sie schließlich dazu überreden konnte, den Wald zu verlassen und in das Städtchen zu ziehen. Jahrelang hatte er ihr das freie Zimmer angeboten, das seine Mutter hinterlassen hatte, aber davon wollte Zoe nichts wissen. Doch schließlich war sie in ihren Endsiebzigern und die Belastung, dort draußen allein mitten im Nirgendwo zu wohnen, brach allmählich ihren Widerstand. Man ist nicht ewig in der Lage, Holz für den Ofen zu hacken und Wasser aus dem Brunnen zu pumpen und herumzuschleppen. Irgendwann holt das Alter jeden ein, sogar Zoe Dinsmore. Sie lebte noch ein Jahrzehnt bei deinen Großeltern, und es war ein gutes Jahrzehnt. Ich kann das mit Sicherheit sagen, auch wenn ich nicht mit ihnen gelebt habe, aber ich war häufig dort zu Besuch.

Sie schloss letztlich Frieden mit einer ihrer Töchter, die andere tauchte nie auf. Doch beide Töchter ließen sie ihre Enkel sehen, und das ist keine Kleinigkeit. Und dann verließ sie im Alter von neunundachtzig Jahren schließlich diese Welt. Friedlich zu Hause, genau wie ihre Hunde. Ich dachte, Connor würde am Boden zerstört sein. Und Roy. Gott, ich dachte, es würde auch mich verzweifeln lassen. Aber zu diesem Zeitpunkt waren wir erwachsen und keine kleinen Jungen mehr. Das bedeutet nicht, dass Erwachsene keinen Verlustschmerz spüren, oder dass man nicht mehr trauert, wenn man älter wird. Ich sage nur, dass sie bei uns war, als wir sie am meisten brauchten – als wir uns fürchteten und uns verlassen fühlten und die anderen Erwachsenen uns im Stich ließen.«

»Das ist ulkig«, sagt er, aber nicht so, als könne man darüber lachen.

»Was meinst du?«

»Es ist ulkig, dass die Erwachsenen dich immer vor Oma Zoe gewarnt haben. Als hätte sie dir irgendwie schaden können.«

»Stimmt. Ein interessanter Punkt. Dabei waren sie es selbst, die uns täglich verletzt haben, ohne es überhaupt zu bemerken. Und Zoe half uns, zu uns zu finden. Ja. Das ist wirklich ulkig. Ich erkläre dir, warum wir mit ihrem Tod mehr oder weniger zurechtkamen. Als wir sie damals kennenlernten, hatten wir keine guten Optionen. Wir besaßen weder das nötige Werkzeug noch die Fähigkeit, uns in der Welt mühelos zurechtzufinden. Als sie in einem hohen Alter starb, hatten wir diese Fähigkeit erworben, denn wir hatten so viel von ihr lernen können.«

»Aber du hast nie geheiratet«, sagt er.

Eine dieser – an Unhöflichkeit grenzenden – Bemerkungen, die ein Erwachsener nie machen würde. Noch dazu falsch. Ich war verheiratet gewesen, zweimal. Aber das war lange vor seiner Geburt.

»Ich habe zweimal geheiratet«, erkläre ich ihm, »aber es hat nicht gehalten. Es sind nicht direkt schlechte Ehen gewesen, und die Trennungen waren einigermaßen einvernehmlich. Ich rede mit meinen Ex-Frauen von Zeit zu Zeit immer noch. Ich glaube, wir haben diese Vorstellung von Erfolg und Scheitern, und manchmal gerät man in die gedankliche Falle, dass für alle dasselbe gelten muss. Manche Männer, wie zum Beispiel Connor, sind für das Familienleben einfach geschaffen. Und dann gibt es solche wie mich, denen es ausreicht, zwei treue Hunde in ihrem Leben zu haben. So war es also. Connor war der Familienmann und ich hatte meine Hunde.«

* * *

Roy ist mittlerweile etwa bei seinem zehnten Sodawasser angelangt. Ein Anlass wie dieser lässt sich schwerer ertragen, wenn man nicht trinkt. Ich sollte es wissen, denn ich rühre in Roys Nähe keinen Tropfen an. Obwohl es ihm nach all den Jahren sicher nichts ausmachen würde, trinke ich nicht.

Es ist einfach eine Sache, die man seinem Bruder zuliebe tut, aus Respekt.

Zoe und Roy hatten im Entzugsprogramm dasselbe Datum als den Tag angegeben, an dem sie clean wurden, was sehr seltsam ist, wenn einer der beiden der Sponsor des anderen ist.

Doch sie begannen ihr Programm beide an dem Abend, als Zoe wieder zu den Meetings kam und Roy dazu brachte, zum ersten Mal seine Geschichte zu erzählen. Sie hatten noch einmal von vorn angefangen und es die ganzen Jahre durchgehalten.

Als Zoe starb, war sie über fünfunddreißig Jahre drogenfrei und nüchtern.

Das bedeutet, dass Roy schon fünfzig Jahre clean ist.

Roy und ich unterhalten uns schon seit fast einer Stunde über Connor und Zoe. Jemand, der mich nicht gut kennt, könnte denken, ich würde Connors Tod sehr gut wegstecken. Doch Roy kennt mich. Er weiß, dass es noch nicht richtig zu mir durchgedrungen ist. Nach Zoes Tod dauerte es zwei Wochen, bis mir wirklich klar wurde, dass sie fort war.

Die Kinder sind alle im Bett, auch der Teenager, und ich überlege, ob es an der Zeit ist, sich zu verabschieden.

»Glaubst du, ihre alte Blockhütte steht immer noch im Wald?«, fragt mich Roy.

Die Frage überrascht mich sehr.

»Ja, natürlich. Ich komme jeden Tag bei meinem Waldlauf daran vorbei.«

»Warum läufst du jeden Tag dieselbe Strecke?«

Roy ist nicht jemand, der jeden Tag dieselbe Strecke nehmen würde.

»Keine Ahnung«, sage ich. »Es ist einfach so. Ich dachte, du wüsstest das.«

»Nein, ich wusste nur, dass du jeden Tag läufst. Aber wie du weißt, laufe ich dir nicht hinterher. Ich hatte angenommen, du würdest die Strecken ändern.«

»Ich komme gleich wieder«, sage ich.

Ich stehe auf und gehe hinüber zu Dorothy, Connors ältester Tochter. Sie weiß, warum. Sie umarmt mich, küsst mich auf die Wange und dankt mir für mein Kommen. Als ob das jemals infrage gestanden hätte! Nicht in einer Million Jahre.

Dann gebe ich Roy das Zeichen zum Aufbruch und wir treffen uns an der Tür.

»Komm«, sage ich. »Ich bring dich nach Hause. Wir nehmen die lange Route.«

* * *

Wenn man wie ich Inhaber eines Eisenwarengeschäfts ist, dann hat man immer eine gut funktionierende Taschenlampe im Handschuhfach.

Ich wähle für uns den Weg über die River Road, weil er am kürzesten ist.

Meiner Meinung nach kann Roy gut laufen. Nach all diesen Jahren zieht er das Bein noch ein klein wenig nach, aber man müsste sich schon auf seinen Gehfehler konzentrieren, um es gleich zu bemerken.

Er hat eine Fußprothese, um das Gleichgewicht halten zu können. Sie können sich sicher vorstellen, dass er in fünfzig Jahren viel Zeit hatte, das Laufen mit der Prothese zu üben. Trotzdem nimmt er sie immer ab, sobald er nicht in der Öffentlichkeit ist, also muss sie für ihn wohl immer noch unbequem sein, vielleicht unbequemer, als er zugibt. Er hat mir einmal erzählt, dass es mit den Nervenendungen an der Amputationsstelle zu tun hat. Doch er redet nicht gern über diese Einzelheiten, denn er will niemand sein, der sich beschwert.

Er behält immer noch mehr Gedanken für sich, als ich mir erhofft hätte, aber das Ganze ist eben kein Spiel, bei dem es nur Gewinner oder Verlierer gibt. Man ist dankbar für die Fortschritte, die man macht. Im Reich der Verwundeten wird man nie ein uneingeschränkter Gewinner sein.

Außerdem möchte ich noch hinzufügen, dass wir Menschen meiner Meinung nach alle irgendwie verwundet sind. Es ist nur eine Frage des Umfangs.

Roy war nie verheiratet. Er lebt für sich allein und scheint gut zurechtzukommen, wenn man bedenkt, dass »gut« ein relativer Begriff ist.

Er kann auch problemlos Autofahren, er braucht nur eine Automatikschaltung, denn er benutzt nur seinen linken Fuß. Es macht ihn nervös, etwas so Lebenswichtiges wie ein Bremspedal mit einem Schuh zu bedienen, der mit keinem Fuß gefüllt ist. Jedenfalls ist es kein Fuß, in dem er ein Gefühl hat.

Der einzige Grund, weshalb er nicht selbst zur Beerdigung fahren konnte, war, dass sein Truck nicht angesprungen ist.

»Wir gehen wirklich in der Dunkelheit da hin?«, fragt er, als ich am Straßenrand parke.

»Sicher, warum nicht?«

»Und warum machen wir das noch mal?«

»Weil du noch nicht einmal gewusst hast, ob die Blockhütte noch steht. Und du wirst es nicht glauben, wie viele Erinnerungen sie zurückbringt. Die Hütte bringt sie dir so glasklar in deine Gedanken, dass du das Gefühl bekommst, Zoe würde direkt hinter dir stehen. Als könntest du mit ihr zusammenstoßen, wenn du dich umdrehst.«

Als ich den Motor abstelle, kann ich in der Armaturenbeleuchtung sehen, dass er zweimal nickt.

»Okay«, sagt er. »Ich bin dabei.«

* * *

»Was ist mit dem Fußboden passiert?«, fragt mich Roy.

»Landstreicher«, antworte ich. »Es wurde zweimal eingebrochen.«

Wir sitzen auf dem Boden, mit dem Rücken an die Wand gelehnt, wo einst das Kopfende von Zoes Bett gewesen ist. Roy zündet in dem runden Ofen ein Feuer an, mit einem uralten Holzstück, das auf der Feuerstelle zurückgelassen worden ist. Es ist sehr trocken, dieses Holz, wahrscheinlich hat es schon über fünfundzwanzig Jahre dort gelegen. Es brennt heiß, aber es wird nicht lange dauern, bis das Feuer erlischt, was uns ganz gelegen kommt. Wir haben nicht vor, die ganze Nacht hier zu sitzen.

»Aber warum haben sie den Boden so versaut?«, fragt er. Er klingt wie ein Kind, das sich beschwert, dass etwas unfair ist.

»Ich habe keine Ahnung.«

Er zieht seinen rechten Schuh aus, was keine Überraschung ist. Wie ich schon sagte, er macht das immer, sobald sich die Gelegenheit bietet. Wie alle seine rechten Socken ist dieser gekürzt. Er näht seine Socken mithilfe von Schere, Stopfei und Garn selbst um, damit der überschüssige Stoff sich nicht vorne zusammenknautscht und ihn stört.

»Wem gehört die Hütte jetzt?«

»Den Enkeln«, antworte ich.

»Sie machen aber gar nichts damit.«

»Im Moment nicht, nein. Aber wahrscheinlich wird einer von ihnen eines Tages das Geld brauchen und das Grundstück verkaufen. Ein weiterer Grund, warum ich dachte, wir sollten besser früher als später hierherkommen.«

»Ich habe eine Frage«, sagt Roy. »Wie kommt es, dass so viele unserer Bekannten und Freunde sterben?«

Ich lache laut auf. Ich kann es mir nicht verkneifen.

»Was ist so lustig?«, fragt er.

»*Du* bist lustig«, sage ich. »Es liegt daran, dass wir alt sind, Roy.«

»Sprich für dich selbst«, erwidert er. »So alt bin ich nun auch wieder nicht.«

»Du wirst nächstes Jahr siebzig.«

»Oh«, murmelt er. »Wow. Ja, das ist wohl ziemlich alt. Wann sind wir so gealtert?«

»Ich weiß nicht«, sage ich. »Es ist verrückt. Wir waren immer so jung.«

329

* * *

Eine Weile sprechen wir über unsere Mutter, ich weiß nicht, warum.

»Ich habe dir von dem letzten Mal, als ich sie gesehen habe, erzählt«, sagt er. »Das letzte Mal, als ich mit ihr gesprochen habe. Du hast dir nicht in die Karten schauen lassen und mir nie erzählt, wann du sie das letzte Mal gesehen hast.«

Unsere Mutter starb 1998. Zu diesem Zeitpunkt lebte sie in einem Pflegeheim und war geistig fast völlig verwirrt. Hin und wieder kehrten manche Erinnerungen wie aus heiterem Himmel zurück, dann wusste sie plötzlich wieder, wer ich war. Doch bevor ich richtig mit ihr reden konnte, war sie schon wieder abwesend.

Als das Pflegeheim anrief, um uns mitzuteilen, dass ihr wahrscheinlich nicht mehr viel Zeit blieb und wir sie besser bald besuchen sollten, waren Roy und ich wegen unserer unterschiedlichen Arbeitszeiten einzeln zu ihr gegangen.

Ehrlich gesagt hatte ich nicht vorgehabt, ihm etwas vorzuenthalten. Ich hatte gedacht, ich hätte ihm von meinem Besuch erzählt.

»Na ja …«, beginne ich und versuche, mir die Erinnerungen zurückzurufen. »Ich war an ihrem Bett, während ihr Bewusstsein mal da war und mal wieder weg, und zunächst hatte ich gedacht, sie wäre schon zu weit entfernt, um mich zu hören. Aber dann dachte ich, dass zumindest ihr Geist da sein würde, also sagte ich: ›Hey, Mom. Ich bin's, Lucas. Ich bin gekommen, um mich zu verabschieden.‹ Sie wandte mir das Gesicht zu und blickte mir direkt in die Augen, und mit glasklarer Stimme sagte sie: ›Ich weiß, dass ich keine gute Mutter war, und es tut mir leid.‹«

»Große Güte«, sagt Roy. »Wie reagiert man auf so was?«

»Ja, oder?«

Ich empfand meiner Mutter gegenüber natürlich eine Menge Groll, das will ich nicht abstreiten. Sie war wirklich keine gute Mutter und in einem anderen Augenblick ihres Lebens hätte ich ihr unumwunden zugestimmt. Aber auf dem Sterbebett war es etwas anderes. Wenn man in diesem letzten Augenblick nicht erkennt, dass es gerade nicht um einen selbst geht, dann ist etwas in deinem Leben schiefgelaufen, denke ich. Ich könnte eine Therapie machen und meinem Therapeuten bis ans Ende meiner Tage erzählen, wie nutzlos sie war, aber das hier war meine allerletzte Gelegenheit, etwas zu meiner Mutter zu sagen.

»Ich erinnerte mich an etwas, was Zoe einmal zu mir gesagt hat«, sage ich zu Roy. »Zu deiner Verteidigung übrigens. Ich zitierte es Wort für Wort, soweit es meine Erinnerung zuließ, allerdings nur den ersten Teil. ›Wir geben alle nur unser Bestes.‹ Den zweiten Teil, ›selbst wenn es von außen nicht gut aussieht‹, ließ ich weg. Denn warum hätte ich zu einem Zeitpunkt wie diesem den negativen Teil in ihren Kopf setzen sollen?«

»Glaubst du, sie konnte dich hören?«

»Keine Ahnung. Ich weiß nicht, ob irgendwas davon bei ihr ankam. Aber es waren die richtigen Worte zur richtigen Zeit. Und außerdem hörte ich selbst es.«

* * *

»Erinnerst du dich noch an die Sache mit Zoe bei dem Treffen deines Leichtathletikteams?«, fragt er mich.

Das Feuer verlischt allmählich, doch wir machen keine Anstalten, zu gehen.

»Bei welchem? Sie war so gut wie jedes Mal da.«

So wie Roy, aber das weiß er selbst.

»Als der Vater von diesem Kind etwas … Unschönes zu mir gesagt hat.«

Roy hatte seinen Kriegsheldenstatus nicht lange behalten können. Es hatte sich schnell herumgesprochen, was passiert war. Jahre später erzählte er mir, dass es für ihn okay gewesen sei. Genau so, wie für mich das Gefängnis und die Abkanzelung durch meinen Vater okay gewesen war. Es war der Preis, den wir zahlten. Der Preis, für den wir uns entschieden hatten.

»Erinnerst du dich noch, was Zoe getan hat?«, fragt er mich, als ich nicht antworte.

»Ich war gerade auf der Laufbahn, aber ich habe später davon gehört. Ich weiß aber nicht mehr genau, was sie gesagt hat.«

»Gar nichts. Das war das Wunderbare daran. Sie trat zwischen ihn und mich und stellte sich einfach ihm gegenüber hin, mit verschränkten Armen. Und sie sprach kein Wort, während er alles Mögliche sagte. Er versuchte, zu argumentieren. Dann machte er sich über sie lustig. Dann wurde er wütend, oder tat zumindest so. Schließlich bezeichnete er sie als verrückt, weil sie kein Wort sagte. Und sie blinzelte kaum. Am Ende war ihm das Ganze nicht ganz geheuer, er flippte aus und zog sich zurück. Es war unglaublich.«

»Sie war eine Furcht einflößende Frau«, sage ich.

Es ist amüsant, denn ich sage dies mit einer wehmütigen Stimme, als würde ich sie vermissen und das sei das beste Kompliment, das ich auf Lager hätte. Nun, ich vermisse sie wirklich. Jeden Tag. Doch ich hätte es sicherlich besser ausdrücken können.

»Junge, Junge, das kannst du zweimal sagen«, erwidert Roy. »Diese Frau war eine Naturgewalt. Warum, glaubst du, bin ich all die Jahre über clean geblieben? Ich hätte zu viel Angst davor gehabt, es ihr zu erzählen, wenn ich versagt hätte.«

»Aber sie ist schon seit fünfzehn Jahren nicht mehr unter uns, und du bist immer noch clean.«

»So wie ich Zoe kenne, würde ihr Geist mich heimsuchen.«

»Das kann ich gut verstehen«, erwidere ich. Dann füge ich etwas hinzu, das mir gerade in den Sinn gekommen ist. »Falls sie so Furcht einflößend war, was ja wirklich stimmt, und wir solche Feiglinge waren, was auch stimmt, wie konnten wir sie dann so sehr mögen?«

»Oh, das ist einfach. Sie war auf unserer Seite.« Während ich mir seine Antwort durch den Kopf gehen lasse, sagt er: »Du hast jetzt keinen besten Freund mehr.«

Ich bemerke, dass die letzten Aschereste gerade verglühen. Es ist inzwischen dunkel geworden. Ich gebe ihm keine Antwort.

»Seit du drei warst, hattest du einen besten Freund«, fügt er hinzu. »Was jetzt?«

»Ich habe meine Hunde«, sage ich. »Und dich.«

»Ich bin mir nicht so sicher, ob ich das Zeug zum besten Freund habe.«

»Du wirst schon ausreichen«, sage ich ein wenig sarkastisch.

Dann stoße ich ihn leicht mit dem Knie an. Zeit, nach Hause zu gehen.

Er zieht sich seinen rechten Schuh an und kommt mühsam auf die Beine. Ich strecke ihm hilfsbereit meine Hand entgegen, aber er scheint es in der Dunkelheit nicht zu bemerken. Auch gut. Er braucht meine Hilfe ohnehin nicht. Er konnte schon allein aufstehen, bevor ich geboren war. Ich weiß nicht, warum ich das getan habe.

»Erkundige dich im Ort und die meisten Leute werden dir sagen, dass ich nicht das Zeug zum besten Freund habe.«

»Ja, aber manche von ihnen haben mir dasselbe über Connor erzählt.«

»Oh«, murmelt er. »Stimmt. Bei ihm haben sie sich aber ganz sicher geirrt.«

»Wenn du schlecht von dir denkst«, sage ich, »dann ist es wichtig, dich daran zu erinnern, dass deine Gedanken sich als falsch herausstellen könnten.«

* * *

Wir stehen vor der Blockhütte und blicken noch ein letztes Mal zurück. Die Sterne sind einfach unglaublich. Scheinbar millionenfach stehen sie am Himmel und blinken strahlend klar zwischen den Bäumen hervor. Ich war noch nie bei Nacht hier. In all diesen Jahren.

Kein Wunder, dass sie es hier so geliebt hat, denke ich.

Und dann bemerke ich, dass ich meinen Gedanken laut ausgesprochen habe.

»Ja«, sagt Roy. Auch er blickt nach oben. »Die Leute denken, sie hätte hier gelebt, um sich selbst zu bestrafen, aber ich weiß, dass sie es hier draußen geliebt hat. Es begann vielleicht als eine Art Buße, aber dieser Ort hier wurde zu ihrem eigenen. Du hattest recht, als du mir von dem Gefühl erzählt hast, du könntest mit ihr zusammenstoßen, wenn du dich umdrehst. Es fühlt sich fast so an, als sei sie immer noch hier.«

Ich blicke zu dem Schornstein, der sich vor dem Sternenhimmel abzeichnet, und stelle mir vor, wie Rauch aus ihm steigt, so wie früher im Winter. Oder an so manchen kühlen Sommerabenden. Und ja, ich bin mir sicher, dass ich es mir nur vorstelle. Wir haben darauf geachtet, dass das Feuer wirklich verglüht war, um nicht am Ende noch die Hütte und den gesamten Wald abzubrennen.

Ich schalte meine Taschenlampe ein und leuchte damit noch einmal um uns herum. Ich mag mich vielleicht täuschen, aber ich habe das Gefühl, dass es das letzte Mal ist.

Der Lichtstrahl streift eine Oberfläche. Ein Aufblitzen von Farbe. Ich halte den Lichtstrahl in diese Richtung. Auf beiden Seiten von Zoes Toilettenhäuschen blüht ein wildes Blumenmeer. Bunte, langstielige Blumen mit gelben, lilafarbenen und roten Blüten.

Roy tritt hinter mich, ich höre seine Schritte auf den trockenen Blättern.

»Wow!«, sagt er. »Ich dachte, sie würden eingehen, aber sie sind wirklich in die Höhe geschossen, seit sie nicht mehr da ist. Es war immer nur ein kleines, verstecktes Blumenbeet hinter dem Häuschen.«

»Das erklärt wohl, warum ich die Blumen nie gesehen habe.«

»Aber du wusstest es, oder? Du wusstest doch, dass sie Blumen hatte, die sie immer auf die beiden Gräber legte?«

»Ich wusste es und gleichzeitig auch nicht«, antworte ich.

Er kennt mich zu gut, um mich nach einer Erklärung zu fragen.

Ich schalte die Taschenlampe aus. Wir verweilen noch einen Moment länger an dieser Stelle und unsere Augen gewöhnen sich wieder an die Dunkelheit. Ich spüre, dass keiner von uns beiden wirklich gehen will.

»Weißt du …«, beginnt Roy und hält inne. »Das, was du heute zu Dotty gesagt hast, stimmt nicht.«

»Was meinst du?«

»Du hast mehr getan, als nur Connor mit Zoe bekanntzumachen. Du hast Zoe das Leben gerettet. Nur deshalb war es überhaupt möglich, dass die beiden sich kennenlernen konnten.«

»Oh«, murmele ich. »Stimmt. Daran habe ich gar nicht gedacht.«

»Hättest du nicht diese seltsame Gewohnheit entwickelt, mit fremden Hunden dein Lauftraining zu machen, wäre sie an diesem Tag in ihrer Blockhütte gestorben, und dann hätte uns niemand den Arsch retten können. Wir hätten wahrscheinlich

Connor verloren. Und ich weiß nicht, ob ich von den Drogen losgekommen wäre. Oder was aus mir geworden wäre, wenn ich es nicht geschafft hätte.«

Ich wende den Blick von den Sternen und dem Schornstein ab, und von den wilden Blumen. Dann, ohne dass wir uns ein Zeichen geben müssen, machen wir uns auf den Weg zurück zur Straße.

Ich schalte die Taschenlampe nicht wieder an. Unsere Augen haben sich an die Finsternis gewöhnt und außerdem weiß niemand besser als mein Bruder und ich, wie man sich durch eine dunkle Nacht navigiert.

»Ich wäre nicht mit fremden Hunden gelaufen, wenn Mom mir einen Hund erlaubt hätte«, sage ich, als wir die River Road erreichen.

»Dann war es eine verdammt gute Sache, dass sie dir keinen Hund erlaubt hat.«

Und dann, in diesem einen perfekten, aber wahrscheinlich flüchtigen Augenblick ... war nichts in meinem Leben jemals ein Fehler gewesen.

Zeitfracht Medien GmbH
Ferdinand-Jühlke-Straße 7
99095 Erfurt, Deutschland
produktsicherheit@kolibri360.de

Druck:
CPI Druckdienstleistungen GmbH
im Auftrag der
Zeitfracht Medien GmbH
Ein Unternehmen der Zeitfracht - Gruppe
Ferdinand-Jühlke-Str. 7
99095 Erfurt